Eliza Knight

Bernadette Swifts Gespür für Bücher

Roman

Aus dem amerikanischen Englisch
von Sonja Hauser

Insel Verlag

Die Originalausgabe erschien 2025 unter dem Titel
Confessions of a Grammar Queen
bei Sourcebooks Landmark, New York.

Erste Auflage 2025
Deutsche Erstausgabe

Umschlaggestaltung: Lübbeke Naumann Thoben, Köln
Umschlagillustration: Gisela Goppel / 2 Agenten, Berlin
Satz: Dörlemann Satz, Lemförde
Druck: CPI books GmbH, Leck
Printed in Germany
ISBN 978-3-458-64517-7

Insel Verlag Anton Kippenberg GmbH & Co. KG
Torstraße 44, 10119 Berlin
info@insel-verlag.de
www.insel-verlag.de

Für die lieben Logophilen da draußen, die damit aufwuchsen, zum Spaß im Wörterbuch zu lesen, und immer noch voller Begeisterung der Bedeutung von Wörtern nachspüren.

1

New York City
Sommer 1963

Wenn sie einige der Fähigkeiten aufzählen sollte, die sie aufgrund ihres Summa-cum-laude-Abschlusses am Barnard College und ihrer nun schon einige Jahre währenden Arbeit bei Lenox & Park Publishing besaß, hätte Bernadette Swift sich als Eliminiererin von falschen Subjekt-Verb- respektive Pronomenbezügen, Verfechterin der korrekten Kommasetzung und Beseitigerin von Klischees und Mehrdeutigkeiten im Text bezeichnet.

Momentan jedoch schien ihr Vorgesetzter das Namensschildchen auf ihrem ordentlich aufgeräumten Schreibtisch nicht wahrzunehmen, auf dem stand: BERNADETTE SWIFT, JUNIORLEKTORIN.

Statt ihr ein Manuskript zur Überprüfung zu reichen, hielt er ein verknittertes weißes Oxford-Button-down-Hemd mit einem Kaffeefleck in der Hand.

Seit über einem Jahrtausend sind Frauen dafür zuständig, Flecken aus Männerkleidung zu beseitigen. Kaffee ist besonders schwierig aus gestärkten weißen Stoffen zu entfernen. Dabei war Bernadette weder Mr Walls Ehefrau noch seine Sekretärin. Allerdings konnte sie keine dieser Tatsachen laut aussprechen, wenn sie ihren Job behalten wollte.

Also schwieg sie, während sie beobachtete, wie sich seine Lippen bewegten. Wie seine Augen sie musterten – nicht nur ihr Gesicht. Und dachte, wie sie ihm schon seit Urzeiten den Kaffee holte und gefühlt länger als ein paar Jahre seine Hemden in die Reinigung brachte, weil er die Vorderseite regelmäßig mit dem Heißgetränk besudelte. Er gehörte den Artiodactyla an, genauer gesagt der *Suidae*-Familie, mit anderen Worten: Er war ein Schwein.

Von ihrem Veterinärsvater kannte sie die korrekten biologischen Ausdrücke, die sie mit großem Vergnügen auf menschliches Verhalten anwendete.

Doch eigentlich war das den Schweinen gegenüber nicht fair, oder? Die auf der Farm ihrer Familie waren selbst dreckverschmiert entzückend gewesen. Besonders ihr Herzenstier Amaranth, benannt nach ihrer Lieblingsfarbe – obwohl ein Schwein natürlich niemals ganz so rot sein konnte. Aber sie liebte nun mal große Worte und benutzte sie, wann immer sie konnte, sogar bei einem knuddeligen Schwein.

So viel stand allerdings fest: Mr Wall war keinesfalls entzückend.

Das Schnippen fleischiger Finger riss sie aus ihren Tagträumen. »Miss Swift? Haben Sie mich gehört?«

Leider ja.

Bernadette ließ den Blick über die klappernden Schreibmaschinen schweifen, die Männer mit den lässigen Beach-Boys-Frisuren, die mit ihren Rotstiften über Fahnen gebeugt saßen und eifrig im *Webster's Third New International Dictionary* blätterten, kurzum über all die geschäftigen Leute im Raum, die nicht in ihre Richtung schauten.

Möglicherweise bemerkten sie das, was da gerade vor sich ging, wirklich nicht. Sie taten ziemlich oft so, als gäbe es sie – die einzige weibliche Juniorlektorin – gar nicht. Ihre männlichen Kollegen mussten nie so niedere Tätigkeiten für ihren Chef verrichten. Tätigkeiten, die nicht zum Aufgabenbereich eines Lektors gehörten. Und sie war Lektorin. Was Mr Wall häufig ignorierte. Doch eines Tages, wenn ihr Name auf dem Schild neben der Tür zum Büro der Verlagsleiterin stand und ihr tadellos aufgeräumter Schreibtisch sich in dem Zimmer dahinter befand, würde er sie nicht mehr missachten können.

Bernadette sah ihrem Chef in die Augen, die so wässrig blau waren, als hätte ein Kind seine Farben in dem Versuch, die Pigmente zu neuem Leben zu erwecken, sehr stark verdünnt. Am liebsten hätte sie ihn an den Enden seines dunklen gewachsten und gezwirbelten Schnauzbarts gepackt und ihm mit einem Ruck das süffisante Grinsen aus dem Gesicht gezogen. Stattdessen blieb sie, die Hände mit den ordentlich geschnittenen und pink lackierten Fingern unter den Oberschenkeln, sitzen und sagte: »Ja, Mr Wall.«

Für gewöhnlich besaß Bernadette schier unerschöpfliche Geduld. Da sie umgeben von Männern arbeitete, die das Lektorat als eine Art Herrenklub erachteten, brauchte sie die auch. Doch ihr Chef weckte etwas in ihr, das ihre Freundinnen ihren »Nett-nett-Schutzschild« nannten. Der legte den Teil von ihr lahm, der dagegen rebellieren wollte, dass sie Aufgaben erledigen sollte, mit denen ihre männlichen Kollegen niemals belästigt wurden.

Bislang hatte sie diesen Teil niedergerungen und sich zum Fußabstreifer degradieren lassen. Sobald so etwas eingeschliffen war, ließ es sich nur schwer ändern.

Außerdem gab es lediglich zwei Alternativen: Entweder sie wehrte sich gegen die Ungerechtigkeit oder sie behielt ihren Job. Und den liebte sie, außer sie hatte mit Mr Wall oder anderen wie ihm zu tun. Also stand sie von ihrem Stuhl auf, dessen Knarren in den Arbeitsgeräuschen der Kollegen unterging. Als sie nach dem Hemd griff und ihre Finger die von Mr Wall berührten, hätte sie fast vor Ekel eine Gänsehaut bekommen.

»Ich brauche es bis Mittag. Dann muss ich in eine Besprechung.« Mr Walls Blick wanderte zu ihren Lippen, die sie in einer instinktiven Abwehrreaktion einsaugte.

»Versuchen Sie, ein bisschen öfter zu lächeln.« Er bedachte sie mit einem anzüglichen Grinsen. »Frauen sind einfach hübscher, wenn sie lächeln.«

Was für ein Klischee! In einem Manuskript hätte sie das fett rot markiert und geschrieben: »Zu abgegriffen.«

Wall drehte sich ohne ein Dankeschön weg. »Und das Manuskript muss bis vier bei mir sein«, erklärte er über die Schulter gewandt.

Bernadette betrachtete das verschmutzte Hemd stirnrunzelnd. Ein unbeteiligter Beobachter hätte sie bestimmt für Mr Walls persönliche Assistentin gehalten. Obwohl auch Sekretärinnen nicht für die Reinigung von Kleidungsstücken zuständig waren. Jedenfalls laut der schriftlichen Arbeitsvereinbarung. Diese und andere Pflichten schienen sich durch einen kurzen Zusatz zu legitimieren, den jemand, mit Sicherheit ein Mann, in den Text des Arbeitskontrakts eingefügt hatte: »und andere zugewiesene Aufgaben«.

Besagter Zusatz wäre realistischer gewesen, hätte er gelautet: »und andere zugewiesene Aufgaben, vorausgesetzt bei der Ausführenden handelt es sich um eine Frau«.

Zugegebenermaßen wäre ein solcher Zusatz in der Stellenbeschreibung eines Juniorlektors vor Bernadettes Verpflichtung überhaupt nicht nötig gewesen, denn sie war die erste und einzige weibliche Lektorin bei dem renommierten Verlag Lenox & Park. Man hatte sie kurz nach ihrem Collegeabschluss eingestellt, gerade als die Einzelkomponenten zu einem Haus mit Doppelnamen verschmolzen. *Ich war die Beste meines Jahrgangs in Anglistik, nicht in Reinigung.*

Sie hatte erst die Hälfte des Korrekturfahnenstapels auf ihrem Schreibtisch bewältigt, neben dem ihr Rotstift lag. Beide flehten sie an, sie nicht im Stich zu lassen, aber was blieb ihr anderes übrig?

Ihr Seufzen wurde übertönt vom Klappern der Schreibmaschinen und Rascheln des Papiers, wenn es vom Eingangs- auf den Ausgangsstapel wanderte. Zehn Leute arbeiteten in dieser Abteilung unter Mr Wall: sechs Juniorlektoren und vier Lektoren. Bernadette befand sich irgendwo in der Mitte. Sie war seit mehreren Jahren für den Verlag tätig, und die Mehrzahl der Bücher, die sie bearbeitet hatte, stand auf den Bestsellerlisten.

Worte waren für sie Leben, und in einem Verlag zu arbeiten, war ihr Traum, seit sie im Alter von sieben Jahren in der Buchhandlung Lewis Carrolls *Alice im Wunderland* und die Fortsetzung *Alice hinter den Spiegeln* entdeckt und mit ihrem Geburtstagsgeld bezahlt hatte. Das war der Ursprung ihrer Wortliebe gewesen, besonders für *blume* wie *gurgen*, *elump* oder *wichernd sprengen* – allesamt vom Autor selbst erfundene Ausdrücke. Wenn sie nicht gerade Romane las, hatte sie das Wörterbuch studiert, ein Hobby, über das sich ihr Bruder Benjamin oft lustig machte. Doch das Lachen verging ihm immer schnell, sobald er ihre linguistisch geschliffenen Erwiderungen hörte, die ihn ärgerten, weil er ihre Bedeutung oft nicht verstand. Dass sie gern in Wörterbüchern schmökerte, hatte sich in mehr als einer Hinsicht ausgezahlt.

Was hätte sie dafür gegeben, ihren Bruder jetzt bei sich zu haben, der leider gerade in Asien südvietnamesische Soldaten ausbildete. Immerhin hatte er ihr versichert, dass sie sich fürs Erste keine Sorgen um ihn machen müsse.

In ihrer Jugend hatten ihre Freundinnen sie »Queen B« genannt, nicht etwa, weil sie sie herumkommandierte, sondern, weil sie jede *spelling bee*, also jeden Buchstabierwettbewerb, an dem sie teilnahm, gewann. Bernadette trug tatsächlich den Titel »Queen of Spelling Bees in Maryland«, der auch auf ihrem Siegerband stand.

Inzwischen war ihr Traum wahr geworden. In ihrer winzigen Wohnung, die sie mit ihrer Deutschen Dogge Frank – ein Geschenk ihres Bruders zu ihrem Schutz – teilte, befand sich ein Regal voller Bücher, an denen sie gearbeitet hatte. Ihre literarischen Trophäen.

Hemden in die Reinigung zu bringen, kam nicht in ihrem Traum vor. Da ihr jedoch keine andere Wahl blieb, weil sie das verschmutzte Ding nicht einfach in den Papierkorb werfen konnte, trat Bernadette hinter ihrem Schreibtisch hervor, wobei sich ihre Beine wie schleimige, quälend langsame Gastropoden anfühlten.

Mr Wall … sie wusste, warum er ihr immer wieder diese erniedrigenden Aufgaben zuwies. Vom ersten Augenblick an war klar gewesen, dass er meinte, sie besitze kein Anrecht auf ihre Stelle. Mr Wall gehörte zu den Männern, für die Frauen nur zu einem taugten. Nun, vielleicht auch zu zwei Dingen. Und in einem Beruf zu arbeiten, den er als männliche Domäne erachtete, gehörte nicht dazu. Ihn interessierte nicht, dass erst im vergangenen Monat der Equal Pay Act verabschiedet worden war. Danach hatte es keine Gehaltserhöhung für sie gegeben, und es schien auch keine in Aussicht zu sein.

Wenn Mr Wall seine Position bereits zum Zeitpunkt ihrer Bewerbung bekleidet hätte, wäre sie niemals Juniorlektorin geworden. Nicht einmal mit Empfehlung des Verlagsleiters Mr Bass, einer Legende der Branche. Sie hatte Bass bei einem Vortrag über die Arbeit im Verlagswesen kennengelernt, den er im Barnard College vor Anglistikstudenten hielt. Danach war Bernadette schnurstracks zu ihm gegangen, um ihn zu fragen, ob sein Haus Mitarbeiter suche. In ihrer jugendlichen Naivität war sie noch nicht mit der harten Tatsache konfrontiert gewesen, dass ihr Vorgesetzter und ihre Kollegen ihre Ambitionen, eines Tages die erste weibliche Leiterin eines bedeutenden Verlages zu sein, als unrealistisch erachten würden.

Als sie ihre Abteilung verließ, schaute sie zu Sarah Yeager, der Lektoratssekretärin, hinüber. Mit ihrer Vorliebe für beigefarbene Kleidung, ballerinastraffe Haardutts und Schmucklosigkeit war die zierliche Sarah meist fast nicht von ihrem Schreibtisch zu unterscheiden.

Mr Walls Büro befand sich im hinteren Teil des Lektorats. Von dort aus waren es nur etwa ein Dutzend Schritte zu Sarah, aber wenn er Bernadettes Rock sah, blieb er jedes Mal bei ihr hängen. Vielleicht weil es Sarah so gut gelang, nicht aufzufallen.

Bernadettes Mutter hatte ihrer Tochter bereits in jungen Jahren erklärt, Farben seien dazu da, getragen zu werden, sie präsentierten die Persönlichkeit. Das hatte Bernadette sich zu Herzen genommen.

Sarah tippte süffisant grinsend mit der Spitze eines pinkfarbenen Stifts, den sie ganz offensichtlich von Bernadettes Schreibtisch gemopst hatte, gegen den auf der Gabel ruhenden Hörer des Telefons auf ihrem Tisch. »Ich würde Ihnen ja anbieten, das Hemd in die Reinigung zu bringen, aber ich kann nicht vom Telefon weg.«

Vor Sarah lag das aktuelle Kreuzworträtsel aus der Zeitung. In keinem der Kästchen befand sich eine Lösung, doch viele waren schon ausgefüllt gewesen und wieder ausradiert worden.

Ohne auf Sarahs Stichelei zu achten, las Bernadette den ersten Lösungshinweis des Rätsels. Wie zutreffend die Antwort war, fand sie fast schon unheimlich. »Sechs senkrecht heißt desinteressiert.«

Sarah verdrehte die Augen. »Darauf falle ich nicht rein.«

Bernadette zuckte mit den Achseln, marschierte den Flur entlang zum Aufzug und drückte mit dem Zeigefinger auf den Knopf, auf dem ein schwarzer Tintenfleck prangte. Sie verfolgte mit, wie über dem Lift die Stockwerke angezeigt wurden. In der glänzenden Oberfläche der Aufzugtüren sah sie sich selbst: blonde Haare und pinkfarbenes Stirnband à la Brigitte Bardot, Lippenstift im selben Farbton, schwarzer Bleistiftrock, dazu passende Jacke und pinkfarbene Seidenbluse mit weißen Tupfen.

Bernadette war der Ansicht, dass sich Professionalität und Modebewusstsein durchaus vereinen ließen. Sie hatte keine Scheu vor Make-up. Nicht mehr nach ihrer Schminksitzung in Elizabeth Ardens New Yorker Salon.

»Wieder mal unfreiwillig Mädchen für alles?«, meinte Graham Reynolds, der verantwortliche Lektor aus der Programmleitung, der sich zu ihr gesellte. Er hatte die Botentasche, die er für seine Manuskripte verwendete, lässig über die breite Schulter geschwungen. Als sie sein Spiegelbild neben dem ihren betrachtete, bemerkte Bernadette, dass seine kurzen braunen Haare akkurat geschnitten und sein Gesicht sauber rasiert waren, was ihn deutlich von den anderen Kollegen abhob.

Abgesehen von einem Paul-Newman-Kinn besaß er Unbekümmertheit und ein erstaunliches Gefühl für Stil. Die meisten Männer im Büro trugen die gleichen Anzüge wie schon ihre Väter und Großväter vor ihnen. Graham hingegen wagte statt einer schmalen Krawatte eine breite, oft auch farbenfrohe. Außerdem fiel Bernadette auf, dass seine Socken häufig auf die Krawatte abgestimmt waren.

Wäre er kein Kollege gewesen, hätte sie sich von ihm beeindrucken lassen.

Bernadette richtete den Blick fest auf die Stockwerksanzeige des Aufzugs. Ein Mann mit attraktivem Gesicht hatte sie schon einmal verwirrt und ihr das Herz gebrochen. Den Fehler würde sie nicht wieder machen. »Früher Feierabend?«

»Schön wär's.« Er streckte die Hand aus. »Geben Sie mir das Hemd.«

»Wie bitte?« Bernadette sah ihn erstaunt an. »Ich bin nicht zu Spielchen aufgelegt, Mr Reynolds. Hat Ihre Mutter Ihnen nicht beigebracht, dass es nicht nett ist, andere Leute auf den Arm zu nehmen?«

»Nun kennen wir uns schon jahrelang, und Sie sagen immer noch Mr Reynolds zu mir, Miss Swift?«

»Dabei wird es auch bleiben.« Dass sie das Hemd enger an sich drückte, merkte sie erst, als der unangenehme Geruch, der davon ausging, eine Mischung aus Kaffee und Schweiß, ihr in die Nase stieg. Sofort hielt sie es weiter von sich weg.

Graham zuckte die Schultern. »Wollte Ihnen nur Zeit sparen. Die Reinigung liegt auf dem Weg zu meiner Besprechung.«

Nun wandte Bernadette sich ihm ganz zu. Dabei wurde ihr bewusst, dass sie sogar in Stöckelschuhen zu ihm aufblicken musste. »Das Angebot war ernst gemeint?«

Seine Miene verriet nichts, was auf das Gegenteil hingedeutet hätte. Er wirkte völlig aufrichtig. »Ja. Ich habe den Manuskriptstapel auf Ihrem Schreibtisch gesehen. Sie haben keine Luft für solche Botengänge. Wall scheint Ihnen mehr Arbeit aufzuhalsen als Ihren Kollegen.«

Den Verdacht hatte Bernadette auch oft.

Graham beugte sich ein wenig vor, als wollte er ihr ein Geheimnis verraten. »Ich sage den Leuten von der Reinigung sogar, dass es dringend ist.«

»Warum?« Bernadette schürzte die Lippen.

Graham richtete sich auf und musterte sie, nicht wie andere Männer, die sie mit Blicken verschlangen, sondern eher interessiert, als versuchte er, ihr Wesen zu ergründen. Sonderlich angenehm war ihr das nicht. »Ich glaube eher, die Frage sollte lauten: Warum nicht?«

Wieder schaute Bernadette hinauf zu der Stockwerksanzeige. Das klaffende Maul des Lifts würde sich jeden Moment öffnen, wie in dem Roman, an dem sie tags zuvor gearbeitet hatte. »Weil Sie Besseres zu tun haben. Zum Beispiel dafür zu sorgen, dass die Bücher erscheinen. Oder an dieser Besprechung teilzunehmen.«

Er stand in der Verlagshierarchie weit über ihr. Wieso wollte er ihr helfen?

»Genau wie Sie, und wie soeben erwähnt, bricht Ihr Schreibtisch fast unter Manuskripten zusammen.«

Bernadette bedachte ihn mit dem ernsten Blick, den sie über die Jahre perfektioniert hatte, und der besagte: *Jetzt hören Sie mal genau zu.* »Gut, dann nehmen Sie das Hemd.« Sie hielt es ihm hin. »Aber zum Essen gehe ich nicht mit Ihnen.«

Graham machte ein gespielt enttäuschtes Gesicht und presste eine Hand auf seine Brust, als hätte sie auf ihn geschossen. »Das wollte ich gar nicht fragen. Aber vermutlich heißt das, dass Sie auch nicht mit mir nach Hause möchten, oder?«

Bernadette verschlug es die Sprache; auf diese Unverschämtheit fiel ihr keine passende Antwort ein.

»War ein Scherz.« Er hob lachend die Hände. »Ich meinte, um meine Mutter kennenzulernen, aber das könnte ... anders angekommen sein, das ist mir klar. Hören Sie, Miss Swift, ich pflege keine Kolleginnen zu verführen, sondern wollte lediglich helfen. Außerdem erscheinen mehrere Manuskripte von Ihrem Stapel in meinem Programm.«

»Na schön.« Sie reckte das Kinn vor und hielt ihm das Hemd, froh darüber, die erniedrigende Aufgabe los zu sein, mit beiden Händen hin, als der Aufzug in ihrem Stockwerk eintraf. »Dann also danke.«

»Ist mir ein Vergnügen. Professionell gesehen.« Er nahm das Hemd und betrat den Lift mit einem schiefen Grinsen, auf das Bernadette sich keinen Reim machen konnte.

Mehrere Worte kamen ihr in den Sinn – provokant, verführerisch, charismatisch ... alles Adjektive, die sie nicht mit ihm in Verbindung bringen wollte. Graham Reynolds, der jede Frau in diesem Gebäude haben konnte. Aber sie war nicht auf der Suche nach einem Mann. Schon gar nicht innerhalb der Mauern von Lenox & Park. Den Fehler hatte sie als Praktikantin gemacht. Überstunden mit einem Mitpraktikanten hatten zu Küssen auf einem Stapel Korrekturfahnen geführt. Das wiederum hatte Tinte auf ihrem Hinterteil, ein gebrochenes Herz und die Angst zur Folge gehabt, dass ihre Mutter irgendwie davon erfahren und nach New York kommen würde, um sie nach Maryland zurückzuholen, »wo sie hingehörte«.

Oje.

Als die Aufzugtüren sich schlossen und Graham mit dem Hemd verschwand, marschierte sie zurück zu ihrem Arbeitsplatz.

»Na, Freundschaft geschlossen?« Der Sarkasmus in Sarahs Stimme war unüberhörbar.

Anders als du. Das hätte Bernadette gern laut zu Sarah gesagt, der größten Schleimerin im Büro. Doch sie tat es nicht, weil eine Frau wie Sarah vermutlich nicht zuhörte. Obwohl ihr das gutgetan hätte.

Bernadette war in ihrem Leben schon so vielen Sarahs begegnet, dass sie zu zählen aufgehört hatte. Also erwiderte sie: »Wenn Sie so weitermachen, helfe ich Ihnen nicht mehr bei Ihrem Kreuzworträtsel.«

Da Sarah keine passende Erwiderung einfiel, rümpfte sie nur spöttisch die Nase und wandte sich wieder ihrem stummen Telefon zu.

Bernadette setzte sich an ihren Schreibtisch und zog den Stapel bedruckten Papiers, das Buch, das sie gerade redigierte, näher heran. Es handelte sich um einen Krimi von John Dickson Carr. Sie nahm einen neuen roten Stift aus ihrem pinkfarbenen Glashalter und machte sich daran, die Grammatik zu korrigieren. Carrs *Der verschlossene Raum* hatte sie im Studium gelesen, und wie bei den anderen Autoren, mit denen sie es während ihres Praktikums und seit ihrer Festanstellung bei Lenox & Park zu tun gehabt hatte – darunter Patricia Highsmith und die kürzlich verstorbene Eleanor Roosevelt – faszinierte sie die Arbeit an deren Texten jedes Mal wieder. Es befriedigte sie zutiefst, für flüssigen Stil zu sorgen.

Wie ist das gemeint?, schrieb sie an den Rand, nachdem sie einen besonders schwerfälligen Satz markiert hatte.

Bälle sind rund, doppelt gemoppelt. Sie strich das überflüssige Wort durch.

Und weiter ging's: Sie verbesserte Lesbarkeit, korrigierte Grammatik, blätterte abwechselnd in unterschiedlichen Wörter- und Stilwörterbüchern, notierte Stellen, an denen Fakten überprüft werden mussten. Als sie auf die Uhr sah, merkte sie, dass es bereits halb zwölf war.

Sie hatte erst die Hälfte des Manuskripts geschafft. Wenn sie es wie verlangt bis vier Uhr fertig haben sollte, würde es schwierig werden, Mr Walls Hemd abzuholen. Es bedeutete außerdem, dass sie höchstwahrscheinlich Überstunden machen musste und wieder nicht an dem feministischen Lesekreis teilnehmen konnte, dem sie sich anschließen wollte. Die Bücher, die in dem Klub diskutiert wurden, versprachen, deutlich anders zu sein als die, an denen sie tagsüber arbeitete, und der Gedanke gefiel ihr.

Warum bewahrte Wall eigentlich kein Ersatzhemd in seinem Büro auf, wenn er immer so viel kleckerte?

Elegante Problemlösungen schienen nicht gerade seine Stärke zu sein.

Hemd hin oder her: Die Mittagspause würde sie nicht ausfallen lassen. Das war ihre Form des Protests ob dieser Ungerechtigkeit. Bernadette schlang die Handtasche über die Schulter und beschloss, ihr von zu Hause mitgebrachtes Gemüsesandwich auf einer Parkbank draußen zu essen, um ein wenig frische Luft zu schnappen. Sie konnte schon förmlich die Paprika-, Karotten- und Gurkenstückchen, vermischt mit Mayonnaise, auf dem am Wochenende frisch von ihr gebackenen Brot schmecken. Bernadette knackte kurz mit den Fingergelenken und machte sich erneut zum

Aufzug auf den Weg, wo sie auf den Rufknopf drückte. Während sie wartete, gingen mit Anzügen bekleidete Männer an einer Frau vorbei, die einen so hohen Stapel dicker Ordner schleppte, dass er ihr Gesicht verdeckte. Ihnen fiel das gar nicht auf.

»Brauchen Sie Hilfe?«, erkundigte sich Bernadette.

Als Sarah über den Stapel hinweglugte, bereute Bernadette sofort, gefragt zu haben. Aber vielleicht würde ihr Angebot dazu beitragen, die stets ein wenig missmutige Sekretärin freundlicher zu stimmen – obwohl Bernadette das für unwahrscheinlich hielt, weil ihre diesbezüglichen Versuche schon seit Jahren nichts fruchteten.

»Nein.« Sarah geriet ins Wanken, und die beiden obersten Ordner glitten von dem Stapel, sodass die Papiere auf den glänzenden Fliesenboden vor dem Aufzug flatterten wie Schneeflocken am Weihnachtsmorgen.

Obgleich Bernadette eigentlich nicht die geringste Lust hatte, der miesepetrigen Sarah beizustehen, schon deshalb nicht, weil sie damit riskierte, ihre ruhige Mittagspause auf der Bank zu verlieren, tat sie es.

Sarah bedankte sich widerwillig. »Sie hatten recht: Es heißt tatsächlich desinteressiert.«

Bernadette lächelte schmallippig, als sie Sarah die Ordner, die sie vom Boden aufgehoben hatte, reichte. Kurz darauf betrat sie den Lift und warf einen Blick auf ihre Uhr. Elf Uhr siebenunddreißig. Sie seufzte. Es sah fast so aus, als würde sie sich das Sandwich in der Sonne doch nicht gönnen können und gleich zur Reinigung gehen müssen.

Als sich die Aufzugtüren im Erdgeschoss öffneten, stand draußen erneut Graham Reynolds.

Bernadette stöhnte auf, aber dann sah sie Mr Walls Hemd ordentlich auf einem Kleiderbügel aufgehängt und in Papier eingeschlagen in seiner Hand.

»Sie haben es abgeholt.« Bernadette verbarg ihr Erstaunen nicht. »Was wollen Sie von mir, Mr Reynolds?«, erkundigte sie sich in scherzhaftem Tonfall, obwohl ihr das, was sie gleich hinzufügen wollte, ernst war: »Ich lasse mich nicht um den Finger wickeln.«

»Soso.« Er betrat schmunzelnd den Lift und reichte ihr das Hemd.

Bevor sie den Aufzug verlassen konnte, setzte dieser sich bereits wieder nach oben in Bewegung. Graham drückte hastig auf den Knopf zu ihrem Stockwerk.

»Sie sind verantwortlicher Lektor in der Programmleitung und haben eine Sekretärin. Warum erledigen Sie Botengänge?« Bernadette begutachtete das Hemd. Der Fleck war weg. *Zumindest fürs Erste.* In der Hoffnung, dass Mr Wall ihr Gespräch mit Graham nicht mitbekommen hatte, blickte sie in Richtung Lektorat, doch die Einzige, die sie mit großen Augen ansah, war Sarah.

»Elise ist die kommenden fünf Wochen im Mutterschutz.« Graham schaute zu Sarah hinüber. »Und Miss Yeager mag mich nicht sonderlich.«

Bernadette überraschte es angesichts ihrer Probleme mit Wall, dass Frauen im Büro überhaupt Mutterschutz bekamen, da kein Gesetz dies den Arbeitgebern abverlangte.

»Wieso das?« Sie bemühte sich redlich, Grahams Charme zu ignorieren, aber er besaß einfach zu viel davon.

»Sie findet, wir hätten Elise kündigen und eine neue Sekretärin einstellen sollen. Und diese Neue wäre gern sie gewesen.«

»Die meisten Männer hätten Elise gekündigt.«

Graham schmunzelte. »Ich bin aber nicht wie die meisten Männer, Miss Swift.«

Bevor sie etwas erwidern konnte, entfernte er sich fröhlich pfeifend in Richtung seines Büros.

2
Frank

In der Mitte des Gehsteigs, auf dem ich herumlaufe, ist ein grasbewachsenes Viereck. Darin steht ein Baum, dessen Stamm nicht mehr dicker zu werden scheint, anders als bei den Bäumen im Central Park, die so breit sind, dass sich ganze Horden von Kindern dahinter verstecken können. Eine Grasfläche von Hunderten, wenn nicht Tausenden in New York. Jede eine winzige Prärie mit einem verkümmerten Baum mittendrin.

Keine Ahnung, warum diese Straßenbäume zu wachsen aufhören – vielleicht weil sie so wenig Platz haben. Allerdings weiß ich, dass der Geruch, der von dem Fleckchen ausgeht, kilometerweit zu erschnüffeln ist. Als hätte jeder Hund innerhalb eines Hundert-Block-Radius ihn markiert, und dazu noch der alte Mann, der an der Ecke schläft und dem wir hin und wieder zum Frühstück Muffins bringen.

Ich bin übrigens Frank.

Bernadette ist mein Mädchen – sie ahnt nicht, dass ich allein unterwegs bin. Ich mache jeden Tag meine Runde im Viertel und vergewissere mich, dass alles seine Ordnung hat. Meistens ist es so, aber manchmal auch nicht, und ich muss eine Katze retten, einen Dieb daran hindern, eine Handtasche zu stehlen, oder eine Mutter darauf aufmerksam machen, dass ihr Kind an einer Feuertreppe hängt.

Mein Mädchen hat mir das Wort »winzig« beigebracht und mir die Geschichte von den klitzekleinen Prärien erzählt, während wir durch den Park liefen. Ob ich wohl eine neue Prärie schaffen könnte, wenn ich nur lange genug an dem Fleck herumbuddle? Meine eigene kleine Prärie?

Immer wenn ich es probiere, hindert Bernadette mich daran. Bestimmt tut sie das, weil sie nicht will, dass ich sie im Stich lasse, aber sie meint, sie findet es anstrengend, mich hinterher in ihrer sehr kleinen Wanne zu baden.

Was ihr vermutlich nicht klar ist: Wenn ich irgendwo anders hingehen würde, nähme ich sie auf jeden Fall mit. Genauso, wie ich jedes Mal versuche, sie zu mir in die Wanne zu locken. Für Bernadettes und damit auch die Sicherheit des Viertels zu sorgen, ist meine Mission. Bei ihrem Bruder Ben hatte ich eine andere Aufgabe, aber er hat gesagt, ich könne ihn nicht begleiten. Ich habe jetzt einen neuen Befehl, solle nicht mehr suchen und retten.

»Hey, Frank!«

Der Junge auf dem Fahrrad mit der Tasche voller Zeitungen. Mir fällt auf, wie er auf dem Rad leicht ins Wanken gerät, als er mir ein Stück Speck zuwirft. Mir entgeht nichts.

Den Speck fange ich hoch in der Luft. Er lenkt mich von dem ab, was ich eigentlich will. Und ich spiele mit, weil ich Speck himmlisch finde.

Ich liebe Papier, den Geruch, den Geschmack, das raschelnde Geräusch.

Bernadette behält immer nur eine Seite der Zeitung von dem Jungen für sich und lässt mich den Rest zerreißen, wenn sie mir das Kommando »Wall« gibt. Keine Ahnung, warum das so lautet, aber wenn ich es höre, weiß ich, dass ich die Zeitung zerfetzen darf, wie ich früher bei den Rettungsübungen die Barrieren zerlegt habe.

Doch an das gebundene Papier in ihren Regalen lässt sie mich nicht ran. Einmal habe ich es versucht, und sie hat eine Woche lang keine Kürbiskekse mehr für mich gebacken. Die Lektion habe ich gelernt.

Wall, ausschließlich Wall.

Ich springe auf die Kiste neben dem Container. Der ist

geschlossen und hat genau die richtige Höhe, um von dort aus auf die unterste Feuerleiter zu gelangen. Oben steht das Fenster offen, wie ich es verlassen habe, aber bis mein Mädchen nach Hause kommt, ist es wieder zu.

Es hat keinen Sinn, sie mit meiner täglichen Patrouille zu beunruhigen – ein Hund muss tun, was er zu tun hat.

3

»Neuer Rekord für dich, Frank. Du hast bloß siebenundzwanzig von den achtundvierzig Bäumen markiert, an denen wir vorbeigekommen sind.« Bernadette löste die Leine von Franks Halsband und kraulte ihn ausgiebig hinter den schwarz-weißen Ohren, bevor sie seine schmutzigen Pfoten begutachtete und sie sauber wischte.

Ihre Mutter hatte immer gesagt, Reinlichkeit komme gleich nach Frömmigkeit, doch Bernadette war weder fromm, noch hielt sie sich sklavisch an dieses Motto, allerdings wollte sie auch nicht jeden Tag staubsaugen.

Frank war eine Deutsche Dogge und somit riesig. Sein Rücken reichte ihr bis zur Hüfte, und nun, da er ausgewachsen war, wog er mehr als sie. Neben Frank kam sie sich manchmal vor wie neben einem der übertrieben großen fahrbaren Stühle auf dem Coney Island Boardwalk.

Nachdem sie seine Leine an den Haken neben der Tür gehängt hatte, schaltete sie ihr Transistorradio ein und nahm ihr Stirnband ab, auf dem zu lesen war: *Wer geht da mit wem Gassi?* Dabei fuchtelte sie im Monkey Dance zu »Mickey's Monkey« mit den Armen.

»Frank, wie findest du die Miracles?« Sie tänzelte zu dem Korb mit Hausstirnbändern auf dem Beistelltisch neben der senffarbenen Couch, die sich früher im Wohnzimmer ihres Elternhauses befunden hatte, und zog ein zartrosafarbenes mit am Rand aufgestickten Baguettes heraus.

Frank drehte sich eine Weile im Kreis und schaute dann zu seiner Wasserschüssel aus Metall hinüber, die Bernadette frisch aufgefüllt hatte, bevor sie gegangen waren.

»Eis?«

Er machte hechelnd das Maul auf, seine Art, Ja zu sagen. Sie hatte ihn Frank genannt, weil er ihr bereits als Welpe frank und frei mitgeteilt hatte, was er brauchte oder wollte. *Ich möchte Eis. Ich möchte einen Hundekeks. Ich möchte Papier.* Daran hatte sich nichts geändert. Und genau das liebte sie an ihm. Schade, dass nur wenige Menschen sich so treu blieben wie er.

Bevor er zu ihr kam, hatte Frank Such- und Rettungshund in Bens Einheit werden sollen. Doch leider hatte sich seine Mission geändert, und Frank – ehemals Gefreiter Swift – war entlassen worden. Anfangs hatte Bernadette gezögert, den schlaksigen sechs Monate alten Welpen zu nehmen, aber sobald sie ihm in die Augen geschaut hatte, war es um sie geschehen gewesen.

Bernadette ging in die winzige Küche ihres Apartments, ohne auf die Zeitungen und Zeitschriften zu achten, die auf einem ordentlichen Stapel, nach Daten und in alphabetischer Reihenfolge sortiert, auf der Arbeitsfläche lagen. Während des Zeitungsstreiks früher im Jahr war ihre Ausbeute gering gewesen. Sie hatte mit *Village Voice* und *Wall Street Journal* vorliebnehmen müssen statt *New York Times* und *Daily News*, die sie üblicherweise kaufte.

Die Lektüre beschränkte sie auf den Freitag, weil sie dann das Wochenende über Zeit hatte, eventuelle schlechte Nachrichten hinsichtlich der Lage in Vietnam zu verdauen. Sobald sie die Zeitungen gelesen hatte, legte sie sie für Frank zum Schreddern beiseite. Nun öffnete sie die Kühlschranktür, um ein wenig Eis für seine Wasserschüssel von dem Block abzuschlagen, während er sich vor Vorfreude die Lefzen leckte.

Für August war es ein ziemlich kühler Morgen. Bernadette hoffte, dass sie die Sommerhitze bald für den Herbst, ihre Lieblingsjahreszeit, hinter sich lassen würden. Zuzusehen wie das Chlorophyll in den Blättern langsam abgebaut wurde und die gelben, roten und orangefarbenen Pigmente zum Vorschein kamen, fand sie faszinierend. Eine langsame, farbenfrohe Verwandlung.

In den wärmeren Monaten waren Spaziergänge mit Frank immer mühsam. Die Hitze verlangsamte seine Schritte, und seine sehnsuchtsvollen Blicke in Richtung ihrer Wohnungstür an besonders heißen Tagen verrieten ihr, dass er viel lieber drinnen geblieben wäre. Doch selbst wenn er bereits gegen den ersten verfügbaren Baum pinkelte, war Bewegung wichtig. Für sie beide. Ohne ihren Morgenspaziergang fehlten Bernadette Biss und Energie. Bewegung schenkte ihr Kraft und Scharfsinn für den Tag.

Nachdem sie das Eis in Franks Wasserschüssel gegeben hatte, legte sie den selbstkreierten Hundemuffin in die Schale daneben und machte sich für die Arbeit fertig.

»Sei ein guter Junge und beschütze unser Heim«, sagte Bernadette von der Tür aus und nahm ihre Handtasche und ihr Lunchpaket in einem alten Schuhbeutel. »So gegen Mittag schaut Mrs Morris vorbei.«

Frank bellte laut und eilte zu der Stelle, wo die Zeitung lag, die sie ihm am Morgen geschenkt hatte.

»Ach, das hätte ich fast vergessen. Danke, dass du mich erinnerst.« Sie zog die Seite mit dem Kreuzworträtsel heraus und gab Frank den Rest zurück. »Also gut: Was machen wir mit den Walls der Welt?«

Frank knurrte, schüttelte den Kopf und machte sich daran, die Zeitung zu zerfetzen. Er hörte immer erst auf, wenn nur noch winzige Stücke davon übrig waren. Bernadettes Vermieterin Mrs Morris würde die Papierreste später aufsammeln. Sie hatte einen Stubentiger und verwendete Franks zerschredderte Zeitungen gern fürs Katzenklo. Ihr Mann war einige Jahre zuvor gestorben, weswegen sie gern Zeit mit Frank verbrachte, der seinerseits eine mittägliche Pause von der Monotonie des Fensterguckens gebrauchen konnte.

Ihren üblichen Bleistiftrock, heute in Holzkohlengrau, kombinierte Bernadette mit einer gewagteren, geometrisch gemusterten pink-blauen Bluse, einem dazu passenden Stirnband und einem grauen Blazer, schlüpfte in ihre Laufschuhe und verstaute die mit den hohen Absätzen in ihrer Tasche. Die Hand auf der Türklinke, verabschiedete sie sich von Frank. Wie jeden Tag, wenn sie zur Arbeit aufbrach, löste er sich vorübergehend von seinem Papierprojekt und sprang zum Fenster hinüber, um ihr nachzuschauen.

Bernadette schloss die Wohnungstür ab – etwas, worüber ihre Mutter sich unerklärlicherweise Sorgen machte, weil sie ihre Tochter in dieser Hinsicht für saumselig hielt – und ging die vier Stockwerke hinunter.

Eine Baustelle in der Nähe des Busstopps führte zu einer Verengung des Gehsteigs und ließ die Straße belebter als sonst erscheinen. Unterwegs schnappte sie hier und da ein paar Sätze über den Kalten Krieg mit der Sowjetunion und die wachsenden Spannungen in Vietnam auf. Sie eilte weiter, weil sie sich nicht von der Meinung anderer irre machen lassen wollte.

Nachdem sie sich auf ihren üblichen Platz im Bus gesetzt hatte, nahm sie das Kreuzworträtsel und einen pinkfarbenen Stift aus der Tasche. Bis zum Verlag waren es nur ein paar Haltestellen; vor dem Aussteigen hatte sie gerade genug Zeit für einige Einträge. Wenige Schritte vor dem Eingang sauste ein Fahrradfahrer auf seinem Schwinn-Rad so schnell an ihr vorbei, dass der Fahrtwind ihr die Haare ins Gesicht wehte und ihre sorgfältig gestylte Außenwelle in Gefahr brachte. So schnell, dass eine Speiche seines Rades sich an ihrer Strumpfhose verhakte und sie fast zu Boden riss. Während es ihr gelang, nicht auf den Gehsteig zu knallen, landete ihr Lunchbeutel genau dort.

Der Radfahrer machte sich aus dem Staub.

Bernadette betrachtete die deutlich sichtbare Laufmasche in ihrer Strumpfhose. Damit sah sie aus, als wäre sie von einem Werwolf mit Nylonhunger attackiert worden.

So konnte sie nicht ins Büro! Schweiß trat auf ihre Stirn, und sie atmete hörbar durch die Nase ein.

»Hat sich nicht mal entschuldigt, dieser Verrückte.«

Als Bernadette den Blick hob, fiel er auf ihre Freundin Melanie Woods, die Verlagsrezeptionistin. Sie hielt ihr den zu Boden geschleuderten Lunchbeutel hin, während sie mit dem Absatz ihres weißen, kniehohen Lederstiefels ihre Zigarette austrat. Melanie, die ein blau-grünes, floral gemustertes Kleid mit weißem Kragen, weißen Ärmeln und Taschen sowie einen dazu passenden, die Taille eng umschließenden weißen Gürtel trug, präsentierte für Bernadette genau den ruhigen Pol, den sie an einem so turbulent beginnenden Tag brauchte.

Sie war ein netter Mensch, ein paar Jahre älter als Bernadette, hatte freundliche Augen und eine empfindsame Seele. Ihre roten Haare waren wie die der First Lady Jacqueline Kennedy frisiert und mit einem blau-grünen Pillbox-Hut geschmückt, auf dem eine Blumenbrosche in allen Farben des Regenbogens funkelte.

»Ich hab keine Ersatzstrumpfhose dabei«, jammerte Bernadette. Das nächstgelegene Kaufhaus war mindestens fünf Häuserblocks entfernt. »Sonst ist immer eine in meiner Tasche, aber die habe ich letzte Woche rausgenommen, als ich an einem Aktenschrank hängen geblieben bin.«

Melanie suchte in ihrer Tasche herum. »Ich hab eine, die kann ich dir geben.« Sie nahm eine zusammengerollte hellrosafarbene heraus. »Sorry, ich mag's bunt.«

Bernadette schreckte die Farbe nicht ab, im Gegenteil: Sie war begeistert. Bisher hatte sie selbst nicht den Mut besessen, sich eine farbige Strumpfhose zu kaufen, obwohl das momentan in Mode war. »Die ist perfekt, danke. Ich besorge dir heute in der Mittagspause eine neue, versprochen. Wie sich gerade erwiesen hat, kann man es sich als Frau nicht leisten, keine Ersatzstrumpfhose dabei zu haben.«

Merke: zwei Ersatzstrumpfhosen kaufen.

»Bin ganz deiner Meinung.«

Als sie das Verlagsgebäude betraten, kam Bernadette eine Idee. Vielleicht sollte sie Melanie zu dem Lesezirkel einladen, denn sie hatten sich beim Sonntagsbrunch angeregt über Bücher unterhalten und einander vor dem Start der Arbeitswoche Mut gemacht. Doch gerade als sie sie fragen wollte, eilte Melanie hinter die Rezeption, wo das Telefon bimmelte, und winkte ihr zum Abschied zu. Bernadette schlüpfte in den Aufzug, der wunderbarerweise schon da war, und nahm sich vor, Melanie später darauf anzusprechen.

Bevor sie ins Lektorat ging, wechselte sie in der Toilette die Strumpfhose und warf die kaputte in den Abfall. Männer, die für gewöhnlich keine Notiz von ihr nahmen, wenn ihr Chef sie abkanzelte, bemerkten eine Laufmasche im Strumpf hingegen garantiert, deuteten darauf und gaben einen dämlichen Kommentar ab wie zum Beispiel: »Sie scheinen es so eilig zu haben, dass sogar der Strumpf ins Laufen gerät.«

»Sie sind spät dran.« Sarah, die aus einer der Kabinen trat, trug einen Lippenstift in einem neuen Pinkton auf ihrem sonst eher blassen Mund. Er erinnerte Bernadette sehr an den von Elizabeth Arden, den sie selbst in der vergangenen Woche ausprobiert hatte. Vielleicht, dachte Bernadette, färbte sie allmählich auf Sarah ab. Obwohl ihr beigefarbenes Kleid, eines von offenbar vielen in unterschiedlichen Schnitten, unauffällig wie immer war.

»Bin von einem Radfahrer mit spitzer Speiche flachgelegt

worden.« Bernadette verbarg ihr Schmunzeln, während sie sich die Hände wusch und dabei bis dreißig zählte – so lange dauerte es angeblich, bis sämtliche Bakterien, die sich besonders gern unter den Fingernägeln verbargen, vernichtet waren.

»Wie unanständig.« Sarah bedachte sie mit einem Blick, der sagen sollte, Bernadette habe eine schmutzige Fantasie, die ebenfalls einer Wäsche bedürfe.

Bernadette lachte, doch das verkniffene Gesicht Sarahs und ihre Herablassung zeigten, dass sie nicht zu Scherzen aufgelegt war. *Spaßbremse.*

»Das Rad hatte wirklich eine spitze Speiche.«

»Sparen Sie sich Ihre Anzüglichkeiten für Ihren Radfahrerfreund.« Sarah trocknete sich die Hände ab und eilte aus der Toilette. Bernadette schüttelte den Kopf.

Wie gesagt: Spaßbremse …

Mit frischer – leuchtend rosafarbener – Strumpfhose marschierte Bernadette zu ihrem Schreibtisch, wo sie sich hinter einen Stapel Manuskripte setzte, der ihr beinahe den Blick aufs Zimmer verstellte, und begann, sie nach dem Herstellungsplan zu sortieren. Als sie las, dass es im ersten um Fronterinnerungen ging, verzog sie das Gesicht. Als würde sie an den Krieg erinnert werden müssen.

»Sie sind spät dran«, warf auch Mr Wall ihr vor und zupfte am Kragen seines Hemds, auf dem bereits ein Fleck prangte.

Doch Bernadette kam nie zu spät. Ein Blick auf die Uhr bewies, dass sie sogar sieben Minuten zu früh dran war. Eigentlich musste sie erst um neun an ihrem Platz sein. Aber ihre Kollegen waren es gewöhnt, dass sie zeitig kam, was sie deshalb tat, weil Mr Wall ihr oft zusätzliche Arbeit aufhalste. Und weil sie gern pünktlich war.

Er tippte gegen die leere Tasse in seiner Hand und deutete auf die Chemex-Kaffeemaschine. *Ich Tarzan, du Jane.*

Bernadette traute diesem Affen zu, auch noch dieses Buch falsch zu zitieren.

Sie machte den Mund auf, um Mr Wall daran zu erinnern, dass sie a) nicht seine Sekretärin war und er b) seinen Kaffee selbst aufbrühen konnte, wenn er sein Gehirn ein wenig anstrengte.

»Oje, der Kaffee ist noch nicht fertig?«, fragte Sarah, die gerade das Büro betrat, erstaunt und mit einem enttäuschten Blick in Richtung Bernadette. »Sorry, ich erledige das sofort.« Sie betrachtete den Glaskolben, der Bernadette an eine Versuchsanordnung im Labor erinnerte, ein wenig verwirrt und berührte den Holzkragen daran. Daneben befanden sich Wasserkocher und Kaffeemühle. Ziemlich schnell merkte sie, dass im Kocher bereits Wasser war, das Bernadette tags zuvor eingefüllt hatte. Also mahlte sie die Bohnen und gab sie in den aufgesetzten Filter. Dabei ging sie mit dem Wasser ein wenig zu hastig um und schüttete es sich über die Hände.

»Die langsame Stufe«, riet Bernadette ihr. »Dann nimmt der Kaffee das Wasser besser auf.«

Ohne Bernadette zu danken, folgte Sarah ihren Anweisungen.

Während die Maschine vor sich hin blubberte, warf Sarah Bernadette einen triumphierenden Blick zu und meinte: »So einfach wie Radfahren.«

Bernadette blieb die Spucke weg. Sie spürte, wie ihr die Röte ins Gesicht stieg.

»Ja, Radfahren«, sagte auch Wall.

Bernadette sah ihren Chef an, der Sarah anstrahlte, als wäre sie ein hübsches neues Spielzeug, das er vergessen und ganz hinten im Schrank wiedergefunden hatte.

Vermutlich, dachte Bernadette, erfreute das Wissen, zwei weibliche Wesen zu haben, die ihm den Kaffee kochen konnten, sein winzig kleines Herz und sein riesiges Ego.

»Sie können das so gut«, bemerkte Bernadette mit einem Lächeln, von dem sie hoffte, dass es echt wirkte. »Das sollten Sie jeden Morgen machen.«

Rache ist Blutwurst. Wenn Sarah glaubte, sie könne sie mit der spitzen Speiche ärgern, revanchierte Bernadette sich eben mit den Kaffeepflichten.

Sarah reagierte mit einem feindseligen Blick, aber auch dem unerschütterlichen Lächeln einer geübten Sekretärin. Sie nickte, denn das stand tatsächlich in ihrer Stellenbeschreibung: *und andere zugewiesene Aufgaben.*

»Den Stapel brauche ich bis vier Uhr, Miss Swift«, riss Wall Bernadette aus ihren Gedanken.

»Unmöglich.« Eigentlich hatte sie das nicht laut sagen wollen. Doch nicht einmal der fähigste Lektor konnte ein ganzes Manuskript an einem einzigen Tag auf angemessene Weise kürzen und mit Anmerkungen versehen. Geschweige denn mehrere.

Mr Walls Schnauzer zuckte. »Unmöglich? Dann machen Sie's möglich. Evans, Marshall und Greene sind den Rest der Woche nicht da. Magenverstimmung.«

Sie sah zu den anderen Lektoren hinüber, deren Manuskriptstapel alle kaum halb so hoch waren wie der ihre. Vielleicht sollte sie sich ebenfalls mit einer Magenverstimmung krankmelden. Aber das erinnerte sie nur an ihren Bruder, der seine erste Woche in Vietnam nach dem Genuss von verunreinigtem Wasser praktisch in der Lagerlatrine verbracht hatte. Am Ende wäre ihr das möglicherweise sogar lieber, als sich weiter mit Wall auseinanderzusetzen, dachte sie.

Doch ihr Mund sagte etwas anderes. »Was ist mit den Kollegen, die hier sind?«

Die Luft begann, sich elektrisch aufzuladen. Den Chef respektierte man, seine Anweisungen wurden befolgt. Man widersprach ihm nicht, schon gar nicht, wenn man eine

Frau war. Aber Bernadette hatte keine Lust, sich an die Regeln zu halten, in ihr regte sich Widerspruchsgeist.

»Die haben ihre eigene Arbeit, *Swift.*« Er sprach ihren Namen mit einem Zischen aus, als bereitete es ihm Halsschmerzen, ihn hervorzupressen.

Bernadette bemühte sich um einen sachlichen Tonfall. »Sie müssen das Arbeitspensum von einem erledigen, ich hingegen soll jetzt für vier schuften?«

Wall warf sich in Faustkämpferpositur. »Sie schaffen das also nicht?«

Bernadette hatte in der Schule beobachtet, wie ihr Bruder mit Rabauken umging. Deshalb waren ihr Einschüchterungsversuche nicht fremd. Nicht, dass ihr Chef sie schlagen wollte – jedenfalls nicht mit den Fäusten. Doch die Arbeitslast? Die kam einem Magenschwinger gleich. Während sie Konfrontationen normalerweise eher mied und letztlich daran glaubte, dass Regeln ihren Grund hatten, erachtete sie dies als eine Situation, in der sie sich gegen Ungerechtigkeit wehren musste. »In der angemessenen Zeit mache ich das sehr gern.«

»Soll das heißen, Sie sind zu langsam?«

Bernadette hätte am liebsten die Hand gegen ihn erhoben. Die Sache begann, ihr zu entgleiten. »Mit Verlaub, Mr Wall.«

Als er ihr die Faust nur wenige Zentimeter vors Gesicht hielt, begann ihr Blut zu brodeln. »Mir war klar, dass Sie es in dieser Branche nicht schaffen würden. Mr Bass hätte Sie nicht einstellen dürfen.«

Das war nicht fair. Und es stimmte nicht. Bernadette ballte die Hände, um nicht den Stapel mit Korrekturfahnen zu packen und ihm entgegenzuschleudern. Um Ruhe bemüht, erwiderte sie: »Vermutlich würde der Ruf von Lenox & Park Schaden nehmen, wenn ich ein Manuskript überhastet bearbeite. Geschweige denn vier an einem Tag.«

Mr Walls Augen verengten sich, er blickte über Bernadettes Schulter. Als sie sich umwandte, sah sie, wie Graham Reynolds die Glastür öffnete und sich lässig dagegen lehnte, die Hände auf der Brust, als verfolgte er ein Sportmatch an einem hoch angebrachten Fernseher in einer Bar.

»Ich wollte Ihnen nur sagen, dass für die Redaktionen von Evans, Marshall und Greene noch ungefähr eine Woche Zeit ist. Wir haben genug Luft.«

»Ah.« Mr Wall schaute Bernadette an. »Wie Sie sehen, Miss Swift, besteht keinerlei Notwendigkeit, dem guten Ruf von Lenox & Park durch Ihre schludrig durchgeführte Redaktion Schaden zuzufügen.«

Ihr blieb der Mund offen stehen. Sogar Sarah, die nach wie vor damit beschäftigt war, Tassen zu füllen, wirkte schockiert.

Es bedurfte unermesslicher Willenskraft, ruhig zu sprechen und zu wirken, auch wenn sich in ihrem Innern ein Tsunami aufbaute. »Mir ist noch niemals in den Sinn gekommen, den Ruf dieses Verlages durch minderwertige Arbeit zu schädigen, das kann ich Ihnen versichern.«

Obwohl ihre Worte an Mr Wall gerichtet waren, antwortete Graham.

»Das weiß ich«, erklärte er mit einem Lächeln in ihre Richtung und einem ernsten Blick auf ihren Chef.

Konnte es sein, dass er ihr Gespräch mitbekommen hatte, bevor er die Tür aufmachte? Mr Wall schien es darauf abgesehen zu haben, dass sie entweder gefeuert wurde oder – noch besser – von selbst ging. Diese Erkenntnis entsetzte sie. Und ihr die Worte im Mund zu verdrehen, war nachgerade diabolisch.

»Kaffee?«, fragte Sarah und hielt zuerst Mr Wall und dann Graham eine Tasse hin, worauf Graham antwortete: »Nein danke, Miss Yeager.«

Graham registrierte Walls letzten unsicheren Blick, bevor er zu seinem Büro zurückschlenderte.

Nach wie vor erschüttert darüber, dass sie sich wegen nichts und wieder nichts hatte rechtfertigen müssen, setzte Bernadette sich an ihren Schreibtisch und begann, ihre Stifte und anderen Sachen zu ordnen, was ihr ein Gefühl der Sicherheit gab und sie beruhigte. Anschließend schob sie die Manuskripte beiseite, die sie gerade erhalten hatte, weil ihre Kollegen fehlten. Sie bezweifelte, dass sie krank waren. Evans, Marshall und Greene gingen nach der Arbeit gern in die Writer's-Block-Bar auf der anderen Straßenseite, das war allgemein bekannt. Vermutlich hatten sie sich zu viele Drinks gegönnt und pflegten nun zu Hause ihren Kater.

Bernadette war der Gedanke fremd, so etwas während der Woche zu machen. Ihr fiel es so schon schwer genug, sich in der Arbeit Respekt zu verschaffen. Wenn sie sich nach einem alkoholseligen Abend krankmeldete und irgendjemand das ahnte, würde sie gefeuert. Nicht, dass sie überhaupt je einen über den Durst trank. Doch die Trinkexzesse des Trios, über die Mr Wall Bescheid wusste, schienen ihm egal zu sein. Jungs waren nun mal so.

Jetzt konnte sie darüber nachgrübeln, dass das Fehlverhalten der Kollegen stets ignoriert wurde, weil sie keine Frauen waren, oder sich den Manuskripten und der Grammatik zuwenden. Ein viel zu großer Teil des Vormittags war bereits unnütz vergeudet. Also machte sie sich daran, mit dem Rotstift zu ändern, was sie ändern konnte – Worte in einem Text, nicht die Welt, die nicht für Veränderungen bereit zu sein schien.

Wortwiederholung in der Anfangszeile absichtlich?

Bezug?

Das Wort gibt es nicht, aber hübscher Einfall. Vielleicht lieber »leichtfertig«?

»Soziopath« wurde erst 1909 geprägt, und die Geschichte spielt 1903. Besser »Geistesgestörter« oder »Irrer«?

Die Stunden vergingen wie im Flug. Mittags holte sie ihren Lunchbeutel hervor, wild entschlossen, den Inhalt unter dem strahlend blauen Himmel zu verzehren. Sie schaute zu Mr Walls Büro hinüber. Er brüllte gerade etwas in den Telefonhörer. Also war genau der richtige Zeitpunkt, unbemerkt von ihm hinauszuschlüpfen.

Auf dem Weg nach draußen winkte sie lächelnd Melanie zu, die sich gerade mit dem Wachmann Gary unterhielt. Melanie hatte hübsche natürlich rosige Wangen, und kein einziges ihrer mit dem Haarspray Aqua Net toupierten Haare war fehl am Platz. Als Gary Bernadette bemerkte, entfernte er sich mit einem schüchternen Winken.

»Der war aber sehr freundlich«, meinte Bernadette und betrachtete den Blumenstrauß auf Melanies Schreibtisch. »Sind diese lilafarbenen Blumen von Gary?«

Melanie seufzte. »Ja. Lila ist meine Farbe, und Gary ist ein Schatz. Die hat er mir auch gebracht.« Sie hielt einen Pappbecher mit dampfendem Inhalt hoch. »Heiße Schokolade.«

Bernadette schmunzelte. »Auf die Idee, im Sommer heiße Schokolade zu trinken, würde ich nie kommen.«

»Ich liebe heiße Schokolade.«

»Ich gehe jetzt was essen und die Strumpfhose für dich besorgen. Die habe ich nicht vergessen.«

»Das musst du nicht machen. Ich hab jede Menge von den Dingern.« Melanie nippte an ihrem Kakao und seufzte noch einmal genüsslich.

Bernadette tippte mit einem pinkfarbenen Fingernagel auf Melanies Tisch. »Ich spiele mit dem Gedanken, bei einem neuen Lesezirkel nur für Frauen mitzumachen, wo Bücher zu Frauenthemen behandelt werden.« Leise fügte sie hinzu: »Interessiert?«

»Und ob! Lesen wir da die *Kinsey-Reports?*« Melanie machte ein gespielt schockiertes Gesicht.

Bernadette hingegen, die tatsächlich schockiert war, hatte Mühe, das nicht zu zeigen. Sie hatte nie jemanden über die *Kinsey-Reports* reden hören und wusste selbst nur wegen eines kurzen Artikels in der Zeitung davon. Kamen die für den Buchklub infrage?

»*Das sexuelle Verhalten der Frau*«, flüsterte Melanie hinter vorgehaltener Hand, während sie zum Eingang blickte, durch den gerade eine Gruppe von anderen Angestellten hereinkam. »Das wollte ich schon die ganze Zeit lesen, aber ich traue mich nicht, es im Buchladen zu kaufen.«

Bernadette wartete, bis sich die Aufzugtür hinter den Neuankömmlingen schloss, und fragte dann: »Hast du den ersten Teil, *Das sexuelle Verhalten des Mannes*, gelesen?«

Melanie verdrehte die Augen. »Warum sollte man das lesen? Das sehen wir doch tagtäglich auf der Straße.«

Bernadette konnte sich ein Lachen nicht verkneifen. »Offen gestanden kenne ich weder das eine noch das andere. Vielleicht sollten wir beides für den Buchklub vorschlagen. Ich sage dir noch, wann er genau stattfindet.«

Sie eilte hinaus zu dem kleinen Park neben dem Gebäude. Als sie auf der Bank Platz nahm, wurde die Sommerhitze durch eine Windböe weggeweht, die durch die Blätter der Bäume strich. Sie wickelte das mit Butterbrotpapier verpackte Sandwich aus. Heute hatte sie es schlicht gehalten: Cheddar, dazu ein Salatblatt als Trennung der feuchten Tomate vom Brot.

Beim Kauen dachte sie über die Ereignisse des Vormittags nach.

Trotz des früher im Jahr verabschiedeten Equal Pay Act hatte sie Gerüchte gehört, dass einige ihrer männlichen

Kollegen zwei Drittel mehr verdienten als sie. Wenn sie um eine Gehaltserhöhung bäte, würde Wall sie ihr höchstwahrscheinlich nicht gewähren. Mit mehr Arbeit war er hingegen immer schnell bei der Hand. Er würde sie fordernd und undankbar finden. Sie traute ihm durchaus zu, dass er ihr das Geld dann sogar kürzen würde, um sie zu ärgern. Das Leben in New York war teuer, und es fiel ihr gar nicht so leicht, mit ihrem Gehalt auszukommen. Weshalb sie in ihrer Freizeit Kindern in ihrem Haus Nachhilfe gab und Seminararbeiten für Studenten korrigierte.

Dabei lebte sie nicht auf großem Fuß. Ihre kleine Wohnung ähnelte zwei aneinandergeklebten Schuhkartons. Als ihre Eltern sie das erste Mal besuchten, waren sie entsetzt darüber gewesen, dass sie sich mit so wenig Raum begnügte, obwohl sie doch ein wunderbares Farmhaus in Maryland besaßen.

Während ihres Besuchs hatten sie ihr ein ums andere Mal gesagt, sie könne jederzeit nach Hause kommen. Wenn sie zurückkehre, würde sie bestimmt schnell einen Ehemann finden, hatte ihre Mutter ihr versichert. Ihr Tierarztvater kenne schließlich genug junge Veterinäre, die eine Frau suchten. Genau diesen Weg hatten einige ihrer Studienkolleginnen eingeschlagen, während sich andere für eine berufliche Laufbahn entschieden wie Bernadette.

Doch Bernadette würde den Erfolg nicht durch Heirat erringen, selbst wenn das Leben sich ledig komplizierter gestaltete. Letztlich war die Heirat für ihren Plan, Verlagsleiterin zu werden, in ihrer Vorstellung sogar kontraproduktiv.

Nachdem sie ihr Sandwich verspeist hatte, erstand Bernadette in den wenigen verbleibenden Minuten drei Paar Strumpfhosen, alle in Pink. Zwei für sich selbst und eines für Melanie. Dann ging sie an der New York Public Library in der Fifth Avenue vorbei.

Sie liebte diesen Ort mit den majestätischen Steinlöwen an den Stufen zum Eingang und den schier endlosen Regalen voller Bücher drinnen. Bücher spendeten ihr seit jeher Trost, weswegen die Bibliothek so etwas wie ihr komfortabler Ohrensessel mitten in Manhattan war.

Komfort von Lateinisch *confortare*, was auch »stärken« bedeuten konnte. Die Library schenkte ihr tatsächlich Kraft, daran bestand kein Zweifel.

»Bernadette?«

Penelope Grynd, ihre Zimmergenossin im College, eilte die Bibliotheksstufen mit einem Stapel Bücher herunter. Sie hatte die Haare modisch frisiert und trug ein farbenfrohes kariertes Etuikleid in Gelb- und Grüntönen mit großen, kunstvoll arrangierten Gänseblümchen darauf.

Sofort verbesserte sich Bernadettes Laune, und sie umarmte ihre alte Freundin vorsichtig um die Bände herum. »Was machst du denn hier?«

»Mittagspause und Bücher. Besser geht's nicht.«

»Wie läuft's bei Doubleday? Ich hab dich ewig nicht gesehen.« Penelope war dort zur gleichen Zeit, als Bernadette bei Lenox & Park angefangen hatte, als Sekretärin eingestellt worden. Am Barnard College hatten sie beide den Ehrgeiz gehabt, eines Tages Führungskräfte im Verlagswesen zu werden. Doch bislang war es Penelope nicht gelungen, sich von ihrer Sekretärinnenstelle zu lösen.

Sie zuckte mit den Achseln. Dabei trat ein enttäuschter Ausdruck auf ihr Gesicht. »Ich verbringe viel Zeit mit Aufgaben, die nichts mit meinem eigentlichen Job zu tun haben. Aber ich lerne, und eines Tages werde ich Lektorin sein, nicht mehr das Laufmädchen.«

»Heute Morgen habe ich nicht den Kaffee kochen müssen«, erzählte Bernadette.

»Ein Schritt in die richtige Richtung.« Sie mussten beide lachen. »Hast du dir schon Gedanken über den Buchklub gemacht? Die anderen hätten dich gern dabei, das weiß ich. Das nächste Treffen findet in zwei Wochen statt.«

»Ja! Meine Freundin Melanie würde auch gern kommen. Ich habe gerade mit ihr darüber geredet.«

»Wunderbar. Allerdings muss ich dich warnen: Unsere Bücher sind alle feministisch angehaucht, und die Bibliotheksleitung sähe es nicht gern, wenn sich Feministinnen dort treffen. Deswegen tun wir so, als würden wir Klassiker lesen.«

»Heimliches Lesen. Das erinnert mich an meine Teenagerzeit, als ich vor meiner Mutter verbergen wollte, dass ich mir *Lolita* vorgenommen hatte.«

Penelope schmunzelte. »Kommt mir bekannt vor. Mein Vater konnte sich nicht erklären, warum die Batterien in unserer Taschenlampe ständig leer waren.«

»Ich hab meinem Bruder die Schuld gegeben, bis er mir an Weihnachten mit großer Geste eine Eveready-Taschenlampe überreicht hat.«

»Der trickreiche Big Ben.«

»Ich kann gut mit Worten umgehen, aber Ben ist mir in taktischer Kriegführung überlegen.« Bernadette biss sich auf die Lippe. »Segen und Fluch zugleich.«

Was ihr Bruder nicht ahnte: Das Geschenk, mit dem er sie als Teenager geneckt hatte, lag nach wie vor neben ihrem Bett, für die Abende, an denen sie noch spät lesen wollte oder mit Frank draußen unterwegs war.

4

Obwohl Graham Wall mitgeteilt hatte, dass er die Manuskripte, die Bernadette von ihrem Chef zusätzlich aufgehalst worden waren, erst in der folgenden Woche benötigen würde, lag Wall ihr die ganze Zeit damit in den Ohren.

Als Bernadette den Aufzug von Lenox & Park am zweiten Abend in Folge weit nach Büroschluss verließ, freute sie sich, dass Freitag war. Vor ihr lag ein Wochenende ohne Mr Wall, an dem sie lediglich die bisher gestapelten Zeitungen und Zeitschriften lesen musste. Im Eingangsbereich herrschte Stille, da die meisten das Gebäude bereits Stunden zuvor verlassen hatten. Die Lichter waren gedämpft, kein Telefon klingelte. Bernadettes Absätze klackerten auf dem glänzenden Boden. Sie war zu müde gewesen, um in ihre Keds-Laufschuhe zu schlüpfen.

Ein lauter Knall zu ihrer Rechten erschreckte sie so, dass sie auf einem wackligen Absatz herumwirbelte. Sie rechnete damit, Wall wie Godzilla auf sich zustürmen zu sehen, doch es war nur der Hausmeister, der den Müll leerte.

Er begrüßte sie mit einem kurzen Winken und einem verlegenen Lächeln. »Sorry, Miss.«

»Schönes Wochenende.«

Der arme Frank war vermutlich außer sich vor Sorge darüber, dass sie so spät nach Hause kam. Zum Glück war ihre Vermieterin, die sie Stunden zuvor angerufen hatte, bereit gewesen, mit ihm Gassi zu gehen, ihn zu füttern und ihm Gesellschaft zu leisten. Als Dankeschön würde sie dieses Wochenende etwas Feines für Mrs Morris backen.

Vielleicht Haferkekse. Die mochten Mrs Morris und

Frank. Für seine Geduld mit ihr hatte er sich eine Leckerei verdient. Und einen besonders langen Spaziergang am Morgen, wenn es draußen kühl genug war. Möglicherweise würde sie mit ihm auch in den Central Park gehen. Frank jagte im Park gern seinem Ball hinterher, und sie liebte die Ruhe dort.

Auf dem Weg zu den Glastüren am Eingang dachte Bernadette an ihre Mutter. Der würde die Vorstellung, dass sie um diese Tageszeit mit dem Bus fuhr, den Puls in die Höhe treiben. Bernadette jedoch hatte keine Angst. Obwohl schon oft so spät mit den öffentlichen Verkehrsmitteln unterwegs, war sie bisher nie belästigt worden. Und für den Fall, dass das tatsächlich einmal geschah, hatte Benjamin ihr einige Abwehrmanöver gezeigt. Allerdings war ein Tritt mit dem Absatz, ein Stoß mit dem Ellbogen oder Kopf im Spaß und noch dazu gegen den eigenen Bruder etwas völlig anderes als bei einem Wildfremden.

Sie trat hinaus in die milde Abendluft. Draußen waren deutlich mehr Menschen als im Verlag. Auf den Straßen drängten sich hupende Taxis, Busse, Lastwagen, Privatautos und das eine oder andere Motorrad. Der Geruch von leicht angekokelten gerösteten Nüssen und Hotdogs stieg ihr in die Nase.

»Um diese Zeit sehe ich Sie nur selten hier.« Schon das zweite Mal an diesem Abend erschrak sie. Rechts von ihr sah sie Graham Reynolds, der im Licht der Straßenlaterne die Schnürsenkel seiner Converse-Sportschuhe band. Er trug grüne Shorts mit weißen Seitenstreifen und ein weißes T-Shirt mit der Aufschrift »Central Park Scrum«, das seine sonst unter einem Button-down-Hemd verborgene Armmuskulatur gut zur Geltung brachte.

Bernadette rückte ihre Handtasche gerade, obwohl die kein bisschen von ihrer Schulter gerutscht war. Diese alltägliche Bewegung beruhigte sie. »Normalerweise bin ich auch am Abend nicht mehr da. Was hält Sie denn so spät noch hier?«

Graham richtete sich auf. Seine Botentasche hatte er quer über die Brust geschlungen, was ausgesprochen lässig aussah und ihr Herz schneller schlagen ließ. »Deadlines. Herstellungspläne.«

Ein Teil von ihr hätte sich gern über die Qualen der Woche ausgelassen, doch sie war sich nicht sicher, ob sie Graham mit ihren Klagen über Walls Führungsstil vertrauen konnte. Und ein anderer Teil wollte ihn fragen, warum er so gekleidet oder besser gesagt wenig bekleidet sei. »Dito.«

»Ich will noch zum Rugby. Das entspannt mich nach der Arbeit.«

Rugby? Graham Reynolds spielte Rugby? Jetzt ergab das T-Shirt Sinn. Sie wusste nichts über diesen Sport, nur, dass »scrum« ein Rugby-Ausdruck war. Beim Anblick seiner durchtrainierten Unterarme stellte sie sich ihn vor, wie er, die muskulösen Beine eingestemmt, den massigen Körper eines Gegenspielers, der auf ihn zuwalzte, erwartete. Röte stieg ihr ins Gesicht, und sie war dankbar für die Dunkelheit auf der Straße und dafür, dass er ihre Gedanken nicht von ihrer Stirn ablesen konnte. »Schätze, ist ähnlich wie bei mir der Heimweg von der Arbeit.« Am Abend zuvor hatte sie sich tatsächlich mit ausgestellten Ellbogen einen Platz erkämpfen müssen.

»Gehen Sie zu Fuß oder fahren Sie mit der U-Bahn?«

»Mit dem Bus. Aber ich spiele mit dem Gedanken, mir ein Fahrrad zuzulegen.« Sie machte Anstalten zu gehen, um die Vorstellung von Graham im Sportdress beiseiteschieben zu können.

»Hier am Ständer gibt's jede Menge. Wollen wir uns eins holen?«, scherzte er.

Bernadette wandte sich zu ihm um. »Haben Sie einen Bolzenschneider dabei?«

Graham klopfte schmunzelnd auf seine Botentasche. »Immer. Soll ich Sie zur Bushaltestelle begleiten?«

Von den Kollegen war niemand mehr im Verlagsgebäude, und wenn, würden sie keine Zeit damit vergeuden, aus dem Fenster zu schauen. Also konnte sie sich von ihm zur Haltestelle bringen lassen, doch sie wollte nicht, dass er zu viel hineininterpretierte. Außerdem musste klar sein, dass sie sich als Frau allein in der nächtlichen Stadt nicht fürchtete. »Ich komme zurecht.«

»Es würde mir nichts ausmachen.«

»Ich weiß Ihr Angebot zu würdigen, Mr Reynolds, aber ich komme wirklich zurecht. Und bestimmt wollen Sie Ihre Mannschaftskollegen nicht warten lassen.« Sie setzte sich in Bewegung.

»Moment noch.«

Sie blieb stehen und drehte sich halb um.

»Ich habe etwas für Sie.« Er nahm ein gefaltetes Stück Papier aus seiner Tasche. »Schauen Sie es sich an und denken Sie drüber nach.«

Bernadettes Finger schlossen sich um die am weitesten von seiner Hand entfernte Ecke des Zettels. »Worüber soll ich nachdenken?«

»Das werden Sie gleich sehen.« Bevor sie etwas erwidern und ihn fragen konnte, was er meine, schlenderte Graham bereits davon.

Kurz darauf beobachtete sie, wie er das Schloss an einem der Fahrräder öffnete und aufstieg.

»Sie hatten also den Schlüssel dabei!«, rief sie ihm nach.

Er grinste. »Für Sie hätte ich sogar mein eigenes Schloss geknackt. Lesen Sie die Stellenausschreibung.« Er deutete auf das Blatt Papier in ihrer Hand. »Bis Montag.«

Stellenausschreibung? Bernadette entfaltete den Zettel und überflog im Licht der Straßenlaterne, was darauf stand.

Kurz meinte sie, es gehe um den Posten einer Sekretärin

und er spiele ihr einen üblen Streich. Doch das war nicht der Fall.

Gesucht: Lektor, Lenox & Park.

Ihr blieb der Mund offen stehen. Diese Mitteilung war ihr am Schwarzen Brett vor dem Pausenraum aufgefallen. Sie hatte unzählige Male die Hand danach ausgestreckt, sie jedoch nicht heruntergerissen. Und einmal hatte Graham sie dabei beobachtet, das wusste sie.

Was sie gehindert hatte, die Anzeige abzunehmen? Weder die Jobbezeichnung noch die Stellenbeschreibung, sondern die Tatsache, dass sie sich ausgerechnet bei Mr Tom Wall bewerben musste.

Lektor.

Wall hatte in ihrer Abteilung nichts von dieser freien Stelle erwähnt. Der auf Standardpapier gedruckte Handzettel war wie eine einfache Notiz ans Schwarze Brett gepinnt, wohl weil er hoffte, dass ihn so niemand bemerken würde. Hatte einer des Trios Evans, Marshall und Greene beschlossen, von seinem Alkoholexzess nicht mehr zurückzukommen? War einer gefeuert worden? Oder gab es die Stelle einfach deswegen, weil der Verlag mehr als die drei bereits verpflichteten Lektoren benötigte?

So viele Fragen und keine Antworten. Die würde sie auch von ihrem Chef nicht erhalten. Wenn Wall sie dabei ertappte, wie sie die Stellenausschreibung mit leuchtenden Augen las, würde er sie bestimmt auslachen.

Bernadette schüttelte den Kopf. Tja, das konnte sie sich abschminken.

Sie sah noch einmal zu den Fahrradständern hinüber, doch Graham entfernte sich bereits auf seinem Schwinn-Rad. An der Kreuzung wandte er sich um. Dabei wehten seine Haare im Wind wie in einer Haarwasserwerbung für Vitalis im *Glamour*-Magazin. Er salutierte kurz, bevor er um die Ecke bog.

Was zum Teufel hatte er vor?

Wieso hätte er ihr diese Stellenanzeige geben sollen, wenn er nicht glaubte, dass sie sich für den Job eignete?

Bernadette gestattete sich einen zweiten Blick darauf. Ja, sie war mehr als qualifiziert für die Position. Und verdammt gut in dem, was sie tat. Aber würde Mr Wall für die Lektorenstelle überhaupt jemals eine Frau in Betracht ziehen?

Ihm schien es Vergnügen zu bereiten, ihr den gegenwärtigen Job zur Hölle zu machen.

Wenn sie Lektorin würde, müsste er anerkennen, dass sie mehr war als eine bessere persönliche Assistentin. Dass sie für das Haus wichtige Fähigkeiten besaß. Dass eine Frau im Verlagsgeschäft genauso gut war wie ein Mann.

Dann würden Mr Wall und die anderen Lektoren in ihrer Abteilung sie respektieren müssen.

Bernadette schob den Zettel in ihre Handtasche und hastete in der Hoffnung zur Haltestelle, den Bus nicht versäumt zu haben. Zum Glück öffnete der Fahrer die Türen, die sich gerade schlossen, noch einmal für sie. Die ganze Fahrt über holperte ihr Gehirn im Takt zum Stop-and-go-Verkehr. Besaß sie wirklich den Mumm, um diese Beförderung zu bitten?

An ihrer Haltestelle wich sie auf dem Gehsteig anderen Pendlern und spielenden Kindern aus. Die von Straßenlaternen erhellten Gebäude hier waren niedriger als die im Verlagsviertel, höchstens vier bis sechs Stockwerke hoch. Die Händler, die morgens ihre Stände mit Gemüse und anderen Waren aufbauten, waren bereits verschwunden. Etwa einen halben Block von ihrem Haus entfernt hörte sie trotz der gedämpften Geigenmusik eines Straßenmusikanten Franks Begrüßungsheulen. Offenbar hatte Mrs Morris das Fenster offen gelassen, damit er frische Luft bekam.

Bernadette schlüpfte lächelnd aus ihren hochhackigen Schuhen und rannte den Rest des Weges. Dabei schlängelte sie sich um Mülltonnen herum, die auf die abendliche Abholung warteten, ohne auf eine Ratte mit einem angebissenen Bagel im Maul zu achten.

Mr Jacobi, dessen Wohnung sich im fünften Stock befand, tippte an seinen Hut, während er ihr die Tür aufhielt. »Ihr Junge freut sich, dass Sie heimkommen«, bemerkte er.

»Hoffentlich stört er mit seinem Geheul niemanden.«

»Wir haben ihn gern. Er sorgt für Sicherheit im Viertel. Werde ihm ewig dankbar sein, dass er mich bei dem Missgeschick meiner Frau gewarnt hat. Und Ihnen für die Unterrichtsstunden.«

Mrs Jacobi war nicht gerade die beste Köchin. In der Anfangszeit Bernadettes in ihrem Apartment war mindestens einmal die Woche Rauch aus den Fenstern der Jacobis gedrungen, weil Mrs Jacobi ein neues Rezept ausprobierte. Einmal hatte sie sogar ihren Ofen in Brand gesetzt, als sie einen Kuchen buk, ihn vergaß und das Haus verließ, um einige Dinge zu erledigen. Frank hatte Alarm geschlagen, sodass Bernadette und Mrs Morris es schafften, das Feuer zu löschen, bevor es schlimmen Schaden anrichten konnte. Daraufhin hatte Bernadette Mrs Jacobi Kochunterricht angeboten, und seitdem war es nicht mehr zu solchen Zwischenfällen gekommen.

»Dafür sind Nachbarn doch da.« Bernadette verabschiedete sich mit einem Winken und lief, immer zwei Stufen auf einmal nehmend, zu ihrer Wohnungstür hinauf, wo Mrs Morris, die einen abgewetzten pfirsichfarbenen Morgenmantel und Pantoffeln trug, sich mit dem Schlüssel abmühte.

»Ah, da sind Sie ja. Gott sei Dank, ich hatte schon Angst, dass der arme Frank einen Herzinfarkt kriegt.«

»Ich glaube, er hat mich gehört.« Bernadette lächelte,

als sie mitbekam, wie Frank von seinem Ausguck auf den Boden sprang und zur Tür lief. »Vielen, vielen Dank dafür, dass Sie sich so gut um ihn kümmern. Ich weiß nicht, was ich ohne Sie täte.«

Mrs Morris erwiderte Bernadettes Lächeln freundlich und berührte ihren Arm. »Ehrlich gesagt sollte ich mich bei Ihnen bedanken. Ich bin so einsam. Wenn ich mich nicht um Frank und Mr Crumbs kümmern könnte, wüsste ich nichts mit mir anzufangen.«

Der Verlust ihres Mannes war sehr hart für sie gewesen, denn ihr gesamtes Erwachsenenleben hatte sich darum gedreht, für ihren Gatten und dieses Haus zu sorgen.

»Ich habe eine Idee.« Bernadette klemmte ihre Stöckelschuhe unter den Arm und holte ihren eigenen Schlüssel heraus. »Lesen Sie?«

Mrs Morris lachte. »Seit der Schule nicht mehr.«

»Ich hätte da ein wunderbares Buch für Sie.« Bernadette schob den Schlüssel ins Schloss.

Mrs Morris wirkte skeptisch. »Ich kann's ja versuchen.«

Als Bernadette die Tür öffnete, sprang Frank so stürmisch an ihr hoch, dass er sie beinahe umgeworfen hätte. Ihre Schuhe flogen durch die Luft. Mrs Morris fing den einen und Frank den anderen. »Du alberner Kerl. Hast mir auch gefehlt.«

Nachdem sie ihm den Schuh entwunden hatte, schob Bernadette ihn in die Wohnung zurück und ging neben ihm in die Hocke, um ihm den Bauch zu kraulen und sanft auf ihn einzureden.

»Moment, ich muss was für Mrs Morris holen.« Bernadette richtete sich auf und eilte an eines der Bücherregale, die die Wand mit der Barocktapete gleich hinter dem kleinen Sofa bedeckten und in denen die Bände nach Genre und Autor geordnet waren.

Sie ließ einen Finger über die Rücken gleiten, bis sie das

Buch fand, das sie suchte: *Jane Eyre* von Charlotte Brontë. Insgesamt besaß sie sieben verschiedene Ausgaben. Sie zog die aktuellste mit cremefarbenem Umschlag heraus, auf dem vorne in der Mitte Jane in einem dunklen Gewand zu sehen war, wie sie Mr Rochester nachschaute, der von Thornfield Hall wegritt.

»Mein Lieblingsbuch«, erklärte Bernadette und reichte den Band ihrer Vermieterin. »Kennen Sie es?«

Mrs Morris schüttelte den Kopf und las den Text auf der Rückseite. »Leider nein.«

»Tja, dann werden Sie bald in die faszinierende Welt einer jungen Waise eintauchen, die schlecht behandelt wird. Ein unauffälliges Mädchen, eine Außenseiterin, die ... Egal, ich will Ihnen nicht die Spannung nehmen.«

»Ihre Begeisterung ist ansteckend. Ich fange gleich heute Abend an. Haben Sie das bearbeitet?«

Bernadette lachte. »Schön wär's. Miss Brontë hat diesen Roman vor über einhundert Jahren zu Papier gebracht.«

»Ach, dann ist das also ein Klassiker.«

»Ja.«

Mrs Morris kraulte kurz Frank, bevor sie sich verabschiedete.

Als Bernadette mit Frank in ihrer winzigen Wohnung allein war, fragte sie ihn: »Hast du Hunger?«

Frank bellte einmal und lief in die Küche. Seine vorbereiteten Mahlzeiten befanden sich im Kühlschrank, in Tupperware-Dosen von Bernadettes Mutter. Eigentlich hatte diese sie für Bernadettes Essen vorgesehen. Aber egal: Was man nicht weiß, macht einen nicht heiß.

An den Wochenenden kochte und buk Bernadette und erledigte die kleinen Arbeiten, mit denen sie sich nebenher Geld verdiente. Ihre Mutter hatte die winzig kleine Küche beäugt und bemerkt, sie wisse nicht, wie es Bernadette gelinge, darin auch nur ein Glas Wasser zu füllen, geschweige denn zu kochen, worauf Bernadette scherzte, hier müsse sie nicht einmal aus dem Bett aufstehen, um Julia Childs französische Zwiebelsuppe zuzubereiten. Natürlich hatte ihre Mutter das überhaupt nicht witzig gefunden, obwohl sie Bernadettes Lieblingssendung im Fernsehen ebenfalls mochte: *The French Chef*, präsentiert von Julia Child höchstpersönlich.

Bernadette nahm die Tupperware-Dose mit der Aufschrift »F« für Frank aus dem Kühlschrank und gab eine Portion in seine Futterschale. Heute stand Hühnchen mit Karotten und Reis auf dem Speiseplan.

Für sich selbst hatte Bernadette Poulet sauté aux herbes de Provence à la Julia und Rösti vorbereitet, die sie im Hotpoint-Ofen erhitzte. Während sie wartete, dass ihr Essen warm wurde, schenkte sie sich ein Glas Chablis ein und deckte das Tischchen für eine Person. Melanie mixte sich, wenn sie zu Hause war, gerne einen Wodka-Gimlet, doch Bernadette mochte keine harten Sachen.

Während sie das Hühnchen in Knoblauch-Kräuter-Sauce verspeiste, dachte sie über die ausgeschriebene Stelle nach. »Was hältst du davon, wenn ich um eine Beförderung nachsuche?«

Frank hob den Kopf von seiner Schüssel, sah sie an, um zu überprüfen, ob sie ihm etwas von ihrem Hühnchen abgeben wollte, und wandte sich dann wieder seinem eigenen Fressen zu.

»Keine Ahnung, ob ich das als Zustimmung deuten soll, Frank. Bell ein Mal für Ja und zwei Mal für Nein.«

Frank hob kauend erneut den Kopf und bellte ein Mal.

»Ich hatte schon befürchtet, dass du das sagen würdest. Wenn jemand uns hören könnte, würde er sich vermutlich fragen, ob ich verrückt bin, weil ich mit meinem Hund rede.« Sie nippte an ihrem Wein, schnitt ein Stück von dem Rösti ab und tunkte es in die köstliche Sauce.

Nach dem Essen ging sie mit Frank eine Runde spazieren und leuchtete den Weg mit ihrer Eveready-Taschenlampe aus. Frank schnüffelte herum, bis er die richtige Stelle an seinem Lieblingsbaum fand. Bernadette amüsierte es, dass er überall schnupperte, als würde er eines Tages einen anderen Fleck wählen, obwohl sie beide wussten, dass er sein Geschäft immer an demselben verrichtete. Er war genauso wählerisch wie sie.

»Guten Abend, Miss Swift.«

Bernadette nickte ihrem Nachbarn Joon zu, der mit seiner Schwester Hana in dem Apartment neben dem ihren wohnte. Wenn ihre Mutter schon Bernadettes Reich klein fand, was hätte sie dann erst gedacht, wenn sie ahnte, dass in der identischen Wohnung neben der ihren zwei Menschen lebten?

»Sag Hana einen schönen Gruß von mir.«

Joon tippte grinsend gegen seinen Hut und betrat das Gebäude.

Bernadette wohnte seit ihrem Collegeabschluss gern in diesem Häuserblock. Mittels ihres Vertrags mit Lenox & Park hatte sie nachweisen können, dass sie in der Lage war, die Miete zu zahlen. Außerdem hatte ihr Bruder sie seinerzeit begleitet, als sie bei Mrs Morris' Mann unterschrieb, und für sie gebürgt, falls sie in Rückstand geraten sollte. Als sie wieder allein waren, hatte er ihr, falls das passierte, damit gedroht, ihre Eltern zu informieren, die sie bestimmt nach Maryland zurückverfrachten würden.

Sie fand es merkwürdig, dass sie als alleinstehende arbeitende Frau den Vermieter davon überzeugen musste, ihr das Apartment zu überlassen. Als würde sie, weil sie eine Frau war, die Miete nicht bezahlen. Was für einen Sinn ergab das? Ein Mann konnte ohne Probleme eine Wohnung anmieten. Regte Hana sich jemals darüber auf? Sie war Apothekerin und verkaufte Menschen Arzneimittel.

Leben retten durfte sie also, aber selbst ein Apartment mieten?

Da es so schwierig gewesen war, die Wohnung zu ergattern, betete Bernadette jeden Abend, dass Mrs Jacobi im fünften Stock mit ihren verheerenden Kochkünsten nicht das Haus abfackelte. Bernadette hatte ihr ja angeboten, ihr ein paar Gerichte beizubringen. Da sie auf einer Farm aufgewachsen war, spielte das Kochen in ihrem Leben seit jeher eine große Rolle. Das und die Bücher. Aber Mrs Jacobi erklärte, sie habe einfach noch nicht das richtige Rezept gefunden. Allerdings glaubte Bernadette, dass jemand, der keine Scheibe Brot toasten konnte, ohne sie zu verbrennen, wohl nicht nur Defizite bei den Rezepten hatte.

Wieder zu Hause, schlüpfte Bernadette in ihr Nachthemd und nahm eine andere Ausgabe von *Jane Eyre* aus dem Regal. Sie hatte das Buch mindestens einhundert Mal gelesen. Wenn es sie etwas lehrte, dann Beharrlichkeit. Jane hatte keine Angst, sich das zu holen, was sie wollte. Es Menschen zu sagen, wenn sie sich ungerecht behandelt fühlte.

Bernadette griff nach dem Notizbuch, das immer mit einem Stift neben ihrem Bett lag, und schlug es auf.

Lektionen, die ich aus *Jane Eyre* gelernt habe: »Ich bin kein Vogel, und kein Netz und kein Vogelsteller vermag mich zu fangen. Ich bin ein freies menschliches Wesen mit einem unabhängigen Willen.«

Nicht einmal Mr Wall konnte sie aufhalten, obwohl er es versuchen würde, das wusste sie.

»Frank, ich mach's. Gleich am Montagmorgen.«

Frank, der, den Kopf schwer auf ihrem Schoß, neben ihr lag, gab ein zustimmendes Geräusch von sich. Bernadette drehte sich zum Fenster, dessen Vorhänge nicht ganz zugezogen waren, sodass sie am gegenüberliegenden Gebäude vorbei zum Nachthimmel emporblicken konnte. Das war vielleicht das Einzige, was ihr an der Farm in Maryland fehlte: den unendlich weiten Himmel mit den funkelnden Sternen immer und überall sehen zu können.

Veränderungen machten Angst. Aber hatte sie einer Herausforderung schon jemals nicht ins Auge geblickt?

5
Frank

Ich laufe die Stufen in den ersten Stock hinunter und kratze kurz an Mrs Morris' Tür.

Als sie aufmacht, schnuppere ich. Der Geruch von Toast und Tee steigt mir in die Nase. Zuerst wandert ihr Blick über mich hinweg, und sie runzelt verwirrt die Stirn, bis sie mich bemerkt. Hinter ihr höre ich das Glöckchen ihres Katers Mr Crumbs.

»Guter Hund.« Ihre raue Stimme ist höher als die von Bernadette.

Ich halte die kleine Papiertüte mit den Haferkeksen, die Bernadette für sie gebacken hat, fest zwischen den Zähnen.

Sie krault mich ausgiebig hinter den Ohren, nimmt die Tüte und lässt mich in ihre Wohnung. Lange kann ich nicht bleiben, aber ich leiste ihr ein wenig Gesellschaft, weil sie einsam ist. Mr Crumbs faucht mich an und flitzt unter das Bett von Mrs Morris.

»Dein Frauchen ist wirklich aufmerksam«, sagt sie, beißt in einen Keks und setzt sich auf die Couch. Ich lege mich in der Hoffnung, ein paar Krümel zu ergattern, zu ihren Füßen hin. Sie tätschelt meinen Kopf und gibt mir einen Bissen ab. »Meine Tochter kommt mich bald besuchen.«

Ich habe die Tochter von Mrs Morris nur ein einziges Mal gesehen, und auch nicht sonderlich lang. Sie hat vorbeigeschaut, um auf dem Weg nach Kalifornien, wo sie am Strand lebt, ein paar Kisten abzuholen. Ich liebe den Strand. Wenn wir nach Hause zur Farm fahren, schaffen wir es manchmal, einen Ausflug zum Meer zu machen. Dort jage ich den Möwen hinterher und stapfe durch die

Wellen. Ich verschlinge gierig die Pommes, die Bernadette mir zuwirft, und lecke die leere Schachtel aus, wenn sie mit dem Essen fertig ist.

»Diesmal bleibt sie vielleicht ein bisschen länger als bloß ein paar Tage«, meint Mrs Morris. »Anscheinend hat sich ihr Mann in irgend so ein Flittchen verguckt. Mein Wallace hätte nie mit einem Flittchen rumgemacht.«

Gern würde ich sie fragen, was »Flittchen« bedeutet. Das Wort klingt nach einem Vogel im Park, aber ihrem traurigen Blick nach zu urteilen könnte es sein, dass der Vogel tot ist.

Ich belle und sie schenkt mir ein Lächeln. »Genau. Ihr Mann könnte einen ordentlichen Tritt in den Hintern vertragen. Soviel ich weiß, hast du früher Füchse vertrieben. Vielleicht sollte ich dich nach Kalifornien mitnehmen und auf ihn hetzen.«

Wieder belle ich. Wenn ihre Tochter mit einem Fuchs verheiratet ist, verjage ich den für sie. Bald schon muss ich mich verabschieden, und ich kehre, bereit für den nächsten Botengang, zu unserer Wohnung im vierten Stock zurück.

Bernadette hat mich, als wir hier eingezogen sind, zu der Vorstellungsrunde bei unseren Nachbarn mitgenommen. Ich höre zuverlässig auf Befehle. Wahrscheinlich weil ich, bevor ich zu ihr gekommen bin, von Ben als Such- und Rettungshund ausgebildet wurde. Ich kann einen unter einem ausgebrannten Gebäude eingeklemmten Menschen finden oder über eine Leiter durch ein Fenster klettern, da ist die Auslieferung von Keksen an die Nachbarn ein Kinderspiel.

Aber Aufgaben ändern sich. Vor ein paar Jahren wurde ich plötzlich in einem Wagen von den vertrauten Gerüchen des Militärstützpunkts weggefahren, wo ich meine ersten sechs Lebensmonate verbracht hatte.

Wir näherten uns einer Stadt. Dieser Stadt. Das konnte ich riechen, als wir eine Brücke überquerten – Auspuffgase, menschliche Exkremente, Lebensmittel und Ratten. Von den widerlichen Viechern habe ich schon etliche erwischt. Noch bevor wir von der Brücke herunter waren, konnte ich den Lärm hören. Wie in der Militärbasis herrscht in der Stadt niemals Ruhe.

Trotzdem habe ich hier bei Bernadette meinen Frieden gefunden. Für jede Tüte mit Keksen, die ich ausliefere, bekomme ich selbst einen Bissen ab. Manche verstecke ich als Vorrat für meine Ausflüge tagsüber. Auch Hunde haben ihre Geheimnisse, und dank meiner Ausbildung bin ich noch nie auf ein Fenster gestoßen, das ich nicht aufkriegen konnte.

Als ich nach der Lieferung an die Lee-Geschwister nebenan in die Küche zurückkehre, sehe ich, dass Bernadette die Stelle anstarrt, aus der Wasser kommt. Der Hahn ist zugedreht, ihre Hände ruhen auf dem Rand der Spüle. Sie nimmt mich nicht wahr. Könnte es sein, dass sie stehend und mit offenen Augen schläft?

Sobald ich ihr Bein anstupse, schaut sie mich an. Kurz spüre ich ihre Sorge, aber dann schüttelt sie den Kopf und küsst mich zwischen die Augen.

Sie redet nicht oft darüber. Ob ihr Bruder Ben ihr fehlt? Ich vermisse ihn jedenfalls. Während meiner Ausflüge tagsüber bin ich ihm nie begegnet. Ich habe ihn auch nicht gerochen. Wenn ich nur fragen könnte, wann er zurückkommt.

6

Bernadette wäre in ihrer Sorge um ihren Bruder fast nicht rangegangen, als Penelope anrief. Doch das schrille Klingeln ließ sich nur stoppen, wenn sie den Hörer abnahm. Es war, als würde das Telefon absichtlich immer lauter und verhöhnte sie mit seiner Forderung nach einer Reaktion.

Heute war Bens siebenundzwanzigster Geburtstag, und an dem sollte er eigentlich zu Hause sein und Kerzen auf dem Kuchen ausblasen, den ihre Mutter gebacken hatte. Stattdessen verbrachte er ihn in Nha Trang, wo er möglicherweise gegen feindliches Feuer kämpfte. Bernadette stellte sich lieber vor, dass er dort genauso sicher war wie zuvor in Saigon. Sie hatte ihm eine Glückwunschkarte und siebenundzwanzig Schokoladentafeln in der Hoffnung geschickt, dass das Päckchen rechtzeitig ankommen würde. Vielleicht machte er es gerade auf und teilte den Inhalt mit seiner Truppe.

Penelopes Einladung, die Bernadette an Melanie weitergegeben hatte, war genau die richtige Ablenkung. Eine Geburtstagsfeier für Mary Shelley mit Kostümen und Lesungen aus *Frankenstein*, die versprach, gruselig und gleichermaßen amüsant zu werden. Ursprünglich hatte Bernadette Nein gesagt, worauf Penelope ihre Einladung nun telefonisch wiederholte.

In seinem letzten Brief hatte Bennie Bernadette geschrieben: *Führe dein Leben weiter wie immer, kleine Schwester. Ich versuche unterdessen hier, der Freiheit zu ihrem Recht zu verhelfen.*

Ein Befehl von Kompaniefeldwebel Benjamin Swift.

Heute Abend war der geeignete Zeitpunkt, diese Anweisung zu befolgen.

Vor dem Literaturcafé Caffe Shakespeare wartete eine Menschenschlange so lang wie der Hudson darauf, eingelassen zu werden. Manche der Anwesenden trugen schaurige Frankenstein-Verkleidungen, mindestens ein Dutzend Frauen waren wie Bernadette als Mary Shelley erschienen. Sogar die Ringellocken an den Ohren stimmten mit dem Original überein. Dazu ein paar als Lord Byron, Percy Bysshe Shelley, Victor Frankenstein, der Schöpfer des Monsters, oder als kränklich wirkende Elizabeth Lavenza.

Bernadette war froh über die Feste mit literarischen Themen, die im Barnard College gefeiert worden waren, denn sonst hätte sie das perfekte Kostüm für den heutigen Anlass, das ihre Mutter genäht hatte, nicht besessen. Ein hellrosafarbenes, am Rücken zugeknöpftes Musselingewand mit hoch angesetzter, schärpengeschmückter Taille im Stil der Regency-Zeit und aufgestickten malvenfarbenen Rosen. Sie hatte Mrs Morris bitten müssen, zu ihr zu kommen und es für sie zu schließen, weil sie das allein nicht schaffte. Eine Einladung zu der Party hatte ihre Vermieterin ausgeschlagen, sich allerdings bereit erklärt, auf Frank aufzupassen.

»Bernadette!«

Als Bernadette auf der Straße ihren Namen hörte, drehte sie sich um und sah eine Frau mit kreidebleichem Gesicht, die Lippen nachtschwarz, mit auf dem Pflaster klackenden Absätzen auf sich zueilen. Ihre eigentlich roten, nun von schwarzen Strähnen durchzogenen Haare standen der Frau vom Kopf ab, als hätte sie in eine Steckdose gegriffen. Sie trug ein schlichtes langes, fließendes weißes Kapuzenkleid, das bei jedem Schritt flatterte, und begrüßte Bernadette mit einem fröhlichen Lächeln.

»Hallo, Melanie. Du bist also Frankensteins Braut.«

»Ja, genau!« Melanie lachte so laut, dass sich einige Leute nach ihr umdrehten. »*Frankenstein* ist eines meiner absoluten Lieblingsbücher, und den Film mag ich auch. Du bist wunderschön als Schriftstellerin aus der Regency-Zeit. Zeig mir den gehetzt-besessenen Gesichtsausdruck einer Autorin, die in Gedanken gegen Geister und Dämonen kämpft.«

»Ach, ich glaube nicht, dass sie gehetzt oder besessen war. Ich finde sie eher klug. Vielleicht so?« Bernadette verzog die Miene und hoffte, sowohl gehetzt und ein wenig besessen, aber auch klug zu wirken, was Melanie nur amüsierte.

»Das ist genau der Ausdruck, den ich immer bei dir sehe, wenn du über Mr Wall redest.«

Bernadette lachte Tränen. »Wie schön, dass du dir die Zeit genommen hast mitzukommen.«

Drinnen trafen sie Penelope, die die Vorleser dieses Abends instruierte und ziemlich gestresst wirkte. Aus der Jukebox erklang »One Fine Day« von den Chiffons. Obwohl sich in dem Café die Menschen drängten, hatten sie Glück und ergatterten einen kleinen runden Tisch, wo sie Tee bestellten.

Melanie nahm die wie ein Zelt aufgestellte Speisekarte. »Interessant. Sie haben einen Mary-Shelley-Cocktail mit Sekt und Brombeeren.«

»Klingt gut! Den sollten wir nach dem Tee probieren!«

»Gern. Und jetzt mach noch ein anderes Shelley-Gesicht.«

Bernadette zog die Schultern hoch und sprach mit einer Stimme, die sich wie die von Mary Shelley anhören sollte, jedoch eher nach einem Kindermädchen klang. »›Es war eine trostlose Novembernacht, als ich mein Werk vor mir liegen sah.‹ Eines meiner Lieblingszitate.«

»Bernadette, willst du heute vorlesen?« Penelope beugte

sich zu ihr herab, um sie mit einer Umarmung zu begrüßen. Auch sie war wie Mary Shelley gekleidet, allerdings in düsterem Schwarz.

»Ganz sicher nicht.« Bernadette bekreuzigte sich in gespieltem Entsetzen.

»Wenn du willst, kann ich lesen«, erbot sich Melanie und räusperte sich, bevor sie anhob: »›Hüte dich! Ich fürchte nichts und deshalb bin ich stark.‹«

»Die geborene Schauspielerin«, lobte Bernadette sie.

»Möglicherweise habe ich ja mein Glück am Broadway versucht, bevor ich mich dazu herabließ, an Schreibtisch und Telefon zu wirken. Allerdings muss ich zugeben: Ein regelmäßiges Einkommen zu haben ist besser, als bei den Eltern zu wohnen.«

»Amen«, pflichteten Bernadette und Penelope ihr unisono bei.

»Ich habe die perfekte Rolle für dich, liebste Braut von Frankenstein.« Penelope wackelte mit den Augenbrauen, und Melanie klatschte.

»Entschuldigung, ich hab vergessen, euch beide einander vorzustellen. Penelope, das ist meine Freundin aus der Arbeit, von der ich dir erzählt habe.«

Penelope beugte sich weiter herab. »Wie ich höre, hast du Interesse an unserem Buchklub.«

Melanie sah Bernadette an, dann nickten beide. »Oh ja.«

Penelope grinste. »Unsere nächste Sitzung dreht sich um Betty Friedans *Weiblichkeitswahn.*« Sie sah sich um, als fürchtete sie, belauscht zu werden, und rückte ein wenig näher zu ihnen heran. »Heute in einer Woche, am Dienstagabend um sieben in der Bibliothek.«

»Nach der regulären Öffnungszeit.« Bernadette legte gespielt schockiert die Finger auf die Lippen.

»Wir haben Beziehungen«, erklärte Penelope verschwörerisch. »Beziehungen, die uns Zutritt verschaffen und es uns erlauben, das Gebäude auch wieder zu verlassen. Beziehungen, die dafür sorgen, dass wir ein geheimer Frauenbuchklub bleiben.«

»Das wird ein Spaß«, jubelte Melanie.

»Mary Shelley war Feministin«, bemerkte Bernadette. »Viele Männer denken nur an das Monster, das sie geschaffen hat, aber sie war auch die Tochter von Mary Wollstonecraft, deren Werk *Verteidigung der Rechte der Frau* für die feministische Bewegung jener Tage als bahnbrechender Text galt.«

»Ist er vermutlich heute noch«, meinte Melanie.

»Absolut. Wir sehen uns gleich. Gerade kommt mein Victor Frankenstein.« Penelope eilte zu ihrem Mann, der tatsächlich Victor hieß und zufällig auch noch Arzt war.

Bernadette und Melanie stießen gleichzeitig einen Seufzer aus, als sie sahen, wie die beiden einander umarmten.

»Wie läuft's mit Gary?«, erkundigte sich Bernadette und blies auf ihren heißen Tee, um ihn zu kühlen.

Unter ihrer weißen Schminke trat leichte Röte auf Melanies Wangen. »Er hat mich zum Abendessen eingeladen.«

»Und, bist du schon mit ihm ausgegangen?«

»Erst nächstes Wochenende. Aber ich bin mir nicht sicher, ob ich das will.«

»Warum nicht?«

Melanie schüttelte leicht den Kopf, wobei ihre Haare, die ihr nach wie vor wirr abstanden, erzitterten. »Ich weiß nicht, ob ich für eine Beziehung bereit bin.«

»Ein Essen bedeutet noch lange keine Heirat.«

»Stimmt, doch es könnte darauf hinauslaufen. Zuerst ein Essen, dann ein Abendessen und eine Show – du kennst ja meine Vorliebe für gute Shows. Irgendwann geht's weiter: ›Hey, wie wär's, wenn ich zu dir komme und dir ein saftiges Steak brutzle?‹ oder ›Meine Mum würde dich gern kennenlernen.‹ Anschließend treffen sich unsere Familien, und ehe man sich's versieht, geht er mitten auf dem Times Square auf ein Knie und hält mir einen Brillantring hin, für den er den größten Teil seiner Ersparnisse geopfert hat, als könnte er sich so den Rest seines Lebens an mich binden. Denn mal ehrlich: Der Rest *meines* Lebens wird's nicht sein. Der Mann stirbt immer als Erster, und wenn's so weit ist, werde ich bloß drüber weinen, dass ich weniger Wäsche zusammenlegen und weniger Teller spülen muss.« Melanie holte tief Luft, als hätte sie sich während ihres gesamten Monologs unter Wasser befunden.

»Geh doch einfach mit ihm zum Essen und frag ihn, ob ihr's anders machen könnt.«

»Ich soll ihn fragen?« Melanie runzelte die Stirn.

Bernadette nickte ernst. »Sag Nein zu der Sache mit dem Times Square. Und wie wär's, wenn ihr euch Wäschewaschen und Geschirrspülen teilt?«

»Welcher normale Mann hilft denn bei der Hausarbeit?«, rief Melanie entgeistert aus.

»Der Mann, der den Rest *seines* Lebens mit dir teilen möchte.«

»Stimmt. Den Deal könnte man noch um einen Punkt erweitern: Seine Mutter will ich nicht kennenlernen.«

Bernadette musste lachen. »Also eine Keine-Schwiegermutter-Regel?«

»Träumen darf man ja wohl noch.«

Bernadette blieb das Lachen im Hals stecken, als die fröhliche Atmosphäre aus dem Raum gesaugt wurde wie eine Schnecke aus ihrem Haus, weil ein vertrautes Schmollgesicht in der Menge hinter Penelope und ihrem Mann auftauchte.

»Sarah?« Beim Anblick der Sekretärin, die ebenfalls als Mary Shelley verkleidet war, allerdings mit einem cremefarbenen Gewand, runzelte Bernadette die Stirn. Sarah hatte sich bei einer weiteren Mary Shelley untergehakt. Die beiden kicherten vor sich hin. Diese Seite Sarahs – sie wirkte glücklich und nicht verbittert wie sonst – kannte Bernadette nicht, und sie irritierte sie.

»*Die* Sarah?« Melanie wandte sich um.

»Ja, genau die. Ich muss sie begrüßen.«

»Warum?« Melanie zog die Nase kraus.

»Wenn ich es nicht tue, lässt sie es mich bestimmt irgendwann büßen.«

Bernadette ging zu Sarah. Sie hatte keine Ahnung, wie diese ihre Wochenenden verbrachte, vielleicht damit, sich auszudenken, wie sie Bernadette ärgern konnte, oder damit, wie eine Hexe in einem schwarzen Kessel zu rühren. Aber verkleidet bei einer Lesung aufzutauchen? Das hatte sie nun wirklich nicht erwartet.

Sarah tuschelte mit ihrer Begleiterin, die in Beigetöne gekleidet war wie sie, als wollten die beiden nur ja nicht auffallen. Was sie in der rotbraunen Nische jedoch taten.

»Sarah.«

Die Sekretärin schaute sie mit großen Augen an. »Bernadette.« Sie nahm ein Glas Sekt, der den gleichen Farbton wie ihr Kleid hatte, in dem sich aber keine Brombeeren befanden, und trank einen Schluck, während sie Bernadette über den Rand hinweg musterte, als wollte sie sagen: Nicht schon wieder Sie.

»Was machen Sie denn hier? Im Caffe Shakespeare habe ich Sie noch nie gesehen.«

Sarahs Lippen zuckten; ein kurzes Lachen entschlüpfte ihr. »Meinen Sie, nur Sie mögen Bücher? Und ich tauge bloß dazu, Anrufe entgegenzunehmen? Kann aber mit meinem ›schlichten Gemüt‹« – sie setzte die Worte mit den Fingern in Anführungszeichen, was Bernadette schockierte, weil sie niemals behauptet hatte, sie habe ein schlichtes Gemüt, sondern sogar eher das Gegenteil vermutete – »die literarischen Nuancen von Mary Shelleys Texten nicht würdigen?« Zwei rote Flecken traten auf Sarahs Wangen.

Bernadette biss sich auf die Zunge. Sofort bekam sie ein schlechtes Gewissen, und ihre Haut begann zu prickeln. Als Bernadette Sarah inmitten der Menge von Möchtegern-Mary-Shelleys aufgefallen war, hatte sie nur an die spöttischen, verächtlichen und verletzenden Blicke gedacht, die Sarah seit Jahren in ihre Richtung schickte. »Sorry. Ich …« Bernadette räusperte sich. »Ich hatte nicht erwartet, Sie hier zu sehen.«

Sarah erwiderte nichts, doch ihr verkniffenes Gesicht sagte mehr als tausend Worte: *Verschwinde und lass dich nicht wieder blicken.* Die Verlagssekretärin beherrschte die Kunst der nonverbalen Kommunikation wirklich ausgezeichnet.

»Viel Spaß bei der Lesung.« Bernadette schaute Sarahs Freundin an, die sie ignorierte und eine Fliege über etwas Kakaoartiges in Richtung Bernadette schnippte. Ein weiterer Wink mit dem Zaunpfahl.

Vermutlich hatte sie eine solche Reaktion verdient, dachte Bernadette.

»Deswegen sind wir ja hier«, zischte Sarah zurück, aber in ihren Augen sah Bernadette, wie verletzt sie war.

Bernadette nickte stumm und drehte sich weg, weswegen sie die abfällige Bemerkung nicht mehr hörte, die Sarah machte, als Penelope gegen das Mikrofon klopfte und erklärte, es werde gleich losgehen.

Jubelrufe ließen die Luft in dem kleinen Café erzittern und ihre Ohren klingen. Sie flüchtete benommen an ihren Platz.

Melanie stieß Bernadette mit der Schulter an und fragte leise: »Alles in Ordnung?«

Bernadette schenkte ihr ein mattes Lächeln. »Ja. Bin nur gerade in ein Fettnäpfchen getreten und habe dafür büßen müssen.«

Melanie blickte zu Sarah hinüber. »Bei einer Frau wie ihr gar nicht so leicht, kein Fettnäpfchen zu treffen. Immerhin bist du mit schicken Schuhen reingetreten.«

Bernadette verkniff sich ein Lachen, da Pearl, ihre Lieblingsbäckerin in dem Café, ihnen gerade zwei Stück Schokoladenkuchen brachte. Sie war nicht mehr ganz jung und hatte graue Strähnen in den dunklen Haaren sowie ein paar wenige Lachfältchen um die Augen bei ansonsten glatter Haut.

»Danke, Pearl. Keine Ahnung, was wir machen, wenn du nächstes Jahr in Rente gehst«, bemerkte Melanie.

»Ich zeige meiner Enkelin Gladys gerade alle meine Rezepte. Ihr werdet also in guten Händen sein.«

»Jetzt gibt's Kuchen statt Fettnäpfchen, Queen B. Der lenkt dich ab«, meinte Melanie.

Der Schokoladenkuchen, der Bernadette auf der Zunge zerging, half tatsächlich gegen ihre Verlegenheit.

»Zerbrich dir nicht den Kopf wegen Sarah. Manche Frauen scheinen sich bloß wohlzufühlen, wenn sie andere Frauen runtermachen können. Es sind nicht immer nur die Männer, die uns unterbuttern wollen.« Melanie gab etwas von dem Schokoladenguss des Kuchens auf ihre Gabel und leckte ihn ab. »Und Sarah ist offenbar eine von der Sorte.«

»Ich frage mich, warum«, sagte Bernadette.

»Wer weiß?« Melanie zuckte die Achseln. »Wahrscheinlich liegt's an ihren Eltern, hauptsächlich ihrer Mutter. Irgendwoher haben wir's ja alle, oder?«

7

Bei allen Dingen war die Balance wichtig. Das Wort kam vom Lateinischen *bilanx*, was so viel wie Waagschale bedeutet, und mit Abwägen war Bernadette gerade in mehrerlei Hinsicht beschäftigt. Balance zwischen Privatleben und Arbeit. Physische Balance, damit man beim Gehen oder Radfahren nicht stürzte oder von der Leiter fiel, wenn man eine Glühlampe auswechselte. Balance zwischen dem Wichtigen und dem, was sich beiseiteschieben ließ.

Doch manchmal ging es um viel einfachere und kleinere Dinge. Momentan balancierte Bernadette mehrere in Butterbrotpapier gewickelte Kekse, die sie am Wochenende gebacken hatte, sowie ihre Tasche und ihren Lunchbeutel, während sie versuchte, die Tür zu Lenox & Park zu öffnen.

Schließlich ging diese wie von Zauberhand auf, und Melanie, deren Augen durch eine perfekt zu ihrem knielangen Etuikleid passende Cat-Eye-Brille funkelten, begrüßte sie mit einem Grinsen.

»Mmm, was für ein köstlicher Geruch.« Melanie hielt Bernadette die Tür auf. Diese trat ein und stapelte die Kekspackungen auf dem Empfangstisch. »Ich hol den Aufzug für dich.«

»Danke. Ohne dich wäre wahrscheinlich alles auf dem Boden gelandet. Nimm dir ein Päckchen. Sind sowieso welche für dich dabei.«

Das ließ Melanie sich nicht zweimal sagen. »Wann hattest du denn Zeit, die zu backen?«

Bernadette lachte. »Ich backe, wenn ich Stress habe.«

»Stress?« Melanie runzelte die Stirn. »Alles in Ordnung?«

»Mit ein bisschen Backen lassen sich die meisten Probleme lösen«, erklärte Bernadette fröhlich und verschwand in den voll besetzten Aufzug, ohne auf den gemurmelten Protest der Männer zu achten, die dicht gedrängt darin standen und ihr so viel Platz machen mussten, dass sie sie nicht berührten. Trotzdem spürte sie etwas an ihrer Hüfte. Sie hoffte, dass es sich nur um eine Aktentasche handelte.

Nachdem sie Handtasche und Lunchbeutel verstaut und damit die Balance halbwegs wiederhergestellt hatte, legte Bernadette ein Kekspäckchen auf den Schreibtisch der abwesenden Sarah. Ein weiteres brachte sie zu Grahams Büro als Dankeschön dafür, dass er sie auf die Stellenausschreibung aufmerksam gemacht hatte.

Als sie an seiner Tür klopfte, hob er den Blick. Er hatte dunkle Ringe unter den Augen, als ob er am Freitagabend noch mit dem Rad zurück ins Büro gefahren wäre und dort bis jetzt durchgearbeitet hätte. Doch sein Haar war ordentlich gekämmt, sein Gesicht sauber rasiert, und unter der braunen Weste trug er ein gebügeltes braun-weißes Hemd mit Punkten, weswegen er irgendwann zu Hause gewesen sein musste.

»Ein kleines Dankeschön.« Sie hielt ihm das Kekspäckchen hin.

Dabei fiel ihr auf, dass er auf der rechten Stirnseite eine kleine Wunde hatte. »Was habe ich getan?«, fragte er.

»Rugby gespielt, nehme ich an.«

Graham ließ schmunzelnd den Finger über die Verletzung gleiten. »Stimmt. Aber ich meinte eher, womit ich mir diese Kekse verdient habe.«

»Ach so.« Bernadette versuchte, mit einem kleinen Lachen ihre Verlegenheit darüber zu kaschieren, dass sie ihn so intensiv gemustert hatte. »Sie haben mir geholfen, mir etwas ins Gedächtnis zu rufen.«

Als sie sich zum Gehen wenden wollte, hakte er nach: »Und zwar?«

Bernadette spielte mit dem Gedanken, ihm vage und unverbindlich zu antworten. Schließlich waren sie ja nicht richtig befreundet, oder? Doch er hatte ihr den Zettel mit der Stellenausschreibung gegeben und Walls Hemd in die Reinigung gebracht. Also war sie bereit, ihm aus Gründen der Balance ein klein wenig von sich zu offenbaren. »Dass ich kein Vogel im Käfig bin.«

Lächelnd löste er eine Ecke des Papiers und brach ein Stück von einem Keks ab. »Und kein Netz vermag Sie zu fangen?«

»Sie haben *Jane Eyre* gelesen.«

»Welcher Lektor, der etwas auf sich hält, hätte das nicht getan?« Er steckte das Keksstückchen in den Mund und hob die Augenbrauen. »Die sind fantastisch.«

»Sie glauben gar nicht, wie viele Lektoren genau das nicht getan haben.«

»Wieso?«

Bernadette zuckte mit den Schultern. »Viele Ihrer Geschlechtsgenossen halten die Brontë für uninteressant.«

»Ich bemühe mich, den Ignoranten dieser Welt aus dem Weg zu gehen.« Nun zog Graham einen ganzen Keks aus dem Päckchen und biss ein großes Stück davon ab.

»Wie ich.« Sie spürte Schmetterlinge in ihrem Bauch. *Ignoranten* ... Er konnte nicht ahnen, welche Freude er ihr mit diesem Wort machte.

»Mmm. Haferkekse mit Rosinen.«

»Und Walnüssen.«

»Noch besser. Danke, Bernadette. Und viel Glück. Ich hoffe, Sie kriegen die Stelle.«

Also hatte er verstanden, was ihr Verweis auf *Jane Eyre* in diesem Fall bedeutete. Lächelnd entfernte sie sich aus seinem Büro und brachte den Kollegen in ihrer eigenen

Abteilung ebenfalls Kekse, bevor sie – ohne Kaffee – zu Mr Wall ging. Auf seinem Schreibtisch stand bereits eine volle Tasse, das fiel ihr auf. Ein Blick zurück zeigte ihr, dass die Chemex-Kaffeemaschine aufgefüllt war und Sarah, die nun an ihrem Schreibtisch saß, das Päckchen mit den Keksen begutachtete.

Sarah schaute sich verwirrt um, bis sie Bernadette sah. Sie runzelte die Stirn. So, als hätte sie gerade entdeckt, dass die Kekse aus Sägemehl und Rattenkot bestanden und nicht mit Zucker und Rosinen gebacken waren. Die Augen auf Bernadette gerichtet, ließ sie sie in den Papierkorb neben ihrem Schreibtisch fallen und hob störrisch das Kinn. Ihre Loyalität lasse sich nicht kaufen, sollte das wohl heißen.

Was für eine absurde Reaktion. Bernadette seufzte. Sarah ihr gegenüber freundlicher zu stimmen, würde bestimmt noch Ewigkeiten dauern.

Bernadette klopfte an Mr Walls Bürotür, hinter der er in den Telefonhörer brüllte und ihr mit einem Fingerschnippen zu verstehen gab, sie solle eintreten. Hatte seine Mutter ihm denn nicht beigebracht, dass es unhöflich war, mit den Fingern zu schnippen?

Sie öffnete die Glastür und schloss sie leise hinter sich, um nicht zu stören, obwohl Mr Walls Gesprächspartner, den er da anschrie, vermutlich dankbar für eine Störung gewesen wäre. Walls Büro roch nach Kaffee und Schweiß, eine säuerliche Kombination, die die Kekse wahrscheinlich nicht versüßen konnten. Sie legte das Päckchen auf den Schreibtisch und wartete, weil sie sich erst setzen würde, wenn er sie dazu aufforderte, und auch weil sie in der Lage sein wollte, schnell aus seinem Büro zu verschwinden, ohne mit einem sperrigen Stuhl ringen zu müssen.

Wall hielt den Telefonhörer zwischen Kinn und Schulter eingeklemmt, lugte in das Kekspäckchen, holte einen heraus und steckte ihn ganz in den Mund. Krümel bröselten von seinen gierigen Lippen, während er weiterbrüllte. Dann winkte er sie ohne ein Dankeschön weg und ohne zu fragen, was sie wolle.

Da er telefonierte, konnte sie ihm nicht mitteilen, dass sie nicht nur der Kekse wegen bei ihm geklopft hatte.

Na schön. Sollte er ruhig ihre Haferkekse verschlingen. Sie würde zurückkommen, wenn er davon gedopt war.

Wieder an ihrem Schreibtisch, fiel es Bernadette schwer, sich auf ihre Arbeit zu konzentrieren. Das passierte ihr nur selten. Für gewöhnlich war sie sehr fokussiert. Doch nun schien sie den Zettel mit der Stellenausschreibung in ihrer Handtasche förmlich zu spüren, obwohl diese in ihrem Schreibtisch verstaut war. In der folgenden halben Stunde stand sie mindestens zwanzig Mal auf, um zu Mr Walls Büro zurückzukehren und ihm mitzuteilen, dass sie sich auf die Lektorenstelle bewerben wolle. Aber jedes Mal griff er zum Telefonhörer, bevor sie über die Schwelle treten konnte.

Mittags stürmte er zu einem Treffen hinaus, und statt an ihrem Schreibtisch auf seine Rückkehr zu warten und noch nervöser zu werden, ging Bernadette in den Park und setzte sich auf ihre Lieblingsbank in die Sonne. Dort schloss sie die Augen, atmete die milde Luft ein, genoss den sanften Wind auf ihrer Haut, wärmte sich unter dem strahlend blauen Himmel auf und wurde allmählich ruhiger.

»Nun, Miss Swift, haben Sie sich beworben?«

Bernadette drehte sich nicht um, öffnete jedoch die Augen. »Sind Sie jetzt die Stimme meines Gewissens?«

Graham trat schmunzelnd um die Bank herum, einen Hotdog mit einer großen Portion Senf in der Hand.

»Ich möchte Sie darauf hinweisen, dass ich Ihr Hemd nicht in die Reinigung bringe, wenn Sie dieses gelbe Chemiezeug draufkleckern.« Sie wickelte ihr sorgfältig eingepacktes Apfel-Käse-Sauerteigsandwich aus und biss genüsslich hinein.

Graham betrachtete ihr Sandwich und nahm einen großen Bissen von seinem Hotdog, ohne zu kleckern, worauf er gespielt die Stirn runzelte. »Und ich hatte gedacht, ich hätte Pluspunkte bei Ihnen gesammelt, weil ich Ihnen mit Mr Walls Hemd geholfen habe.«

»Dem ist so. Aber Kekse habe ich von Ihnen noch keine bekommen.«

»Soll das eine Herausforderung sein?«

»Keinesfalls.«

Eine Weile aßen sie schweigend, sie sitzend, er stehend. Als Bernadette fertig war, zerknüllte sie ihr Sandwichpapier, erhob sich und warf es in den nächstgelegenen Abfalleimer.

Graham folgte ihr und ließ seine gelb gefleckte Serviette ebenfalls in den Müll fallen. »Sind Sie bereit?«

»Wozu?« Bernadette wusste genau, was er meinte, aber schon der Gedanke daran führte dazu, dass das Sandwich, das sie soeben verspeist hatte, ihr zentnerschwer im Magen lag.

»Für Ihre Zukunft bei Lenox & Park zu kämpfen.«

»Ist die denn gefährdet?«, neckte sie ihn, um ihre eigenen düsteren Gedanken zu vertreiben. Sie brauchte Graham Reynolds' Hilfe nicht. Die Beförderung musste sie sich selbst sichern.

Graham zuckte mit den Achseln. »Ich denke nicht. Doch Sie scheinen mir keine Frau zu sein, die sich mit immer demselben Job zufriedengibt.«

»Ich weiche Hindernissen nicht aus, Mr Reynolds, sondern halte den Kurs.«

»Manchmal muss man, um auf Kurs zu bleiben, über einen Hügel, Miss Swift. Oder über einen Berg.«

Den Wall-Berg.

Den Lenox-&-Park-Berg.

Den Frauen-Berg.

Bernadette widerstand der Versuchung, ein entrüstetes Geräusch von sich zu geben. »Stimmt. Doch ich bin hier herausgekommen, um in Ruhe mein Sandwich zu genießen und über mein Leben nachzudenken. Nicht, um Sie für mich darüber nachdenken zu lassen.«

»Eins zu null für Sie. Sollen wir nun zum Ausgleich über das meine nachdenken?« Er breitete die Arme aus, als würde er sie zu einem Florettstoß einladen.

»Nein. Frotzeleien sind nicht meine Stärke.« Als sie zu dem Gebäude emporblickte, wurde der Kloß in ihrem Magen noch schwerer.

»Frotzeleien?« Er schmunzelte. »Das sagt heute kaum noch jemand. Sind Sie wirklich kein bisschen interessiert?«

»Nein.« Eine Lüge. Sie hätte die Unterhaltung gern in seine Richtung gelenkt, aber wenn sie das tat, würde sie es nie in Mr Walls Büro schaffen.

»Autsch. Eine fast tödliche Wunde.« Er presste die Hände auf sein Herz.

Bernadette verdrehte die Augen. »Was für eine schamlose Hyperbel.« Graham Reynolds' Charme war entwaffnend. Wenn sie nicht aufpasste, landete sie wieder da, wo sie während ihres Praktikums bei Lenox & Park schon einmal gewesen war – und das würde sie nirgendwohin bringen.

»Ich führe ein schamlos hyperbolisches Leben«, erklärte er.

Darüber musste Bernadette lachen, weil seine Arbeitsweise dieser Behauptung widersprach. Obwohl die Tatsache, dass er einen so rauen Sport wie Rugby betrieb, die Sache in einem anderen Licht erscheinen ließ. »Ich wünsche Ihnen noch einen angenehmen Nachmittag, Mr Reynolds.«

Bernadette eilte davon, damit sie das Verlagsgebäude

nicht gemeinsam betraten. Wenn jemand sie ins Gespräch vertieft sah, würde er meinen, sie habe ihre Karriere der Tatsache zu verdanken, dass sie mit einem verantwortlichen Lektor aus der Programmleitung geschlafen hatte. Sie wollte es ohne diesen Fleck auf der weißen Weste ihres Rufes, der ja aus der Luft gegriffen wäre, schaffen.

Bevor sie den Mut verlieren konnte, marschierte Bernadette an ihrem Schreibtisch vorbei, klopfte zwei Mal forsch an der Glastür von Mr Walls Büro und trat ein, ohne auf seine Reaktion zu warten. Er telefonierte gerade nicht. Noch ehe er den Mund aufmachen und ihr sagen konnte, sie solle verschwinden, teilte sie ihm mit: »Ich möchte mich auf die Lektorenstelle bewerben.«

Unsicherheit – *war das etwa Panik?* – flackerte in Walls Miene auf, bevor er sich in den Griff bekam. »Nein«, erwiderte er und wandte sich dem Ordner auf seinem Schreibtisch zu.

»Lassen Sie es mich anders ausdrücken, Mr Wall: Ich bewerbe mich auf die Lektorenstelle. Ich bin nun schon mehrere Jahre bei Lenox & Park und habe außergewöhnliche Leistungen erbracht. Ich …«

»Sie sind noch da?«, fragte er stirnrunzelnd, ohne sie anzusehen.

Doch Bernadette ließ sich nicht entmutigen. *Erste weibliche Verlagsleiterin. Erste weibliche Verlagsleiterin.* Um das zu erreichen, musste sie zuerst andere Stufen erklimmen, und dies war eine davon. »Sir, ich bewerbe mich. Bitte berücksichtigen Sie meine Erfahrung …«

»Ich habe Nein gesagt.« Er klappte den Ordner mit einem Knall zu und bedachte sie mit einem zornigen Blick, als wäre sie ein Mädchen, das darum bat, abends später nach Hause kommen zu dürfen. Fertigte sie ohne Diskussion ab, als zählte sie nichts.

Bernadette sah ihn mit offenem Mund an. Dann fiel ihr

Blick auf das leere Kekspäckchen auf dem Tisch. Krümel ergossen sich auf eine Korrekturfahne, was sie als persönliche Beleidigung auffasste.

»Sonst noch etwas, Miss Swift?« Er schaute sie an, als hätte sie gerade ihren Müll auf seinen Schreibtisch gekippt.

Sie spürte, wie sich ihr der Hals zuschnürte, nicht etwa, weil ihr Tränen in die Augen traten. Nein, sie kochte vor Wut. Am liebsten hätte sie seinen Tisch leergefegt und ihn angebrüllt wie ein wildes Tier.

Der Mann schickte sie einfach weg. Behandelte sie wie einen schlecht konstruierten Satz. Warum arbeitete sie überhaupt noch hier? Vermutlich würde Harper & Row oder Doubleday sie mit Handkuss nehmen. Vielleicht sollte sie sich dort bewerben.

Doch wollte er nicht genau das? Dass sie die Flucht ergriff. Dass er sie los war. Damit er seine Abteilung mit Männern, Männern und noch mehr Männern besetzen konnte. Sie war als einzige Frau im Lektorat keine Sekretärin. Und sie durfte sich nicht vertreiben lassen. Musste den Platz halten für weitere Frauen. Die einzige Möglichkeit, das zu bewerkstelligen, bestand darin, sich zu wehren. Der Albatros in seinem Männerreich zu sein.

Sie wusste genau, wie sie das anpacken musste.

Bernadette verließ sein Büro und ging schnurstracks zum Aufzug. Verärgert betätigte sie den Rufknopf, verschränkte die Arme und tippte ungeduldig mit dem Fuß auf den Boden.

»Alles okay?« Wieder Graham. Er sah zuerst sie an und blickte dann hinüber ins Lektorat, wo etliche ihrer männlichen Kollegen lachend den Kopf in Mr Walls Büro streckten. Entweder hatten sie ihr Gespräch belauscht oder Wall erzählte ihnen davon.

Obwohl Bernadette sich eigentlich bitterlich über die gerade erlebte Ungerechtigkeit beklagen wollte, presste sie Graham gegenüber, der mit einem Manuskript in der Hand dastand, lediglich ein »phänomenal« hervor.

»Nach phänomenal sieht's mir nicht gerade aus«, meinte er.

»Wird schon.«

»Kann ich Ihnen irgendwie helfen?«

»Nein«, antwortete Bernadette ein wenig zu laut.

»Wenn Sie etwas brauchen sollten, können Sie sich jederzeit an mich wenden, Miss Swift.«

Sie erkannte die Aufrichtigkeit in seinem Blick. Wieso nur standen alle Männer im Verlag außer Graham auf der anderen Seite? »Ich bin auf dem Weg ins Archiv.«

»Klingt aufregend.«

Sie fand das Archiv tatsächlich aufregend, wollte jedoch nichts über ihr Vorhaben verraten. Also wechselte sie das Thema. »Was lesen Sie gerade?«

»Ein paar Einsendungen. In der hier geht es um ein alternatives Universum.«

»Dort glaube ich in letzter Zeit zu leben.«

Er schmunzelte. »Mit Wall als Chef wundert mich das nicht.«

Bernadette hörte auf, mit dem Fuß zu tippen. Sie wollte Graham fragen, warum er sie unterstütze, aber da öffnete sich die Tür des Aufzugs.

»Halali!« Er salutierte mit dem Manuskript in der Hand.

Sie nickte und betrat den Aufzug. Als sie ins Kellergeschoss des Gebäudes fuhr, klopfte ihr Herz wie wild.

Ihr letzter Besuch im Archiv, einem ihrer Lieblingsbereiche des Verlagsgebäudes, war Ewigkeiten her. Für sie besaß dieser fensterlose Raum voller Bücher mit Informationen über die Welt etwas Magisches.

Als sich die Aufzugtür öffnete, sah Bernadette das gelb flackernde Neonlicht an der Decke. Sie wurde von eigentümlicher Stille empfangen, die ihr stets eine Gänsehaut verursachte – nicht aus Angst, sondern aus Erregung. Denn das Kellergeschoss barg allerlei Geheimnisse.

Bernadette verließ den Lift. Direkt vor ihr befand sich ein schmiedeeisernes Tor, neben dem der einzige Mensch saß, den sie im Archiv jemals zu Gesicht bekommen hatte und der die Wachmannuniform von Lenox & Park trug. Er war so alt, dass er sich gut und gerne schon seit der Errichtung des Gebäudes hier aufhalten konnte. Links von ihm war die Poststelle, in der sie die Angestellten, die die Sendungen sortierten, plaudern hörte, und rechts eine Wand mit Schildern.

»Guten Tag, Mr Towne«, begrüßte Bernadette den Mann.

Er schreckte blinzelnd aus einem Nickerchen hoch. »Guten Morgen, Miss Swift.«

Der Archivtürsteher mochte alt sein, besaß jedoch ein ausgezeichnetes Gedächtnis.

»Was kann ich für Sie tun?«, erkundigte er sich und rückte seine Mütze zurecht, die er zum Schutz gegen das Licht über die Augen gezogen hatte.

Sie hätte ihm Kekse mitbringen sollen, dachte sie und nahm sich vor, das am folgenden Tag nachzuholen. Hoffentlich hatte Frank sich nicht über den Vorrat auf der Arbeitsfläche hergemacht. Egal: Wenn, würde sie einfach neue backen.

»Ich suche nach einem Buch. Ein älterer Titel.«

»Welches?«

»Ist schon vor zwanzig Jahren erschienen. *Lions of New York*.

»Ah ja.« Mr Towne stand auf, öffnete das Tor und schlurfte zwischen Dutzenden dunkler Bücherregale hindurch, die Bernadette an die in der Bibliothek des Barnard College erinnerten. »Das müsste in dem hier sein.«

»Danke.«

Mr Towne trottete zum Tor zurück, während Bernadette sich den Büchern in den Regalen und Kisten widmete. Sie überflog die Titel in der Hoffnung, den gewünschten schnell zu entdecken, aber es dauerte gute zwanzig Minuten, bis sie ihn fand – nicht einsortiert, was sie vermuten ließ, dass Wall hin und wieder hier herunterkam, um seinem Ego Zucker zu geben.

Lions of New York war das erste Buch, das Wall lektoriert hatte. Es war sofort auf die Bestsellerlisten gestürmt, was er als seinen eigenen Erfolg verbuchte, obwohl er es weder selbst geschrieben noch qualitätsfördernd redigiert hatte. Nicht, dass die Arbeit eines Lektors nicht wichtig gewesen wäre. Er polierte, korrigierte Grammatik und grässliche Wortwahl, nahm jedoch keinen Einfluss auf die Geschichte. Das war Aufgabe des Autors, der Lektor half nur dabei.

Bernadette ging zum hinteren Ende des Archivs und setzte sich an einen Tisch voller Papierstapel, Bücher und Kisten, die aussahen, als hätte jemand seine Arbeit einfach zurückgelassen, ohne aufzuräumen. Sie nahm sich ein paar Blatt Papier, zog den Rotstift hinter ihrem Ohr hervor, schlug den Band auf und begann zu lesen. Schon nach der Hälfte des ersten Absatzes fand sie den ersten Fehler. Sie notierte ihn in Rot auf einen Zettel, schnitt den Streifen ab und steckte ihn ins Buch.

Normalerweise hätte sie die Seiten markiert und eine Korrekturliste erstellt. Aber sie wollte diesen Band nicht ruinieren, und außerdem würde es Wall nicht so sehr verärgern, wie sie es wollte, wenn sie die Fehler und Seitenzahlen lediglich auf ein Blatt Papier schrieb.

Sie wusste nicht so genau, wie viel Zeit verging. In dem Raum befand sich keine Uhr, und weil Fenster fehlten, konnte sie nicht einschätzen, wie spät es war. Möglich, dass sie erst eine halbe Stunde an den Korrekturen arbeitete, vielleicht aber auch schon viel länger. Als sie ausreichend Material für angemessene Kritik gesammelt hatte, ragten unzählige Papierstreifen mit roten Anmerkungen aus dem Buch.

Bernadette kehrte mit dem Band zum Tor zurück, wo Mr Towne wieder vor sich hindöste.

»Ich bringe es Ihnen morgen zurück.« Sie zeigte ihm das Buch.

»Danke, Miss Swift.«

»Einen schönen Abend noch, Mr Towne.«

Er sah auf seine Uhr. »Ja, es ist schon spät. Gut, dass Sie die Schotten dicht machen. Würde mir nicht gefallen, wenn Sie in der Dunkelheit allein nach Hause gingen.«

Bei jedem anderen Mann hätten sich ihr ob einer solchen Bemerkung die Nackenhaare aufgestellt, doch aus Mr Townes Mund klang die Äußerung eher nach großväterlicher Fürsorge.

Bernadette nickte freundlich. »Danke, Mr Towne.«

Auf dem Flur hörte sie lautes Lachen aus der Poststelle. Wenn es in ihrer Abteilung nur auch so fröhlich zugegangen wäre! Die Leute von der Poststelle lieferten die Sendungen stets mit einem Lächeln aus, als hätten sie den besten Job bei Lenox & Park. Vielleicht war das ja tatsächlich so.

Während sie mit feuchten Händen und zitternden Fingern in den elften Stock hinauffuhr, redete sie sich gut zu. Wenn sie Mr Walls Büro betrat, durfte sie nicht nervös wirken. Denn wie ein hungriger Wolf würde er ihre Schwäche sofort wittern und sich auf sie stürzen.

Im College haben sie deine Redaktionen nicht ohne Grund »Swift-geprüft« genannt, also reiß dich zusammen.

Als sie mit dem Aufzug oben ankam, fühlte sie sich bereits ein wenig selbstsicherer. Sie betrat das Lektorat, ohne auf Sarah zu achten. Bernadette war klar, dass die Sekretärin sie gern gefragt hätte, wo sie gewesen sei und wieso sie ihre Arbeit vernachlässigt habe. Als würden ihre Attacken auf Bernadette irgendwie ihr eigenes Fortkommen innerhalb des Verlages fördern. Warum verhielten Frauen sich so?

Wenn sie nicht zu Wall gemusst hätte, bevor sie der Mut verließ, hätte sie Sarah genau das gefragt. Doch ihre Ermutigungsrede im Aufzug begann bereits an Wirkung zu verlieren, als sie ihren Chef hinter der Glastür sah.

Bernadette straffte die Schultern und marschierte an Sarah und ihren männlichen Kollegen vorbei, deren Blicke sagten: *Wo waren Sie?* Oder *Sie haben ein Problem.* Sie ignorierte sie.

Im Moment konzentrierte sie sich voll und ganz auf einen einzigen Menschen, auf Mr Tom Wall.

Bernadette klopfte zwei Mal kurz an seiner Tür und trat ein. Bevor er reagieren konnte, streckte sie ihm die *Lions of New York* mit Hunderten weißer und roter Einmerker zwischen den Seiten hin.

»*Lions of New York*«, hob sie an. »Ihr ganzer Stolz.«

»Was haben Sie damit gemacht?«, fragte Wall entsetzt.

»Ich habe es nach Swift-Manier bearbeitet.«

»Wie bitte?«, knurrte er und stand hinter seinem Schreibtisch auf, die fleischigen Hände darauf, als könnte sie das einschüchtern wie ein Kind, das vom Lehrer mit einem Lineal bedroht wird. Sie spürte, dass sein Gepoltere eine sorgfältige Inszenierung war, die von seiner Unsicherheit ablenken sollte. Wie merkwürdig!

Worauf Bernadette das genaue Gegenteil dessen tat, was ihr Chef vermutlich erwartete. Statt zu flüchten, knallte sie das Buch auf den Schreibtisch. Dabei befanden sich ihre Augen fast auf gleicher Höhe mit den seinen. Nein, sie würde nicht klein beigeben. Entweder er würde sie abweisen oder sie nehmen, oder es würde ihm irgendwie gelingen, beides gleichzeitig zu tun.

»Ich will die Lektorenstelle und habe gerade bewiesen, dass ich dafür mehr als qualifiziert bin, Mr Wall. Sehen Sie sich das Buch an. Die Korrekturen.«

»Ich sollte Sie feuern.« Seiner Kehle entrang sich ein tiefes Knurren.

Bernadette wich nicht zurück. »Mit welcher Begründung?«

Seine Kiefer begannen zu mahlen. »Ihnen fehlt jeder Respekt, und Sie verschwenden Ihre Zeit.«

»Das finde ich nicht. Ich habe Ihr Buch nicht bearbeitet, um Sie in Verlegenheit zu bringen, sondern, um zu beweisen, dass ich die nötige Qualifikation für eine Stelle besitze, für die Sie meine Bewerbung nicht annehmen wollen. Schauen Sie sich das Buch an. Bitte.«

Sie hasste es, betteln zu müssen, aber wenn er sich ihr Werk nicht einmal ansah, hatte sie einen ganzen Tag vergeudet. Und schlimmer noch: Dann bliebe ihr jegliche weitere Aufstiegsmöglichkeit innerhalb des Verlages verwehrt. Ihre Alternativen bestanden darin, entweder kurz zu betteln, um ihre Zukunft zu sichern, oder sich in die Ungewissheit zu verabschieden.

Wall murmelte etwas Unverständliches, vermutlich Verletzendes, nahm den Band in die Hand und begann, die Seiten durchzugehen. Sein Schweigen war nicht ermutigend. Für einen Mann, der neunzig Prozent des Tages mit Brüllen verbrachte, wirkte es wie Donnerhall. Bernadette beobachtete, wie sein Adamsapfel sich beim Schlucken bewegte, wie er rot wurde, wie zuerst eine Schweißperle, dann eine weitere auf seine Stirn trat. War er etwa … nervös?

Nach schier endloser Zeit, in der sich Erdplatten tektonisch hätten verschieben können, seufzte er tief, knallte das Buch seinerseits auf den Tisch, wobei sich weiße und rote Streifen darauf ergossen, und verzog das Gesicht.

Walls Miene wirkte resigniert, verärgert, zornig.

»Nehmen Sie die Zettel raus und bringen Sie den Band ins Archiv zurück.« Sein Satz beinhaltete die unausgesprochene Anweisung, niemandem zu verraten, dass sie ihn bloßgestellt hatte.

»Und die Stelle?«, drängte sie ihn.

Die äußere Hülle von Walls emotionaler Schutzschicht bröckelte, darunter kam Lava zum Vorschein.

Bernadette wappnete sich gegen den Ausbruch und betete, dass sie nicht darin verglühte.

8

»Was sind Sie bloß für eine sture Frau, Swift!« Mr Walls Schnurrbart wackelte gefährlich, als er seine Verachtung herausbellte. Gleich würde er um den Schreibtisch herumgehen und sein Revier markieren.

Obwohl Bernadette wusste, dass das als Beleidigung gemeint war, fühlte sie sich geehrt. Stur bedeutete auch beharrlich, standhaft, hartnäckig. Sie war stolz, all diese Eigenschaften zu besitzen.

Bernadette wartete stumm auf seine Weigerung, sie zu befördern. Bereitete sich mental auf ihre unausweichliche Kündigung vor. Eine Kündigung, die sie sich finanziell nicht leisten konnte. Doch genauso wenig konnte sie an einem Ort bleiben, an dem sie keinerlei Chance hatte, nach oben zu kommen. Sich mit ihrer jetzigen Position zufriedenzugeben bedeutete, sich mit Stagnation abzufinden. Sie war auf keinen Fall bereit, ihre roten Stifte einzupacken.

»Ich habe die anderen Bewerber bereits überprüft, und …« Er knirschte hörbar mit den Zähnen, als würde das, was er gleich sagen musste, ihm körperlich Schmerz bereiten. »Die Lektorenstelle gehört Ihnen.«

Bernadette biss auf die Innenseite ihrer Wange, damit ihr nicht die Kinnlade herunterfiel. Hatte sie richtig gehört?

»Probehalber, Miss Swift. Ich bin nicht überzeugt, dass Sie dieser Aufgabe gewachsen sind.«

Probehalber. Aber dennoch: Die Stelle gehörte ihr.

»Danke …«

»Sie bekommen nicht das gleiche Gehalt wie Marshall,

Evans und Greene, nur eine Erhöhung um zehn Cent pro Stunde, keinen Penny mehr.«

»Das ist nicht fair, Sir.«

»Nehmen Sie an oder lassen Sie's sein.«

Die Unterschriften unter dem Equal Pay Act, der die gehaltsmäßige Gleichstellung von Frauen regelte, waren kaum trocken, und schon zerriss Mr Wall ihn praktisch vor ihren Augen.

»Sie müssen erst beweisen, dass Sie für die Stelle geeignet sind, und bis Sie das nicht getan haben, bezahle ich Sie nicht dafür. Sagen Sie Ja oder bewerben Sie sich bei einem anderen Verlag«, polterte er.

Genau der Gedanke, mit dem sie gerade gespielt hatte.

Obwohl Wall das vermutlich nicht zugegeben hätte, wusste er, dass sie mehr als qualifiziert war für diese Stelle und härter schuftete als Evans, Greene und Marshall zusammengenommen. Und seiner merkwürdigen Reaktion nach zu urteilen, schüchterten ihn ihre Fähigkeiten ein.

Da entzündete sich in ihrem Innern eine Flamme. Härter zu arbeiten als das Trotteltrio bewies ihren Wert. Ihre perfekten Grammatikvorschläge bewiesen ihren Wert. Himmel, sogar die Tatsache, dass sie den Job überhaupt ergattert hatte, bewies ihren Wert.

Sie starrten sich über den Schreibtisch hinweg an. Bernadette überlegte, ob sie sich behaupten oder sein Angebot annehmen sollte, wie es war. Sie würde die Stelle antreten, egal, was geschah. Schließlich hatte sie sich die Mühe, *Lions of New York* zu überarbeiten, nur gemacht, um überhaupt die Möglichkeit einer Bewerbung zu erhalten. Und die und noch mehr hatte sie bekommen. Egal, ob probehalber: Er hatte ihr die Stelle tatsächlich gegeben.

Der größere Sieg – aus dem »probehalber« einen dauerhaften Job zu machen und das Gleiche zu verdienen wie die männlichen Lektoren – musste stufenweise errungen werden. Eine Hälfte von ihr erkannte die Logik darin; Mauern, egal ob aus Stein oder menschliche wie Mr Wall, stürzten nicht sofort ein.

Doch die andere Hälfte fand es erniedrigend, dass keine Halbschritte nötig gewesen wären, wenn einer der Kollegen – beispielsweise Bob – beschlossen hätte, sich auf die Stelle zu bewerben. Kein »probehalber«, kein Warten auf eine Gehaltserhöhung. Ihm wäre geboten worden, was Evans, Greene und Marshall bekamen, und Wall hätte ihm einen Bourbon eingeschenkt, um auf seine Beförderung anzustoßen. Aber vielleicht hatte Bob sich ja beworben und war abgelehnt worden.

Voller Wut beschloss sie, die achtzig zusätzlichen Cent pro Tag zu nehmen und für schlechte Zeiten zu sparen.

Sobald sie Wall bewiesen hatte, dass sie unverzichtbar war, würde sie ihn zwingen, das Wachspapier ihrer Kekse zu essen.

Überhaupt würde sie ihm keine Kekse mehr bringen. Er würde nur noch das von ihr bekommen, was die Stellenbeschreibung für ihren Job auflistete.

»Ich überlege es mir«, erklärte sie. Obwohl ihr klar war, dass sie Ja sagen sollte, konnte sie sich nicht durchringen, es sofort zu tun.

»Sie überlegen es sich?«

Bernadette nickte. »Ja, Sir, gern. Ich weiß Ihr Angebot zu würdigen.«

Wall konnte kaum noch an sich halten. »Sie marschieren hier mit Korrekturen für mein Buch herein, und wenn ich Ihnen die Stelle dann anbiete, sagen Sie bloß, Sie überlegen es sich?«

Sein Gesicht war bis zu den Spitzen seiner Ohren rot angelaufen.

»Ja. Sie bekommen meine Antwort morgen früh.«

Mit diesen Worten wandte Bernadette sich von ihm ab,

machte sich auf den Weg zu ihrem Schreibtisch und rückte dabei ihr pinkfarbenes Stirnband mit den Punkten zurecht. Dann nahm sie ihre Handtasche aus der Schublade, räumte die Arbeitsfläche auf und verließ das Lektorat. Die Männer, die samt und sonders dageblieben waren – zweifelsohne um ihr Gespräch mit Wall mitzuverfolgen – gafften ihr nach. Sie atmete auf. Welche Leiter sie da auch gerade zu erklimmen versuchte: Soeben hatte sie eine Sprosse nach oben bewältigt.

Ein Hochgefühl durchströmte ihren Körper.

Sie hatte es geschafft. Der erste Riss in der Festung, die Wall um sie herum errichtet hatte.

»Hat er Sie gefeuert?«, erkundigte sich Sarah hoffnungsvoll. »Schätze, Sie hätten nicht einfach so verschwinden dürfen.«

Bernadette blieb stehen und erwiderte Sarahs feindseligen Blick. »Nein, mir wurde eine Beförderung angeboten.«

Sarahs spöttisches Grinsen löste sich auf. Als sie merkte, dass das Bernadettes Ernst war, machte sie große Augen.

Bernadette reckte das Kinn vor. »Ich hoffe, die Kekse schmecken Ihnen.«

Sarah betrachtete das ungeöffnete Päckchen, das sie irgendwann aus dem Papierkorb geholt hatte, aber wahrscheinlich nicht essen würde, weil Mr Wall oft sagte, er sehe seine Sekretärinnen gern schlank.

Fast erwartete Bernadette, Graham beim Aufzug oder draußen bei seinem Fahrrad zu begegnen, doch ihre Pfade kreuzten sich nicht. Auf dem Weg zur Bushaltestelle merkte sie, wie enttäuscht sie darüber war. Wie gern sie mit jemandem über die Neuigkeiten geredet hätte, und Melanie war bereits nach Hause gegangen.

Aber das war schon in Ordnung so. Sie würde es Frank erzählen, dem ihre Geschichten zu gefallen schienen, solange sie von einem Leckerli begleitet wurden. Vielleicht hatte ja auch Mrs Morris Lust, sich bei einem Glas kühlem Weißwein zu einem Plauderstündchen über *Jane Eyre* zu ihr zu gesellen.

Nachdem Bernadette aus dem Bus ausgestiegen war, rannte sie die Straße entlang, sprang über einen Ball, lief die Stufen zu ihrer Wohnung immer zwei auf einmal nehmend hinauf und ließ sich von Frank begrüßen, der an ihr hochsprang und ihr die großen Pfoten auf die Schultern legte.

»Ich hab's geschafft, mein Junge.« Sie leinte ihn an und ging mit ihm hinunter, wo sie sich, über den Gehsteig mäandernd, an Wohngebäuden und Geschäften vorbei dem kleinen Park im Viertel näherten, in dem Kinder herumtollten und Mütter sich trafen. Bei ihrem Anblick empfand Bernadette kein Gefühl des Mangels, sondern wurde eher nostalgisch. Eine Sehnsucht nach der Zeit stieg in ihr auf, als Kinder noch auf dem Spielplatz miteinander spielten. Nach der Unschuld, bevor Jungs merkten, dass sie härter sein mussten als Mädchen, und die sich das gefallen ließen.

Frank bellte und zerrte an der Leine.

»Willst du schon wieder nach Hause?«, fragte sie.

Doch Frank zog nicht in die Heimatrichtung. Er hatte die Ohren gespitzt, sein Körper war angespannt. Sie versuchte zu sehen, was er sah, aber das, was ihn beunruhigte, war nicht auf den ersten Blick zu erkennen. Einem plötzlichen Impuls gehorchend, gab sie die Leine frei. Sobald er das spürte, schoss er los. Bernadette hastete hinter ihm her zu einer dicken Eiche, wo er eine laute Warnung in den nebligen Himmel schickte.

Da entdeckte Bernadette ein Paar Kinderschuhe, die hinter dem Baum hervorlugten, und trotz Franks Geheul hörte sie Schluchzen.

»Alles in Ordnung, Kleiner?«, fragte Bernadette den Jungen, der nicht älter als sieben sein mochte und den Arm an den Körper gepresst hielt.

»Aua.« Dicke Tränen liefen ihm über die schmutzverschmierten Wangen.

»Bist du vom Baum gefallen?«

Er nickte schniefend. »Mein Bruder hat gesagt, ich schaff's nicht raufzuklettern. Aber ich hab's geschafft.«

»Brüder können ganz schön eklig sein, was?« Bernadette sah sich im Park, in dem sich Leute mit Frisbees, Hundebesitzer und spielende Kinder tummelten, in der Hoffnung um, irgendjemanden zu entdecken, der hektisch nach seinem kleinen Sohn Ausschau hielt. Schließlich bemerkte sie eine Frau in einer himmelblauen, hautengen Caprihose und einem kaschmirweichen kurzärmeligen Pullover in derselben Farbe, die einen für Bernadette unverständlichen Namen rief und aufgeregt hin und her rannte, als würde sie nach jemandem oder etwas suchen.

»Frank, pass auf den Jungen auf.« Bernadette eilte mit den Armen fuchtelnd zu der Mutter. »Hier rüber!«

Als die Frau ihr Kind sah, wich der panische Ausdruck auf ihrem Gesicht Erleichterung, doch dann war ihr gleich wieder die Angst anzumerken, dass der Junge sich verletzt hatte. Beim Heranhasten verlor sie einen Schuh, blieb kurz stehen, um ihn aufzuheben, zog ihn aber nicht wieder an.

»Was ist denn passiert, Dougie?« Die Frau ging in die Hocke, um den offensichtlich gebrochenen Arm zu begutachten.

»Ich bin runtergefallen«, jammerte der Junge.

Die Frau hob den Jungen hoch und nickte Bernadette zu. »Danke, dass Sie ihn gefunden haben.«

»Das war Frank.« Bernadette streichelte Franks Kopf und tätschelte ihn. »Er hat ein gutes Gefühl für heikle Situationen.«

Frank hatte im Viertel schon oft jemanden aus einer misslichen Lage gerettet.

Auf dem Weg zurück zu ihrem Apartment schaute Bernadette bei Mrs Morris vorbei. Als sie an der Tür klopfte, erfolgte keine Reaktion. Vielleicht war ihre Nachbarin ausgegangen, um mit Freundinnen Bridge zu spielen. Bernadette wischte Franks Pfoten ab, räumte seine Leine weg, wechselte ihr Stirnband, nahm den Telefonhörer in die Hand und wählte die Nummer ihrer Eltern. Ihre Mutter ging beim dritten Klingeln ein wenig außer Atem ran.

»Alles in Ordnung bei dir, Mom?« Bernadettes Gedanken wanderten zu ihrem Bruder.

»Ja, bestens. Bin grade beim Aufräumen.« Der entspannte Tonfall ihrer Mutter half Bernadette, ihre Sorgen vorübergehend zu vergessen.

»Immer noch? Hast du schon was gegessen?«

»Natürlich. Hackbraten und Kartoffelpüree.«

»Und du machst weiter sauber?« Genau das wollte Bernadette für sich nicht. Den lieben langen Tag putzen und Essen kochen, das sie selbst im Regelfalle kalt verzehrte, weil sie zuerst alle anderen versorgte. Dann bis zum Bettgehen wieder saubermachen, und am nächsten Tag nach ein paar Stunden Schlaf das gleiche Programm.

»Hast du je daran gedacht, das mal nicht zu tun?«, fragte Bernadette.

»Was, Liebes?«

»Die ganze Zeit putzen. Vielleicht könntest du dir ja nach dem Essen ein bisschen Ruhe gönnen.«

Ihre Mutter lachte. »Und wer erledigt den Abwasch?«

»Das mag verrückt klingen, aber wie wär's mit Dad?«

Nun lachte ihre Mutter so laut, dass Bernadette den Hörer vom Ohr weghalten musste.

»Das Leben in der Stadt hat eine merkwürdige Wirkung auf dich, Bernie. Dein Vater behandelt seine tierischen Patienten und arbeitet zusätzlich auf der Farm. Warum um Himmels willen sollte ich ihm noch etwas aufhalsen, wenn er endlich fertig ist?«

»Du arbeitest doch auch den ganzen Tag, Mom. Und er entspannt sich am Abend nach dem Essen. Wann tust du das?«

»Ich habe mich als junge Frau entspannt. In meinem Alter sind die Vorzüge der Jugend aufgebraucht.«

Bernadette runzelte die Stirn. Das ergab keinen Sinn. »Mir war nicht klar, dass die begrenzt sind.«

»Ja, das sind sie. Und ich habe meine wie du in einer Stadt genossen. Du wirst noch merken, dass das nicht unbedingt das Nonplusultra ist.«

Bernadette sank auf ihren Stuhl. Ihre Mutter in einer Stadt? »Wann?«

»Ich habe früher für eine Zeitschrift geschrieben.«

»Ach.« Bernadette überlegte, ob davon jemals die Rede gewesen war. Zweifelsohne liebte ihre Mutter Illustrierte, die zu Hause stapelweise auf dem Tisch im Wohnzimmer lagen. Und sie liebte Mode. Davon zeugten ein Schrank voll ungetragener Kleider und die kleinen Stickmuster, mit denen sie ihre Schürze schmückte. Ferner kannte sie die Bezeichnungen sämtlicher Stoffe und wie sie sich anfühlen mussten. Aber dass sie für ein Modemagazin geschrieben hatte? Warum hatte sie nie etwas davon erwähnt? Sie war sogar dagegen gewesen, dass Bernadette sich für einen Beruf entschied, der etwas mit Schreiben zu tun hatte, als wäre der Gedanke, eine Frau könne arbeiten, eine völlig überraschende Idee.

»Ich hatte eine Modekolumne. Bin zweimal die Woche mit dem Zug nach New York gefahren, um Artikel abzuliefern.«

»Warum hast du mir das nie erzählt?«

»Habe ich das nicht?« Ihre Mutter klang aufrichtig erstaunt.

»Nein, ganz sicher nicht. Als ich ins College nach New York City wollte, hast du mich für verrückt erklärt. Und als ich für einen Verlag arbeiten wollte, hast du mich gefragt, wieso ich mir so einen Quatsch wünsche.«

»Das stimmt.« Langes Schweigen. »Wahrscheinlich wollte ich dir die Enttäuschung ersparen zu verlieren, was du dir erarbeitet hattest.«

»Warum sollte ich es verlieren?«

»Weil es am Ende allen Frauen so ergeht.«

Erneut runzelte Bernadette die Stirn. »Ich will aber nicht wie alle Frauen sein.«

»Das sagen wir alle.«

»Ich bin heute probehalber befördert worden.« Das zu verkünden, klang wie eine Bestätigung der Aussage ihrer Mutter: Jegliche Beförderung, die sie errang, wäre nicht von Dauer.

»Was für eine Art von Beförderung?« Ihre Mutter besaß genug Stil, das »probehalber« nicht zu wiederholen, wofür Bernadette dankbar war.

»Zur Lektorin.« Bernadette gestand ihr lieber nicht, dass damit nur eine winzige Gehaltserhöhung verbunden war, denn das hätte der Argumentation ihrer Mutter neue Nahrung gegeben.

»Oh Bernie, das ist ja wundervoll! Ich bin so stolz auf dich.«

»Danke, Mom.«

»Nun sag: Gibt's irgendwelche attraktiven Männer bei Lenox & Park?«

Als das Bild von Graham Reynolds vor Bernadettes geistigem Auge erschien, schob sie es hastig beiseite. »Nur wenn du den alten Mr Towne im Kellerarchiv mitzählst.«

Ihre Mutter lachte. »Was muss er für ein netter Kerl sein, wenn er die staubigen Stapel da unten bewacht.«

»Ich glaube, das gibt seinem Leben einen Sinn. Und den brauchen wir alle.«

»Hm.«

»Hast du jemals daran gedacht, wieder über Mode zu schreiben?«

»Landfrauenmode? Wie hübsch der Schlamm meine Schuhe besprenkelt, ist echte Haute Couture. Oder meine Schürze – ein Einzelstück dank ihrer kräftigen, aber harmlosen Flecken.«

»Vielleicht könntest du was bei *Good Housekeeping* einreichen.«

Wieder lachte ihre Mutter, doch das Schweigen danach zeigte Bernadette, dass sie einen Nerv getroffen hatte.

»Du bist eine wunderbare Mutter und eine wunderbare Veterinärsfrau, doch das ist nicht alles.«

»Ich bin auch Schweinehirtin und Kuhmelkerin.«

Bernadette schmunzelte. »Du weißt genau, was ich meine.«

»Ja, Bernie, allerdings. Geh du nur und arbeite an deinen Manuskripten, bis die Kühe hungrig in den Stall kommen.«

»Das tue ich. Aber ernsthaft: Denk über den Artikel zur Landfrauenmode nach.«

»Ach, hör auf. Soll ich dir den neuesten Brief von Bennie vorlesen?«

»Klar.« Bernadette liebte es, wenn ihre Mutter seine Briefe vorlas. Die Tradition hatte begonnen, als er seinerzeit nach Fort Bragg in North Carolina gegangen war. Nun, da so viele Meilen sie voneinander trennten, bedeutete es ihr noch mehr, zu hören, wie es ihrem Bruder ging.

Nach seiner Ankunft in Saigon hatte Bernadette ihm ein Päckchen mit Keksen geschickt. Als sie Wochen später dort eingetroffen waren, hatten sie vermutlich nur noch aus schimmeligen Krümeln bestanden, aber Ben hatte ihr trotzdem mitgeteilt, wie köstlich sie gewesen seien. Seine Briefe waren so voller falscher Versprechungen und Hoffnung wie die Werbesendungen mit Frauen in hochhackigen Schuhen an Fitnessgeräten. Bernadette hätte sich mehr Ehrlichkeit von ihm gewünscht. Da er ihr nicht die harte Wahrheit mitteilte, wie sie sie aus Zeitungen und Nachrichtensendungen kannte, machte sie sich eher mehr als weniger Sorgen um ihn.

»Streichle Frank für mich«, sagte ihre Mutter am Ende.

»Wird gemacht.«

Ihre Mutter verabschiedete sich mit den Worten, ein schmutziger Topf schrubbe sich nicht von allein sauber.

Bernadette setzte sich aufs Sofa und klopfte auf den Platz neben sich. Frank trottete herbei, hievte seinen großen Körper auf die Couch und legte seinen massigen Kopf auf ihren Schoß. »Weißt du was? Meine Mutter war früher Modejournalistin. Ist zweimal die Woche mit dem Zug in die Stadt gefahren und hat mir nie davon erzählt.«

Frank stieß einen Seufzer aus, der dem ihren sehr ähnelte. Wie konnte es sein, dass ihre Mutter in all den Jahren nichts davon erwähnt und sie immer nur ermutigt hatte, nach Hause zu kommen oder sich einen Ehemann zu suchen? Als bestünde Bernadettes wahrer Lebenszweck darin, eine Familie zu gründen, als würde sie ihre Zeit vergeuden und das Unvermeidliche nur hinausschieben. Sosehr Bernadette sich auch darüber freute, auf der Welt zu sein: Es war ihr nicht recht, dass ihre Mutter dafür ihre Träume hatte begraben müssen.

Nun erinnerte sie sich: Im Schrank ihrer Mutter hingen fantastische Kleider, die sie niemals trug. Als Kind hatte Bernadette sie hin und wieder dabei ertappt, wie sie sie anzog und sich darin vor dem Spiegel drehte. Ihre Mutter konnte leicht über Bernadettes Vorschlag lachen, ihren Traum wieder aufzugreifen, doch die Wahrheit lag in jenen ruhigen Momenten, in denen sie sich unbeobachtet fühlte. In ihren Pirouetten vor dem Spiegel und in den Modezeitschriften unter dem aktuellen *Farmer's Almanac*.

Bernadette hatte also noch einen weiteren Grund, warum sie nach oben wollte. Das war sie ihrer Mutter schuldig. Sie musste ihr zeigen, dass man sowohl Ehefrau sein als auch seinen Traum verwirklichen konnte: Modeartikel, Manuskripte bearbeiten, Singen, Medizin. Egal, was.

Genau das würde sie beweisen.

Mit einer Manuskriptbearbeitung nach der anderen. Jeder Frau gegenüber, die bereit war zuzuhören. Bernadette waren genügend Pionierinnen vorangegangen, denen sie folgen konnte.

Eleanor Gould Packard, Redakteurin und Grammatikerin beim *New Yorker*, berühmt für ihre »Gould-proof«, also »Gould-geprüften« Textbearbeitungen, war eine der Frauen, die Bernadette im College inspiriert hatten, als sie dort einen Vortrag hielt. Eine Frau, die keine Angst hatte, in einer Männerwelt zu arbeiten. Eine Frau, die entschlossen war, ihr Gespür für Worte zu präsentieren.

Während des Zweiten Weltkriegs hatten Frauen in Lagerhallen, Fabriken und Unternehmen geschuftet. Die Arbeit musste gemacht werden, und die Frauen waren bereit und in der Lage, sie zu verrichten. Doch mit dem Ende des Krieges endete auch ihr Einsatz. Die Männer kehrten in ihre Berufe zurück und verbannten die Frauen an den Herd. Von wo aus sie sich schon seit fast zwanzig Jahren abmühten, ihre Jobs wiederzubekommen.

Bernadette ging in die Küche, um sich einen Keks zu holen, und aß ihn, während sie ein Päckchen für Mr Towne herrichtete. Sie konnte sich bis in alle Ewigkeit den Kopf darüber zerbrechen, ob man ihr die Erfolge, die sie errang, wieder wegnehmen würde.

Trotzdem wollte etwas in ihr für die berufstätigen Frauen kämpfen. Daran würden die Tom Walls dieser Welt sie nicht hindern können.

9
Frank

Die Wohnung ist eine Menagerie voller Gerüche: die Süße des Backens, die Traurigkeit des Kummers, die statische Elektrizität aufgestauter frenetischer Energie.

Was eine »Menagerie« ist, habe ich letzte Woche im Central Park Zoo gelernt, wo es nach Tieren und Popcorn und klebrigen Kinderfingern roch. Eine der freundlichen Tierpflegerinnen sagte, wenn ich nicht Teil der Menagerie werden wolle, solle ich lieber nach Hause laufen.

Mein Mädchen sitzt auf dem Sofa, einen Zettel in der Hand, den sie aus einem anderen Papier, das sie »Umschlag« nennt, gezogen hat. Dieser Zettel zittert. Das ist keine Aufforderung an mich, ihn zu packen und zu zerfetzen, das merke ich. Er erzeugt eine Mischung aus Angst und Melancholie in Bernadette, die in dem knisternden Papier endet.

Sag es, sag Wall. *Bitte.*

Dann packe ich das Ding, das meinem Mädchen so viel Kummer bereitet, und zerreiße es in der Luft. Aber sie sagt nicht »Wall«.

Stattdessen fragt sie: »Warum ist Bennie so gut in dem, was er tut?«

Ich würde ihr gern erklären, dass das den gleichen Grund hat wie bei ihr. Auch sie erreicht, was sie sich vornimmt. Manche Menschen sind einfach nicht dafür geschaffen, *keinen* Erfolg zu haben. Sie schuften und schuften und schuften und gehen in ihrer Arbeit auf.

Das sehe ich Leuten auf der Straße an. Ich sehe es in ihr. Zuvor habe ich es in Ben und seiner Einheit gesehen.

In Momenten wie diesem grüble ich darüber, was ich tun soll. Ich könnte mich zur Couch schleichen und mit ihr kuscheln. Oder ich könnte ihr Leid wild tollend zerfetzen.

Ich entscheide mich für die zweite Alternative – nicht zuletzt deshalb, weil wir uns dann beide besser fühlen.

Energie durchströmt mich, ich springe aus der sitzenden Position auf. Die abrupte Bewegung erschreckt mein Mädchen, sie schaut mich mit verschwommenem Blick an.

»Was ist los, mein Junge?« Bernadette beugt sich vor, sieht mir in die Augen.

Jetzt habe ich ihre Aufmerksamkeit. Ich drehe mich im Kreis, verknote meinen Körper, drehe, drehe, drehe mich, stoppe, stemme die Füße in den Boden, blicke sie mit heraushängender Zunge erwartungsvoll an. *Bist du bereit, B?* Ich hoffe, dass diese Frage es von meinem Kopf in den ihren schafft.

Dann brechen alle Dämme. Ich renne im Zimmer herum, springe auf die Couch, über den Kaffeetisch, in größer werdenden Kreisen, stürme so schnell ich kann vom einen Fleck zum nächsten. *Wirbel, wirbel, wirbel.* Ich bin ein Ball, der durch die Luft fliegt, ein Frisbee. Ich bin das Drehding auf dem Kinderspielplatz. Schneller und schneller. Rundherum. Ich bin ... mir wird schwindelig.

In dem kleinen Zimmer ist nicht genug Platz für mich, und so rassle ich mit einem lauten Knall gegen die Wand. *Wuff.* Ich schüttle das Schwindelgefühl ab.

Bernadette springt lachend vom Sofa auf, um mir die Schulter zu reiben, mit der ich gegen die Wand gestoßen bin. Das Papier, das sie traurig gemacht hat, liegt vergessen auf der Couch.

»Alles klar, du großer Tollpatsch?«, fragt sie. »Vielleicht sollte ich dich in Zukunft Fröhlicher Frank nennen.«

Da klopft es an der Tür, ich hebe witternd die Schnauze. Es ist die Lee-Frau von nebenan. Sie riecht merkwürdig nach Erdnussbutter und eingelegten Gurken. Aber sie ist nett, und so verurteile ich sie nicht wegen ihres seltsamen Geruchs.

»Dass du mir nicht rausrennst.« Bernadette droht mir spielerisch mit dem Finger, bevor sie die Tür aufmacht.

»Ist alles in Ordnung?«, erkundigt sich die Nachbarin und sieht mich über die Schulter meines Mädchens an.

»Ja, kein Problem. Mein Fröhlicher Frank, der alberne Kerl, hatte nur gerade eine seiner FRAPs.« Sie grinst und zwinkert mir zu.

Frenetische Aktivitätsphasen – FRAPs. So nennt sie das, wenn ich das Bedürfnis verspüre, herumzurasen wie auf dem Roosevelt Raceway.

Hana Lee lächelt erleichtert. »Ich hab einen Knall gehört. Gott sei Dank fehlt ihm nichts. Und ich hatte Angst, dass dir was passiert ist.«

Ich trotte zu ihr und lasse mich von ihr streicheln, um sie zu überzeugen, dass es uns gut geht. *Alles klar.*

»Danke fürs Nachsehen.« Bernadette schließt die Tür und schaut mich an. »Ich glaube, wir gehen mal lieber raus. Was meinst du?«

Ich belle zustimmend. Während sie ihre Schuhe anzieht, schleiche ich zum Sofa und schnuppere an dem Papier. Es riecht nach Ben. Jetzt verstehe ich. Dieses Papier will ich nicht zerfetzen.

Als wir zwischen Menschen hindurch die Straße entlanggehen, lasse ich mein Mädchen nicht aus den Augen. Ich spüre, dass sie auch das Bedürfnis hat zu laufen. Sich auszutoben. Ihre Energie herauszulassen. Ich zerre an der Leine, und als sie mich anblickt, weicht ihre Traurigkeit Freude.

»Wollen wir rennen?«, fragt sie.

Ich lache, die Lefzen zurückgezogen, sodass meine Zähne zu sehen sind, und blinzle. Oh ja, ich lächle so breit ich kann, denn ich renne für mein Leben gern. Ich stürme im gestreckten Galopp weiter, in einer Geschwindigkeit, um die ein Eichhörnchen mich beneiden würde.

Bernadette leistet mir lachend Gesellschaft. Die Sohlen ihrer Turnschuhe klatschen wieder und wieder auf den Boden. Bis zum Park.

Plötzlich bleibt sie vor einem Karren stehen, der nach Fleisch und Brot und Gewürzen riecht.

Ich lege den Kopf schief, schnuppere. Köstlich!

»Einen Hotdog, bitte.« Bernadette steckt eine Hand in ihre Tasche und holt ein grünes Papier heraus.

Hotdog? Wie bitte?

Der Mann reicht ihr etwas Fleischiges in Brothülle, auf das sie etwas würzig Gelbes gibt.

»Willst du mal abbeißen?«, fragt sie mich und hält die Leckerei hoch. »Laut Aussage eines Bekannten gibt es nichts Besseres als einen New Yorker Hotdog.«

Obwohl mir nicht gefällt, dass das Ding »Dog« heißt, läuft mir bei seinem Geruch das Wasser im Mund zusammen, und ich lecke mir die Lefzen.

»Hab ich mir schon gedacht.« Bernadette bricht ein Stück ab und hält es mir hin. »Langsam.«

So vorsichtig es mein speichelndes Maul erlaubt, nehme ich den Hotdog aus ihren Fingern und … wähne mich im Himmel.

Nun beißt sie selbst davon ab. *Lass es fallen … Lass es fallen.*

Sie rümpft die Nase. »Nein. Ich begreife immer noch nicht, was daran so toll sein soll. Den Rest kannst du haben.«

Jackpot.

10

Mit einem Kekspäckchen für Mr Towne in der Tasche, ihrem Lieblingsstirnband – dem mit pink- und silberfarbenen Pailletten –, einem frisch gebügelten schwarzen Bleistiftrock und dazu passender Jacke sowie ihrer schönsten pinkfarbenen Bluse, die eine kleine Schleife am Hals hatte, bekleidet, stieg Bernadette aus dem Bus aus und marschierte entschlossenen Schrittes auf das Gebäude von Lenox & Park zu.

Heute war der erste Tag vom Rest ihres Lebens. Der erste Tag in einem neuen Kapitel, das sie nicht nur für sich selbst, sondern auch für andere Frauen aufschlug.

Ohne zu zögern, legte sie die Hand auf die kühle Metallklinke, öffnete die Tür und trat über die Schwelle.

Melanie, wie immer am Empfangstisch, hob lächelnd den Kopf. »Tolle Bluse. Die Schleife ist très chic.«

Bernadette, deren Schritt noch schwungvoller wurde, bedankte sich für das Kompliment. »Die Bluse bringt mir Glück.«

»Und was für ein Glück erwartet dich heute?« Melanie schob das Ende ihres Bleistifts zwischen die Zähne.

»Das Glück, das mich hoffentlich mein weiteres Leben begleiten wird.«

Melanie nahm den Stift aus dem Mund und klatschte in die Hände. »Willst du dich also endlich auf eine Verabredung mit Mr Reynolds einlassen?«

»Wie bitte?«

Melanie verzog das Gesicht. »Hab ich da was missverstanden?«

Nein. Doch Bernadette hätte sich gewünscht, dass Melanie sich täuschte.

»Ja und nein. Das würde ihm gefallen, aber ich meine mein berufliches Glück.« Bernadette trat näher an Melanies Tisch heran, damit niemand sie belauschte. »Ich werde die Beförderung, die mir angeboten wurde, annehmen.«

»Oh, das ist ja noch besser«, erwiderte Melanie erfreut.

»Ja, nicht wahr?«

Melanie schürzte die Lippen und wölbte fast ein wenig wehmütig die Hand um ihr Kinn. »Ich würde auch gern befördert werden.«

»Dann bitte darum.«

Melanie lachte. »Einmal Empfangsdame, immer Empfangsdame. Wie es so schön heißt: Der Bote fängt unten an und arbeitet sich nach oben, aber wir Empfangsdamen, wir arbeiten einfach nur.«

»Fragen kostet nichts. Genau das habe ich getan. Kannst du Schreibmaschine schreiben?«

»Klar. Ich habe eine Sekretärinnenausbildung gemacht.«

»Dann wäre der nächste Schritt für dich, Lektoratssekretärin zu werden.«

»Was, wenn sie Nein sagen?« Melanie kaute nachdenklich an ihrer Lippe.

»Das könnte passieren.« Bernadette stützte die Ellbogen auf den Rezeptionstisch. »Dann hake nach. Gib nicht auf. Wir müssen kämpfen. Da ist nicht immer jemand, der sich für uns einsetzt.«

Melanie lehnte sich nachdenklich auf ihrem Stuhl zurück. »Ich überlege es mir.«

Bernadette sah auf ihre Uhr. Es war Viertel vor neun. Wenn sie jetzt nicht nach oben ging, würde sie später als sonst ins Büro kommen. Und das wäre kein guter Start für den neuen Job.

Doch als sie das Lektorat erreichte, war Mr Wall nicht

da. Hinter der geschlossenen Tür zu seinem Büro brannte kein Licht. Die Hälfte der anderen Lektoren fehlte ebenfalls. Auf ihren Schreibtischen lag die Arbeit vom Vortag, als hätten sie samt und sonders das Handtuch geworfen.

Mysteriös. Wall war immer bis acht Uhr am Platz, um allen ihre jeweilige Arbeit bis neun zuordnen zu können.

Bernadette ging zu Sarahs Schreibtisch, wo sie überrascht feststellte, dass diese ein rotes Tuch um den Hals trug, das in deutlichem Kontrast zu ihrer sonstigen beigefarbenen Kleidung stand. »Ist Mr Wall nicht da?«

Sarah hob den Blick nicht von dem Fingernagel, an dem sie herumfeilte. Offenbar schärfte sie ihre Krallen für die nächste Attacke. »Hat sich krankgemeldet.« Sie lächelte verächtlich.

Bernadette spürte, wie das Blut aus ihrem Gesicht wich und sich in ihren Knien staute, die sie zusammenpresste, damit sie nicht zu zittern begannen.

»Merkwürdig. Er war in all der Zeit, die ich hier arbeite, noch nie krank.«

Sarah stieß ein gequältes Seufzen aus und sah sie endlich an. Falls Augenlider provozierend wirken konnten, waren ihre dazu in der Lage. »Etliche von den anderen sind auch zu Hause geblieben. Soweit ich weiß, haben sie sich gestern einen schönen Abend im Writer's Block gemacht.«

Plötzlich kam Bernadette ein unangenehmer Gedanke. Sie hatte Wall gesagt, sie würde ihm ihre Entscheidung heute Morgen mitteilen. Er war beleidigt darüber gewesen, dass sie es wagte, ihn warten zu lassen, und nun zahlte er es ihr mit gleicher Münze heim.

Hatte er irgendjemandem von dem Beförderungsangebot erzählt? Wenn nicht, konnte seine Abwesenheit mehr bedeuten als eine bloße Verzögerung.

Ohne Wall blieb Bernadette nichts anderes übrig, als ihren Tag so zu gestalten, als wäre nichts geschehen, als wäre sie nach wie vor Juniorlektorin. Als sie irgendwann den Blick von ihrem Manuskript hob, bemerkte sie, wie mehrere ihrer männlichen Kollegen süffisant grinsten. Offenbar waren sie eingeweiht, aber zu dem Schluss gelangt, dass sie in Terminnot geraten würden, wenn sie nicht im Büro erschienen.

Am Mittag spielte Bernadette in ihrer Frustration mit dem Gedanken, sich ebenfalls wegen Krankheit abzumelden. Sie rollte mit dem Stuhl vom Tisch zurück und beförderte ihren Rotstift in den Halter. Weil er schief landete, richtete sie ihn auf. Schließlich konnte er nichts für ihre Verärgerung. So hatte sie sich den ersten Tag ihres neuen, besseren Lebens im Verlagswesen nicht vorgestellt.

Sie hatte es satt, ein ums andere Mal von Mr Wall Knüppel zwischen die Beine geworfen zu bekommen. Doch wenn sie nach Hause floh, gewann er.

Also ging sie mit ihrem Lunchbeutel zu ihrer üblichen Bank im Park. An dem dortigen Kiosk sah sie die Schlagzeilen auf den Titelseiten der Zeitungen.

200 000 PROTESTIEREN IN
WASHINGTON FRIEDLICH FÜR
BÜRGERRECHTE

Bernadette hatte Martin Luther Kings aufrüttelnde Rede im Radio gehört. Zahllose Menschen hatten sich versammelt, unter ihnen Schriftsteller, Musiker und Schauspieler. Bemerkenswert fand sie, dass auch einige farbige Frauen wie Lena Horne, Rosa Parks und Gloria Richardson anwesend waren. Allerdings wurde Letzterer nach einem kurzen »Hallo« sofort das Mikrofon weggenommen.

Josephine Baker hielt vor ihrem Auftritt eine kurze Ansprache und Mahalia Jackson sang neben Bob Dylan und Joan Baez auf der Bühne. Der Protest mobilisierte gewaltige Unterstützung für Arbeit und Freiheit sowie für die Bürgerrechte von farbigen Amerikanern. Gerade nach dem Zwischenfall im Sommer, über den Bernadette in der Zeitung gelesen hatte: Farbige Studenten, die sich an der University of Alabama einschreiben wollten, waren vom dortigen Gouverneur daran gehindert worden, weswegen Präsident Kennedy sich gezwungen gesehen hatte, die Nationalgarde zu schicken. Rassentrennung ergab Bernadettes Ansicht nach keinen Sinn, genauso wenig wie die Verweigerung gleicher Rechte für Frauen. Bürgerrechte, Frauenrechte ... Das waren Menschenrechte. Sie hoffte, dass dieser augenscheinlich so erfolgreiche Marsch tatsächlich etwas bewirkte.

Bernadettes Blick wanderte zu der anderen Schlagzeile, die sie zu ignorieren versucht hatte:

KENNEDY ÜBT KRITIK
AN DIEMS REGIERUNG

Diem war der aktuelle, offenbar korrupte Präsident von Südvietnam. Und die Schlagzeile nicht gerade das, was eine besorgte Schwester lesen wollte, deren Bruder Diem unterstellte Armeeangehörige ausbildete. In seinem letzten Brief hatte Ben nichts von Konflikten erwähnt, sondern nur von der üppig grünen Landschaft geschwärmt und sich über die Mückenplage beklagt, die ihn an einen heimischen Sommer am See erinnerte.

Die Nachricht verursachte ihr Kopfschmerzen und einen sauren Magen. Zur Ablenkung biss sie in das Sandwich à la Julia Child, das knackig-kräftig nach Apfel, salzig-buttrigem Käse, frischem Baguette und im Nachgang ein wenig fasrig und scharf nach Stress schmeckte.

Sie sollte keine Zeitungen lesen. Heute war nicht Freitag. Sie verstieß gegen ihre eigene Regel.

»Ich habe Sie, glaube ich, noch nie so die Stirn runzeln sehen wie jetzt. Außer wenn Sie mich anschauten, was Sie gerade eben nicht getan haben. Sagen Sie: Wer sind meine Rivalen?«

Graham Reynolds hielt wieder einmal einen Hotdog in der Hand. Er hatte seine Weste ausgezogen und trug die Ärmel in der Lunchpause lässig hochgekrempelt.

»Sie sollten sich wirklich besser ernähren.«

Graham begutachtete den Hotdog verwundert, als suchte er eine tiefere Bedeutung darin. »Aha, mein schlechter kulinarischer Geschmack ist also der Grund für Ihr Stirnrunzeln.«

»Nein.« Das Wort hörte sich an wie ein langes Seufzen.

»Was dann?« Graham biss ein ziemlich großes Stück von dem Hotdog ab.

Sollte sie sich ihm anvertrauen? Der politische Aufruhr war definitiv kein Gesprächsthema. Aber die Arbeit? So, wie der Tag bisher verlief, glaubte Bernadette, nichts zu verlieren zu haben. Schließlich hatte er sie auf die Stellenausschreibung hingewiesen.

»Mr Wall hat mir den Job gestern angeboten. Wenn auch nur probehalber.«

Graham wischte Senf von seinem Mundwinkel. »Wäre das nicht eher ein Grund zu lächeln als miesepetrig dreinzuschauen?«

»Schon. Aber ich habe ihm gesagt, ich müsste drüber nachdenken und würde ihm meine Entscheidung heute mitteilen.« Sie wickelte den Rest von ihrem Sandwich ein, über das Frank sich später bestimmt freuen würde. Leider schien sich ihr eigener Appetit mit Wall verabschiedet zu haben.

Als Graham zu verstehen begann, wirkte er genauso enttäuscht, wie sie sich fühlte. »Und er ist nicht da.«

»Bingo.« Sie schnalzte mit der Zunge. »Das allererste

Mal, seit ich bei Lenox & Park arbeite. Wenn das mal keine klare Botschaft ist!«

»Allerdings hat Wall der Personalabteilung Ihren Namen mitgeteilt.«

Bernadette hob erstaunt den Kopf. »Woher wissen Sie das?«

Reynolds zuckte mit den Achseln. »Möglicherweise habe ich gebeten, informiert zu werden, wenn die Stelle besetzt würde. Heute Morgen habe ich eine Nachricht auf meinem Schreibtisch vorgefunden. Gratuliere.«

»Danke.« Sie versuchte nicht einmal, ihr Lächeln zu verbergen. Vielleicht interessierte sie sich nicht für ihn als Mann, doch Graham war ein guter Kollege.

Er biss ebenfalls lächelnd ein weiteres Stück von dem Hotdog ab, worauf ein ziemlich großer Klecks Senf auf den Boden platschte. Gerade noch rechtzeitig sprang er zurück, weswegen der Senf knapp vor der Spitze seines geputzten Lederschuhs landete. Sofort flatterten drei Tauben heran.

»Ich habe Sie gewarnt«, neckte sie ihn.

»Rugby-Spielen macht wendig. Senfbomben ausweichen kann ich.«

»Wollen wir hoffen, dass mein Bruder das auch so gut beherrscht.« Die Worte waren heraus, sie konnte sie nicht zurücknehmen. Offenbar hatte sie bereits mehr Vertrauen zu Graham aufgebaut, als ihr bewusst war.

Ihr Blick wanderte zu der Zeitung mit der Schlagzeile über die Lage in Vietnam, und der von Graham folgte ihm.

»Wie geht es Ihrem Bruder?«, erkundigte er sich.

»Ich glaube gut. Wir hören nicht oft von ihm, aber immerhin erhalten wir Nachrichten. Das ist mehr, als viele Familien von sich behaupten können.« *Tote schreiben keine Briefe.*

Graham nickte. »Irgendwann wird ein Tag kommen, an

dem wir noch andere Leute dort haben als unsere Spezialeinheiten.«

»Hoffentlich nicht.«

»Mein Bruder ist wie der Ihre bei den Spezialeinheiten und gerade von einem sechsmonatigen Einsatz zurückgekehrt.«

»Ben kommt in zwei Monaten nach Hause.« Sie hoffte inständig, dass er danach nicht wieder nach Vietnam musste, doch momentan waren die Jungs von Fort Bragg aus im Sechsmonatsturnus dort. Sie wünschte sich nur, dass ihr Bruder daheim und der Krieg zu Ende wäre. »Haben Sie jemals mit dem Gedanken gespielt, zum Militär zu gehen?«

»Mit achtzehn war ich bei der Marine. Fühlt sich an, als wäre es ewig her. Habe vier Jahre lang gedient und bin dann aufs College. Mir war klar, dass ich mich besser fürs Verlagswesen eigne.«

»Warum?«

Graham grinste verlegen. »Weil ich seekrank werde.«

Bernadette konnte sich ein Lachen nicht verkneifen.

»Ich glaube, sie waren froh, als ich nicht verlängert habe. Während meiner Zeit dort war der Mopp oft im Einsatz.«

»Das muss schrecklich gewesen sein. Tut mir leid, dass ich gelacht habe.«

Graham zuckte die Schultern. »Schätze, ich habe einen Rekord gebrochen: Innerhalb von vierundzwanzig Stunden habe ich achtunddreißig Mal an Bord gekotzt.«

»Jeder sollte machen, was er am besten kann, auch wenn's nur darum geht, das Essen hochzuwürgen.«

Nun musste Graham laut lachen. Als er sich einigermaßen beruhigt hatte, schob er den Rest des Hotdogs in den Mund und kaute nachdenklich, während er die Serviette zerknüllte und in den Abfalleimer warf.

»Ich würde Sie gern mal auf einen Hotdog einladen, Miss Swift.«

»Danke, nein.«

»Sie sind kein Hotdog-Fan? Oder kein Graham-Fan?«

Bernadette schmunzelte. »Ich mag Hotdogs nicht sonderlich. Ist nicht sehr amerikanisch, ich weiß. Aber ich hab sie probiert. Und was Mr Reynolds anbelangt: Mit dem komme ich im Moment ganz gut klar.«

»Ich interpretiere das mal als Kompliment. Mögen Sie Burger? Pizza?«

»Gegen eine gute Pizza Margherita ist nichts einzuwenden. Am liebsten mit Pilzen.«

»Gut, dann lade ich Sie irgendwann mal darauf ein statt auf einen Hotdog.«

Graham bewies wirklich Beharrungsvermögen. Und die Gespräche mit ihm gefielen ihr durchaus. Allmählich begann er, ihr ans Herz zu wachsen. »Ich denke drüber nach.«

Grahams Augen leuchteten, als hätte er gerade eine schwierige Aufgabe gemeistert. »Wunderbar.«

Bernadette schwieg, weil sie es kaum glauben konnte, dass sie soeben tatsächlich eine Essenseinladung von Graham angenommen hatte. Arbeit und Freizeit zu vermischen war keine gute Idee. Irgendwie würde sie aus der Sache wieder herauskommen müssen.

»Soll ich Sie in die Personalabteilung begleiten?«

»Warum soll ich da hingehen?« Bernadette stand auf und strich ihren Rock glatt.

»Um zu bestätigen, dass Sie das Stellenangebot annehmen.«

»Muss ich das nicht zuerst Mr Wall mitteilen?«

Graham schüttelte den Kopf. »Er hat sich krankgemeldet, und die Personalabteilung ist informiert, dass Sie das Angebot erhalten haben.«

»Aber ich wollte es ihm persönlich sagen.«

»Das kann ich nachvollziehen. Doch wenn er morgen

ins Büro kommt und feststellt, dass Sie bereits Lektorin sind, wird das eine ähnliche Wirkung haben, denke ich.« Graham grinste.

»Stimmt.« Bernadette nahm ihren Lunchbeutel.

Auf dem Rückweg zum Gebäude blickte sie zu den Fenstern empor und fragte sich, wer sie möglicherweise gerade beobachtete. Sonne und Himmel spiegelten sich im Glas, sodass weder Gesichter noch deutende Finger oder beurteilende Augen zu sehen waren. Die sie sich vermutlich ohnehin nur einbildete.

Das tat sie nicht. Als Bernadette und Graham im elften Stock aus dem Aufzug stiegen, schaute Sarah Bernadette vorwurfsvoll an, als wollte sie sagen: *Ihr kommt euch zu nahe.*

Bernadette konnte Sarah nicht besonders gut leiden, aber immerhin warnte sie sie. Wenn eine Frau am Arbeitsplatz ein angenehmes Verhältnis zu einem Mann pflegte, vermuteten die Kollegen schnell etwas Unschickliches.

Dabei hatte sie Graham nur gestattet, sie auf eine Pizza einzuladen, und das unter der Bedingung, dass sie sich dabei über die Arbeit unterhielten. Es war ja keine Verabredung im engeren Sinne. Trotzdem wirkte sie schuldbewusst, weil sie sicher war, dass Sarah sie durchschaute und sich allerlei Szenarien ausmalte, was während der Mittagspause und vielleicht sogar im Aufzug geschehen war.

Bernadette räusperte sich, hielt kurz inne und nickte Graham zu. »Einen schönen Tag noch, Mr Reynolds.« Als könnte das Sarah daran hindern, Gerüchte über sie zu verbreiten.

»Miss Swift.« Graham sah sie merkwürdig an. Er schien nicht zu begreifen, warum sie plötzlich so förmlich klang.

Ohne einen weiteren Blick in Richtung Graham oder Sarah machte Bernadette sich auf den Weg zur Personalabteilung.

Die dortige freundliche Sekretärin rief den Personalchef an. Kurz darauf wurde Bernadette in ein ruhiges Büro geführt, in dem es nach Sandelholz und Mottenkugeln roch. Der Leiter der Personalabteilung, der ein bequemes Tweedsakko trug, saß mit auf dem Tisch gefalteten Händen da. Bernadette malte sich aus, wie er sich in den Pausen zwischen Konfliktbewältigungsgesprächen und Kontakten mit neuen Beschäftigten zurücklehnte und entspannt Ukulele spielte.

»Ich bin hier, um die Beförderung zur Lektorin anzunehmen«, teilte sie ihm mit.

Der Personalchef, ein Mann mittleren Alters mit hellen Haaren, die bis zum Kragen seines Hemds reichten – also zu lang fürs Büro waren –, lächelte. »Ja.« Dann senkte er den Blick, runzelte leicht die Stirn und sagte: »Sie meinen wohl Lektorin probehalber.«

Bernadette rang sich ihrerseits ein Lächeln ab und nickte.

»Ich habe die Unterlagen. Haben Sie Ihren Vorgesetzten bereits informiert?«

»Mr Wall ist krank.«

Der Personalchef tippte mit dem Zeigefinger auf den Ordner vor sich. »Nun, vielleicht sollten Sie zuerst ihn in Kenntnis setzen, dass Sie das Angebot annehmen.«

Wie peinlich! Bernadettes Haut begann zu prickeln. Graham hatte ihr zu dieser Vorgehensweise geraten, doch er schien sich getäuscht zu haben. »Soll ich ihn zu Hause anrufen?«

»Haben Sie denn seine Privatnummer?«, fragte der Personalchef entsetzt.

»Nein, aber ich gehe davon aus, dass diese Abteilung sie hat.« Bernadette gab sich Mühe, selbstbewusst zu wirken. Hatte sie nicht Melanie erst an diesem Morgen erklärt, man komme nur voran, wenn man die Dinge einfordere, die man wolle?

»Ich denke, wir sollten Mr Wall nicht anrufen, wenn er krank ist.«

»Was würden Sie dann vorschlagen?«

Was, wenn Wall beschloss, dem Büro länger fernzubleiben? Eine Woche? Einen Monat? Konnte er das? Dann würde sie die neue Stelle vielleicht niemals antreten können, und ihre Lage wäre schlechter als zuvor.

»Füllen Sie schon mal die nötigen Formulare aus und ziehen Sie an Ihren neuen Schreibtisch um. Dagegen spricht nichts.«

Bernadette dachte an den leeren Arbeitsplatz inmitten der vier Lektorenkollegen.

»Aber da nur Ihr Vorgesetzter Ihnen Aufgaben zuweisen kann, arbeiten Sie weiter an Ihren bisherigen Projekten, bis Mr Wall wieder da ist.«

»Danke, Sir.«

Er nickte, die Augenbrauen nach wie vor zusammengezogen, weil ihm offensichtlich nicht gefiel, dass sie zu ihm gekommen war, um den Prozess zu beschleunigen, statt wie ein artiges Mädchen auf Mr Walls Rückkehr ins Büro zu warten. Bis er geneigt war, sie nicht mehr für ihre Bitte um Beförderung zu bestrafen.

Anders ließ sich sein Vorgehen nicht beschreiben. Dies war eindeutig Walls Art, sie in die Schranken zu weisen. Doch wenn er aus ihrer Bearbeitung der *Lions of New York* nichts gelernt hatte, war ihm überhaupt nichts klar. Bernadette würde nicht untätig zusehen, wie die Welt und die Männer im Büro an ihr vorbeizogen. Sie würde sich nicht mit bravem Anstehen begnügen. Sie wollte nach oben. Warum sollte sie anders als ihre Kollegen auf der Stelle treten?

Bernadette füllte die Unterlagen aus, in denen ihre mickrige Gehaltserhöhung stand, und unterschrieb sie. Mit dem in Fettbuchstaben gedruckten ***PROBEHALBER*** musste sie sich fürs Erste abfinden. Dann gab sie dem Personalchef die Papiere mit laut klopfendem Herzen zurück. Sie hatte es tatsächlich getan. War eine Sprosse der Leiter höher und würde nicht dort bleiben. Sie würde auch nicht aufhören, andere Frauen zu ermutigen, die ebenfalls nach oben wollten.

Nicht einmal Sarahs finsterer Blick konnte Bernadette die gute Laune verderben, als sie in ihre Abteilung zurückkehrte, wo sie ihren Stifthalter, ihr Namensschild, die Manuskripte und ein Foto von Frank mit Schleife um den Hals von ihrem Schreibtisch entfernte.

Einer ihrer männlichen Kollegen drehte sich auf seinem Stuhl in ihre Richtung, legte lässig ein Bein mit dem Knöchel auf das Knie des anderen, und hielt, die Ellbogen auf den Armlehnen seiner Sitzgelegenheit, die Finger aneinander. »Gefeuert, was?«

Bernadette sah ihn an. »Nein. Befördert.«

»Wie das?« Greene rutschte so abrupt vor, dass er beinahe vornüber gekippt wäre. »Wall ist nicht da.«

»Er hat mir das Angebot gestern gemacht.«

Greene runzelte die Stirn. »Das sagen Sie uns erst jetzt?«

Bernadette hasste es, dass er ihr, statt ihr zu gratulieren, Vorwürfe machte, als wäre es falsch, das Angebot anzunehmen. »Ich wusste nicht, dass ich Ihnen zu einer Auskunft verpflichtet bin.«

»Ich bin der dienstälteste Lektor hier.«

»Und?«

Er reagierte verärgert. Greene war nicht glücklich über ihre Beförderung, das lag auf der Hand. Von nun an musste sie sich wohl auf mehr als einen Feind einstellen.

»Hören Sie, Greene, ich steige Ihnen mit meiner Beförderung nicht auf die Füße. Sie sind nach wie vor der dienstälteste Lektor. Egal, ob ich nun diejenige welche bin oder irgendjemand sonst: Die Stelle wäre auf jeden Fall besetzt worden.«

Greene brummelte etwas, das sich anhörte wie »verdammte Hexe«. Bernadette tat so, als hätte sie es nicht gehört. Sie würde es ihm nicht gestatten, ihr diesen herrlichen Augenblick zu verderben.

Bernadette ging mit ihren Sachen zu ihrem neuen Schreibtisch und begann, sich dort einzurichten. Sie leerte die Schubladen ihres alten und füllte den Inhalt in den neuen, bis der ihre Handschrift trug.

Dann setzte sie sich, bewunderte ihr Werk und die Aussicht von ihrem neuen Arbeitsplatz. Das gesamte Büro lag vor ihr, sie konnte zu Sarah hinüberschauen. So sehr unterschied sich dieser Blick nicht von dem alten, aber er fühlte sich anders an.

Das erste Mal an diesem Tag lächelte Bernadette voll echter Freude.

11

An ihrem zweiten Morgen als Lektorin probehalber traf Bernadette dreißig Minuten zu früh im Büro ein. Sie brannte darauf, mit der Arbeit anzufangen, und betete, dass Wall an seinem Schreibtisch sitzen würde.

Das tat er. Als sie mit ihren schwarzen Pumps über die Schwelle des Lektorats schritt, schaute er sie durch die Glastür seines Büros finster an. Sie stellte sich vor, wie er unter dem Tisch wütend mit einem Fuß scharrte. Beim Anblick ihrer roten Bluse verengten sich seine Augen, doch sie würde ihm nicht aus dem Weg gehen, sondern den Stier bei den Hörnern packen.

»Ich habe gestern das Stellenangebot in der Personalabteilung angenommen. Der dortige Chef hat mir gesagt, ich könnte mich schon an meinen neuen Arbeitsplatz setzen.«

»*Ich bin* …«, er deutete auf seine Brust, »… Ihr Chef.«

Bernadette holte tief Luft. Sie versuchte, ihn nicht merken zu lassen, dass er begann, sie auf die Palme zu bringen.

»Entschuldigung, Sir. Da Sie mir die Stelle angeboten hatten und krank waren, dachte ich, ich könnte sie auch beim Leiter der Personalabteilung annehmen.«

»Wer hat Ihnen diesen Eindruck vermittelt?« Er versuchte, die Hände in die Hüften gestemmt, sie einzuschüchtern. Plusterte sich auf wie ein wildes Tier. Oder wie einer ihrer Lehrer in der Grundschule, der sich gern direkt vor Schülern aufbaute, wenn er sie tadelte.

»Die Personalabteilung, Sir.« Sie würde Graham nicht den Löwen zum Fraß vorwerfen.

Wall verzog das Gesicht, als würde ihm klar, dass es ein

Fehler gewesen war, die Personalabteilung zu informieren, und dass sein Plan, sie zurechtzustutzen, nicht funktionierte. Er musste schon mehr tun, um sie aus dem Konzept zu bringen.

»Tja, dann machen Sie sich an die Arbeit. Sie haben viel zu beweisen.«

Sie würde seine Versuche, sie als unfähig dastehen zu lassen, sabotieren. Wall wirkte sichtlich eingeschüchtert, nachdem sie sein eigenes Vorzeigeprojekt korrigiert hatte. Das konnte sie ihm nicht verdenken. Es war durchaus riskant gewesen, das Buch einer Nachbearbeitung zu unterziehen, aber es hatte sich ausgezahlt. Nun musste sie vorsichtig sein.

»Ja, Sir«, sagte sie ruhig. Bevor er Gelegenheit hatte, sie weiter anzuschreien, wandte sie sich ab und ging zu ihrem Schreibtisch, auf dem ein neuer riesiger Stapel Manuskripte lag.

Bei dessen Anblick wurde ihr klar, dass es heute vermutlich keine Mittagspause im Park geben würde. Bestimmt würde sie um fünf rote Augen haben.

»Herausforderung angenommen«, murmelte sie.

Nachdem sie die Manuskripte sortiert hatte, ergriff sie ihren Rotstift, spannte einen Bogen Papier in die Schreibmaschine ein, damit sie eine Korrekturliste erstellen konnte, und begann, die Seiten durchzuarbeiten. Jede neue Zeilenschaltung war ein kleiner Sieg.

Langsam füllte sich das Büro, während sie Kommata umkringelte oder ein fehlendes Wort durch ein Einfügungszeichen in Form eines umgedrehten »V« markierte. Aus den Augenwinkeln bekam sie mit, wie ihre männlichen Kollegen näher zusammenrückten und sie beobachteten.

Sehr deutlich bemerkte sie auch, wie wenig Arbeit sie verrichten mussten, aber sie hatte keine Zeit, sich damit oder mit der Tatsache auseinanderzusetzen, dass sie sich vermutlich gegen sie verbündeten. Die Manuskripte auf ihrem Schreibtisch würden sich nicht von selbst korrigieren.

Sogar als Mr Wall zu ihr kam und sie umrundete wie ein lauernder Hai, machte sie unbeirrt weiter, fügte wo nötig Absätze ein und merzte Rechtschreibfehler aus. Am Ende wurde ihm langweilig und er trollte sich in sein Büro.

Wie vermutet, hatte sie mittags keine Zeit für eine Pause. Und auch nicht zum Essen.

Jemand schaltete das Radio für die Nachrichten ein. Ausnahmsweise war Bernadette dankbar, als Mr Wall bellte: »Machen Sie den Quatsch aus. Ich hab die Schnauze voll vom Kalten Krieg.«

Gegen ein Uhr stellte jemand, sie war sich nicht sicher wer, eine Tasse Kaffee auf ihren Schreibtisch. Sie war froh darüber, dass der ihren knurrenden Magen ein wenig beruhigte. Um drei hielt sie es nicht länger aus. Sie sprang auf und eilte zur Toilette.

Sarah betrat diese, als Bernadette sich gerade die Hände wusch. Die Sekretärin näherte sich dem Waschbecken und beugte sich zum Spiegel vor, um ihren Lippenstift nachzuziehen – den pinkfarbenen, zu dem Bernadette ihr geraten hatte.

»Krank?« Sarahs Frage kratzte an Bernadettes Nerven wie ein Essensrest zwischen den Zähnen. »Frauenprobleme?«

»Nein.« Bernadettes Blick forderte Sarah auf zu sagen, was sie eigentlich meinte.

»Oh. So, wie Sie hier reingerannt sind, dachte ich, Ihnen könnte übel sein …« Als Sarah merkte, dass ihre Stichelei nicht die gewünschte Wirkung zeitigte, verstummte sie.

»Ich musste aufs Klo.« Bernadette trocknete sich die Hände ab. Wie konnte Sarah es wagen anzudeuten, dass Bernadette in anderen Umständen war?

Sarah wirkte enttäuscht, als hätte sie sich gewünscht,

ihre Kollegin in einer Lage zu sehen, die nicht nur ihre Karriere, sondern auch ihren Ruf ruinieren würde. Obwohl Bernadette gern herausgefunden hätte, was im Gehirn der Sekretärin vorging, musste sie wieder an die Arbeit.

Greene, Evans und Marshall standen mit dem Rücken zu ihr an ihrem Schreibtisch und lachten mit zuckenden Schultern über etwas, das sie betrachteten.

»Kann ich irgendetwas für Sie tun?«, fragte sie im ätzenden Tonfall ihrer Grundschuldirektorin.

Die Männer erschraken, besaßen aber die Unverfrorenheit, nicht schuldbewusst zu wirken, als sie sich zu ihr umdrehten.

»Brauchen Sie etwas?« Bernadette marschierte zu ihrem Stuhl und zog ihn heraus, um Distanz zwischen sich und diesen neugierigen Kretins zu schaffen.

»Wir haben nur Ihre Korrekturliste bewundert«, höhnte Greene.

Bernadette warf einen Blick auf die Liste. Die Seite war voll mit ihren Bemerkungen über Figurennamen, Daten, Orte – eben die üblichen Korrekturlisteneinträge –, doch ganz unten stand etwas Neues.

Queen B hat große fette Eier.

Bernadette runzelte die Stirn. Sie wollten sie in Verlegenheit bringen. Sie verletzen. Ihr noch mehr Arbeit machen. Als könnte sie das dazu bringen, den Rotstift hinzuschmeißen und aus dem Gebäude zu rennen! Nein, sie war mit einem Bruder aufgewachsen und deswegen praktisch immun gegen solche pubertären Scherze. Außerdem war ihr das Wort »Eier« nicht unbekannt. Ben hatte es einmal auf ihr Tagebuch gekritzelt und eine ziemlich eindeutige Abbildung dazu gezeichnet.

Noch ein paar Tage zuvor hätte Bernadette sich hingesetzt, die Korrekturliste weggeworfen und noch einmal von vorn begonnen. Sie hätte sich von ihren albernen Spielchen ärgern lassen, ohne etwas dagegen zu sagen oder zu unternehmen.

Anders heute. Bernadette würde gegen eine weitere Regel verstoßen. Gegen die Regel, die lautete, Frauen dürften nicht widersprechen. Sollten ruhig bleiben und schweigen.

»Meine Herren«, begann sie kühl, »offenbar ist mir einer von Ihnen in die Toilette gefolgt, um einen Blick auf meine großen fetten Eier zu erhaschen. Soll ich die Personalabteilung darüber in Kenntnis setzen?«

Sie sahen sie mit offenem Mund an, worüber Bernadette sich diebisch freute. In ihrem tiefsten Innern wussten ihre Kollegen, dass ihr Verhalten nicht nur kindisch war, sondern auch gegen den Unternehmenskodex verstieß. Bei einer anderen mochten sie damit durchkommen, und im Lauf der Jahre hatte es etliche Zwischenfälle gegeben, bei denen sie ein Auge zudrückte, doch das? Nein. Sie wäre gezwungen, die gesamte Korrekturliste noch einmal zu tippen. Wenn sie ihren Job in diesem Verlag behalten wollte, musste sie den Männern zeigen, dass sie sie nicht einschüchtern konnten.

»Gibt's ein Problem?«

Bernadette bedachte Mr Wall, der den Kopf aus seiner Bürotür herausstreckte, mit einem Lächeln.

»Ach, Greene hat sich gerade bereit erklärt, meine Korrekturliste neu zu tippen, weil er einen Fleck darauf gemacht hat.« Sie gab Greene mit einem drohenden Blick zu verstehen, dass er es nicht wagen sollte zu widersprechen, und beobachtete, wie er oszillierte zwischen seinem Vertrauen auf Walls Freundschaft und der Entscheidung, sich in sein Schicksal zu fügen.

Brummelnd nahm Greene die Liste aus der Schreibmaschine und stapfte zu seinem eigenen Tisch.

»Zurück an die Arbeit. Texte korrigieren sich nicht von selbst«, knurrte Wall.

Die anderen beiden sahen Bernadette einen Moment lang verblüfft an, bevor sie zu dem Schluss kamen, dass es besser war, den Mund zu halten und sich auf ihren geputzten Schuhen zu trollen.

Der Rest des Tages verlief nicht viel besser. Jedes Mal wenn sie an irgendeinem Arbeitsplatz vorbeiging, zischelten die Männer einander laut »Grammatikerin« zu, als wäre das ein Schimpfwort.

Immerhin besaß niemand die »fetten Eier«, sich noch einmal über ihre Korrekturliste oder irgendetwas anderes auf ihrem Schreibtisch herzumachen.

»Grammatikerin« empfand sie nicht als Beleidigung. Schließlich war Eleanor Gould Packard vom *New Yorker* aufgrund ihrer Wortgewalt und ihres sprachlichen Könnens genau das.

Bernadette beschloss, diesen Spitznamen für sich zu reklamieren. Um zu zeigen, wie stolz sie darauf war, nähte sie das Wort in Silberpailletten auf ein neues pinkfarbenes Stirnband, das sie von nun an im Büro wie eine Krone trug. Daraufhin hörten Greene, Marshall und Evans auf, es ihr entgegenzuzischeln.

Sie spürte die Macht ihrer neu gewonnenen Selbstsicherheit, auch wenn sie hin und wieder in die Toilette hasten musste, einfach um durchzuatmen.

Natürlich machte Wall ihr die Arbeit nicht leichter. Das hatte sie auch nicht erwartet. Wenn sie morgens ins Büro kam, lag immer ein neuer, höherer Stapel Manuskripte auf ihrem Schreibtisch. Die Stapel waren so hoch, dass es aussah, als hätte jemand Papierbäume auf ihrem Arbeitsplatz gepflanzt.

Doch statt sich entmutigen zu lassen oder Walls offensichtlichem Wunsch nachzugeben, dass sie sich beklagte oder, schlimmer noch, versagte, zog Bernadette ihren neuen Stuhl unter dem Tisch heraus, setzte sich, spannte einen frischen Bogen Papier in die Schreibmaschine ein, nahm einen Rotstift und machte sich an die Arbeit. Sie würde nicht aufgeben. Nicht versagen.

Aber sie ließen ihr keine Ruhe.

Als Bernadette am Mittwochmorgen ins Lektorat kam, fehlte der Stuhl an ihrem Schreibtisch. Sie lief verärgert im Raum herum, bemüht, nicht zornig aufzustampfen, bis der Hausmeister eintraf und sich verwirrt am Kopf kratzte.

»Ist hier eine Miss Swift?«

»Ja, Sir«, antwortete sie.

»Ich glaube, ich habe da etwas in meiner Kammer gefunden, das Ihnen gehört, Ma'am.«

»Lassen Sie mich raten: einen Stuhl?« Sie klang müde, das merkte sie selbst.

Er legte den Kopf ein wenig schief und hob erstaunt die Augenbrauen. »Woher wissen Sie das?«

»Hab ich geraten.« Bernadette schenkte ihm ein Lächeln. Schließlich hatte nicht er ihr die Sitzgelegenheit entwendet.

Sobald sie den Raum verließ, um den Stuhl zu holen, den der Hausmeister freundlicherweise für sie heraufgebracht hatte, hörte sie ihre Kollegen lachen. *Pubertäre Arschkriecher.*

Wie sich zeigte, war das noch nicht der letzte schlechte Scherz. Als sie aus der Mittagspause zurückkehrte, ein Blatt Papier in die Schreibmaschine einspannte und zu tippen begann, merkte sie, dass auf der Seite nichts stand, obwohl sie bereits mehrere Zeilen geschrieben hatte.

»Was zum Teufel …«, murmelte sie.

Sie schaute noch einmal hin. Betätigte eine Taste. Auf dem Papier war nur ein Abdruck ohne Farbe zu sehen.

Zähneknirschend öffnete sie die Abdeckung der Schreibmaschine und stellte fest, dass das Farbband fehlte. Wieder so ein Dummejungenstreich …

»Hat irgendjemand mein Farbband gesehen?«, fragte Evans.

Bernadette drehte sich erstaunt auf ihrem Stuhl um. Offenbar fehlten die Farbbänder in der gesamten Abteilung. Verärgertes und vorwurfsvolles Gemurre hob an. Sie hielt den Mund, weil sie sich unsicher war, ob dieser Scherz überhaupt ihr galt.

»Was soll der Lärm?« Wall stürmte wütend aus seinem Büro.

»Wir haben alle keine Farbbänder in den Schreibmaschinen.« Marshall lehnte sich ein wenig zu selbstzufrieden auf seinem Stuhl zurück. »Darf ich fragen, was Sie in Ihrer Schublade haben, Miss Swift?«

»Wie bitte?« Als Bernadette den Blick senkte, merkte sie, dass die unterste Schublade ihres Schreibtischs einen Spalt breit offenstand. Das war ihr zuvor nicht aufgefallen.

Bevor sie sie selbst öffnen konnte, bahnte Wall sich einen Weg zu ihr und riss sie auf. Darin befand sich ein Dutzend Farbbänder.

»Soso, Miss Swift. Was für ein dummer Streich. Von Ihnen hätte ich das nicht erwartet.«

Wut und Verlegenheit kämpften in ihr um die Oberhoheit. »Ich habe sie nicht rausgenommen.«

Marshall verzog hinter Wall hämisch den Mund wie die Grinsekatze aus *Alice im Wunderland*.

»In unserem Zeitplan ist kein Raum für solche Spielchen, Miss Swift. Gerade Sie sollten das wissen.« Mit diesen Worten wandte Wall sich ab und ging zurück in sein Büro.

»Tja, Miss Swift«, meinte Evans voller Sarkasmus und nahm sich eines der Farbbänder, als hätte sie sich das Ganze ausgedacht.

Am liebsten hätte sie ihm eine Beleidigung entgegengeschleudert, ihn beschimpft, ihn mit ihrer Wortgewandtheit und ihrem überlegenen Intellekt zurechtgestutzt. Doch sich auf sein Niveau, auf ihr aller Niveau, zu begeben, war nicht die richtige Methode, es ihnen heimzuzahlen.

Also stand sie auf, ließ den Blick über die Quälgeister schweifen und befleißigte sich einer raffinierteren Herangehensweise. »Meine Herren, ich muss mich entschuldigen. Wie konnte ich ahnen, dass ich so einschüchternd auf Sie wirke und Sie sich in meiner Gegenwart so ängstigen, dass Sie mir mit feindseligem Verhalten begegnen müssen? Ich gehe kurz hinaus, damit Sie sich sammeln können.«

Das Schweigen, das darauf folgte – und den Rest des Tages anhielt –, empfand sie als herrliches Geschenk.

Am Donnerstag traf Bernadette eine halbe Stunde zu früh im Büro ein. Diese neue Anfangszeit hatte sie sich selbst gesetzt, um eventuellen dummen Scherzen zuvorzukommen. Frank passte das natürlich nicht, weswegen sie ihm fürs Wochenende einen langen Spaziergang im Central Park versprach. Was konnten die Kollegen schon groß tun, wenn sie als Erste kam und als Letzte ging?

Als sie sich ihrem Schreibtisch näherte, sah sie sofort, dass jemand sich an ihren Sachen zu schaffen gemacht hatte. In ihrem pinkfarbenen Bleistifthalter mit dem »B« auf der Vorderseite war kein einziger Rotstift, obwohl sie darin immer einen großen Vorrat davon aufbewahrte.

Sie blickte sich in dem nach wie vor leeren Büro um.

Nach dem gestrigen Tag hatte sie natürlich mit Vergeltung rechnen müssen. Doch ein nicht unbeträchtlicher Teil von ihr hatte gehofft, dass es nun vorbei wäre.

Auf jedem Arbeitsplatz außer ihrem befanden sich ausreichend Stifte. Sie stellte sich vor, wie jemand die ihren aus dem Halter genommen und sie auf die anderen Lektoren verteilt hatte. Einer für dich und einer für dich … Aber als sie die Bleistifthalter inspizierte, konnte sie keinen ihrer Stifte entdecken. Die hätte sie erkannt, denn bei allen stand am oberen Ende ein »B«. Sie benutzte diese Sorte seit Jahren, weil sie schon so lange als »Queen B« bekannt war. Die Kollegen verwendeten, was man ihnen zur Verfügung stellte, doch sie bevorzugte die »B«-Stifte mit der weichen Mine, deren Schrift sich gut auf dem Papier hielt, ohne zu verschmieren.

Sie schaute hinüber zu Sarahs Schreibtisch. Auch sie war noch nicht im Büro. Bernadette hatte den Verdacht, dass Sarah an dieser Sache beteiligt war. Ein sonderlich freundlicher Gedanke war das nicht, aber Sarah hatte mehr als einmal bewiesen, dass sie nicht auf Bernadettes Seite stand.

Bevor sie es sich anders überlegen konnte, marschierte Bernadette zu Sarahs Arbeitsplatz. Keine Rotstifte. Allerdings war Sarah schlau genug, sie nicht offen herumliegen zu lassen.

Bernadette öffnete die oberste Schublade auf der linken Seite. Keine Stifte. In der rechten hingegen befanden sich alle zwanzig. Als Bernadette sie sah, fühlte sie sich deprimierter als zu dem Zeitpunkt, da sie ihr Fehlen bemerkt hatte. Ihr böswillig entwendetes Eigentum dort zu entdecken, zog ihr förmlich den Boden unter den Füßen weg.

Sie atmete tief aus und beschloss, die Stifte an sich zu nehmen. Sollte Sarah sie doch beschuldigen, ihre Sachen durchgegangen zu sein. Das wäre der Gipfel!

Da sie nicht ertappt werden wollte, wie sie sich am Schreibtisch der Sekretärin zu schaffen machte, nahm sie die Stifte heraus, schloss die Schublade wieder und kehrte an ihren Arbeitsplatz zurück, um mit den Korrekturen an ihrem ersten Manuskript zu beginnen.

Als Sarah dann eintraf, schaute Bernadette immer mal wieder zu ihr hinüber, aber Sarah wich ihren Blicken aus. Sie wirkte schuldbewusst wie ein Kind mit schokoladenverschmiertem Mund, das die Keksdose geplündert hat.

Da entschied sich Bernadette, sie zur Rede zu stellen –

wieder eine Regel, gegen die sie verstieß. Sie trat hinter ihrem Papierberg hervor und ging zu ihr hinüber. »Guten Morgen, Sarah.«

Noch immer jeglichen Augenkontakt meidend, schob Sarah geschäftig Papiere auf ihrem Tisch herum. »Morgen.«

»Als ich ins Büro gekommen bin, haben mir ein paar Dinge auf meinem Schreibtisch gefehlt.«

Sarahs Finger erstarrten in der Bewegung. Sie hob trotzig den Blick.

»Wollen Sie mich beschuldigen?«, fragte sie mit schriller Stimme.

Bernadette blieb beherrscht und faltete sogar die manikürten Hände vor sich. »Ich wollte mich nur erkundigen, ob Sie jemanden beim Herumsuchen beobachtet haben.«

Sarah sah ihr in die Augen. Offenbar hatte sie das Bedürfnis, sich mit den anderen im Büro solidarisch zu erklären. »Ich bin kein Aufseher. Bitten Sie doch Mr Towne, Ihren Schreibtisch zu bewachen.«

Bernadette lächelte. »Vielleicht tue ich das. Er macht seine Sache sehr gut.« Sie wählte diesen Moment, um den Rotstift hinter ihrem Ohr hervorzuziehen und zwischen den Fingern zu drehen.

Ein wenig traurig beobachtete sie, wie Sarahs Augen groß wurden. Die Sekretärin presste die Lippen aufeinander, riss die Schublade ihres Schreibtischs auf, merkte, dass die Stifte nicht darin lagen, und schloss sie mit einem Knall wieder. Danach blickte sie Bernadette nicht mehr direkt an, sondern starrte unverwandt geradeaus.

»Noch etwas, Miss Swift?«, erkundigte sie sich kühl.

»Ich hoffe nicht.«

Mittags brauchte Bernadette frische Luft, und sie hatte einen Bärenhunger. Nachdem sie die ganze Woche über die Pause hatte ausfallen lassen müssen, begann ihr Magen nun zu rebellieren. Auf Dauer war es keine gute Idee, nicht zu Mittag zu essen. Wenn sie verhungerte, gewannen die Dumpfbacken.

Nur dumm, dass sie nichts von zu Hause mitgenommen hatte. Doch in der Stadt ließ sich immer und überall etwas Essbares auftreiben. Nicht nur Hotdogs, die Graham so gern mochte. Bernadette nahm ihre Handtasche, steckte ihre Stifte hinein und eilte zum Aufzug.

Unten im Eingangsbereich winkte Melanie ihr zu. »Na, wie läuft's?«

»Könnte besser gehen.«

»Das tut mir leid. Wenn dich das tröstet: Heute ist hier jemand mit Hundescheiße am Schuh durchgelaufen und hat mich nur so en passant drauf hingewiesen.«

»Wie bitte?« Als Bernadette den Blick über den glänzenden Marmorboden wandern ließ, erwartete sie fast, braune Flecken darauf zu sehen.

»Die Scheiße hätte er ohne Weiteres schon draußen bemerken und wegmachen können.« Melanie verdrehte die Augen und warf verärgert ihre glänzenden Haare zurück, die sofort wieder in die ursprüngliche Position zurückschwangen.

»Immerhin hat er dich nicht gebeten, seine Schuhe sauber zu machen«, meinte Bernadette.

»Ja, ein Segen. Du würdest nicht glauben, was ich hier erlebe. Niemand beachtet die Frau am Empfang, aber ich sehe alles.« Sie deutete zuerst auf ihre Augen und dann nach draußen. »Sorry, ich meine nicht Sie, Sir.«

Bernadette blickte über ihre Schulter. Ein Angestellter, der gerade das Gebäude verließ, rückte kopfschüttelnd seine Krawatte zurecht, als würde ihn das größer wirken lassen.

»Du hast immer eine lustige Geschichte auf Lager.« Bernadette schmunzelte.

»Ich bemühe mich nach Kräften.«

»Ich hole mir ein Sandwich. Soll ich dir was mitbringen?«

»Nein danke. Ich hab selber was dabei.« Sie tippte auf die Lunchbox aus Metall auf ihrem Schreibtisch.

Einen halben Häuserblock weiter betrat Bernadette einen Imbissladen. Während sie las, was es dort gab, spürte sie, dass jemand sie beobachtete, und entdeckte Graham, der an der Kasse ein Sandwich bezahlte.

Heute schien sich die ganze Welt gegen sie verschworen zu haben.

12

»Verfolgen Sie mich, Swift?«, drang Grahams Stimme zu ihr herüber.

Ausgerechnet hier. »Ich dachte, Sie sind Hotdog-Fan, Mr Reynolds.«

»Jemand hat mir geraten, etwas Neues auszuprobieren.« Er hob eine Tüte hoch, den Beleg für seine kulinarische Experimentierfreude. Dann trat er zu ihr.

Plötzlich erschien ihr die Luft in dem winzigen Imbissladen tomatensuppendick. »Was haben Sie genommen?«

»Das Club-Sandwich.«

»Hm.« Sie schaute auf die Tafel. Obwohl sie bereits wusste, was sie wollte, brauchte sie einen kurzen Moment ohne Augenkontakt.

»Sie sind kein Club-Sandwich-Fan?«

Bernadette sah Graham wieder an. Ihr Herz klopfte so wild, dass sie damit einen Salatkopf hätte zerteilen können. »Kein Schinkenfan.«

»Gibt es tatsächlich Menschen, die keinen Schinken mögen?« Graham machte ein gespielt schockiertes Gesicht.

»Als Kind auf der Farm hatte ich ein Lieblingsschwein namens Amaranth. Ihm habe ich versprochen, weder es noch irgendwelche anderen Schweine zu essen. Ich denke, ich nehme den Hühnchensalat. Mit Gewürzgurke.«

»Lieblingshühner hatten Sie also nicht?«

»Nicht mehr, seit eins Amaranth die Augen auspicken wollte. Seitdem sind Hühner meine erklärten Feinde.«

Grahams Lächeln wirkte auf sie wie ein Schokoladenschichtkuchen: dekadent-verführerisch und definitiv schlecht für sie.

Bernadette wandte sich von ihm ab, um ihre Bestellung aufzugeben, und hoffte, dass er den Wink mit dem Zaunpfahl verstehen und verschwinden würde, aber er wartete am Ausgang.

»Essen Sie an der üblichen Stelle?« Graham hielt ihr die Tür auf und sie traten hinaus auf den Gehsteig, auf dem sich die Menschen drängten.

»Eigentlich sollte ich an meinem Schreibtisch essen.« Sie schaute zu Lenox & Park hinüber, wo noch jede Menge Arbeit auf sie wartete.

»Da bekleckern Sie vielleicht die Seiten. Und niemand arbeitet gut mit leerem Magen. Das Gehirn braucht Nahrung.«

»Stimmt.« Sie steuerte auf eine der Bänke vor dem Gebäude zu. Auch wenn sie sich gut verstehen mochten, wollte sie nicht, dass er sich daran gewöhnte, die Mittagspause mit ihr auf ihrer Lieblingsbank zu verbringen. Hauptsächlich deshalb, weil sie fürchtete, sie könnte dort an ihn denken.

»Darf ich Ihnen Gesellschaft leisten?«

»Wie Sie möchten.« Sie nahmen Platz. Bernadette achtete darauf, Abstand zu halten, damit die Leute sich nicht das Maul über sie zerrissen.

»Wollen Sie drüber reden?« Graham wickelte sein Sandwich aus, biss hinein und kaute das knusprig getoastete Brot.

»Ist es mir so deutlich anzumerken?« Sie rettete ein Hühnchenstück, das drohte zwischen den beiden Scheiben Vollkornbrot herauszufallen, und schob es in den Mund.

»Selbst wenn nicht: Ich kann mir vorstellen, wozu das Männer-Netzwerk bei Lenox & Park fähig ist.«

»Die Beförderung hat mir das auch sehr klargemacht.

Als ich gestern von der Toilette zurückkam, musste ich feststellen, dass das Farbband meiner Schreibmaschine fehlte. Anfang der Woche hat jemand etwas Obszönes auf meine Korrekturliste geschrieben, dann ist mein Stuhl verschwunden. Und heute Morgen fehlten plötzlich alle meine B-Stifte.«

»Wow. Schlechte Schülerscherze.«

»In der Schule scheint mir die schlimme Phase erspart geblieben zu sein. Vielleicht muss ich sie jetzt nachholen. Die Stelle wurde mir nur probehalber angeboten. Wenn sie mich dazu bringen, einen Fehler zu machen …«

»Das wird ihnen nicht gelingen, Swift. Lassen Sie sich von denen nicht ins Bockshorn jagen.«

»Danke.« Sie biss ein Stück von ihrer Gewürzgurke ab.

»Soll ich Wall einbremsen, damit er seine Leute mäßigt?«

Bernadette schüttelte den Kopf so heftig, dass ihr fast das Stirnband herunterrutschte. Dass Graham ihr beisprang, konnte sie nun wirklich nicht gebrauchen. »Nein. Nein. Dann würde er wahrscheinlich bloß alle auf einen Drink einladen. Wenn sie merken, dass ich mich nicht einschüchtern lasse, werden sie schon irgendwann die Lust verlieren.«

»Ja, stimmt, Tyrannen wie er freuen sich über jede Reaktion. Aber das tun sie auch, wenn sie ihre Muskeln spielen lassen. Sagen Sie mir Bescheid, wenn es nicht aufhört. Ich würde Ihnen gern helfen.«

Sie verabschiedeten sich vor dem Eingang des Gebäudes voneinander, da Graham sich mit einem Autor treffen musste. Bernadette bemühte sich, beim Eintreten nicht den Kopf hängen zu lassen. Dass Melanie ihr zuwinkte, als sie zu dem voll besetzten Aufzug ging, tröstete sie.

Im Lektorat war niemand. Wahrscheinlich genossen alle noch die Mittagspause.

Bernadette seufzte erleichtert. Immerhin hatte sie so Gelegenheit, eine Weile ungestört zu arbeiten, ohne sich wie ein Ausstellungsstück vorkommen zu müssen. Doch als sie sich ihrem Schreibtisch näherte, schwand ihre Erleichterung.

Jemand hatte Kaffee über sämtliche bearbeiteten Seiten vom Vormittag ausgeschüttet. Die braune Flüssigkeit drang in das sich wellende Papier ein und die Buchstaben verflossen zu einem unleserlichen Brei. Nur die roten Korrekturen waren noch deutlich zu erkennen.

Apostroph einfügen.

Daten überprüfen. Im Lexikon steht …

Bernadette traten Tränen in die Augen. Bis zu diesem Moment, in dem ihre Korrekturen rot aus den wässrigbraunen Stellen und den verschmierten Buchstaben herausleuchteten, war sie entschlossen gewesen, sich zusammenzureißen. Aber das brachte das Fass zum Überlaufen. Ihre stundenlange Arbeit war ruiniert.

Zum Glück war niemand da, der ihren Zusammenbruch hätte beobachten können. Das wäre sozusagen noch das ranzige Sahnehäubchen auf einem verdorbenen Kuchen gewesen. Genau das, worüber sie frohlockt hätten.

»Ach, Sie sind wieder da.« Sarah.

Am Arbeitsplatz niemals Gefühle zeigen – Bernadette verstieß gegen alle ihre eigenen Regeln. Sie wischte wütend ihre Tränen weg, als sie die verblüffte Miene der Sekretärin bemerkte, die Papiertücher in der Hand hielt.

Sarah zupfte nervös an ihrem roten Halstuch herum.

»Waren Sie das?«, fragte Bernadette mit rauer Stimme. Dass ihr ausgerechnet von der einzigen anderen Frau im Lektorat das Messer in den Rücken gerammt worden war, schmerzte sie besonders.

Sarah verzog das Gesicht und zuckte leicht mit den Achseln. »Das war ein Missgeschick. Ich wollte gerade … etwas zurückbringen.«

»Ach, fehlt mal wieder was von meinem Schreibtisch?« Bernadette ballte die Hände zu Fäusten. Sie war so mit ihrer Arbeit beschäftigt gewesen, dass sie gar nicht auf eventuell abhanden gekommene Dinge achtete. »Was immer es gewesen sein mag: Sie haben es bestimmt in *Ihrem* Schreibtisch gefunden.«

Sarah schluckte und presste die Lippen zusammen. Diesmal war sie nicht so dreist zu lügen.

»Ich kriege wirklich genug Gegenwind von den Männern in diesem Büro. Da wäre es schön, ein wenig Unterstützung von der einzigen anderen Frau in unserer Abteilung zu erhalten. Aber Sie ziehen es vor, Teil des Problems zu sein. Warum? Was haben Sie davon?«

»Sie ...«

Bernadette hielt die Hand hoch. »Nein, nicht ich. *Sie*. Was haben *Sie* davon?«

Sarah schwieg.

»Wir haben nicht den gleichen Job. Durch meine Beförderung nehme ich Ihnen nichts weg. Ich habe mir die Stelle erarbeitet. Warum wollen Sie mich loswerden?«

Sarahs Blick flackerte in die Richtung von Greenes Schreibtisch.

»Ah, verstehe. Ihr Freund hat Sie auf mich angesetzt.« Bernadettes Augen verengten sich, während sie Sarahs nackten Ringfinger betrachtete. »Sie wissen schon, dass er verheiratet ist, oder?«

Sarah warf ihr die Papierhandtücher hin und reckte trotzig das Kinn vor. »Ich wollte sauber machen.«

»Ich hindere Sie nicht daran.« Bernadette trat einen Schritt zurück und verschränkte die Arme vor der Brust. Auf keinen Fall würde sie die Tücher nehmen und vor Sarahs Dickköpfigkeit kapitulieren.

»Ich hole mir unterdessen eine Kopie von dem Text, da Sie den hier ja ruiniert haben.« Zum Glück gab es eine.

Für Notfälle wurden Zweitschriften der Manuskripte im Archiv aufbewahrt. »Wenn ich zurück bin, möchte ich meinen Schreibtisch in dem Zustand sehen, in dem er war, bevor Sie die Drecksarbeit für Ihren Freund erledigt haben. Ihnen ist doch klar, dass er keiner von den Guten ist, wenn er Sie um so etwas bittet, oder? Ihretwegen wird er seine Frau nicht verlassen. Und selbst wenn: Wer garantiert Ihnen, dass er Ihnen nicht das Gleiche antut? Sie sollten sich um mehr Selbstachtung bemühen.«

Mit diesen Worten marschierte Bernadette zum Aufzug und fuhr, wütend vor sich hinmurmelnd, ins Kellergeschoss hinunter.

»Miss Swift.« Als sie ausstieg, richtete sich Mr Towne ein wenig aus seiner Nickerchenposition auf und ein Lächeln trat auf sein faltiges Gesicht. »Freut mich, Sie wieder hier bei mir zu haben. Die Kekse waren köstlich. Ich soll Ihnen auch von meiner Frau Mabel ein herzliches Dankeschön sagen.«

Ihn zu sehen und seine Worte zu hören, beruhigte Bernadette ein wenig. »Gern geschehen. Wenn ich das nächste Mal backe, bringe ich Ihnen wieder welche.«

»Sie sind ein Schatz.«

Heute fühlte sie sich eher wie eine Vogelscheuche. Bernadette ging an Mr Towne vorbei ins Archiv, um die Zweitschrift des verunreinigten Manuskripts zu holen. Dann wechselte sie in die Poststelle, in der sich der Xerox-Kopierer befand, und kopierte die von Sarah ruinierten Seiten. Als die Maschine ausgerechnet jetzt zickte, versuchte sie nicht zu fluchen. Glücklicherweise gelang es ihr, sie wieder in Gang zu setzen. Anschließend brachte sie das Original des Manuskripts ins Archiv und kehrte zurück zu ihrem Schreibtisch, der nun sauber und ordentlich aufgeräumt war, wie sie es liebte.

Der Rest des Tages verlief verdächtig ereignislos.

Sarah ging ihr aus dem Weg. Das hatte Bernadette erwartet. Doch die anderen Kollegen mieden sie ebenfalls.

Dass sie sie brüskierten, machte ihr nichts aus, weil sie ihrer Karriere letztlich nicht schaden konnten. Außerdem hatte Eleanor Roosevelt, der Bernadette während eines Praktikums in ihrer Zeit am Barnard College begegnet war, einmal in einem Interview gesagt: »Wenn eine Person, die sich überlegen fühlt, jemanden brüskiert, will sie diesem ein Gefühl der Unterlegenheit vermitteln. Dazu braucht sie jemanden, der bereit ist, sich unterlegen zu fühlen.« Später wurde das Zitat folgendermaßen zusammengefasst: »Niemand kann dich ohne deine Zustimmung unterlegen machen.«

Bernadette hatte dieses inspirierende Zitat in ihr Notizbuch geschrieben. Dass jemand nur erniedrigt werden kann, wenn er selbst das zulässt, war ein Gedanke, an dem man sich orientieren sollte. Allerdings war das in der Realität leichter gesagt als getan. Plötzlich ging ihr auf, dass sie sich von all dem Unsinn ihrer Kollegen in dieser Woche erniedrigen lassen hatte. Das musste aufhören. Und zwar sofort.

Sie holte tief Luft und atmete langsam wieder aus, während sie die frisch kopierten Seiten durchblätterte und ihre Anmerkungen noch einmal schrieb. Nein, sie würde sie nicht mehr an sich heranlassen. Denn Eleanor hatte recht.

Queen B, die Grammatikerin, würde sich nichts mehr gefallen lassen. Sie würde sich wehren.

Melanie sollte nicht den Dreck für alle beseitigen müssen. Sarah sollte nicht meinen, mit jemandem in einer höheren Position schlafen zu müssen, um einigermaßen zurechtzukommen. Ihre Mutter sollte Artikel über Mode schreiben können und sich nicht von morgens bis abends abplacken müssen. Und Bernadette sollte sich keine Gedanken über alberne Scherze machen müssen, damit sie verdammt noch mal ihre Arbeit erledigen konnte.

Nachdem sie die nötigen Korrekturen in dem Manuskript ausgeführt hatte, wurde sie ein wenig träge. Es war ein langer Tag gewesen. Normalerweise hätte sie sich einen Kaffee geholt, um wieder munter zu werden. Doch von nun an würde sie keinen Kaffee mehr trinken. Es gab keinen besseren Zeitpunkt als diesen, zu Tee zu wechseln.

Sie erhitzte Wasser im Blitzkocher und hängte einen Beutel mit Earl-Grey-Tee in ihren Becher. Während er zog, fragte sie sich, ob das Teein darin ausreichen würde, ihr über den Rest des Tages zu helfen. Wieder an ihrem Schreibtisch, nahm sie das Notizbuch mit ihren Lieblingszitaten aus ihrer Handtasche. Manchmal halfen ihr die literarischen Leckerbissen in schwierigen Situationen. Sie blätterte darin, bis sie auf ein Zitat von Eleanor Roosevelt stieß, das sie lächeln ließ. »Eine Frau ist wie ein Teebeutel; man weiß nie, wie stark sie ist, bevor sie in heißes Wasser kommt.«

Gern hätte sie der früheren First Lady einen Brief geschrieben und ihr mitgeteilt, wie inspirierend sie auf nachfolgende Frauen wirkte. Vielleicht war die beste Art, sie zu ehren, ihre Botschaft weiterzugeben.

Doch erst einmal gab Bernadette einen kleinen Löffel Honig in ihren Tee, wie sie es in Zukunft bei jedem Lächeln, das sie ihren Kollegen schenkte, tun wollte. Schließlich war das Motto »Nimm ihnen mit deiner Freundlichkeit den Wind aus den Segeln« etwas, woran sie glaubte.

13
Frank

Ich renne über ein Feld, vor mir ein rot-goldener Blitz. Hinter mir das panische Gegacker von Hühnern. Niemand außer mir darf an meine Hühner. Der Fuchs …

»Frank?«

Als ich aus meinem Traum hochschrecke, sehe ich Mrs Morris an der Tür. »Alles in Ordnung, mein Lieber?«

Ich strecke mich und schüttle die Spinnweben des Schlafes ab. Das fragt sie mich jedes Mal, wenn ich ein Nickerchen mache. Ich bin topfit, nur ein bisschen müde von meinen frühmorgendlichen Runden durchs Viertel. Als sie eintritt, rieche ich Pfefferminze und Toast. Sie streichelt meinen Kopf. »Mein Wallace hatte bei unserer Hochzeit eine Hündin, die hieß Amy. Die war ungefähr so groß wie dein Schädel. Und sie hat im Schlaf gewimmert wie du, weil sie im Traum rannte. Mich würde interessieren, wem du nachgelaufen bist.«

Ich wünschte, ich könnte ihr von den Füchsen erzählen. Und von den Hühnern. Ob Mrs Morris sich schon jemals weiter weggetraut hat von diesem Haus als bis zum Ende des Blocks? Sobald wir die Ecke erreichen, bleibt sie stehen, dreht sich um und marschiert zurück. Als wäre da ein unsichtbarer Zaun, über den sie nicht kann. Mein Mädchen hat mir erklärt, dass Mrs Morris unter Agoraphobie leidet. Die Straßen machen ihr Angst. Unsere Vermieterin ist mir dankbar, dass ich sie zwinge, hinaus in die Stadtluft zu gehen.

»Möchtest du mit zu mir, was essen?« Sie krault mich hinter den Ohren.

Ich schaue zum Fenster. Es ist Mittag und wird noch Stunden dauern, bis mein Mädchen nach Hause kommt. Die Zeit bis dahin verbringe ich viel lieber mit Mrs Morris als allein. Meine Morgenpatrouille war ergiebig und anstrengend – ein paar Idioten haben den Zeitungsjungen blöd angemacht, ihn einen Angsthasen genannt, was er nicht verstand, weil sein Englisch nicht so gut ist. Aber soweit ich das beurteilen kann, ist er tatsächlich ein Mensch, also hat sein Englisch vielleicht doch nichts damit zu tun.

Außerdem muss ich mich noch mal mit der Katze von Mrs Morris unterhalten. Mrs Morris und ich haben uns auf einen Deal geeinigt. Ich stehe auf und sie hält sich an meinem Rücken fest. So kommt sie leichter hoch. Sie ist zierlich, also kein Problem für mich. Mrs Morris macht sich nicht die Mühe, mir die Leine anzulegen. Das ist auch nicht nötig, denn ich beschütze sie genauso wie mein Mädchen.

Wir gehen die Treppe zu ihrer Wohnung hinunter, wo sie den Schlüssel mit ihren Händen herausnimmt, die voller Adern und Flecken sind. Sobald die Tür sich öffnet, steigt mir der Geruch ihres Katers Mr Crumbs in die Nase. Er stößt ein Geräusch aus, halb Miauen, halb Fauchen. Sein braun-golden geflecktes Fell ist aufgestellt.

»Crumbly, sei höflich zu unserem Gast.«

Der Kater faucht mich an. Ich gebe mir Mühe, zu grinsen. Er faucht noch einmal.

Ich mache mir Sorgen, dass er unsere Abmachung vergessen hat.

Mrs Morris tätschelt meinen Kopf und geht in ihre winzige Küche. Ich trotte so langsam wie möglich zu Mr Crumbs, der wie ein König auf der Rückenlehne eines Polstersessels thront. Kratzspuren an den Holzbeinen des Stuhls und Risse im Stoff beweisen, dass er keine Manieren hat.

Im Sitzen bin ich so groß, dass unsere Köpfe sich auf gleicher Höhe befinden. Ich blicke in zwei große grüne Augen mit schwarzen Schlitzen in der Mitte. Sie erinnern mich an eine Schlange, die meinen Hühnern einmal Eier geklaut hat. Und sie senden eine Botschaft aus: *Verschwinde und bleib weg von meiner Haushälterin, du sabbernder Bauer.*

Kennst du mich denn nicht mehr? Ich tue dir nichts. Ich bin mitgekommen, weil ich einen Keks möchte. Von denen, die sie dir nicht gibt.

Fauch.

Als Friedensangebot lege ich eine Pfote auf die Armlehne des Sessels. *Wir können uns den Keks teilen. Keks, Keks, Keks.*

Mr Crumbs sieht mich ziemlich lange an. Die Schlitze seiner Katzenaugen weiten und verengen sich, während er überlegt. Dann zieht er mir die Kralle übers Gesicht – ein gemeiner Liebesschlag. Jetzt weiß ich, dass er sich an unseren Deal erinnert.

»Crumbly, das war nicht sehr nett von dir.« Mrs Morris eilt aus der Küche herbei, einen köstlichen Keks in der Hand. Keinen Hundekeks, sondern einen für Menschen. Einen Ingwerkeks mit Karamellüberzug. Den kauft sie einmal die Woche in dem Laden an der Ecke.

Zur Entschuldigung gibt Mrs Morris ihn mir. Ich beginne zu kauen. Wundervolle Aromen breiten sich auf meiner Zunge aus, als Anteil für Mr Crumbs lasse ich absichtlich ein paar Krümel auf den Boden fallen. Der stößt ein kreischendes Miau aus, springt mir auf den Rücken und von dort aus zu meinem Ingwer-Zuckergeschenk auf den Boden.

Mission gelungen.

14

Zu Tode erschöpft kroch Bernadette in ihr knarrendes Bett, ein Überbleibsel von ihren Großeltern. Die Matratze senkte sich, als Frank sich mit einem Sprung zu ihr gesellte. Es strengte sie sehr an, die Hand zu heben, um seinen riesigen Kopf zu streicheln, und noch mehr, den Band mit dem Titel *Der Weiblichkeitswahn* zu nehmen, der auf dem glänzenden Nachttisch aus Walnussholz lag.

Wie jeden Abend in dieser Woche freute sie sich, dass es allmählich ruhig wurde im Viertel. Ein wenig sentimental zog sie die Quiltdecke hoch, die ihre Mutter aus all ihren Lieblingskinderkleidern für sie gemacht hatte. Die einzigen Geräusche stammten nun von dem einen oder anderen hupenden Taxi, der zischenden Bremse eines Busses, einem Zug, der pfeifend in die Penn Station einfuhr, oder von dem gleichmäßig atmenden Frank.

»Wach bleiben, mein Junge.« Bernadette stupste Frank an, um ihn aus seinem sofort einsetzenden Schlafmodus aufzuschrecken, und schlug das Buch auf. An den letzten beiden Abenden hatte sie in der Hoffnung, dass es sie wachhalten würde, laut gelesen.

Frank hob den Kopf. Mit heraushängender Zunge hechelte er ein »Ja«.

»Gut, schauen wir mal … Wo waren wir?« Sie zog das Lesezeichen heraus und begann, über die Rollen und Erwartungen von Frauen in der Gesellschaft zu lesen. Dass das Bild der Hausfrau, was Frauen wollen sollten, ein künstlich erschaffenes war, verstärkt durch das Ende des Zweiten Weltkrieges, als Frauen, die in Fabriken gearbeitet und typisch männliche Tätigkeiten verrichtet hatten, zurück in die Küche geschickt wurden.

Obwohl Bernadette während des Krieges noch sehr jung gewesen war, erinnerte sie sich an die Abwesenheit ihres Vaters. Er hatte im Veterinärkorps gedient, und ihr Hund Beau war mit Auszeichnungen dekoriert aus den Schützengräben zurückgekehrt, um nach dem aktiven Dienst bei ihnen zu leben.

Aber wie hatte die Heimkehr ihres Vaters das Leben ihrer Mutter beeinflusst? Bernadette zerbrach sich den Kopf über diese Frage, ohne eine rechte Antwort zu finden. Sie war damals einfach zu klein gewesen.

Wenige Sekunden – *oder vielleicht doch Stunden* – später wachte sie auf, weil ihr das Atmen schwerfiel. Lichtstreifen drangen durch das, was auf ihrem Mund lag.

Bernadette schnappte nach Luft. Das ließ die Seiten des Buches aufflattern, das ihr beim Lesen aufs Gesicht gesunken war. Nein, niemand versuchte, sie zu ersticken. Müde ächzend markierte sie die Stelle, bis zu der sie gekommen war, legte den Band auf den Nachttisch und löschte die Sturmlaterne, die ihrer Mutter vor ihrer Hochzeit gehört hatte.

Sie konnte von Glück sagen, wenn es ihr gelang, den Text bis zum Ende des Monats zu lesen. Vor dem Treffen des Buchklubs würde sie es jedenfalls bestimmt nicht schaffen. Als sie sich auf die Seite drehte, wurde sie mit einem feuchten Kuss auf die Wange belohnt.

»Gute Nacht, Frank.«

* * *

Tagsüber zwischen prächtigen Säulen und unter künstlerisch gestalteten Decken über den Beaux-Arts-Marmorfußboden der New York Public Library zu schreiten, empfand sie als tiefgreifende Erfahrung. Die Astor Hall der Bibliothek wurde lediglich von vier Marmorlampen mit filigranen Goldverzierungen erhellt, die so hoch angebracht waren, dass man eine Leiter benötigte, um die Glühbirnen zu wechseln, weswegen es Bernadette fast überirdisch erschien, als sie abends mit ihren pinkfarbenen Ballerinas die majestätisch-breite Treppe emporstieg.

In der Bibliothek war es kalt. Zum Glück hatte sie sich für ihre schwarze Caprihose im Audrey-Hepburn-Stil sowie für einen ärmellosen pinkfarbenen Rollkragenpulli mit dazu passender Strickjacke, ein pink-weißes Halstuch mit Punkten und ein dazu passendes Stirnband entschieden, das ihre heute leider nicht recht füllige Bouffant-Frisur im Stil von Jackie Kennedy an Ort und Stelle hielt.

Melanie, die ein Kleid und Stöckelschuhe trug, hatte Bernadette mit dem Motorroller zu Hause abgeholt, wo sie auf den Sitz hinter sich klopfte, um ihr zu signalisieren, dass sie aufsteigen solle. Während sie durch den Stadtverkehr gebraust waren, hatte Bernadette sich an ihre Freundin geklammert, die mehr als einem Autofahrer mit der Faust drohte. Anschließend hatten sie die Bibliothek durch den Hausmeistereingang auf der Seite betreten.

Sie gingen zu dem Raum, den Penelope organisiert hatte und in dem sich wenig überraschend Erinnerungsstücke an Mary Shelley und ihre Zeitgenossen befanden.

»Du hast es geschafft.« Penelope eilte auf Bernadette zu und schloss sie in eine Estée-Lauder-Youth-Dew-Umarmung. »Ich hätte nicht gedacht, dass du trotz deiner vielen Arbeit tatsächlich kommen kannst. Und Melanie: Freut mich sehr, auch dich zu sehen. Ich stelle euch den anderen vor.«

Hinter ihr sah Bernadette etwa ein halbes Dutzend weitere Frauen, deren Alter zwischen ihrem eigenen und dem ihrer Mutter lag.

»Hi, ich bin Ruth.« Eine Frau, die ein schlichtes königsblaues Kleid und die Haare nach hinten gefasst trug, begrüßte sie mit einem freundlichen Lächeln.

»Ruth unterrichtet Jura an der Rutgers University.«

»Bald«, meinte Ruth. »Die Kurse beginnen nächsten Monat. Und das ist meine Freundin Julie. Wir waren zusammen an der Columbia.«

Julie hatte einen festen Händedruck und ihre Finger waren voller Tintenflecken, was Bernadette von ihrer eigenen Tätigkeit kannte. Bevor sie fragen konnte, was Julie beruflich machte, wurde sie einer Krankenschwester namens Georgie und einer Jenny vorgestellt, die mit Penelope beim Doubleday-Verlag arbeitete. Als Letzte trat Patty zu ihnen, die den Blick schüchtern über die Gruppe wandern ließ. Penelope hatte Bernadette erzählt, sie habe Patty einige Tage zuvor in dem Lebensmittelladen in ihrem Viertel dabei beobachtet, wie sie billige Liebesromanheftchen beäugte. Ihr Ehemann hatte sie gescholten, dass sie »Schund« lese. Worauf Penelope sie unbemerkt von ihm zu dem Buchklub eingeladen hatte.

»Wer hat das Buch ganz gelesen?«, fragte Penelope, als sie alle auf ihren kreisförmig angeordneten gepolsterten Stühlen saßen.

Vier Hände, darunter auch die von Melanie, schossen in die Höhe.

»Und die anderen? Habt ihr's bis zur Hälfte geschafft?«

Alle nickten. Bernadette hatte eigentlich vorgehabt, den Band bis zum Ende zu lesen, aber im Verlag war die Hölle los gewesen und an mehreren Abenden, an denen sie sich damit hatte beschäftigen wollen, war sie eingeschlafen, bevor sie das Buch überhaupt aufschlagen konnte.

Penelope strich über das Cover des Bandes auf ihrem Schoß, als berge er wertvolle Geheimnisse. »Dann würde ich vorschlagen, dass wir uns heute Abend über die erste

Hälfte unterhalten und uns die zweite für unser nächstes Treffen in zwei Wochen aufsparen. Das Buch ist es wert.«

Niemand hatte etwas dagegen, alle brannten darauf, mit der Diskussion zu beginnen.

»Unser letzter feministischer Text war fiktional. Diesmal haben wir einen nichtfiktionalen gewählt. Ich finde es ausgesprochen wichtig für uns, ein so bahnbrechendes Werk zu lesen. Es motiviert zu zahlreichen, häufig kontroversen Diskussionen über den Mythos des Frauenideals, darüber, wer wir sein sollen. Wodurch sich die Frage erhebt: ›Ist das alles?‹«

Bernadette dachte an ihre Mutter, die jeden Morgen vor Sonnenaufgang aufwachte. Die Eier einsammelte. Die Kühe molk. Die Wäsche aufhängte. War das alles? Würde sie wirklich jeden Tag so beginnen, bis sie nicht mehr aufrecht stehen konnte, ihre Finger sich weigerten, ihr zu gehorchen, und jeder Schritt zur Qual wurde?

Als Patty die Hand hob, forderte Penelope sie auf zu sprechen. »Musste außer mir noch jemand den Band verstecken? Ich habe den Schutzumschlag von einem meiner Kochbücher runtergemacht und ihn darin eingewickelt. Mein Mann hasst das, was er ›feministischen Scheiß‹ nennt. Ich glaube, er fühlt sich durch weibliche Intelligenz bedroht.«

Mehrere der Anwesenden nickten, was Bernadette schockierte. Sie konnte sich nur an ein einziges Mal erinnern, dass sie ein Buch verborgen hatte, nämlich als sie sich in Teenagerzeiten heimlich einen der Liebesromane ihrer Mutter ausgeborgt hatte.

»Ich habe den Umschlag von einem Buch über Kindererziehung genommen, damit ich morgens während der Fahrt in die Arbeit und in meiner Mittagspause darin lesen konnte.« Georgie verdrehte die Augen. »Gott bewahre! Naturwissenschaftler dürfen mich doch nicht dabei beobachten, wie ich einen gut recherchierten Text über soziale Reformen und die Erziehung von Teenagern lese.«

»Sonst würde so manche Geburtshelferin womöglich ihren Job verlieren«, meinte Penelope lachend.

»Wie ich, denn ich bin Hebamme.« Georgie lachte ebenfalls. »Muss also mein Selbsterhaltungstrieb gewesen sein, der mich geleitet hat.«

»Was ist mit dir?«, fragte Penelope Bernadette.

Diese schüttelte, nach wie vor verblüfft darüber, dass andere ihre Lektüre verbergen mussten, den Kopf. »Frank ist es egal, was ich lese, solange er was Feines zu futtern von mir bekommt.«

»Typisch Mann«, meinte Patty laut und vernehmlich, während sie ihren Rock glattstrich. Er erinnerte Bernadette an einen, den sie bei einer Sock-Hop-Tanzveranstaltung in der Schule getragen hatte.

Bernadette schmunzelte. »Frank ist mein Hund, ein Rüde.«

Das brachte alle zum Lachen.

Jenny räusperte sich. »Mein Mann hat mich mit dem Buch in der Badewanne gesehen.«

Es wurde leise. So leise, dass Bernadette das Ticken ihrer Armbanduhr hören konnte. So leise, als würden sämtliche Frauen die Luft anhalten und darauf warten zu erfahren, was geschehen war. So leise, als hätten sie Angst vor Jennys Schilderung. »Er hat mich gebeten, einen Abschnitt laut vorzulesen. Schätze, er dachte wegen des Titels, es könnte sich um was Erotisches handeln. Ich finde Harlekin-Liebesschnulzen toll.«

»Was hast du ihm vorgelesen?«, erkundigte sich Bernadette, und die anderen beugten sich, neugierig auf die Antwort, vor.

»Eine Stelle, in der es darum ging, dass Frauen in großer Zahl Kinder bekommen und aktiv nach Liebe suchen –

so, als ob genau das ihre tiefste Erfüllung bringen müsste. Und trotzdem bleibt da ein wachsendes Unbehagen, weil es offenbar um etwas anderes geht. Es wurde erwähnt, dass selbst Ärztinnen und Ärzte inzwischen von neuen Spannungen zwischen Männern und Frauen berichten, etwa dass viele Frauen ein stärkeres sexuelles Bedürfnis äußern, das ihre Partner oft gar nicht stillen können.«

Kinnladen fielen herunter. Wenn in dem Raum Fliegen gewesen wären, hätten sie mit Sicherheit den Weg in die Münder gefunden. Jennys Zitat stammte aus einem Teil des Buches, den Bernadette noch nicht kannte.

»Und was hat er gesagt?«, fragte Patty gespannt.

»Er hat mich gefragt, ob meine Gelüste befriedigt werden.« Jenny zuckte mit den Achseln. »Dann wollte er mehr über das Buch erfahren. Er schien aufrichtig interessiert zu sein an dem Mythos von Weiblichkeitsidealen.«

Bernadette sah Melanie an, die Jenny mit schief gelegtem Kopf beäugte.

»Du kannst dich glücklich schätzen«, meinte Penelope.

»Ach, Penelope, wir wissen doch alle, dass dein Victor wahrscheinlich das Gleiche gesagt hätte«, meldete sich Ruth zu Wort.

Penelope reagierte mit einem Lächeln.

»Und was ist mit euch zweien?«, wandte sich Georgie an Bernadette und Melanie. »Seid ihr verheiratet? Oder mit jemandem zusammen?«

»Ich war mit einem Mann beim Abendessen, der gern meine bessere Hälfte werden würde«, antwortete Melanie. »Aber zuerst muss ich ihm, glaube ich, ein paar Testfragen stellen. Außerdem bin ich mir nicht sicher, ob ich überhaupt heiraten möchte.«

»Was für Fragen?«, erkundigte sich Bernadette. Was konnte man einen Mann fragen, um herauszufinden, ob er offen und aufgeschlossen gegenüber ihrer Lektüreauswahl und der Stellung der Frau in der Gesellschaft war?

Melanie tippte an ihre Lippe. »Hm. Als Erstes vielleicht, ob er einverstanden wäre, wenn seine Frau arbeitet. Ich bin gern berufstätig, die Arbeit erfüllt mich.«

»Ein guter Anfang«, bemerkte Patty. »Mein Mann meint, es würde vor seinen Kollegen nicht gut aussehen, wenn ich arbeite, also habe ich aufgehört. Oder besser gesagt: Man hat mir nahegelegt aufzuhören, als ich mit unserem ersten Kind schwanger wurde. Ich war in einer Kunstgalerie tätig, die Jane Bass gehört, und habe selber ein bisschen gemalt. Offen gestanden glaube ich, dass meine Gabe ihm Angst macht. Er ist gern der interessanteste Mensch im Raum; da bleibt kein Platz für jemand anders.«

Jane Bass! Die Frau von Mr Bass. Bernadette wollte gerade nachhaken, als Georgie sich zu Melanie vorbeugte. »Angenommen du arbeitest und ihr kommt beide etwa zur gleichen Zeit nach Hause. Frag ihn, an welchen Abenden der Woche er sich ums Essen kümmern möchte.«

»Und wie viele Kinder er will.« Patty streckte den Finger hoch. »Ich wollte zwei. Am Ende hatte ich fünf. Versteht mich nicht falsch: Ich liebe sie alle. Doch bei so vielen ist das, als würde man ein kleines Unternehmen leiten.«

»Und«, fügte Bernadette, die an ihre Mutter denken musste, hinzu, »frag ihn, wie ihr euch die Aufgaben im Haushalt teilt.«

Ob dieses Vorschlags schnappten einige nach Luft. »Das geht möglicherweise dann doch ein bisschen zu weit«, sagte Patty mit enttäuscht herabhängenden Mundwinkeln. »Mein Mann ist für so etwas einfach zu beschäftigt.«

»Aber ist es nicht genau das?«, fragte Bernadette. »In dem Buch steht, Frauen wollen immer alles erledigen. In unserer heutigen Gesellschaft können sie erst zufrieden sein, wenn sie selbst Brot gebacken, das ganze Haus geputzt, acht Kinder zu wunderbaren Erwachsenen erzogen, die Hemden gebügelt, ihren Körper in Form gehalten haben, stets apart und freundlich aussehen und das Abendessen jeden Tag um Punkt sechs auf den Tisch bringen. Und wenn sie arbeiten, müssen sie all das leisten und sich obendrein im Job behaupten. Doch das ist unmöglich, wenn ihr Mann nicht die Hälfte der Aufgaben schultert.«

Patty ergriff die Gelegenheit zu einer Spöttelei: »Wow, Penelope, Sie scheinen Betty Friedan höchstpersönlich zu unserem Treffen eingeladen zu haben.«

Allgemeines Schweigen. Bernadette spürte, wie sehr diese Bemerkung sie verletzte, als hätte Patty ihr sonst so dickes Fell mit einer besonders spitzen Schere traktiert. Ihr fiel keine Erwiderung ein, die die Situation entschärft hätte. Zum Glück war auch keine nötig, da Penelope mit den Händen auf ihre Oberschenkel klatschte.

»Würden Sie sie mit gerümpfter Nase ansehen, wie Sie es gerade machen, wenn ich das tatsächlich getan hätte? Die anderen Frauen sind Teil des Problems, weil sie voneinander erwarten, dass sie über sich hinauswachsen und genau jenen Weiblichkeitswahn leben, den Betty Friedan uns vor Augen zu führen versucht. Bernadette war nur einfach mutig genug, das laut auszusprechen.«

»Sie ist nicht verheiratet und kann das nicht verstehen.« Offenbar war Patty nicht so leicht von ihrer Meinung abzubringen.

»Ich finde, genau deshalb, weil sie noch nicht verheiratet ist, müssen wir dieses Gespräch führen«, meinte Georgie. »Wir brauchen die Meinungen der Frauen, egal, ob sie alt oder jung, verheiratet oder ledig sind. Das betrifft uns alle. Außerdem sagt Betty Friedan, keine Frau findet es toll, den Boden zu wischen, und diese Botschaft sollten wir unseren Geschlechtsgenossinnen mitgeben, bevor sie heiraten, oder?«

Die anderen murmelten zustimmend.

Bernadette rutschte auf ihrem Stuhl herum, schlug zuerst das eine Bein über das andere und wechselte dann die Seite. Sie fühlte sich nicht körperlich unwohl, sondern eher emotional – und war ein wenig verlegen. Noch niemals zuvor hatte sie Frauen so offen über all diese Themen, auch über Sex, reden hören. Nicht, dass sie nichts über Sex gewusst hätte. Schließlich hatte sie während ihres Praktikums eine leidenschaftliche Affäre gehabt. Und panisch reagiert, als ihre Periode zu spät gekommen war, zum Glück nur ein paar Tage.

Der Raum knisterte vor Energie. Als Bernadette Penelope anblickte, sah sie, dass diese breit grinste, während Melanie Patty anschaute, als würde sie sie am liebsten mit dem Mixer zu einer Baisermischung verarbeiten.

»Das ist genau die lebhafte Auseinandersetzung, die ich mir für dieses Buch erhofft habe.« Penelope klang so aufgeregt wie Frank an den Tagen, an denen Bernadette Muffins buk. »Wir sollten alle frei unsere Meinung sagen, egal, wie konträr sie auch sein mag. Diskussionen wie diese führen dazu, dass Dinge angepackt werden.«

Patty verzog den Mund zu einem Lächeln und berührte ihre Haare. Hinter diesem Lächeln erahnte Bernadette eine subtile Veränderung. Wenn es ihnen nur gelänge, diese Veränderung bei jeder Frau in der Stadt, im Land, auf der ganzen Welt zu bewirken. Ein kleines Kräuseln, das sich zu einer Flutwelle auswuchs.

»Ich wollte niemandem zu nahetreten«, sagte Bernadette. »Stimmt, ich bin nicht verheiratet. Aber ich habe die Beziehung meiner Eltern beobachtet. Meine Mutter ist ein Musterbeispiel für das, wovon Betty Friedan spricht. Sie schuftet von morgens bis abends und bittet nie um Hilfe. Und zwar nicht nur zu Hause. Von mir erwartet man in der Arbeit, dass ich den Kaffee koche, obwohl das nicht meine Aufgabe ist. Ich bin Lektorin. Wenn eine Frau schon außerhalb des Schlafzimmers nicht zufrieden mit dem Leben ist, welche Garantie gibt es dann dafür, dass sie es sein wird, sobald sie mit einem Mann schläft?«

»Mir geht's genauso – ich meine, mit dem Kaffee«, erklärte Penelope unisono mit den anderen, die ebenfalls ständig gebeten wurden, berufsfremde Dinge zu erledigen.

Patty sah Bernadette an. »Sie sind Lektorin?«

Bernadette nickte. »Ja, bei Lenox & Park.«

Patty blieb der Mund offen stehen und ihre Wangen nahmen einen Pinkton an, der gut zu Bernadettes Stirnband passte. »Ich wusste gar nicht, dass es dort Lektorinnen gibt.«

»Ich bin die einzige.«

Pattys Lippen wurden schmal, sie sagte aber nichts weiter. Bernadette wandte sich wieder dem eigentlichen Thema zu.

»Nicht einmal nach dem nun verabschiedeten Equal Pay Act erhalten wir das gleiche Gehalt wie unsere männlichen Kollegen, aber wir sollen genauso viel, oft sogar noch mehr arbeiten als sie, nur um zu beweisen, dass wir das Recht haben, überhaupt an unserem Platz zu sein. Zu Hause müssen wir mehr tun als die Männer. Immer mehr, mehr, mehr. Das ist anstrengend und vermutlich der Grund, warum die Hälfte von uns nicht in der Lage war, dieses Buch bis zum Ende zu lesen.« Bernadette holte tief Luft. Während all das aus ihr hervorgesprudelt war, hatte sie kaum geatmet.

»Und was sollen wir dagegen unternehmen?«, fragte Melanie.

Bernadette schüttelte den Kopf. »Unsere Auseinandersetzung mit dem Thema ist ein Anfang.

Solche Diskussionen können Licht in die Sache bringen. Seht nur, wie viel wir bereits gelernt haben.«

»Solche Bücher zu lesen hilft auf jeden Fall«, meinte Ruth. »Und ich halte die Augen offen. Während meines Jurastudiums hat einer meiner Professoren mich tatsächlich gefragt, warum ich einem Mann den Platz wegnehme. Als würde einer Frau keine Meinung zustehen bei der Gestaltung von Gesetzen, die ihr Leben wie auch das ihrer Kinder regeln. Ich bin dankbar dafür, einen Mann geheiratet zu haben, der das Gegenteil glaubt.«

»Vielleicht gibt es da draußen mehr Männer als wir denken, die wollen, dass ihre Frauen und Töchter sich vom Weiblichkeitswahn befreien. Sogar in unserer kleinen Gruppe hier haben etliche erklärt, dass ihre Partner ihnen beistehen.« Bernadette fiel Graham ein, was inzwischen immer häufiger geschah.

Patty schnaubte verächtlich. Ihre Arme waren vor der Brust verschränkt, die Knöchel gekreuzt. Selbst ihre kritische Miene wirkte abweisend. »Vielleicht aber auch nicht.«

»Möglicherweise doch«, erwiderte Jenny. »Mein Mann, Penelopes Mann, sie sind nicht die einzigen. Wir müssen aufgeschlossen bleiben. Könnte gut sein, dass sie uns weiterhelfen.«

Bernadette löste die übereinandergeschlagenen Beine, presste die Schulterblätter gegen die Rückenlehne des Stuhls und sah die Anwesenden eine nach der anderen an. »Nennt mir doch mal Dinge, die ihr immer schon tun wolltet, aber nie tun konntet.«

»Ich laufe gern«, sagte Georgie. »Ich würde gern lange joggen, ohne dass die Männer gleich denken, wegen der Anstrengung könnte mir die Gebärmutter rausfallen. Ich habe drei Kinder zur Welt gebracht. Wenn meine Gebärmutter den Druck der Geburten ausgehalten hat, schadet mir das Laufen bestimmt auch nicht.«

Ruth schmunzelte. »Diese Vibrationsbandgeräte könnten wohl eher daran schuld sein, dass uns die Gebärmutter rausfällt.«

»Ich hätte gern in Yale studiert, wo mein Vater war«, erzählte Julie. »Könnt ihr euch vorstellen, wie es gewesen wäre, wenn ich in die Skull-and-Bones-Studentenverbindung gekonnt hätte? Columbia war nicht schlecht, aber Yale ... Das hätte mir gefallen.«

»Ich würde gern Geschworene sein«, meinte Jenny. »Doch Frauen werden kaum jemals aufgerufen. Bei den Geschworenen bleiben die Männer meist unter sich.«

»Und ich will nicht der Elternteil sein, an dem immer alles hängenbleibt«, erklärte Ruth. »Denn wenn dem so ist, werde ich nie Richterin am Supreme Court. Jedes Mal, wenn Jane etwas in der Schule braucht, rufen sie zuerst mich an. Sogar zu Recherchen in Schweden habe ich sie mitgenommen. Versteht mich nicht falsch: Das fand ich wunderbar, aber ich war beruflich dort. Wenn mein Mann auf Rechercheresise hätte gehen müssen, wäre die liebe Jane mit Sicherheit zu Hause bei mir geblieben. In Schweden habe ich übrigens bei einem Gerichtsverfahren eine im siebten Monat schwangere Richterin gesehen, die sich offenbar keinerlei Sorgen um ihren Job machen musste. Das sollte sich auch hier ändern.«

»Im siebten Monat?« Georgies Augen wurden so groß wie höchstwahrscheinlich die der Gebärenden bei den Wehen. »Sobald mein Bauch zu sehen war, haben sie im Krankenhaus versucht, mich loszuwerden. Hatten wohl Angst, dass ich die anderen Schwestern mit meiner Schwangerschaft anstecke.«

Ruth lachte. »Man möchte meinen, Ärzte wüssten besser Bescheid, wie so was funktioniert.«

»Da könnte ich euch noch ganz andere Geschichten erzählen«, sagte Georgie.

»Ich möchte nicht jeden Abend kochen müssen und

würde mich durchaus mal bedienen lassen, und zwar freundlich. Mein Mann nimmt keinerlei Rücksicht auf mich. Er ist ein richtiger Büffel.« Patty gab ein frustriertes Geräusch von sich. »Ich würde gern nach Hause kommen, aus den Schuhen schlüpfen, mir einen Drink einschenken und die Füße hochlegen.«

»Ich wünschte, es gäbe eine leicht erhältliche Pille zur Empfängnisverhütung«, platzte es aus Melanie heraus. »Ganz ehrlich: Wenn ich meinen Freund heirate, will ich auch was vom Sex haben. Und nicht schwanger werden, während ich's ausprobiere. Auf ein Kondom möchte ich mich nicht verlassen.«

Ruth begann zu klatschen. Nach einer Weile stimmte erstaunlicherweise sogar Patty zögernd ein.

Dann erhob diese sich. »Ich hätte gern die Möglichkeit zu einer Scheidung. Mein Mann ist ein richtiges Arschloch. Aber das geht nicht. Ich bin den Rest meines Lebens an ihn gekettet, denn letztlich lässt er sich nichts zuschulden kommen.«

Bernadette verschlug es die Sprache. Sie hatte nicht gewusst, wie schwierig es war, sich scheiden zu lassen. Patty hatte recht: Es gab stets einen Grund; einer machte dem anderen gegenüber immer etwas falsch. In Pattys Fall klang es sogar, als wäre ihr Mann bösartig. »Genau das sollte möglich sein. Für euch alle. Hast du mit einer Anwältin geredet? Wir haben gleich zwei hier.« Sie deutete mit dem Daumen auf Ruth und Jenny.

»Wir unterhalten uns später«, meinte Ruth.

Jenny nickte. »Ich finde, dass er ein Arschloch ist, reicht, ihn in die Wüste zu schicken.«

Patty holte tief Luft. Sie wirkte erleichtert. »Danke.«

»Was ist mit dir, Bernadette?«, fragte Melanie. »Was würdest du dir wünschen?«

Penelope wusste es, weil sie sich am Barnard College bei spätabendlichen Cocktails gegenseitig ihr Herz ausgeschüttet hatten. »Ich möchte die erste Leiterin eines großen Verlags werden. Und obendrein alles, was ihr wollt. Warum sollten wir das nicht kriegen?«

Da erklang der Klopfcode von der Tür.

Alle standen auf, sammelten ihre Handtaschen, Bücher und Jacken ein, um aufzubrechen, während Bernadette und Melanie Penelope ansahen. Wer klopfte da?

»Das ist Dave«, erklärte Penelope. »Der Hausmeister, der uns während seiner Putzschicht hier reinlässt. Das Treffen ist beendet.«

»Wartet.« Bernadette hob die Hand. »Ich möchte noch etwas sagen.«

Die Frauen setzten sich wieder.

»Wenn gewerkschaftlich organisierte Arbeiter unzufrieden sind, streiken sie. Auch die Suffragetten haben gestreikt. Wir sollten ebenfalls streiken.«

»Ich bin nicht der Typ, der Plakate hochhält und Forderungen laut herausschreit.« Patty verzog das Gesicht.

»Kein offizieller Streik«, erklärte Bernadette, deren Gedanken sich zu sortieren begannen. »Wir wollen zu viele Dinge gleichzeitig verändern. Aber wiederholter Widerstand kann am Ende zu großen Veränderungen führen. Zum Beispiel eine Tasse Kaffee, die man nicht kocht. Ein Abendessen, das man nicht zubereitet. Ein Lauf, den man sich gönnt. Ein Anruf der Schule, den man nicht entgegennimmt oder an den Ehemann weiterleitet. Sucht euch eine Aktion heraus, mit der ihr die Veränderung beginnen könnt. Traut euch. Ich werde keinen Kaffee mehr aufbrühen. Und meinem Chef nicht mehr zuhören, wenn er sagt, ich besitze nicht die nötige Qualifikation für meinen Job. Für mich selbst werde ich gegen einen grammatikalischen Fehler nach dem anderen ankämpfen.«

Melanie grinste, ihre Gedanken verschmolzen mit denen Bernadettes. »Wir zetteln eine Revolution an.«

»Genau, meine Damen.« Bernadette sprang auf. »Wer macht mit?«

Acht Hände legten sich auf ihre ausgestreckten Finger.

15

Bernadettes Schulter sank unter dem Gewicht ihrer Handtasche herab. Unter dem Gewicht von einhundert Blatt rosafarbenem Kopierpapier und unter dem der Verantwortung, die jede einzelne dieser Seiten mit sich brachte. Entschlossen, sich eine Mittagspause zu gönnen, egal, wie kurz sie angesichts der vielen Arbeit ausfallen würde, schleppte Bernadette die schwere Tasche hinunter ins Kellergeschoss, wo sich der Kopierer befand, und schaute sich verstohlen um.

Die Leute von der Poststelle machten gerade Lunchpause, der Kopierer stand vor ihr wie ein Wächter vor einem Tor. Beim Kampf mit dieser Maschine zog man für gewöhnlich den Kürzeren, und gleich würde sie sie mit Papier füttern, das nicht dafür gedacht war.

Je länger sie zögerte, desto eher würde man sie erwischen. Obwohl sie sich eigentlich immer strikt an die Vorschriften hielt und das Kopieren des Flugblatts, das sie entworfen hatte, um Frauen zur Teilnahme an ihrem Streik zu ermutigen, höchstwahrscheinlich gegen die Unternehmensregeln verstieß, würde sie ihre Bedenken dieses eine Mal beiseiteschieben. Allmählich schien ihr der Verstoß gegen Vorschriften zur Gewohnheit zu werden. Doch es war für einen guten Zweck. Was sie vorhatte, würde die Position der Frauen bei Lenox & Park stärken. Es war doch sicher wichtig, dass sie in ihrer neuen Führungsrolle ihre Geschlechtsgenossinnen motivierte, oder?

Bernadette legte die rosafarbenen Blätter vorsichtig in den Papierschacht ein und nahm die weißen heraus, damit das immer ein wenig zickige Gerät nicht die falschen wählte. Dann platzierte sie den Flyer auf dem Glas, schloss den Deckel, wählte bei der Kategorie »Anzahl der Kopien« die Einhundert und betätigte den Knopf.

Worauf der Kopierer keuchend und rülpsend zum Leben erwachte. Bernadette hielt den Atem an und bereitete sich innerlich auf den Kampf vor, der bestimmt gleich beginnen würde. Aber der setzte nicht ein. Nein, die Maschine spuckte die rosafarbenen Flugblätter, ohne zu murren, eines nach dem anderen aus.

Triumphierend mit dem Fuß auf den Boden tippend, vergewisserte Bernadette sich, dass niemand sie beobachtete. Alles klar.

Sie nahm das erste Blatt heraus und drehte es um. Leer. Sie überprüfte auch die nächsten. Wieder leer.

Was zum Teufel?

Der Text befand sich auf keinem der Flyer. Wie konnte das sein?

Als sie den Deckel anhob, sah sie, dass sie das Original falsch herum eingelegt und versehentlich die Blankorückseite kopiert hatte.

Als hätte sie nicht schon genug Stress!

Blitzschnell füllte Bernadette den Papierschacht erneut mit den einhundert rosafarbenen Blättern, drehte den Flyer herum und drückte noch einmal auf den Startknopf. *Mach, dass auch beim zweiten Versuch keine Katastrophe passiert.* Wieder tippte sie mit dem Fuß auf den Boden. »Mach schon«, feuerte sie das Gerät an, das keinerlei Geräusch von sich gab.

»Bitte«, fügte sie leise hinzu.

Nichts.

Sie warf einen Blick auf die Uhr … fast Viertel nach zwölf. Wenn sie sich nicht beeilte, würden die Leute von der Poststelle zurückkommen, und sämtliche Sekretärinnen, die etwas versenden oder ein Manuskript kopieren wollten, würden sich hier versammeln und sie inmitten einer Flut aus rosafarbenem Papier entdecken. Dann wären ihre Bemühungen, die Kameradinnen zur Gegenwehr zu bewegen, zunichte.

Bernadette stellte alles neu ein, versetzte der Maschine einen ordentlichen Klaps und zählte bis zehn. Dabei versuchte sie, ihren Puls halbwegs normal zu halten. Endlich erwachte der Kopierer erneut zum Leben und spuckte das rosafarbene Papier diesmal mit Text aus.

Frauen am Arbeitsplatz
Anzeige von Büropossen
und Ungehörigkeiten männlicher Kollegen
Caffe Shakespeare
Freitag, 18.00 Uhr

Bernadette betrachtete stolz die Kopien und verstaute sie mit dem Original in ihrer Tasche. *Grand slam.* Wie lautete wohl das Rugby-Pendant zu diesem Baseball-Ausdruck? Und warum dachte sie überhaupt an Rugby – und damit an Graham?

Sie rückte ihr Stirnband zurecht und verbannte Graham aus ihren Gedanken.

12.13 Uhr

Ihr blieben noch siebzehn Minuten.

Siebzehn Minuten, die sie nicht vergeuden durfte. Erster Halt: der Pausenraum auf diesem Stockwerk. Sie holte die Kaffeefilter aus dem Schrank und steckte ein rosafarbenes Flugblatt in die Verpackung. Leider konnte es dort nur eine Frau finden – aber das war ja der Sinn der Sache. Schließlich sollten die Männer nicht merken, dass sie die Frauen dazu aufrief, ihre Schikanen anzuprangern.

Auf sämtlichen Etagen schob sie rosafarbene Flyer in

Kaffeefilterverpackungen. Weitere klebte sie in den Damentoiletten an die Innenseiten der Kabinen, damit sie den Frauen auffielen, sobald sie auf der Schüssel Platz nahmen.

Um 12.33 Uhr war sie wieder an ihrem Schreibtisch.

Drei Minuten zu spät, aber als Einzige zurück. Sie nahm den Telefonhörer in die Hand und wählte die Nummer von Penelope bei Doubleday.

»Hast du's gemacht?«, fragte sie.

»Ja, der Flyer hängt auch am Schwarzen Brett im Café. Mission geglückt.«

Bernadette grinste. »Dito.«

»Ich kann den Freitag kaum erwarten.«

»Mir geht's genauso.« Auf dem Flur huschte etwas Beigefarbenes vorbei. Sarah. Sie hielt eines der rosafarbenen Flugblätter in der Hand. »Hier kommt gerade die erste Hürde. Sarah scheint einen der Flyer in der Toilette entdeckt zu haben.«

»Oje. Meinst du, sie wird dich verpfeifen?«

»Die Aktion muss sie mir erst mal beweisen. Aber bestimmt wird sie irgendwas unternehmen.«

»Viel Glück.«

Bernadette legte auf, nahm einen Rotstift und tat so, als würde sie arbeiten, während sie Sarah unauffällig beobachtete. Bestimmt würde die Rachegöttin gleich mit dem Flugblatt in den Aufzug verschwinden und es schnurstracks in die Personalabteilung bringen, um Erlaubnis einzuholen, Erkundigungen darüber zu starten, wer so dreist war, eine Revolution anzuzetteln.

Doch Sarah überraschte sie, indem sie sich nicht zum Aufzug, nicht einmal in seine Nähe, bewegte.

Stattdessen marschierte sie zu ihrem Schreibtisch, schaute sich um, öffnete die Schublade, nahm ihre Handtasche heraus und tat etwas Erstaunliches: Sie steckte das rosafarbene Blatt Papier hinein, schloss die Schublade und sah Bernadette mit einem intensiven Blick an.

Dann setzte sie sich stirnrunzelnd hin und spannte einen Bogen Papier in ihre Schreibmaschine, als wäre nichts geschehen. Als hätte sie nicht gerade den rosafarbenen Flyer gefunden, der Bernadettes Kündigung zur Folge haben konnte.

Zu einfach.

Warum ging Sarah nicht zu Bernadette und beschuldigte sie, die Flugblätter gefertigt zu haben?

Oder noch interessanter: Was hatte sie mit dem Flyer in ihrer Handtasche vor?

Diese Fragen beschäftigten Bernadette. Es kostete sie unglaubliche Kraft, an ihrem Schreibtisch sitzen zu bleiben. Noch mehr Willenskraft war nötig, weiter an ihrem Manuskript zu arbeiten. Es brannte ihr auf den Nägeln, Sarah zu befragen. Jedes Mal, wenn diese den Telefonhörer ergriff oder einen Aktenordner irgendwohin brachte, wuchs Bernadettes Anspannung, und sie wartete auf die Attacke.

Um zwei Uhr hatte Sarah nach wie vor kein Wort gesagt, obwohl inzwischen sämtliche Männer aus der Mittagspause zurück waren. Als jemand Kaffee wollte, kochte Sarah ihn und ließ den rosafarbenen Flyer aus der Filterverpackung diskret in ihrer Tasche verschwinden.

Diskret.

Ganz anders als Sarah sonst. Sonst legte sie bei allen Dingen, die ihr nicht passten, den Finger in die Wunde. Diskretion gehörte nicht zu den Kernkompetenzen der Sekretärin, auch dann nicht, wenn sie Bernadette eins auswischte.

Doch nun bewahrte sie die Flugblätter, als stammten sie von ihr.

Es sei denn natürlich, sie wurde von einem anderen Motiv geleitet. Was, wenn sie vorhatte, sämtliche Flyer einzusammeln und zu vernichten?

Bernadette nagte an ihrer Unterlippe, bis sich die Haut abzulösen begann und sie den Lippenstift erneuern musste.

Als Sarah bei Bernadette vorbeikam, blickte sie ihr streng in die Augen, als wollte sie sagen: *Ich weiß, was du getan hast, und das werde ich dir nicht durchgehen lassen.*

Bernadette setzte ein Lächeln auf, versuchte, freundlich zu wirken, obwohl sie vermutlich eher aussah, als hätte sie in ein faules Ei gebissen.

Sarah kehrte mit vorgerecktem Kinn an ihren Schreibtisch zurück.

Ihr ist klar, dass ich dahinterstecke. Kein Zweifel.

Den Rest des Tages hatte Bernadette das Gefühl, als würde der Boden unter ihren Füßen wegkippen. Sie hatte zu viel Kaffee getrunken und zu wenig gegessen, weswegen sie zittrig und unruhig war wie ein Kleinkind, das zu viel vom süßen Geburtstagskuchen genascht hat. Was sie nun brauchte, waren ein schöner langer Spaziergang mit Frank und eine gute warme Mahlzeit.

Was sie ermöglichen konnte, war lediglich ein kurzer Moment mit ihrem Notizbuch. Sie schlug es auf, um ein Zitat aus *Jane Eyre* zu lesen, das sie ein wenig beruhigte: »Jetzt aber fiel mir ein, dass die Welt groß sei, und dass ein weites, wechselvolles Feld von Furcht und Hoffnung, von Bewegung und Anregung jene erwarte, welche genug Mut besäßen, auf diese Wahlstatt hinauszugehen, um wirkliche Lebenserfahrung und Kenntnis inmitten seiner Gefahren zu suchen.«

Genau das tat Bernadette. Sie war verwegen und unerschrocken, eine Frau mit Rotstiftvorschlaghammer, die Syntaxwände durchbrechen würde.

Die Uhr an der Wand tickte schneckengleich gen fünf. Endlich war es nur noch eine halbe Minute. *Dreißig, neun-*

undzwanzig, achtundzwanzig, siebenundzwanzig ... Der Zeiger rückte auf zwölf und ihre Freiheit vor.

Ding ding ding.

Sie sprang schneller als Evans, Marshall und Greene von ihrem Schreibtisch auf, packte Handtasche und Lunchbeutel und marschierte zur Tür. Unglücklicherweise direkt hinter Sarah. Sie betraten den Aufzug gemeinsam, starrten geradeaus, bemühten sich, die jeweils andere zu ignorieren. Kurz bevor die Tür sich schloss, schob sich eine Bernadette vertraute Hand in den Spalt – Graham.

Ihr Herz machte einen kleinen Sprung, als er sich zu ihnen gesellte. Noch niemals zuvor war Bernadette so erleichtert gewesen, ihn zu sehen. Doch sofort erfüllte sie Unsicherheit, weil sie hoffte, Sarah würde nicht merken, dass sie und Graham sich zwischenzeitlich nähergekommen waren. Diese Frau durfte nicht noch mehr Munition gegen sie erhalten.

»Guten Abend, die Damen.« Grahams Grinsen war so ansteckend, dass es sogar Sarahs eisige Persönlichkeit zum Schmelzen bringen konnte.

Sarah berührte lächelnd ihre Haare, obwohl sich keine einzige Strähne aus dem strengen Ballettdutt gelöst hatte.

»Guten Abend«, erwiderte Bernadette. Sie wagte einen Seitenblick auf Sarah. Wie viele von den rosafarbenen Flugblättern sich wohl in ihrer prall gefüllten Handtasche befanden?

»Gott sei Dank ist schon die halbe Woche rum.« Graham lockerte seine Krawatte.

»Mm-hm.«

»Waren Sie schon mal im Caffe Shakespeare?«, fragte Sarah ihn. Bernadette erstarrte. Was hatte sie vor?

»Könnte ich nicht behaupten, nein. Obwohl ich gehört habe, dass es da neulich Abend eine hervorragende Mary-Shelley-Lesung gegeben hat.«

»Ja. An den Wochenenden finden dort oft interessante Dinge statt«, erklärte Sarah. »Wenn Sie Zeit haben, sollten Sie sich mal erkundigen.«

»Nicht jedes Wochenende«, fühlte Bernadette sich bemüßigt zu widersprechen. Sie lachte nervös.

»Stimmt, Sie sind ja ständig in dem Café.« Sarah bedachte Bernadette mit einem verschlagenen Blick. Nun konnte sie sich sicher sein, dass Graham bei der Veranstaltung am Freitagabend vorbeischauen würde.

»Manchmal gehe ich mit Freundinnen hin, aber nicht immer. Dieses Wochenende wahrscheinlich eher nicht«, meinte Bernadette.

Graham sah zuerst sie, dann Sarah an. Da er ihre Anspannung zu bemerken schien, wandte er sich höflich der Aufzugtür zu.

Bernadette spürte Hitze in sich aufsteigen. Bestimmt wäre ihr Gesicht schon bald so rot wie der herbstliche Efeu an den Wänden von Anne Boleyns Hever Castle.

Endlich kamen sie unten an. Bernadette schob Graham und Sarah in ihrer Hast hinauszukommen fast beiseite. Um sie loszuwerden, eilte sie schnurstracks zu Melanie, mit der sie ohnehin über Sarah und die Flugblätter reden musste.

Als Melanie ihr entsetztes Gesicht bemerkte, sprang sie auf. »Alles in Ordnung?«, flüsterte sie mit einem Blick in Richtung Sarah und Graham.

»Einen schönen Abend noch, die Damen!«, verabschiedete sich Graham lässig lächelnd, wobei sich ein höchst attraktives Grübchen auf seiner Wange abzeichnete.

Warum nur sah er so gut aus?

Sarah beobachtete sie mit Adleraugen, doch als Graham ihr die Tür aufhielt, war sie gezwungen, das Gebäude zu verlassen. Gott sei Dank!

Sobald die Luft rein war, sprudelte es aus Bernadette heraus: »Sarah hat einen der Flyer entdeckt, soweit ich weiß, sogar zwei, und in ihre Handtasche gesteckt.«

Melanie nickte ungerührt. »Wir wussten ja, dass so etwas passieren könnte.«

»Richtig, aber sie hat mich immer wieder angeschaut, als wüsste sie, dass sie von mir sind und ich sie verteilt habe.« Bernadette rückte aufgeregt ihr Stirnband zurecht. »Ich bin zum Untergang verdammt.«

»War klar, dass sie es weiß. Das sagst du ja selber.« Melanie begann, ihren Schreibtisch aufzuräumen, und verstaute nicht benötigte Büroklammern, Papier und Stifte. Warum blieb sie so ruhig? Schließlich stand Bernadettes Job auf dem Spiel.

»Ja. Aber sie hat Graham praktisch zu dem Abend im Caffe Shakespeare eingeladen.«

Melanie hob den Kopf. »Ach ... Tja, das hatte ich nicht erwartet.«

»Genau.« Bernadette hob eine Büroklammer auf, die hinter einer Pflanze auf dem Schreibtisch versteckt lag, und gab sie Melanie wie ein Soldat, der einem Kameraden die Waffe reicht. »Das könnte sich zu einer Katastrophe epischen Ausmaßes auswachsen.«

»Du hast doch gesagt, dass Graham dich in der Sache mit deiner Beförderung unterstützt hat.« Melanie wirkte nachdenklich. »Vielleicht ist das Ganze gar nicht so schlimm, wie du denkst.«

Bernadette zuckte zusammen, als ihre Zähne sich erneut in ihre Unterlippe gruben. Das musste sie sich wirklich abgewöhnen. »Möglich.«

»Worüber machst du dir also Sorgen?«

»Ich weiß es nicht so genau.« Sie trommelte mit den Fingern auf dem Schreibtisch herum. »Wahrscheinlich liegt's daran, dass Sarah mir den ganzen Tag auf die Nerven geht.«

»Dann denk einfach nicht dran. Wenn er tatsächlich dort auftaucht, wird er die Veranstaltung nicht platzen lassen.«

»Du hast recht.«

Melanie lockerte ihre Haare und zwinkerte ihr zu. »Ich weiß. Und jetzt geh heim zu Frank. Ich muss weiter meinen Schreibtisch aufräumen.«

»Danke, dass du mich beruhigt hast. Bis morgen.«

»Ja.«

Ein wenig entspannter trat Bernadette aus dem Gebäude in die langsam kühler werdende Luft. Bis zum offiziellen Herbstbeginn waren es noch zwei Wochen. Sie freute sich schon sehr auf die angenehmeren Tage.

Auf dem Weg zur Bushaltestelle hörte Bernadette hinter sich Absätze auf dem Gehsteig klacken. Als sie sich umwandte, sah sie Sarah mit schmalen Lippen, verengten Augen und rudernden Armen auf sich zueilen. Fast erwartete Bernadette, dass Sarah sich auf einen Besenstiel schwang und zu skandieren begann: »Rüstig! Rüstig! Nimmer müde! Feuer, brenne! Kessel, siede!« Bernadette wappnete sich – und ihre Zunge – gegen die bevorstehende Attacke.

»Stammen diese Flugblätter von Ihnen?«

Die Frau bemühte sich nicht einmal um Subtilität.

»Welche Flugblätter?« Bernadette schuldete ihr nichts, am allerwenigsten ein Geständnis. Die Beichten würden am Freitagabend stattfinden, und zwar ohne Sarah.

»Sie wissen ganz genau, welche.«

Bernadette wartete ab.

»Die rosafarbenen über Frauen am Arbeitsplatz.«

Das erinnerte Bernadette an früher, als Bennie und sie sich über den Schokoladenvorrat ihrer Mutter hergemacht hatten, das aber nicht zugeben wollten.

Sarah gab ein verächtliches Geräusch von sich. »Büropossen, Ungehörigkeiten.«

Bernadette lächelte. »Ach ja, die habe ich gesehen.«

»Aha. Ist mir egal, ob Sie's zugeben oder nicht. Ich wollte Ihnen nur sagen, dass Sie damit jede Menge Ärger lostreten.«

»Heißt das nicht eher, *Sie* treten eine Menge Ärger los?« Bernadette verschränkte die Arme. Wenn Sarah sie provozieren wollte, würde sie sich das nicht einfach so gefallen lassen.

»Männer mögen es nicht, wenn Frauen ihnen auf die Füße steigen.«

»Dann sollten sie die nicht in die Nähe unserer Schuhe bringen.«

Sarah zog die Nase kraus. »Wie meinen Sie das?«

Bernadette zuckte mit den Achseln. »Entweder Sie stehen auf der rosafarbenen Seite, oder Sie sind dagegen, Sarah. Sie haben die Wahl.«

Sarah schürzte die Lippen und zog ihre Handtasche näher an den Körper. »So machen Sie uns anderen das Leben noch schwerer.«

»Ich bin nicht das Problem, Sarah.« Wie oft hatte Sarah versucht, Bernadette zu sabotieren, obwohl diese immer wieder versuchte, Zugang zu ihr zu finden?

Sarah schien etwas erwidern zu wollen, überlegte es sich jedoch anders und wandte sich ab. Hinter Sarah sah Bernadette Graham, der gerade auf sein Fahrrad stieg, in ihre Richtung schauen. Ihr letztes Gespräch war einige Tage her, und sie merkte, dass ihr etwas fehlte. Allerdings wollte sie ihm auch nicht den Eindruck vermitteln, dass sie an einer Beziehung interessiert oder dazu bereit war.

Obwohl sie allmählich das Gefühl hatte.

Er grüßte herüber. Sie konnte es sich nicht verkneifen zurückzuwinken. Ihre Hand blieb ein wenig zu lange oben, bis sie die Bremsen des Buses hörte und einsteigen musste.

Wäre es wirklich so schlimm, wenn er bei ihrem Treffen auftauchte?

Jedenfalls wäre ihm seine Anwesenheit lieber als die irgendeines anderen Büffels aus dem Büro – sie dachte da besonders an Wall. Den konnte sie sich vorstellen, wie er ins Caffe Shakespeare stürmte und zornig Tee- und Kaffeetassen zerdepperte.

Der Mann sollte wirklich etwas gegen seine Wutanfälle tun. Nicht, dass es ihre Aufgabe gewesen wäre, ihm das zu sagen. Sie hatte Mitleid mit seiner Ehefrau. Die kannte sie nicht, weil er sie niemals in den Verlag mitgebracht hatte, nicht einmal zu den jährlich stattfindenden Festen vor dem Urlaub, und in seinem Büro befanden sich auch keine Fotos von ihr. Die Frau konnte gut und gern ein Geist sein.

Als Bernadette nach Hause kam, wollte Mrs Morris gerade gehen.

»Er ist so ein artiger Junge«, lobte Mrs Morris Frank.

»Frank liebt Sie.«

»Was ich Ihnen sagen wollte: Sie sollten das Fenster schließen, bevor Sie gehen.«

Das Fenster war offen? Sie erinnerte sich deutlich, es geschlossen zu haben. »Das muss ich vergessen haben. Danke, nächstes Mal achte ich darauf.«

Mrs Morris begann mit stark hängenden Schultern davonzuschlurfen.

»Was machen Sie heute Abend? Möchten Sie zum Essen bleiben? Ich koche Hühnchen Waterzooi à la Julia Child. Ein Gericht dieses exotischen Namens kann ich unmöglich allein verspeisen.«

»Gern«, antwortete Mrs Morris erfreut. »Kann ich irgendwie helfen?«

»Ja, warum nicht?«

»Ich muss nur schnell Mr Crumbs füttern.«

»Kein Problem. Frank und ich wollten sowieso vorher

noch einen Spaziergang machen. Ich klopfe bei Ihnen, wenn wir wieder da sind.«

Eine Stunde später bereiteten Bernadette und Mrs Morris, jede mit einem Glas Pinot Grigio, Gemüse, Hühnchen und eine cremige Sauce zu. Als alles fertig war, verteilte Bernadette das Gericht auf zwei Schalen und stellte sie auf den Tisch.

Frank, der ebenfalls eine Portion Hühnchen mit Gemüse bekam, ließ sie nicht aus den Augen.

»Mrs Morris, wie fühlen Sie sich eigentlich als Vermieterin?«

Ihre Nachbarin überlegte. »Ich kann mich nicht mehr erinnern, wie es davor war. Allerdings weiß ich, dass es mit Roger mehr Spaß gemacht hat. Und es war weniger kostspielig. Er hat sämtliche Reparaturen selbst erledigt. Jetzt muss ich entweder einen Handwerker holen oder lasse einem der Burschen aus dem Haus, die mir unter die Arme greifen, einen Teil der Miete nach. Ihr Nachbar Mr Lee hilft mir viel.«

»Es freut mich, dass Ihnen hier einige Leute zur Hand gehen.« Bernadette hätte sich selbst gern nützlich gemacht, aber im Hinblick auf handwerkliche Tätigkeiten war sie einfach nicht zu gebrauchen. Bisher hatten alle ihre Versuche mehr Schaden angerichtet als Nutzen gebracht.

»Warum fragen Sie?«

»Hauptsächlich aus Neugierde. In letzter Zeit rede ich mit Freundinnen viel über Frauen am Arbeitsplatz.«

»Arbeit ist gut für die Persönlichkeitsbildung. Niemand sollte Däumchen drehen. Auch Mütter und Hausfrauen placken sich ab.«

»Allerdings.«

»Meine Tochter Harriet hat geschuftet wie ein Pferd, um diesem Trottel von Ehemann zu gefallen.«

»Trottel?«

»Ja. Es ist ziemlich heikel mit den beiden.«

Als Frank bellte, wandte Mrs Morris sich ihm zu. »Du bist ein guter Zuhörer, mein Lieber.«

»Und er weiß Geheimnisse zu wahren.«

Mrs Morris lachte. »Offenbar hat Harriets Mann sich in eine andere verguckt. Sie wird versuchen, sich von ihm scheiden zu lassen, aber da sie sich in ihrer Ehe immer nur um Haushalt und Kinder gekümmert hat, besitzt sie kein eigenes Geld. Er droht, sie ohne einen Cent sitzen zu lassen und ihr auch noch die Kinder zu nehmen, wenn sie die Scheidung einreicht.«

Bernadette seufzte; sie empfand tiefes Mitleid mit Harriet. »Also hat sie nur zwei Optionen: Entweder sie bleibt bei dem Mann, der sie betrügt, oder sie verliert alles einschließlich ihrer Kinder?«

Mrs Morris nickte und verzog den Mund. »Wie gesagt: Es ist eine heikle Situation.«

»Ja. Sie braucht eine gute Anwältin. Ich könnte ihr vielleicht eine vermitteln.«

»Ach, tatsächlich?«, fragte Mrs Morris voller Hoffnung.

»Vor ein paar Tagen habe ich zwei Anwältinnen kennengelernt. Vielleicht kennen die jemanden in Kalifornien.«

»Das wäre wundervoll. Danke, Bernie.«

Bernadette lächelte. »Wir Frauen müssen zusammenhalten.«

16

Am Donnerstagmorgen um zehn Uhr empfand Bernadette in mehrerlei Hinsicht Bedauern.

Sie bedauerte, ins Büro gekommen zu sein.

Sie bedauerte, die Lektorenstelle angetreten zu haben.

Und am allermeisten bedauerte sie, es Mr Wall nicht heimzahlen zu können.

Sie saß in seinem Büro, die Knie fest zusammengepresst, die Fersen in den Teppichboden gestemmt, als könnte ihre Haltung sie sicher verankern, und hörte zu, wie er sich über das Manuskript ausließ, dessentwegen sie besonders früh in den Verlag gekommen war, um den Abgabetermin zu halten. Sie beobachtete, wie Walls Speichel flog und das Papier zerknitterte, als er damit herumfuchtelte, als wären Bernadette und ihr Rotstift sein ganz persönlicher Fluch.

»Das ist eine Schande für unsere Abteilung«, wütete er. »Sie, Miss Swift, sind eine Schande. Warum nur habe ich Ihnen, *einer Frau*, die Chance gegeben, sich zu beweisen …?«

Walls Wortschwall schien nicht enden zu wollen. Irgendwann hörte sie auf zuzuhören und vernahm nur noch ein gedämpftes Echo, als wäre sie eine Meerjungfrau unter Wasser. *Bla, bla, bla …*

Sie hatte gute Arbeit geleistet, obwohl es sich bei dem Manuskript um einen der schlechtesten Texte handelte, die ihr je untergekommen waren – die Memoiren eines berühmten Schauspielers, der eines Morgens beschlossen hatte, einen Stift in die Hand zu nehmen und Schriftsteller zu werden. Leider konnte er aber nicht schreiben. Der für den Kauf des Textes verantwortliche Lektor hatte, das sah Bernadette aufgrund des Zustands, in dem sich das Manuskript befand, als es auf ihrem Schreibtisch landete, irgendwann die Waffen gestreckt.

Aber Promibiografien waren momentan in Mode. Die Leser vertieften sich gern in die Lebensgeschichten von berühmten Leuten. Waren neugierig, was sich hinter verschlossenen Türen abspielte.

Bernadette konnte solchen Memoiren genauso wenig abgewinnen wie Boulevardblättern. Sie fand es bedeutend reizvoller, sich in einen Roman mit interessanten Charakteren zu vertiefen. Ihr war ziemlich egal, wer was trug oder sich auf die Schuhe irgendeines bekannten Menschen übergab.

»Hören Sie mir überhaupt zu?« Wall ließ sich mit hochrotem Gesicht auf den Stuhl neben ihr plumpsen. Kurz fürchtete sie, er habe einen Schlaganfall erlitten.

Sein morgendlicher Mundgeruch, eine Mischung aus Kaffee und Zigaretten, stieg ihr in die Nase. Sie hatte Mühe, ob des Gestanks und seiner körperlichen Nähe nicht zu würgen.

Wall legte das Manuskript auf seinen Schreibtisch und tätschelte es wie einen braven Hund. Plötzlich veränderte sich seine Stimmung. Seine gerunzelte Stirn glättete sich und seine Lippen verzogen sich zu einem freundlichen Lächeln. Allerdings hatte es etwas Raubtierhaftes, das ihr einen Schauder über den Rücken jagte. Diese unvermittelte Wandlung ließ sämtliche Alarmglocken in ihrem Kopf schrillen.

»Hören Sie zu, Miss Swift.« Seine hellen Wimpern senkten sich, er musterte sie von Kopf bis Fuß. Wut und Gebrüll von kurz zuvor verflüchtigten sich; Bernadette gefiel die Richtung, die das Gespräch nahm, nicht.

Wie leicht seine Laune sich ändern konnte! Wie bei Dr. Jekyll und Mr Hyde. Sie wusste nie, mit wem sie es gerade zu tun hatte.

»Ich *höre* zu.« Sie betonte das Wort in der Hoffnung, seine Aufmerksamkeit wieder auf die gegenwärtige Situation zu lenken.

»Mir ist klar, wie wichtig es Ihnen war, eine richtige Lektorin zu werden. Wahrscheinlich wollen Sie ja auch innerhalb des Verlags aufsteigen.« Mit den Fingern beschrieb er eine Geste, die Schritte auf einer imaginären Treppe andeuten sollte.

Sie nickte stumm, weil sie fürchtete, dass ihre Stimme kippen könnte.

»Und dabei möchte ich Ihnen helfen.«

Ihr Rücken spannte sich an. »Mit Verlaub, Sir, Sie haben mir doch die letzte Viertelstunde erklärt, dass meine Arbeit ... ungenügend ... ist.«

Walls Blick wanderte in Richtung der Glastür. Bernadette sah, wie ihre männlichen Kollegen mit gesenktem Kopf eifrig vor sich hinarbeiteten. Augenscheinlich interessierten sie sich kein bisschen für das, was da in Mr Walls Büro vor sich ging. Aber sie kannte sie besser. In Wahrheit spitzten sie die Ohren in der Hoffnung, irgendeine Information aufzuschnappen, die sie zu unzutreffendem Klatsch aufblähen konnten.

»Das stimmt, und wie Sie wissen, lüge ich nicht.«

Bernadette knirschte mit den Zähnen. Was für eine dreiste Lüge! An ihrer Arbeit war nicht das Geringste auszusetzen, und seine überzogene Reaktion zeigte ihr, dass er sie heruntermachen und verunsichern musste, weil sie so gut war.

»Ich versuche, zu allen fair zu sein«, erklärte er. »Auch zu Ihnen.«

Was redete er da? Sie kam sich vor, als würde sie eine

Seite in einem Buch umblättern und feststellen, dass ihr die vorangegangenen drei Kapitel fehlten.

Als sie sein Gesicht musterte – den gewachsten Schnauzer, seine Zungenspitze, die über die trockenen Lippen leckte, seinen offen anzüglichen Blick – spürte sie es: Wie seine feuchte Hand sich auf ihren Oberschenkel legte und eine Schwiele daran sich an ihrer Strumpfhose verfing. Die Zeit schien stillzustehen. Sie saß regungslos da wie ein Rehkitz auf dem Feld, wenn sich ein Traktor mit dröhnendem Motor nähert. Scheinbar endlose Sekunden vergingen, in denen sie festzustellen versuchte, ob sie sich das, was da gerade geschah, nur einbildete. Leider nein. Widerliche Spinnenfinger arbeiteten sich auf der Suche nach einem Opfer nach oben, das sie packen, unterwerfen, aussaugen konnten. Dazu Walls lüsternes Grinsen, als sie sich ihm nicht gleich entzog.

Man konnte es Schock nennen. Oder einen kurzen körperlosen Schwebezustand.

Mr Wall konnte sich glücklich schätzen, dass sie ihm keinen Nasenschwinger verpasste.

Bernadette schreckte aus ihrem vorübergehenden katatonischen Zustand hoch, schlug seine Hand weg und rief aus: »Wie können Sie es wagen?«

»Eine Lösung lässt sich immer finden, Miss Swift. Sie wollen diesen Job behalten, und ich will etwas von Ihnen.« Seine Hand wanderte zurück auf ihren Oberschenkel. Diesmal drückte er ihr Knie, als könnte er sie so davon überzeugen, dass sie es auch wollte.

Aber kein Überzeugungsversuch dieser Welt würde sie dazu bringen, sich auf das einzulassen, was er von ihr verlangte. »Mr Wall, das ist höchst unangebracht.« Sie stand auf, um den Schauder zu kaschieren, der ihren Körper vor Ekel überlief.

Wall erhob sich ebenfalls; nun befanden sie sich auf Augenhöhe. »Wenn Sie Ihren Job behalten wollen, werden gewisse Dinge von Ihnen erwartet, Miss Swift.«

»Ja, bezugslose Umstandswörter und Rechtschreibfehler zu beseitigen und Absatzanfänge zu verändern, aber nicht das, was Sie offenbar von mir erwarten.«

Er gab ein verächtliches Geräusch von sich. Seine Augen nahmen einen verschlagenen Ausdruck an. Ein wenig erinnerte er sie an einen Raubvogel, der auf dem Feld eine Maus entdeckt hat.

»Eines Tages werden Sie lernen, wie das Spiel geht, Miss Swift. Möglicherweise sind Sie momentan noch zu zartbesaitet, aber schon bald werden Sie begreifen, was nötig ist, um voranzukommen. Und dann werden Sie es tun. Weil Sie eine Macherin sind und Eier haben.« Er sagte das so höhnisch, dass sie den Nachhall in ihrem Körper spürte.

Wunderbarerweise gelang es ihr, sich zu beherrschen. »Ich werde ausschließlich aufgrund der Qualität meiner Arbeit vorankommen, Sir.«

»Das werden wir ja sehen.« Er presste einen Finger in die Seiten des Manuskripts. »Allerdings nicht mit solcher Arbeit.«

Auch Bernadette drückte den Finger in das Papier, ohne den Blick von Wall zu wenden. Ein Machtkampf. »Ich habe bei diesem Text verdammt gute Arbeit geleistet, und das wissen Sie auch. Beleidigen Sie uns nicht beide, indem Sie das leugnen.«

In seinen Augen leuchtete kurz so etwas wie Zustimmung auf. Mehr brauchte sie nicht. Er konnte lügen, bis sich die Balken bogen, aber die Wahrheit sah so aus: Ihre Arbeit war gut, und er spielte lediglich mit ihr, versuchte, sie seinem Willen zu unterwerfen, sie dazu zu bringen, dass sie ihm sexuell zu Diensten war, um ihren Job zu behalten. Widerlich.

»War es das, Sir? Ich muss noch Manuskripte bearbeiten.«

»Fürs Erste, ja, Miss Swift, aber fertig sind wir noch lange nicht. Denken Sie nicht, dass Sie damit zur Personalabteilung laufen können. Da glaubt man Ihnen sowieso nicht. Ihr Wort steht gegen meines, und wie allgemein bekannt, ist ein Mann immer glaubwürdiger als eine Frau.«

Was für eine Unverfrorenheit! Welch unverhohlener Narzissmus!

»Rühren Sie mich nie wieder an.« Bernadettes Stimme bebte vor Zorn, sie hatte die Fäuste am Körper geballt. Es grenzte an ein Wunder, dass sie dem Mistkerl keine verpasste. Doch das wäre ein tätlicher Angriff, und wie er richtig gesagt hatte: Ihr würde sowieso niemand glauben. Am liebsten hätte sie ihm die wässrigen Augen ausgekratzt.

Sie wandte sich von ihm ab, wobei sie riskierte, in den Po gekniffen zu werden, marschierte aus seinem Büro und knallte die Tür hinter sich zu. Drinnen fiel etwas von der Wand und landete scheppernd auf dem Boden, worauf Wall ihr einen Fluch hinterherrief. Aber sie drehte sich nicht um. Und sie setzte sich auch nicht an ihren Schreibtisch.

Nein, sie brauchte frische Luft, damit sie sich nicht vor Wut den Hals zerkratzte.

Bernadette hastete zum Aufzug und betätigte den Knopf, doch die Anzeige bewegte sich kaum, blieb bei Stockwerk acht stehen. Die Treppe. Ja, sie würde die Treppe nehmen.

17

Bernadette riss die Tür zum Notausgang auf, ohne sich darum zu scheren, wer sie beobachtete. Im Verlag hielten alle sie sowieso für ein bisschen plemplem. Die feuchten Finger auf dem Handlauf, eilte sie in einer Geschwindigkeit über die Stufen, bei der sie höchstwahrscheinlich irgendwann stolpern und hinunterpurzeln würde.

Als Melanie sie im Eingangsbereich sah, sprang sie von ihrem Schreibtisch auf und lief zu Bernadette.

»Gary, übernimm du mal eben das Telefon«, wies sie den Wachmann an, packte Bernadette am Arm und dirigierte sie nach draußen. »Was ist passiert?«

Bernadette schnürte es die Kehle so sehr zu, dass sie entweder Luft holen oder sprechen konnte, und sie entschied sich fürs Atmen.

Melanie führte sie um das Gebäude herum, weg von den neugierigen Passanten, und lehnte sie gegen eine Wand.

»Einatmen, ausatmen, so ist's gut. Einfach nur atmen.«

»Er … Wall … hat mein Bein angefasst. Mir gesagt, ich muss Dinge tun. Zulassen, dass er Dinge mit mir macht, wenn ich meinen Job behalten will.«

Melanie klappte die Kinnlade herunter. »Wie bitte? Das musst du melden. Damit darf er nicht durchkommen.«

»Er hat gemeint, niemand würde mir glauben.«

Leider bestätigte Melanies Blick diese Behauptung.

»Ich kann da nicht mehr raufgehen.«

»Nimm dir den Rest des Tages frei.«

Bernadette ging in die Hocke, stützte den Kopf in die Hände und die Ellbogen auf die Knie.

»Wenn ich das mache, bin ich am Ende. Das wäre für ihn der Beweis, dass er mich kleingekriegt hat. Dann muss ich alles hinschmeißen, genau so, wie er sich das seit meinem ersten Tag im Verlag wünscht. Das sind Machtspielchen. Spielchen, deren Regeln ich nicht kenne.«

»Wen interessiert schon, warum er das tut. Nein, das kannst du ihm nicht durchgehen lassen«, beharrte Melanie. »Melde es. Egal, ob sie dir glauben: Wenn es wieder passiert – egal, ob dir oder einer anderen –, ist es immerhin bereits aktenkundig. Der Mann hat versucht, dich herabzuwürdigen, indem er deine Arbeit runtermacht, und weil du dich von seinen Worten nicht einschüchtern lässt, verlegt er sich auf eine noch üblere Strategie. Glaube mir, er wird erst Ruhe geben, wenn du ihn dazu zwingst.«

Melanie hatte recht. Doch Bernadette wollte nicht als Unruhestifterin gelten. Frauen waren sowieso schon willkommene Sündenböcke. Angeblich wollten sie es nicht anders. Und Wall … er würde sie mit Sicherheit im allerschlechtesten Licht dastehen lassen.

»Ich denke drüber nach. Aber zuerst muss ich zurück an meinen Schreibtisch.«

»Was ist mit Graham? Könntest du es ihm nicht wenigstens erzählen?«

Graham zu informieren, empfand sie als noch demütigender als in die Personalabteilung zu gehen, doch sie sah in ihm einen Freund, und er kannte das Arschloch Wall. Wenn überhaupt ein Mann im Büro ihr glauben würde, dann er.

Sie nickte. Ja, sie würde sich Graham anvertrauen. Er würde wissen, was zu tun war.

Mit nach wie vor wackeligen Beinen richtete sie sich auf, bereit, dem Monster noch einmal entgegenzutreten oder es zumindest den Rest des Tages zu meiden. Aber zuvor wischte sie sich das Hinterteil ab, weil sie fürchtete, es sich an der Mauer schmutzig gemacht zu haben. Melanie begutachtete sie, rückte ihr Stirnband zurecht und beseitigte ein wenig verschmiertes Make-up an Bernadettes Augenwinkel.

Die Strecke vom Eingangsbereich zum Aufzug erschien Bernadette unendlich lang. Ihre Füße fühlten sich an, als würde sie Betonklötze mitschleifen. Sarah hockte auf ihrem Stuhl, feilte ihre Nägel und bedachte Bernadette mit giftigen Blicken. Das war nichts Ungewöhnliches, abgesehen davon, dass diese Blicke noch feindseliger wirkten als sonst.

Bernadette hörte Walls Stimme vom anderen Ende des Flurs herüberdröhnen. Gut, er war also nicht in seinem Büro, weswegen sie zu ihrem Schreibtisch gehen konnte, ohne ihm zu begegnen.

Als sie hörte, was er sagte, spitzte sie allerdings die Ohren.

»Ja, ich hab mir den Text selber vorgenommen, nachdem Brogan sich so schwer damit getan hat.«

Brogan war der Lektor, der sich die Zähne an der Promibiografie ausgebissen hatte.

»War nicht grade leicht, aber ich glaube, ich hab alle Schwachstellen beseitigt. Tja, Memoiren von berühmten Leuten ...« Er stieß einen leisen Pfiff aus. »Das Ding wird sich super verkaufen.«

Bernadette glaubte, ihren Ohren nicht zu trauen. Als wären seine Aggression und seine Übergriffigkeit ihr gegenüber nicht genug, beanspruchte er nun auch noch ihre Arbeit für sich.

Es drängte sie, mit geballten Fäusten den Flur entlangzurennen, alle Regeln aus dem verdammten Fenster zu werfen wie Wall. Dieser hinterhältige, nichtsnutzige, lüsterne Bast...

»Miss Swift.«

Graham. Seine Stimme war Balsam im Sturm ihrer Gedanken.

»Ich wollte fragen, ob Sie einen Moment Zeit hätten, mit mir über ein Manuskript zu sprechen.« Sein Grinsen erschien ihr wie ein flackerndes Licht in endloser Dunkelheit.

Trotzdem hätte ein Teil von ihr ihn gern losgehabt. Sein Timing war bemerkenswert gut – er hinderte sie daran, etwas zu tun, was ihr jetzt ein Gefühl des Triumphs verschaffen und später zu Bedauern führen würde.

Sie nickte benommen und folgte ihm mit unsicheren Schritten zu seinem Büro. Wenn er nicht aufgetaucht wäre ... Nicht auszudenken, in welchem Zustand sie und Wall sich inzwischen befunden hätten. Sie musste an zwei kämpfende Katzen denken, die sie einmal vor einer Scheune daheim auf der Farm beobachtet hatte. Die beiden waren wie wild aufeinander losgegangen, keine hatte nachgegeben.

»Möchten Sie sich setzen?« Graham deutete auf einen Stuhl und nahm selbst so lässig Platz, dass sie fast ihre Wut vergaß.

Sie schüttelte den Kopf, weil sie fürchtete, völlig zusammenzubrechen, wenn sie sich setzte. »Ich würde lieber stehen bleiben.«

Graham erhob sich. »Gut, dann bleiben wir beide stehen.« Er musterte sie mit einem besorgten Blick. »Ich habe Ihr Gespräch mit Melanie mitbekommen.«

Bernadettes Wangen begannen zu glühen. Wie konnte das sein? Sie hatte ihn nicht vorbeigehen sehen. Allerdings hatte sie auch nicht auf ihre Umgebung geachtet. Sie machte den Mund auf, hatte aber letztlich nichts zu sagen. Herausgekommen wäre nur belangloses Blabla. Für eine Frau, der die Worte und ihre Herkunft, egal, ob aus dem Griechischen oder Lateinischen, so viel bedeuteten, war es höchst beunruhigend, keine zur Verfügung zu haben.

»Haben Sie mir nachspioniert, Mr Reynolds?«

Als sie ihn so förmlich ansprach, hob er eine Augenbraue. »Nein. Ich kam vorbei, habe gehört, in welchen Schwierigkeiten Sie stecken, und wollte nicht stören …« Er grinste verlegen. »Man könnte sagen, ich habe zufällig gelauscht, aber nachspioniert habe ich Ihnen auf keinen Fall. Wollen Sie darüber reden?«

Bernadette seufzte und schüttelte den Kopf. »Wenn Sie unser Gespräch gehört haben, wissen Sie ja ohnehin Bescheid.« Dann überlegte sie es sich anders. »Nachdem ich mich gegen seine … Avancen gewehrt habe, beansprucht er auch noch meine Arbeit für sich.«

»Die Promibiografie?«

Sie nickte. »Das haben Sie also auch gehört.«

»Ja.«

Heiße Tränen der Wut traten ihr in die Augen. Das Wort »Tränen« leitete sich vom Althochdeutschen »trahan« her, dachte sie. »Vielleicht sollte ich einfach meine Kündigung einreichen.«

»Wie bitte?« Grahams schockierter Ausdruck überraschte sie. »Warum sollten Sie das tun?«

»Möglicherweise eigne ich mich nicht für dieses Geschäft. Jedenfalls werde ich sicher nicht machen, was er von mir verlangt. Ich kann das nicht. Auch wenn der Hase so laufen sollte.« Sie schüttelte den Kopf so heftig, dass ihr Stirnband verrutschte. All die Bestseller in ihren Regalen zu Hause, die sie stolz präsentierte, weil sie daran mitgewirkt hatte, sprachen für sich. Es erzürnte sie, dass Wall die Macht besaß, sie in ihren Grundfesten zu erschüttern. »Wenn er immer wieder Methoden findet, mich und meine Arbeit herabzuwürdigen, komme ich hier nie auf einen grünen Zweig.«

Graham öffnete eine Schublade seines Schreibtischs und nahm eine Flasche Canadian Club Whiskey heraus. »Normalerweise trinke ich während der Arbeit nicht«, erklärte er. »Sie auch nicht, vermute ich. Aber in einer solchen Situation kann ein Drink helfen.«

»Na schön.«

»Der Mann ist eindeutig unsicher. Warum sonst sollte er sich Ihre Arbeit aneignen und versuchen, Sie an einer Beförderung zu hindern, wenn es dafür keinerlei Veranlassung gibt? Sie kommen gefährlich nahe an seinen eigenen Job heran, und das gefällt ihm nicht.«

»Ich glaube, Sie haben recht.«

Graham stellte zwei Gläser auf den Tisch, schenkte jeweils einen Fingerbreit Whiskey hinein und reichte eines ihr. Dann stieß er mit ihr an. »Auf Bernadette Swift, lang möge sie als Grammatikerin über Lenox & Park herrschen, als Bezwingerin von misogynen Chefs und falsch gesetzten Kommata.«

Bernadette spürte, wie der Whiskey heiß ihre Kehle hinunterlief und den üblen Nachgeschmack von Walls Avancen wegbrannte.

Da sie für gewöhnlich keine harten Sachen trank, schenkte der Whiskey ihr fast sofort ein Gefühl der Wärme und Leichtigkeit.

»Soll ich Sie zu Ihrem Schreibtisch begleiten?«

Seine Frage rührte Bernadette. Zu wissen, dass nicht alle Männer im Verlag so schrecklich waren wie die, mit denen sie tagtäglich zu tun hatte, machte ihr Mut. »Nein, aber danke für das Angebot.«

»Ich melde den Vorfall«, sagte er und nahm ihr Glas.

»Nein, lieber nicht«, widersprach sie, nicht völlig überzeugt von ihrer Bitte.

Graham stellte die Gläser ab. »Das ist meine Pflicht. Er darf Sie nicht so behandeln.«

»Dafür wird er nicht gefeuert, und mir macht es das Leben nur schwerer.«

»Er verdient eine Rüge, und Sie verdienen Besseres.«

Bernadette nickte. »Sie haben recht. Ich melde den Vorfall selbst.«

»Soll ich mitgehen?«

Am liebsten hätte sie ihn umarmt. »Nein, ich brauche niemanden, der für mich spricht, nur einen Freund. Aber danke für den Whiskey.«

»Nehmen Sie ein Pfefferminzbonbon.« Graham schmunzelte. »Wenn Sie nach Whiskey riechen, nehmen die Ihre Beschwerde gar nicht erst auf.«

»Stimmt. Danke auch dafür.« Sie steckte eines der rotweißen Minzbonbons, die auf seinem Schreibtisch lagen, in den Mund und machte sich auf den Weg zur Personalabteilung.

Der Personalchef, der ein Tweedsakko trug wie beim letzten Mal, wirkte ein wenig enerviert darüber, sie zu sehen, bot ihr jedoch einen Stuhl an.

»Ich möchte einen Vorfall melden.«

Er zückte Block und Kugelschreiber und sah sie erwartungsvoll an. »Dann schießen Sie mal los.«

Bernadette holte tief Luft. Ob ihr Chef bereits bei ihm gewesen war, um ihn, ganz im Stil der Männernetzwerke, zu warnen? »Mr Wall hat die Hand auf mein Bein gelegt und mir zu verstehen gegeben, dass ich … ihm zu Diensten sein muss, wenn ich meinen Job behalten möchte.«

Der Personalchef legte seufzend den Stift weg. Die einzige Markierung auf der Seite war ein schwarzer Tintenfleck. Die Endgültigkeit dieses schwarzen Flecks löste bei Bernadette Kopfschmerzen aus.

»Was möchten Sie melden?«, erkundigte er sich.

Fragte er das wirklich? Hatte er denn nicht zugehört? Sein verärgerter Gesichtsausdruck war Antwort genug.

»Die Unschicklichkeit seines Handelns. Mein Unbehagen darüber, dass mir erklärt wurde, ich müsse … eine Gegenleistung für sein Wohlwollen erbringen.«

Tweedledee lehnte sich auf seinem Stuhl zurück. Fast erwartete Bernadette, Tweedledum alias Mr Wall um die Ecke spazieren zu sehen. »Hat er noch etwas anderes als Ihr Bein berührt?«

»Nein.«

»Und hat er … irgendwelche Körperteile von sich selbst entblößt?«

»Nein!« Was für eine entsetzliche Vorstellung!

»Dann gibt es nichts zu melden.« Er rieb sich die Hände, als wollte er sich ihrer und ihrer Meldung entledigen.

Bernadette blieb der Mund offen stehen. »Sir, er …«

»Miss Swift, Sie arbeiten schon einige Jahre für uns. Offen gestanden erstaunt es mich, dass das nicht bereits früher passiert ist. Und mit ›passiert‹ meine ich: dass jemand mit Ihnen geflirtet, Ihnen gezeigt hat, wie attraktiv er Sie findet. Aber es ist ja nichts vorgefallen, nicht wahr?«

Sie schluckte. Etwas *war* vorgefallen. Oder?

»Er hat mein Bein angefasst.«

»Es ist doch nur ein Bein.«

Nur ein Bein …?

»Sie sind im öffentlichen Personennahverkehr unterwegs, Miss Swift?«

»Ja.«

»Und da sitzen Sie neben anderen Menschen?«

»Ja.«

»Dann berührt Ihr Bein doch sicher oft das anderer Leute.«

»Ich habe nicht gesagt, dass unsere Beine sich berührt haben. Er hat die Hand auf mein Bein gelegt, mein Knie gedrückt und mir mehr oder minder direkt gesagt, ich solle mit ihm schlafen.«

»Aber er hat Sie zu nichts gezwungen.«

Ihre Nägel vergruben sich in der Armlehne des Stuhls. Als sie weitersprach, klang ihre Stimme angespannt und so weit weg, dass sie sie kaum als die ihre erkannte. »Soll das heißen, er kann mich berühren und mich drücken, solange es nicht meine Brust ist oder …«

Er hob die Hand, um sie zum Schweigen zu bringen. »Bitte meiden Sie solch unschickliche Ausdrucksweise.«

Bernadette sprang vom Stuhl auf. »Sie sind nicht besser als Mr Wall.«

»Wegen dieser Unverschämtheit werde ich Sie melden müssen.«

Fast hätte sie ihm ins Gesicht gebrüllt »Melden Sie das!« und ihm den Stinkefinger gezeigt.

»Hoffentlich erwähnen Sie in Ihrer Meldung auch, dass ich zu Ihnen gekommen bin, um mich über die Avancen meines Chefs zu beschweren. Wenn nicht, entbehrt Ihr Bericht jeglicher Grundlage.« Mit diesen Worten stürmte sie hinaus.

Sie würde Wall zu Fall bringen. Und den Personalchef auch.

18
Frank

Mein Mädchen hackt mit der gleichen Geschwindigkeit, mit der Backenhörnchen in der Erde buddeln. Genauso rasant wie der Ladendieb bei Pop's um die Ecke sich mit einem Kasten Limonade aus dem Staub machen wollte. Rasend schnell und hektisch. Sie wirkt angespannt wie sonst nie und murmelt Sachen wie *Mistkerl, Bastard* oder *Idiot*. Aber so, wie sie sie sagt, ergeben sie keinen Sinn. Sie vermischt die Vokale und Konsonanten und ihre Wut wie die Zutaten zum Salat. Ein bisschen davon, ziemlich viel von etwas anderem und eine Prise von noch mal was anderem.

Was haben die Karotten ihr getan?

Ich stütze die Pfoten auf die Arbeitsfläche, um besser zu sehen. Die Karotten schauen aus wie immer.

Bernadette wendet sich mir zu; unsere Augen befinden sich auf gleicher Höhe. Ich lecke ihr Kinn.

Sie wischt es sich lachend an der Bluse ab. »Was machst du denn, mein Junge?«

Ich belle. *Alles okay?*

Sie lässt das Messer in das zu klein gehackte Gemüse fallen und packt mein Gesicht mit beiden Händen. Ihre Finger massieren mich hinter den Ohren, während ihre Handflächen meinen Kiefer umfasst halten.

»Ich hab dich so gern, Frank. Auf dich kann ich mich verlassen.«

Ich belle: *Ja, ich hab dich auch lieb.*

Als ihre Mundwinkel sich verziehen, habe ich das Gefühl, dass sie etwas sagen möchte, aber da klingelt das Telefon.

Sie lässt meinen Kopf los, tätschelt ihn kurz und nimmt den Hörer in die Hand. Ich löse die Pfoten von der Arbeitsplatte, setze mich hin, warte.

»Bennie?«, kreischt sie.

Ben? Unser Ben?

Wieder belle ich. Ich will seine Stimme hören.

»Du kommst nach Hause? Wann?«

Ben kommt nach Hause? Ich drehe mich im Kreis und wedle dabei so schnell mit dem Schwanz wie Bernadette zuvor Gemüse gehackt hat.

»Oh mein Gott, ich kann's kaum glauben.«

Sie sinkt auf den Boden, Tränen laufen ihr übers Gesicht, aber sie lacht. Es ist alles so widersprüchlich.

Ich lege mich neben sie, den Kopf in ihrem Schoß. Ihre Hand auf meinem Rücken zittert. Durch den Hörer, den sie ans Ohr hält, höre ich Bens tiefe Stimme. Und ich spüre Erleichterung und Freude in meinem Mädchen, die mir lange gefehlt haben. Die angestaute Energie wie kurz vor einem Vulkanausbruch ist verschwunden.

»Weiß Mom es schon? Natürlich weiß sie es. Ich kann's gar nicht erwarten, dich zu sehen. Pass auf dich auf.«

Er legt auf.

Ich schaue Bernadette an, die trotz ihrer Tränen weiterhin lacht. »Ben kommt nach Hause«, wiederholt sie. »In zwei Wochen hat er eine Weile Heimaturlaub.«

Ich hechle, lächle. Ich liebe Ben, aber noch lieber ist es mir, wenn mein Mädchen glücklich ist.

»Dann fahren wir zur Farm.«

Ich springe hoch, drehe mich im Kreis. Auf der Farm bin ich wahnsinnig gern. Die wilde grüne Prärie, die Kühe, Schweine und Eichhörnchen überall. Ohne Leine. Nur ich und der Wind auf meinem Gesicht, die Erde unter meinen Pfoten und der Schwanz eines Nagers bloß ein paar Zentimeter vor meiner Schnauze.

Und Bernadettes Mom, die mir Stücke von dem Braten, den sie gerade im Ofen hat, zuwirft, weil sie mich für einen tollen Vorkoster hält. Ihr Dad, der mich aus seinem Becher trinken lässt. Den Geschmack mag ich nicht, die Aufmerksamkeit umso mehr.

Als ich wieder diese hektische Energie in mir aufsteigen spüre, belle ich zur Warnung. Bernadette muss sich in Sicherheit bringen, bevor ich zu wirbeln, wirbeln, wirbeln anfange.

19

Am Freitagabend blickte Bernadette durch das Fenster des Caffe Shakespeare auf die Leute darin, die plaudernd vor ihren Getränken saßen. Durch die offene Tür klang aus der Jukebox Dions »Runaround Sue« an ihr Ohr. Manche waren allein an einem Tisch und lasen ein Buch, Titel, die Bernadette kannte, wie zum Beispiel Sylvia Plaths *Die Glasglocke* oder Philip K. Dicks *Das Orakel vom Berge*. Noch war keine ihrer Freundinnen da, und von den Frauen drinnen wirkte auch keine so, als würde sie auf jemanden warten.

Die Sonne sank bereits am Horizont, die Straßenlaternen gingen an, und von der Straße hinter Bernadette waren wie üblich hektisches Hupen und Fluchen zu hören. Aus den Autoradios tönte Musik, sodass Dions »Runaround Sue« und Elvis' unverkennbar schmelzende Stimme mit »Can't Help Falling in Love« sich zu einem merkwürdigen Duett vereinten.

Bernadette war dreißig Minuten zu früh dran zu dem Treffen, weil sie da sein wollte, wenn alle eintrudelten. Wer auch immer diese »Alle« sein mochten.

»Hab mir schon gedacht, dass Sie kommen würden«, hörte sie da Sarah, die sich, das rote Tuch nach wie vor um ihren Hals, in der Fensterscheibe neben ihr spiegelte, mit mürrischer Stimme bemerken.

Sarah, hartnäckig wie ein Pickel vor dem Abschlussball, war nun wirklich die letzte Person, die Bernadette sehen wollte oder auch nur erwartete.

»Guten Abend, Sarah«, begrüßte Bernadette sie ein wenig sarkastisch. »Ich hatte ja erwähnt, dass ich oft hier bin.«

»Also auch heute Abend?« Sarah verschränkte die Arme vor der Brust und musterte Bernadette mit ihrem Röntgenblick.

»Einen besseren als heute könnte ich mir nicht vorstellen.« Bernadette zuckte nonchalant mit den Achseln, obwohl sie sich alles andere als locker fühlte.

Sarah reckte das Kinn vor und blinzelte ins Café. Dabei traf sich ihr Blick im Fenster mit dem von Bernadette. »Ich weiß, warum Sie da sind.«

Bernadette gab sich keine Blöße. Diesen Eiertanz vollführten sie ja, seit Sarah im Verlag arbeitete. Gerade an diesem Abend würde sie sich von ihr nicht aus der Ruhe bringen lassen. »Auf eine Tasse Tee.«

»Nein. Wegen Ihrer Flugblätter.« Sarah deutete auf Bernadettes Spiegelbild.

Ironie des Schicksals: Als jemand das Café verließ, drang »Big Girls Don't Cry« von den Four Seasons heraus.

Bernadette seufzte gequält. Sarah war anstrengend, aber warum sollte sie sich bis in alle Ewigkeit verstellen? Die Sekretärin würde immer weiter sticheln, und Bernadette wollte hineingehen. Also wandte sie sich vom Fenster ab und blickte Sarah direkt an. »Hat Ihr Freund Sie zum Schnüffeln hergeschickt? Oder vielleicht sind Sie ja auch für Mr Wall da, weil Sie hoffen, so nach oben zu kommen?«

Als Sarah Walls Namen hörte, verwandelte sich ihre Entrüstung in Selbstzufriedenheit mit einem Schuss Vorwurf. »Gerade Sie müssen reden.«

»Was soll das heißen?«

»Ich hab gesehen, wie Sie sich von Wall am Bein haben betatschen lassen.« Sarah verdrehte die Augen.

Bernadette spürte, wie ihr Gesicht heiß wurde, und das

flaue Gefühl im Magen, das sie seit zwei Tagen hatte, verstärkte sich so sehr, dass sie fürchtete, sich in die nächstgelegene Toilette oder, wenn es dazu nicht mehr reichte, in einen Blumentopf übergeben zu müssen. Sie schluckte die Galle hinunter.

»Sie haben ja keine Ahnung«, zischte Bernadette.

»Nein?«

»Nein.« Bernadettes Stimme klang erstickt, als hätte sie zu viel Rauch von Sarahs Feuer der Rachsucht geschluckt.

»Sie sind möglicherweise gut genug, um von Mr Wall probehalber befördert zu werden, Bernadette, aber mit ihm schlafen zu wollen, ist nun wirklich unter Ihrer Würde. Ich hatte angefangen, Sie für besser zu halten, doch Frauen wie Sie sind es, die hart arbeitenden Kolleginnen einen schlechten Ruf verschaffen.«

Die Worte schossen aus Sarah heraus wie Kugeln, denen man nicht ausweichen konnte. Selbst wenn nicht alle ins Herz trafen – auch Streifschüsse taten weh.

Bernadette machte den Mund auf, um etwas zu sagen, aber es schnürte ihr die Kehle zu, weil ihr Tränen der Frustration in die Augen stiegen.

Sarah rümpfte die Nase. »Hab ich's mir doch gedacht.« Sie öffnete die Tür zum Café. Auf der Schwelle blickte sie über die Schulter. »Ich werde Sie als die Falschspielerin entlarven, die Sie sind.«

Bernadette blieb wie erstarrt zurück. Worte stiegen in ihr hoch, die sie Sarah erwidern wollte, doch da verschwand diese ins Café. Die Worte, die Wahrheit, die Scheinheiligkeit, mit der Sarah sie beschuldigte, genau das gemacht zu haben, was sie einige Wochen zuvor selbst getan hatte, als sie die Stifte entwendete und den Kaffee verschüttete. Aber von all den herrlichen Ausdrücken, die Bernadette in ihrer Wortschatzkammer gesammelt hatte, fiel ihr momentan nur ein einziger ein: *Miststück*.

»Du bist früh dran. Zwei Menschen, ein Gedanke.« Penelope löste das Paisley-Tuch, das sie um ihre Haare gewunden hatte. Ihr Lächeln verflüchtigte sich, als sie Bernadettes Miene bemerkte. »Was ist los?«

»Offenbar hat eine Frau im Büro Walls Avancen mir gegenüber beobachtet und falsch interpretiert. Sie ist hier und will mich als Betrügerin entlarven.«

Penelope runzelte die Stirn. »So ein Quatsch. Das lässt sich leicht erklären.«

»Sie glaubt mir nicht. Und mehr als ein winziger Zweifel ist nicht nötig.«

Penelope legte die Hände auf Bernadettes Schultern. »Wer dich kennt, weiß, dass du niemals jemanden zu so etwas ermuntern würdest. Lass dich von ihr nicht nervös machen. Heute Abend werden genug Frauen da sein, die sie zum Schweigen bringen. Ich tue das gern noch vor dem eigentlichen Treffen. Um wen handelt es sich überhaupt?«

»Um Sarah.«

»Um *die* Sarah?«

Bernadette konnte sich ein kurzes trauriges Lachen nicht verkneifen. »Genau die.«

Penelope verdrehte die Augen. »Gott, was ist diese Frau für eine Schreckschraube.«

»Keine Ahnung, warum sie mich so hasst.«

»Die meisten Frauen hassen andere Frauen aus Missgunst oder Eifersucht.«

Bernadette erinnerte sich, wie sie das erste Mal ins Wörterbuch geschaut hatte, nachdem ein Mädchen in der sechsten Klasse gemein zu ihr gewesen war und ihre Mom ihr erklärt hatte, die Kleine sei nur neidisch und eifersüchtig auf sie. »Eifersucht« ließ sich vom lateinischen *zelus*, »Eifer«, herleiten, was sie zu dem Wort »Zelot, Eiferer« geführt hatte. Ihre Mom hatte außerdem gesagt, das Mädchen würde schon irgendwann erwachsen werden und den Neid vergessen. Doch manche Mädchen wuchsen zu Frauen heran, die nach wie vor solche intensiven Gefühle hegten. Fast bedauerte Bernadette Sarah.

Durchs Fenster beobachtete Bernadette, wie Sarah einen Drink bestellte und sich einen Platz in der Ecke suchte, wo sie ein Notizbuch hervorholte, in das sie hektisch hineinkritzelte. »Wahrscheinlich schreibt sie all die gemeinen Dinge nieder, die sie über mich verbreiten will.«

»Ich rede mit ihr.« Penelope öffnete die Tür zum Café in dem Moment, in dem Melanie eintraf, und erklärte dieser in wenigen Worten die Situation. »Sarah macht Probleme.«

»Oje.« Nun verdrehte Melanie die Augen. »Warum?«

»Das werden wir gleich rausfinden.«

Bernadette fühlte sich geborgen in Gesellschaft ihrer Freundinnen, weil sie sich bei ihr unterhakten, als sie gemeinsam auf ihre Erzfeindin zumarschierten. Die drei stellten sich vor Sarahs Tisch auf. Sarah tat so, als würde sie sie nicht sehen. Penelope räusperte sich, und Sarah hob wie immer ein wenig mürrisch den Blick.

»Keine Chance, ich überlege es mir nicht anders«, erklärte sie, bevor Bernadettes Freundinnen überhaupt Gelegenheit hatten, etwas zu sagen.

»Kein Problem«, meinte Penelope. »Wie heißt es so schön? ›Selig die Unwissenden‹. Und es heißt auch, unwissende Miststücke leiden.«

Kurz blieb Sarah der Mund offen stehen, dann sah sie Bernadette an. »Das wird Ihnen nicht helfen.«

Am liebsten hätte Bernadette mit Penelope abgeklatscht, doch sie musste sich beherrschen.

»Hören Sie, Sarah«, hob Bernadette an, als sie endlich ihre Stimme wiederfand. »Ich habe Wall nicht dazu ermuntert, wollte seine Berührung nicht. Ich habe ihm sogar gesagt, er soll mich nie wieder anfassen. Interessiert Sie, was passiert ist? Er hat mir gedroht, ich würde meinen

Job verlieren. Daraufhin bin ich in die Personalabteilung gegangen, um zu melden, dass er mir Avancen gemacht hat. Und wissen Sie, wie der Personalchef reagiert hat? Er meinte, ich soll mich nicht so haben, das ist nun mal das Los der Frauen.«

Sarah lauschte ihr ungerührt, doch in ihren Augen veränderte sich etwas, und ihr Hals nahm fast die gleiche Farbe an wie ihr Tuch. Sie hatte es selbst schon erlebt und wusste, wie das war. Warum also beschuldigte sie Bernadette?

»Es stimmt. Die Flugblätter sind von mir. Ich habe Frauen für heute Abend hierher eingeladen, um über solche Probleme zu sprechen und zu diskutieren, was wir dagegen unternehmen können. Wieso sollte ich all das tun und dann mit meinem Chef schlafen wollen? Mit meinem *verheirateten* Chef? Dann wäre ich eine Heuchlerin und würde obendrein eine Familie zerstören.«

Als sie »eine Familie zerstören« hörte, traten zwei kreisrunde leuchtend rote Flecken auf Sarahs Wangen. Schließlich war sie mit Evans, Marshall oder Greene ins Bett gegangen, und nun sah sie ja, was ihr das genützt hatte. Rein gar nichts.

»Sie sind entweder Teil des Problems oder Teil der Lösung«, bemerkte Melanie. »Auf welcher Seite wollen Sie stehen, Sarah?«

»Wenn nicht auf der der Lösung, sollten Sie verschwinden, finde ich«, fügte Penelope hinzu. »Bevor die Frauen, die an Bernadette und unsere Sache glauben, eintreffen.«

Sarah klappte das Notizbuch zu und tippte mit ihrem kurzen, unlackierten Fingernagel auf den hellbraunen Lederumschlag. »Ich möchte nicht Teil des Problems sein«, erklärte sie schließlich. »Doch ich bin auch nicht Teil der Lösung.«

»Tja, dann befinden wir uns wohl in einer Sackgasse«, erwiderte Melanie.

Sarah nickte stumm und schluckte.

»Lasst sie bleiben«, meinte Bernadette. »Vielleicht sollte sie hören, was alle zu sagen haben.«

Penelope stöhnte. »Okay, aber wenn sie auch nur eine Lüge über dich zu verbreiten versucht …«

»Tut mir leid«, entschuldigte sich Sarah. »Ich habe die Situation nicht richtig interpretiert und fälschlicherweise angenommen, Sie hätten ihn ermuntert.«

Bernadette blieb der Mund offen stehen. Ein wenig kam sie sich vor wie ein Fisch auf dem Trockenen. »Danke.«

»Hi, Penelope«, begrüßten Ruth und Julie sie und umarmten alle. Wenig später trafen auch die anderen vom Buchklub ein.

»Mrs Wall.« Sarah erhob sich, den Blick auf Patty gerichtet, abrupt vom Tisch.

Mrs *Wall*? Hatte Bernadette sich verhört? Doch Melanie und Penelope starrten Patty genauso verblüfft an wie sie. Patty erwiderte die Begrüßung: »Sarah. Schön, Sie wiederzusehen.«

Bernadette atmete deutlich hörbar durch die Nase ein. Sie hatte das Gefühl, als hätte sich ihre Welt in den Angeln verschoben. Dass Patty ihnen nach Bernadettes Eröffnung, sie arbeite bei Lenox & Park, nicht verraten hatte, wer sie war, konnte eigentlich nur zwei Gründe haben. Erstens: Sie war geschickt worden, um sie auszuspionieren, und würde Wall brühwarm erzählen, was hier gesprochen wurde. Oder zweitens: Es war ihr peinlich, mit Wall verheiratet zu sein, und sie wollte nicht, dass sie das erfuhren.

Bernadette konnte nur hoffen, dass es der zweite Grund war. Bei ihren Treffen hatte Patty behauptet, sie strebe eine Scheidung an. Wäre Bernadette mit Mr Wall verheiratet gewesen, hätte auch sie bestimmt Gründe für eine Trennung gefunden.

»Sie sind mit … Mr Tom Wall verheiratet? Dem Cheflektor von Lenox & Park?«, erkundigte sich Bernadette.

Patty nickte grimmig. »Genau mit dem.« Sie schlüpfte aus ihrer Strickjacke und hängte sie ordentlich über die Rückenlehne eines Stuhls. »Tut mir leid … Das hätte ich schon früher sagen sollen. Aber ich wollte nicht, dass …« Patty blinzelte, ihre Wangen nahmen eine feuerrote Farbe an. »Ich wollte nicht, dass ihr wegen Tom schlecht von mir denkt. Er war nicht immer so … *Tom.*«

Bernadette schüttelte den Kopf. »Ich wäre niemals auf die Idee gekommen, Sie zu verurteilen, Patty. Sie sind ja nicht Ihr Mann. Aber ich bin mir nicht so sicher …« Sie wusste nicht, ob es eine gute Idee war, wenn Patty blieb.

»Keine Sorge, meine Liebe. Ich erzähle Tom kein Wort. Er hält nichts davon, dass ich an irgendwelchen Treffen teilnehme, und denkt, ich sei in der Abendmesse unserer Kirche.« Sie senkte die Stimme. »Ich brauche das … Ich …« Sie verstummte.

Bernadette nickte und drückte Pattys Hand, um sie zu trösten. Wie sollte sie ihr die Teilnahme verwehren? Bernadette musste nur mit Wall zusammenarbeiten und konnte sich nicht vorstellen, wie es war, im Privatleben an ihn gekettet zu sein. Patty hatte recht. Sie brauchte das hier tatsächlich. »Freut mich, dass Sie da sind.«

Sie hoffte, dass Patty sich tatsächlich mit Ruth und Jenny über ihre Scheidung unterhalten hatte.

Nun trudelte etwa ein halbes Dutzend anderer Frauen ein, und als sie alle an Tischen saßen, stand Bernadette auf und ging zu dem Hocker an der Stelle, wo sonst Musiker spielten oder Dichter die Zuhörer mit Rhythmus und Reimen ihrer Verse erfreuten.

»Hallo alle. Ich bin Bernadette Swift, und ich möchte euch heute Abend hier zu einer Art Beichte einladen. Nein, nicht ihr sollt eure Sünden gestehen, sondern von Übergriffen berichten, die ihr in der Arbeit oder zu Hause erlebt. Ich mache den Anfang.«

Bernadette holte tief Luft und sah Patty an. »Ich bin neulich probehalber befördert worden. Nicht, weil ich nicht die Befähigung zu einer dauerhaften Beförderung besäße, sondern, weil ich eine Frau bin.«

Kopfschütteln und heruntergezogene Mundwinkel. Manche der Anwesenden murmelten, sie hätten ähnliche Erfahrungen gemacht. Patty blickte Bernadette an, nicht wütend, wie befürchtet, sondern verständnisvoll.

Bei dem, was Bernadette erzählen wollte, konnte sie in Anwesenheit von Mr Walls Frau seinen Namen nicht erwähnen. Aber dies war eine Beichte, und sie war gekommen, um ihre Erfahrungen zu teilen.

»Diese Woche scheine ich am Tiefpunkt meines Arbeitslebens angelangt zu sein. Einer meiner Vorgesetzten hat mir ein eindeutiges Angebot gemacht. Ich habe ihm einen Korb gegeben, doch er hat mir erklärt, niemand würde mir glauben, wenn ich versuchen würde, sein Fehlverhalten zu melden. Anfangs wollte ich Stillschweigen bewahren. Denn wer von uns möchte schon, dass eine unangenehme Situation eskaliert?«

Nicken, verständnisvolles Gemurmel.

»Aber ein Freund hat mir Folgendes erklärt: Wenn ich nichts sage, kann der Betreffende das, was er bei mir versucht hat, bei jemand anders wiederholen. Also habe ich den Mund aufgemacht. Und wurde prompt zum Schweigen gebracht. Doch ich bin nicht hier, um weiter zu schweigen. Genauso wenig wie ihr. Also: Wer möchte als Nächste erzählen?«

Penelope marschierte zu dem Hocker, und Bernadette setzte sich auf einen Stuhl. »Ich habe mich um eine Stelle als Lektoratsassistentin beworben. Sie haben mich als Sekretärin eingestellt. Ich saß kaum dreißig Sekunden an meinem Schreibtisch, als ich schon angebaggert wurde. Ich habe eine Büroklammersammlung angelegt, eine Klammer für jede anzügliche Geste oder Bemerkung. Kurzum: Das, was als kleines Zuckerglas begann, ist inzwischen ein bis zum Rand gefüllter Krug.«

Nun erhob sich Melanie, und Penelope nahm neben Bernadette Platz. »Wenn ich eine Fünf-Cent-Münze für jedes Mal hätte, das ein Mann mich gefragt hat, ob ich Strumpfhose oder Haut trage, müsste ich nicht mehr arbeiten. Vielleicht sollten wir genau das tun: für Zweideutigkeiten und angebliche Komplimente Geld verlangen. Wer will als Nächste etwas sagen?«

Ein Dutzend Hände gingen hoch.

Georgie eilte nach vorn und grinste in die Runde. »Ich bin Hebamme und muss mir jeden Tag anhören, wie abfällig die Herren über die Vagina von Frauen reden.« Sie verzog das Gesicht und schaute hinüber zu den Männern an der Theke. »Tut mir leid, dass ich das Wort verwende … Egal, jedenfalls reden sie nicht so, wie man das erwarten würde. Nicht wie Mediziner. Sie vergleichen, beleidigen, loben. Als würden wir uns nicht ohnehin schon genug Gedanken darüber machen, wie wir da unten ausschauen, ganz abgesehen davon, dass sich das Ding während der Wehen sowieso in fremdes Territorium verwandelt. Ich halte dagegen, wann immer ich kann, und sage, dass eine Frau Leben schenken, aber auch nehmen kann.«

Bernadette lachte. »Und: Funktioniert's? Kriegen sie's mit der Angst zu tun?«

»Hin und wieder«, meinte Georgie. »Wenn sie weiter so großspurig daherreden, frage ich sie, ob ihre Frau ein Kind zur Welt gebracht hat. Für gewöhnlich lautet die Antwort Ja, und dann tue ich erstaunt und erkundige mich, ob es von ihnen ist. Das provoziert sie. Sie wollen wissen, warum ich so etwas sage, und ich antworte: ›Na ja, Männer, die so wenig Ahnung von einer Vagina haben, können vermutlich auch nicht mit ihr umgehen.‹ Manchmal wundere ich mich fast, dass man mich noch nicht vor die Tür gesetzt hat, aber zum Glück habe ich eine Chefin.«

Jetzt trat Patty ans Mikrofon und räusperte sich. Machte den Mund auf und wieder zu. Sie hielt die Hände vor dem Körper gefaltet und wirkte sehr klein und steif. Nach ein paar Sekunden bewegte sie sich zur Seite, als hätte sie es sich anders überlegt. Doch dann sah sie Bernadettes ermutigenden Blick.

»Ich habe kaum Berufserfahrung. Aber ich war auf der Kunstakademie, und dort wurde ich erstaunlicherweise öfter gefragt, ob ich ein männliches Aktmodell benötige, als ich gebeten wurde, mich selbst zu entkleiden. Natürlich habe ich jede Gelegenheit ergriffen, denn Übung macht die Meisterin. Die arroganten Herren haben nicht gemerkt, dass ich eine Mappe angelegt habe von ihren …« Patty schwieg kurz. »… von ihren Gemächten, und die Zeichnungen habe ich meinen Freundinnen gezeigt, bevor sie mit ihnen ausgegangen sind, damit sie sich über … das Gesamtpaket … im Klaren waren.«

Ob dieser unerwarteten Eröffnung prustete Bernadette laut heraus und fiel in den begeisterten Applaus der anderen ein.

»Frauen sollten wissen, worauf sie sich einlassen, oder? Wenn mir nur eine Freundin diesen Gefallen getan hätte.« Patty setzte sich schmunzelnd wieder. Dann sah sie Bernadette an, legte eine Hand auf die ihre und drückte sie. »Das hat Spaß gemacht und befreiend gewirkt.«

»Stimmt. Danke für Ihre lebhaften Schilderungen.« Nun war Bernadette froh darüber, dass Patty doch geblieben war.

»Ich möchte auch was sagen!« Ruth sprang auf und trat lächelnd an den Hocker. Von dort aus blickte sie in die

Runde, als würde sie vor Geschworenen stehen, obwohl die Anwesenden Gleichgesinnte waren, die sie nicht überzeugen musste.

Die folgende halbe Stunde erhoben sich Frauen und erzählten vom Fehlverhalten der Männer in der Arbeit. Von den Flirts, den Zweideutigkeiten, der Arbeitsüberlastung, den Herabwürdigungen. Bis nur noch Sarah übrig war.

Nun stand sie ebenfalls auf und ging zu dem Hocker. Dort wirkte sie unsicher, wie Bernadette sie noch nie erlebt hatte.

»Hallo. Ich bin Sarah und habe mich bereit erklärt, eine Kollegin zu sabotieren, weil ein Mann mir Aufmerksamkeit und eine Beförderung versprochen hatte.«

Alle lauschten gebannt. Bernadette vergaß fast das Atmen.

»Ich wurde nicht befördert. Und die Aufmerksamkeit habe ich auch verloren. Was das Schlimmste ist: Ich habe einer anständigen Frau Knüppel zwischen die Beine geworfen. Und das tut mir leid.« Bei diesen Worten blickte sie Bernadette an. Bernadette fand ihren aufrichtigen Tonfall und Gesichtsausdruck mindestens genauso schockierend wie diese Enthüllung.

Ohne zu überlegen, stand sie auf und trat zu ihr. Sarah wich zurück, vielleicht weil sie fürchtete, Bernadette könnte sich auf sie stürzen. Aber diese überraschte Sarah, indem sie die Arme ausstreckte und sie fest an sich drückte. Sarah zuckte zusammen. Kurz fühlte sich ihr Körper so hart an wie der glänzende Boden unter ihren Füßen, doch am Ende erwiderte sie die Umarmung.

»Danke«, flüsterte Bernadette.

Sarah nickte und zog ein Taschentuch hervor, um ihre Tränen abzuwischen und sich zu schnäuzen.

»Meine Damen, was wollen wir nun unternehmen?«, fragte Bernadette die Anwesenden.

»Sarah Grimké, eine frühe Verfechterin von Frauenrechten, hat gesagt: ›Ich bitte um keinen Gefallen für mich und meine Geschlechtsgenossinnen. Das Einzige, worum ich unsere Brüder bitte, ist, dass sie den Fuß von unserem Nacken nehmen‹«, zitierte Ruth. »Genau das wollen wir auch, oder? Dass wir stehen, atmen, ohne anzügliche Kommentare über unseren Rock oder lüsterne Blicke in die Arbeit gehen können, dass wir dort weder blöd angemacht noch betatscht werden.«

»Es ist Zeit für einen weiteren Schritt«, erklärte Bernadette. »Wir dürfen nicht länger schweigen. Wir müssen Nein sagen, aktiv werden.«

»Organisieren wir eine Demonstration«, schlug Georgie vor. »Martin Luther Kings Marsch auf Washington hat die Aufmerksamkeit der Menschen auf die Bürgerrechte gelenkt. Ein Marsch für die Rechte der Frauen könnte uns helfen.«

»Dr. King hat eine höchst inspirierende Rede gehalten«, bemerkte Ruth.

»Ja, sie war unglaublich«, pflichtete Bernadette ihr bei, und die anderen Frauen murmelten zustimmend.

»Wir könnten die Arbeit niederlegen«, meinte Sarah.

Bernadette nickte. Zum ersten Mal seit Langem hatte sie das Gefühl, vielleicht doch etwas bewirken zu können. »Ich finde beide Vorschläge gut. Heute in einer Woche gehen wir auf die Park Avenue. Ohne Transparente. Ohne Flugblätter. Einfach nur Frauen, alle pink und rosa gekleidet. Eine Woche sollte genügen, um die Information zu verbreiten.«

»Ich bin dabei!«

»Ich auch!«

»Und wann soll die Arbeitsniederlegung stattfinden?«, erkundigte sich Jenny. »Mit dem Marsch bekommen wir Aufmerksamkeit, aber am Wochenende ist er nicht so wirkungsvoll.«

Wieder nickte Bernadette. »Stimmt. Wie wär's mit dem Montag nach dem Marsch, und zwar um drei? Dann stehen wir alle auf und verlassen die Büros. Das verstärkt den Effekt unserer Demonstration am Sonntag. Wir senden eine klare, deutliche Botschaft aus.«

»Wo wollen wir uns treffen?« Penelope rieb sich begeistert die Hände.

»Vor der Bibliothek? Dem Zentrum des Wissens?«

»Ja! Und wir verteilen heimlich weitere Flugblätter.«

Nachdem sie diese Pläne geschmiedet hatten, verließ Bernadette, die nun wusste, dass sie nicht allein war, das Caffe Shakespeare beschwingt. Das lag nicht nur an ihrer eigenen und der Beichte der anderen, sondern auch an Sarahs überraschender Veränderung.

Nach all dem Hass, der ihr von ihr entgegengeschlagen war, wäre die Behauptung, sie sei über sie erstaunt, eine Untertreibung gewesen. Sarah hielt den Weltrekord im ausdauernd böse Schauen. Sie hatte Mut bewiesen, indem sie sich heute Abend vor alle hinstellte und ihre Missetaten gestand. Gestand, dass sie, um Aufmerksamkeit und eine Beförderung zu erhalten, bereit gewesen war, jemandem zu schaden. Gestand, dass es ihr leidtat und sie sich ändern wollte.

Bernadette empfand tatsächlich so etwas wie Hochachtung für sie. Und sie wusste, dass sie eine gute Gruppe um sich geschart hatte, denn keine der Frauen war aufgesprungen und hatte Sarah angeschrien. Niemand hatte sie beschimpft oder versucht, ihre Schuldgefühle noch zu verstärken. Nein, sie hatten sie sogar wie Bernadette umarmt.

So stellte Bernadette sich Zusammenhalt vor – in guten wie in schlechten Zeiten.

20

Frauen jeder Größe, jeden Alters, jeder Schicht und Herkunft, samt und sonders in Pink gekleidet, schlenderten mit einem gemeinsamen Ziel, ihrem Wunsch nach Gleichheit oder einfach nur der Bestätigung, dass allein die Tatsache, Frau zu sein, sie nicht minderwertig machte, in einer pinkfarbenen Welle die Fifth Avenue in Manhattan entlang.

Der Körper sollte, wenn es um gleiche Bezahlung oder Respekt ging, keine Rolle spielen.

Bernadette konnte ob des erstaunlichen Erfolgs ihrer Aktion gar nicht mehr aufhören zu lächeln. Sie war stolz auf die um sie versammelten Frauen. Stolz auf ihre Mission und darauf, Teil von etwas Größerem zu sein. Eine Mission, die das Leben für Frauen nicht nur in dieser Stadt, sondern möglicherweise im ganzen Land verändern konnte, wenn sie sich nur laut genug bemerkbar machten.

Sie rückte ihr Queen-B-Stirnband zurecht, zu dem sie bequeme Keds, eine pinkfarbene Caprihose und ein ebenfalls pinkfarbenes T-Shirt mit der Aufschrift »Grammatikerin« trug. Bernadette ging zwischen Melanie und Penelope, die ähnlich gekleidet waren. Auf Melanies geblümtem Shirt stand »Girl Power«. Doch Penelope stahl mit ihrem T-Shirt allen die Show. Es war ein wenig heller pink als die anderen und zeigte in der Mitte eine appetitliche Zimtschnecke, umgeben von den Worten *Grammatik gegen Zimtzicken.*

Insgesamt hatten sich etwa zwei Dutzend Frauen versammelt, keine besonders große Gruppe, aber trotzdem zogen sie die Aufmerksamkeit der Passanten auf sich. Köpfe streckten sich aus Türen, Fenstern und Autos, um die pinkfarbenen Röcke, Blusen, Mützen und Tücher zu betrachten, deren Trägerinnen fröhlich plauderten. Ihre pinkfarbenen Ohrringe, Halsketten, Arm- und Stirnbänder reflektierten die Sonne und erzeugten geheimnisvolle Regenbogenprismen.

»Was ist denn hier los? Ist das eine Parade?«, fragte jemand vom Gehsteig aus.

»Ein Feiertag? Haben wir was verpasst?«, rief ein anderer aus einem Wagen.

»Wir gehen für die Gleichheit der Frauen am Arbeitsplatz auf die Straße«, antwortete Bernadette stolz. Frank, ihr treuer Begleiter, bellte zustimmend.

Sie hatte ihm sein pinkfarbenes Halsband angelegt, auf das in Schwarz sein Name gestickt war, damit die Leute ihn nicht »Francine« nannten. Ihrer Ansicht nach war ohnehin nichts Schlimmes daran, wenn ein männliches Wesen Pink trug. Bernadette fand sogar, dass Männer sich öfter dafür entscheiden sollten. Sie konnten ja »lachsfarben« dazu sagen, wenn ihnen das leichter fiel.

Ein alter, Scrooge-ähnlicher Mann machte eine abfällige Handbewegung, als wollte er brummeln: Was für ein Quatsch. Doch er fiel nicht weiter auf, weil gerade eine Frau aus einem Haus herausstürmte.

»So viel Pink! Zählt mein Paisley-Muster auch?« Sie zupfte an ihrem Kleid, das Bernadette sehr an eines von Emilio Pucci aus der *Vogue* erinnerte.

»Klar!«, antwortete Bernadette strahlend.

Die Frau schloss sich der Gruppe an, von der sie mit offenen Armen empfangen wurde. Bisher hatte Bernadette New York immer als einen Ort empfunden, an dem jeder für sich selbst kämpfte, aber heute schien sich zu zeigen, dass sie vielleicht doch gar nicht in einer so einsamen Stadt lebte.

Als sie das Gebäude von Lenox & Park erreichten, sah

Bernadette bei den Fahrradständern eine vertraute Gestalt. Die Form seiner Schultern und seine Frisur hätte sie überall erkannt. Hörte Graham denn nie auf zu arbeiten? Als er die pinkfarbene Gruppe mit ihr an vorderster Front bemerkte, trat ein Grinsen auf sein Gesicht. Er war lässiger gekleidet als während der Woche, trug eine Jeans sowie ein kariertes Button-down-Hemd aus Oxfordstoff in hellem Blau – und war das etwa *Pink*?

»Ein hübscher pinkfarbener Klecks an einem ansonsten trüben Tag. Guten Tag, die Damen.« Sein Charme ließ sofort sämtliche anwesenden Frauen inklusive Bernadette dahinschmelzen.

»Guten Tag, Mr Reynolds.« Sie bemühte sich um einen neutralen Gesichtsausdruck, fürchtete jedoch, dass Graham merkte, wie sehr sie sich freute, ihn zu sehen, weil sein Lächeln breiter wurde.

Frauen gingen zu beiden Seiten um sie herum, nickten ihnen zu, umwogten Bernadette und Graham wie ein Meer aus sich bewegenden Rosa-, Pink- und Korallentönen.

Frank schnupperte an Grahams Schuhen, seiner Hose und seiner ausgestreckten Hand, legte den Kopf ein wenig schief und schaute zwischen den beiden hin und her, als spürte er etwas, das Bernadette entging.

»Das ist also Frank.« Graham kraulte ihn hinter den Ohren, als Frank ihn mit einem Stupsen dazu aufforderte.

»Genau.« Frank hatte ein gutes Gespür für Menschen und ihren Charakter, und zu erleben, wie schnell er Graham akzeptierte, freute sie.

»Was für ein freundlicher Kerl.« Graham bedachte sie mit einem herzlichen Lächeln, das zu sagen schien, dass diese Begegnung den Tag für ihn rettete. »Er ist riesig.«

Bernadette lachte. »Stimmt. Wie ein kleines Pferd.«

»Was ist hier los?« Graham richtete sich auf und betrachtete die Frauen, die sie passierten.

Frank setzte sich, lehnte sich an Bernadettes Hüfte. »Wir gehen für die Gleichheit der Frauen am Arbeitsplatz auf die Straße.«

»Verstehe. Darf ich mitmachen?«

Sie runzelte verblüfft die Stirn. Einige der Frauen, die seine Frage gehört hatten, blieben stehen. Die Neuigkeit verbreitete sich in Windeseile unter den anderen, bis alle innehielten und sich ihnen zuwandten.

»Müssen Sie denn nicht zum Rugby oder so?«

»Scrumming ist samstags.«

Bernadette kaute auf ihrer Lippe, weil sie nicht so recht wusste, wie sie reagieren sollte. »Aber Sie sind ein Mann.« Ihn darauf hinzuweisen war vielleicht nicht gerade die scharfsinnigste Erwiderung, aber es stimmte nun mal. Warum wollte er sich einer Frauendemo anschließen?

Graham zuckte lässig mit den Achseln, kein bisschen verlegen ob der inzwischen fast drei Dutzend Frauen, die ihn anstarrten. »Männer können doch auch für die Gleichheit von Frauen am Arbeitsplatz sein, oder?«

Da hatte er recht. Sogar ziemlich recht.

»Ja«, antwortete sie, ohne zu zögern. Und je mehr Männer dafür waren, desto besser ging es allen.

Es begann mit einem einzelnen Klatschen am hinteren Ende der Gruppe und entwickelte sich binnen kürzester Zeit zu donnerndem Applaus. Einige von Bernadettes Freundinnen drängten sich zu ihr und Graham vor wie Verstärkung auf dem Schlachtfeld.

»Nein, nein, bitte nicht klatschen.« Graham winkte lachend ab, dann wurde er ernst. »Sie, meine Damen, verdienen diesen Applaus, nicht ich.«

Warum nur war er so ... *charmant*? Es hatte bereits Momente gegeben, in denen Bernadette, wenn sie ihn ansah, all die Dinge empfand, die man als Frau in Gegenwart eines attraktiven Mannes empfinden kann – Gänsehaut,

Schmetterlinge im Bauch –, und sie hatte diese Gefühle bewusst beiseitegeschoben. Doch nun ließ sie sie zu und wollte ihn in ihrer Nähe wissen.

Sie löste den Blick von ihm und lächelte ihren Freundinnen zu. »Meine Lieben, darf ich euch Graham Reynolds vorstellen? Er ist verantwortlicher Lektor in der Programmleitung von Lenox & Park.« *Und … mein Freund?*

»Sie arbeiten am Sonntag?« Patty schaute nervös zum Verlagsgebäude hinüber, als fürchtete sie, von Mr Wall ertappt zu werden, obwohl sie bereits verkündet hatte, er sei nicht im Büro.

»Ich arbeite an allen Tagen, die auf ›Tag‹ enden, und sogar am Mittwoch«, erklärte Graham schmunzelnd. Damit brachte er die Frauen zum Lachen.

Bernadette presste die Lippen aufeinander, um nicht über die leisen Seufzer und die klimpernden Wimpern einiger von ihnen laut herausprusten zu müssen.

»Wie unfair«, meinte Ruth. »Jeder braucht mal eine Pause.«

Graham grinste. »Manche Männer haben schlimmere Laster als ich. Ich bin nur Workaholic.«

»Stimmt, es könnte bedeutend schlimmer sein«, bestätigten etliche der Anwesenden und verwiesen auf die Laster ihrer Chefs – Alkohol und Frauen. Graham entschuldigte sich für die hirnlosen Idioten, worauf die Damen sich noch enger um ihn scharten.

»Wollen wir?« Bernadette versuchte, die Gruppe zu ihrer ursprünglichen Mission zurückzuführen. Sie drohten, das Ziel ihrer Kampagne aus den Augen zu verlieren, und wenn sie sich ihm nicht bald wieder zuwandten, wäre der Aufwand umsonst gewesen.

»Ja.« Graham ließ sein Fahrrad am Ständer stehen; die Botentasche hatte er über die Schulter geschlungen. Als er die Ärmel hochkrempelte, bemühte Bernadette sich, nicht die nackte Haut darunter anzustarren. Den Muskelstrang und die Ader, die sich über seinen Arm schlängelte wie ein Fluss. Das Bild von ihm in Shorts und einem eng anliegenden T-Shirt im Licht einer Straßenlampe schoss ihr durch den Kopf. Sie blinzelte und lenkte sich ab, indem sie sich in Bewegung setzte.

Als sie weiter die Fifth Avenue entlangmarschierten, drehten sich immer mehr Leute nach ihnen um, und Graham informierte die Passanten genauso wortreich wie die Frauen, wofür sie auf der Straße waren. Bernadette nahm wahr, dass die Menschen die Botschaft bereitwilliger aufzunehmen schienen, wenn sie von ihm kam.

An einem Kiosk wurden sie auf Kaffee und Wasser eingeladen. Auch Frank bekam einen Becher, aus dem er so gierig trank, dass die Flüssigkeit nur so von seinen Lefzen tropfte.

»Wohin soll's gehen?«, erkundigte sich Graham und blies auf seinen dampfenden Kaffee, um ihn zu kühlen. »Hat jemand einen Stadtplan?«

Bernadette biss sich bei der Erinnerung daran, wie oft ihre Mutter darüber gemurrt hatte, dass ihr Vater nicht auf den Plan schaute und sich regelmäßig verlief, auf die Lippe. Und hier fragte sie nun ein Mann, als würde er sich tatsächlich für ihre Route interessieren.

»Das haben wir nicht besprochen.« Sie betrachtete die Gruppe. Bernadette wäre gern immer weiter gegangen, solange sie dabei Zeit mit Graham verbringen konnte.

Noch war allen Gesichtern die Begeisterung abzulesen, und niemand schien müde zu sein, obwohl sie bereits etwa eine Stunde unterwegs waren.

Penelope legte die Stirn in Falten. »Vor uns ist der Washington Square Park. Den könnten wir umrunden und auf der Sixth Avenue zur Bibliothek zurückkehren. Ein paar von uns haben ihre Fahrräder dort gelassen.«

Vor ihnen ragte der Marmorbogen am Eingang zum Park auf, hinter dem die herrlichen Gold-, Rot- und Orangetöne des sich verfärbenden Herbstlaubes leuchteten. Frank zerrte an seiner Leine, weil er die unzähligen Stellen zum Markieren erahnte und die vielen Eichhörnchen, denen er nachjagen konnte. »Alle einverstanden?«

»Ja!«, jubelten die Frauen, was wiederum die Aufmerksamkeit von Passanten erregte, von denen einige ausgelassen einfielen.

Sie gingen um den Park herum zur Hangman's Elm, an der während der Amerikanischen Revolution offenbar Verräter aufgeknüpft worden waren, und dann weiter zur Kreuzung Waverly Place / MacDougal Street.

»Hier hat Eleanor Roosevelt früher gewohnt.« Graham nickte in Richtung eines älteren Gebäudes am Washington Square West. »Als ich Student an der New York University war.«

Bernadette betrachtete den braunen Ziegelbau, die Tür unter dem kunstvoll gestalteten Vordach aus Metall, flankiert von Kalksteinsäulen, und die filigranen Bogen um die Fenster. Dabei stellte sie sich vor, wie Graham wohl im College gewesen war. Ihre Fantasie kreierte ein Bild von ihm, das sehr seinem jetzigen Aussehen ähnelte, nur dass er einen Stapel Bücher in den Händen hielt.

»Haben Sie sie je kennengelernt?«, fragte Bernadette Graham, der das Gebäude ebenfalls ansah.

»Ja.« Er wandte sich Bernadette zu. Warum hatte sie bisher nie bemerkt, wie blau seine Augen waren? »Sie war eine ziemliche Größe im Viertel. Und Sie?«

Bernadette löste den Blick von Graham, um zu beobachten, wie Frank sich ein auf dem Boden liegendes Blatt schnappte. »Ich habe sie sehr bewundert und konnte mich glücklich schätzen, während meines Praktikums bei Lenox & Park mit ihr zusammenzuarbeiten.«

»Na so was. Ich hatte ebenfalls Gelegenheit, während meines ersten Praktikums mit ihr zu arbeiten«, meinte Graham schmunzelnd, was Frank dazu veranlasste zu bellen. Als beschwerte er sich, dass man ihm den Witz nicht erklärt hatte.

»Wie klein die Welt doch ist!« Bernadette nahm einen kleinen Keks aus ihrer Rocktasche, den sie für Frank mitgenommen hatte, und warf ihn ihm zu. Er fing ihn schmatzend auf.

»Manchmal schon, ja.«

Die Gruppe bewegte sich über Waverley Place und die Sixth Avenue entlang. Unterwegs schlossen sich ihnen weitere Leute an. Als sie kurz darauf die Bibliothek erreichten, war die Gruppe von etwas über zwanzig auf fast sechzig Menschen angewachsen. Nicht einmal in ihren kühnsten Träumen hätte Bernadette geglaubt, dass sie jemals so viele werden oder die Wirkung erzielen würden, die sie offenbar hatten.

»Danke allen fürs Mitmachen.« Ihre Worte wurden von Franks Bellen begleitet. »Das hat mir und Frank großen Spaß gemacht. Er mag euch sehr.«

Die Frauen umarmten und klatschten einander ab, dann zerstreuten sie sich. Nur Graham blieb. Melanie bedachte Bernadette mit einem vielsagenden Blick, während sie Penelope gegen die Schulter knuffte, die den Daumen hochreckte. Frank legte sich auf den Boden, weil er völlig zutreffend annahm, dass Bernadette es nicht eilig hatte aufzubrechen.

»Bis morgen.« Graham winkte den sich entfernenden Frauen nach, machte jedoch keine Anstalten, zu seinem Fahrrad zu gehen. Stattdessen schob er die Hände in die Taschen und wippte auf den Fersen.

»Ich muss Sie warnen«, verkündete Bernadette. »Wir verlassen morgen um drei Uhr geschlossen die Büros.«

Graham hob eine Augenbraue, wirkte allerdings nicht so schockiert wie erwartet. »Wer?«

»Meine Kolleginnen und ich. Wir legen die Arbeit nieder, um Aufmerksamkeit auf unsere Sache zu lenken und zu zeigen, wie dringend wir gebraucht werden. Ohne uns macht niemand Kaffee, Kopien oder Konversation.«

Graham nickte bedächtig, als würde er die möglichen Konsequenzen überdenken. »Als leitender Angestellter darf ich mich dazu nicht öffentlich äußern, doch als Freund würde ich sagen, Sie sind auf dem richtigen Weg.«

Bernadette bemühte sich, ihr Lächeln kurz zu halten, auch wenn sie innerlich strahlte. Noch merkte sie nicht, wie sehr das Wort »Freund« sie stören würde, sobald er mehr als das für sie sein sollte. »Danke.«

»Ich hätte da eine Frage.«

Melanie und Penelope flüsterten ein paar Schritte entfernt miteinander. Bernadette war sich sicher, dass sie über sie redeten.

»Und zwar?« Sie verschränkte die Hände vor dem Körper und löste sie wieder voneinander. Plötzlich wusste sie nicht mehr wohin damit. Sie hingen nutzlos und überflüssig an ihr herunter. Immerhin schien der Gehsteig unter ihren Füßen solide zu sein, sodass sie nicht im Erdboden versank.

»Wie wär's jetzt mit der versprochenen Pizza?«

Bernadette blickte zu ihren Freundinnen hinüber, die nickten und nicht einmal mehr zu verbergen versuchten, dass sie lauschten. Völlig unabhängig von ihrer Ermutigung merkte Bernadette, dass sie mit Graham Pizza essen gehen wollte. Hätte er sich nicht für sie und ihre Belange interessiert, wäre er nicht mitgekommen. Bestimmt hätte er sie dann auch nicht auf eine Pizza eingeladen.

»Dürfen Hunde da mit?«

Frank spitzte die Ohren und sah Graham an, als wollte er sagen: *Ich mag Pizza, Kumpel.*

»Ja. Man kann draußen sitzen, und ich habe dort schon Hunde gesehen.«

Bernadettes Herz machte einen Sprung. Sie würden also tatsächlich miteinander ausgehen.

»Dann nehme ich die Einladung an.«

Hinter Graham winkten Melanie und Penelope und schlenderten in die andere Richtung davon.

In Gesellschaft von Graham zu essen, war nichts Neues, denn sie hatten sich ja schon zufällig bei ihrer Bank und im Imbissladen getroffen, aber dies war eindeutig etwas anderes.

Eine neue Entwicklung in ihrer Beziehung, die sie so nervös machte, dass ihre Lippen und Zehen prickelten. Frank sah sie fragend an, als spürte er ihre innere Unruhe.

»Bereit, mein Junge?«, fragte sie ihn. Er sprang auf und drückte sich gegen ihr Bein.

»Das Lokal ist nicht weit weg.« Graham reichte ihr seinen Arm, den sie unsicher ansah. »Haken Sie sich ruhig unter. Ich verspreche Ihnen, nicht zu beißen.«

Bernadette musste lachen. Als sie sein Angebot annahm, staunte sie über die Wärme, die durch sein Hemd zu ihr drang, und über die Muskeln in seinem Arm.

An der Bibliothek vorbei bewegten sie sich Richtung Bryant Park, wobei Frank an jedem Baum schnüffelte.

Bernadette entschuldigte sich.

»Kein Problem. Hunde erkunden die Welt mit der Nase. Muss ganz schön faszinierend sein.«

Bernadette schenkte ihm ein Lächeln. Wie unfair, dass Graham ihr so schnell ans Herz wuchs!

Ray's Pizza befand sich an einer Straßenecke nicht weit entfernt. Davor standen Cafétische, einige wenige frei.

Graham zog einen Stuhl für Bernadette heraus und verschwand im Lokal, um Speisekarten zu holen, sobald sie sich gesetzt hatte.

»Na, was meinst du?«, fragte Bernadette Frank.

Er schnupperte am Metallfuß des Tisches, ließ sich nieder und schaute voller Sehnsucht zu einer Pizza auf einem anderen Tisch hinüber. Das Wasser lief ihm im Maul zusammen, er leckte sich die Lefzen.

»Ja, ich hab auch Hunger, mein Junge. Aber ich meine wegen Graham.«

Da kehrte Graham mit den Speisekarten zurück und nahm ihr gegenüber Platz. Frank stupste seine Hand an, um gestreichelt zu werden. Nun kannte Bernadette seine Antwort.

»Sollen wir uns eine Pizza Margherita mit Pilzen teilen?«, fragte Graham.

»Das haben Sie sich gemerkt?« Wenn er nicht sofort aufhörte, so reizend zu sein, würde ihr wild schlagendes Herz bestimmt ihre Brust und den Verschluss ihres BHs sprengen.

Er grinste, als erinnerte er sich an jedes einzelne Wort von ihr, was dazu führte, dass sie wieder dieses Prickeln in ihren Zehen spürte.

»Und Sie mögen Pilze.« Sie klang hingerissen, das merkte sie.

»Erstaunt Sie das angesichts meiner Vorliebe für Hotdogs?« Frank runzelte die Stirn und stupste Grahams Arm noch einmal mit der Schnauze an. »Magst du Hotdogs, Frank?«

»Ja, und wie.«

»Und Pilze?«

»Die spuckt er aus. Aber ich schenke ihm den Rand von meiner Pizza.«

Graham sah sie schockiert an. »Sie essen den knusprigen Rand nicht?«

Sie zuckte mit den Achseln. »Warum den Platz mit Teig ohne Käse vergeuden?«

»Da haben Sie recht.«

Kurz herrschte Schweigen, während sie einander tief in die Augen blickten. Ihr Herz setzte einen Schlag aus. Die Zeit schien stehen zu bleiben.

Bernadette trommelte nervös mit den Fingern auf dem Tisch herum und suchte verzweifelt nach interessantem Gesprächsstoff. Nicht, dass sie nicht ständig mit Graham redete. Oder beobachtet hätte, wie der Senf von seinem Hotdog auf den Gehsteig tropfte. Außerdem hatten sie vor Kurzem in seinem Büro miteinander einen Whiskey getrunken.

Warum also benebelte es ihr Gehirn, dass sie ihm nun in einem Lokal gegenübersaß? Graham hingegen, der damit beschäftigt war, mit Frank zu flirten, wirkte kein bisschen unsicher.

Da trat ein Kellner an ihren Tisch und bewahrte sie davor, weiter über Gesprächsthemen nachdenken zu müssen. Nachdem sie Pizza und Wein bestellt hatten, fiel ihr schließlich die perfekte Frage ein.

»Haben Sie einen Hund?«

»Als ich ein Kind war, hatten wir immer wieder welche, aber bisher war keine Gelegenheit, mir selbst einen zuzulegen, obwohl ich gern einen hätte. Ich muss so lange arbeiten, das wäre dem Tier gegenüber nicht fair.«

»Ich habe Gott sei Dank eine Nachbarin, die auf Frank aufpasst. Ohne sie wäre er sehr traurig.«

»Der Glückliche.«

»Er ist ein bisschen verwöhnt, doch was ist bei einem solchen Gesicht auch anderes zu erwarten?«

Graham kraulte Frank hinter den Ohren, worauf dieser so heftig mit dem hinteren Bein auf den Boden klopfte, dass der Tisch wackelte.

Allmählich wurde der Wein in Bernadettes Glas weniger, obwohl sie wie Graham bewusst langsam trank. Als sie das merkten, mussten sie lachen, und nun stupste Frank Bernadettes Arm an, um gestreichelt zu werden.

»Bist ein guter Junge, Frank.«

»Freut mich sehr, dass ich Ihnen heute zufällig begegnet bin«, bemerkte Graham.

»War eher andersrum.«

»Wohl wahr. Trotzdem freut es mich.« Sein Blick wirkte aufrichtig. Erneut spürte sie Schmetterlinge im Bauch.

Es hatte sie erwischt. Und das hatte sie eine ganze Weile vor sich selbst zu verbergen versucht. »Mich auch«, murmelte sie.

Es gab so vieles zu sagen. Dass sie gern schon früher mit ihm ausgegangen wäre. Dass sie zutiefst von ihm und seiner Fähigkeit beeindruckt war, über den Tellerrand chauvinistischer Tendenzen am Arbeitsplatz hinauszuschauen. Dass sie den Lokalbesuch mit ihm liebend gern wiederholen würde.

Graham hatte keine Angst vor Frauen und fürchtete auch nicht, dass eine ehrgeizige Kollegin ihm etwas wegnahm oder ihn weniger männlich erscheinen ließ. Er bemühte sich, Frauen zu unterstützen.

Da wurde die Pizza mit dampfendem Käse serviert, die der Kellner auf ein kleines Podest in der Mitte des Tischs stellte.

»Riecht köstlich«, bemerkte sie.

»Es wird Ihnen schmecken.«

Der Kellner gab ihnen zwei Teller und Graham bedeutete Bernadette mit einer Geste, dass sie den ihren hochhalten solle, damit er ihr eine Ecke mit viel herrlich klebrigem Käse geben konnte.

Der erste Bissen war einfach himmlisch. Der zweite ging an Frank. Sie brach ein Stück Rand mit ein wenig goldbraun geschmolzenem Käse darauf für ihn ab. Er schlang es mit einem Bissen herunter.

Graham nahm eine Ecke für sich selbst. »Zurück zu der Arbeitsniederlegung morgen.«

»Sie meinen, wir sollten das nicht machen?« Sie pickte einen Pilz von ihrer Pizza und schob ihn in den Mund.

»Nein, nein, ich habe überlegt, ob ich mich Ihnen anschließen kann. Als Führungskraft sollte ich das eigentlich nicht tun, aber offen gestanden finde ich die Aktion so wichtig, dass jemand in meiner Position daran teilnehmen sollte.«

Bernadette war gerührt. Es fiel ihr schwer, den Bissen, den sie im Mund hatte, herunterzuschlucken. Also trank sie einen Schluck Wein. Einerseits wusste sie seinen Beistand zu würdigen, andererseits wollte sie nicht, dass er sie und die anderen Frauen unterstützte. Sie mussten auf eigenen Füßen stehen können.

Graham hob die Hände. »Ich kann Ihr Zögern verstehen und möchte nicht, dass Sie oder die anderen Frauen sich unwohl dabei fühlen. Ich will Ihnen und Ihrer Sache nur helfen, Bernadette.«

Die herrliche Pizza im Bauch und die Aussicht, dass ihre Aktion ein Erfolg werden würde, dazu noch die, von einem wohlmeinenden Mann Beistand zu erhalten, veranlassten Bernadette, es sich anders zu überlegen. »Natürlich können Sie das. Ich glaube, das wäre eine sehr gute Botschaft.«

»Schätze, Bass würde auch gern mitmachen.«

»Mr Bass?« Sie bekam ein flaues Gefühl im Magen. Bass hatte sich schon einmal für sie eingesetzt. Würde ihr Vorgehen ihn enttäuschen?

»Genau der. Er und seine Gattin sind sehr für Frauenrechte.«

Sie legte die Pizza weg und wischte ihre fettigen Finger an der Serviette ab. »Das wusste ich nicht.«

»In der Arbeit spricht er nicht allzu viel darüber, aber ich war bei einigen der Wohltätigkeitsveranstaltungen, bei denen er eine Rede gehalten hat. Ich glaube, er wäre stolz auf das, was Sie gerade tun, und erzürnt über die Art und Weise, wie Wall Sie behandelt.«

Frank, der stets auf den »Wall-Befehl« wartete, packte ihre ölige Serviette und schredderte sie.

Bernadette hob die Fetzen lachend vom Boden auf.

Graham gab Frank schmunzelnd ein Stück seines knusprigen Pizzarands.

Bernadette wandte sich seufzend wieder dem Thema »Wall« zu. »Mein Chef hat so eine Art Herrenklub im Lektorat aufgebaut, gegen den ich einfach nicht ankomme.«

»Sie sind auf dem richtigen Weg. Jedes mit Ihren Initialen abgezeichnete Manuskript, jeder Tag, den Sie im Büro erscheinen, schmälert die Macht des Herrenklubs ein wenig. Und jetzt diese Aktion. Irgendwann muss jemand auf die Probleme aufmerksam werden. Wenn es uns gelingt, Bass ins Boot zu holen, haben Sie Unterstützung von der Verlagsleitung.«

Sie nickte nervös, weil sie nicht wusste, wie sie das anstellen sollte. Mr Bass war … nun, er war Mr Bass. Wenn sie ihm bei Lenox & Park begegnete, brachte sie kaum ein Wort heraus. »Wie sollen wir vorgehen?«

»Ich könnte ihm einen Floh ins Ohr setzen.«

»Das klingt eher so, als würde es ihn verärgern.« Ihre eigenen Ohren begannen bei dem Gedanken daran zu jucken.

Graham lachte. »Sie haben recht. Schlechte Redewendung.«

»Bin ganz Ihrer Meinung.« Bernadette warf Frank den Rand ihrer Pizza zu. Frank fing ihn in der Luft und kaute einmal, bevor er ihn gierig herunterschluckte. »Wenn du so schlingst, erstickst du mir noch, mein Junge. Kau ein bisschen öfter.«

»Wie wär's, wenn ich Mr Bass einfach mal anrufe? Es

kann nicht schaden, die Verlagsleitung auf Ihrer Seite zu haben, wenn alle anderen Walls im Büro überschnappen.«

Als Frank den Namen Wall erneut hörte, tat er, was er immer tat, schnappte sich Grahams Serviette und schredderte auch sie. Graham hob die Fetzen schmunzelnd auf. »Servietten scheint er zu mögen.«

»Ich hätte Sie warnen sollen. W-A-L-L wirkt auf ihn wie ein Trigger.«

Graham lachte. »Herrlich.«

»Sie glauben also nicht, dass Bass versuchen wird, uns aufzuhalten?«

»Nein.« Graham klang zuversichtlich.

»Wenn Sie meinen, dass er uns hilft, vertraue ich Ihnen.«

»Ich hatte schon die Hoffnung aufgegeben, jemals diese Worte aus Ihrem Mund zu hören.«

Sie spürte, wie sie errötete. »Sehr oft sage ich das auch nicht.« Das entsprach der Wahrheit. Irgendwie hatte Graham es geschafft, hinter ihren Schutzwall vorzudringen und ihr bei der Verteidigung gegen Feinde von außen zu helfen.

»Ich fühle mich geehrt, Ihr Vertrauen errungen zu haben.«

»Sie haben es sich verdient, Graham.« Obwohl er nichts sagte, dachten sie beide das Gleiche … Zum ersten Mal hatte sie ihn nicht Mr Reynolds genannt.

21

Der Montag brachte Regen. Nicht nur eine Stunde Nieseln und dann wieder Sonnenschein, sondern die dunklen, dräuenden Wolken und dicken, kalten Tropfen des Herbstes. Der unerbittliche Regen, der Stunden, Tage, möglicherweise sogar eine Woche dauert.

Bernadette hatte nichts gegen den ein oder anderen Schauer. Schließlich war sie auf einer Farm aufgewachsen, wo jede Form von Niederschlag Anlass zum Feiern war.

Doch heute, an dem Tag, an dem sie offiziell ihr eigenes Regelbuch über Bord werfen wollte, wirkte der Regen wie ein schlechtes Omen. Wie eine Warnung des Universums, eine Betonung der Zweifel, die sie plagten, seit sie auf den Revoluzzerzug aufgesprungen war.

Trotzdem stand Bernadette alle dreißig Minuten von ihrem Schreibtisch auf und trat ans Fenster des Lektorats, um hinunter auf den nassen Gehsteig und die düstere Stadt zu blicken und zu hoffen, dass sich die Wolken wie durch ein Wunder verzogen und die Sonne den Boden trocknete. Heute war kein guter Tag für Regen.

Immerhin waren die Wolken nun nicht mehr dunkel-, sondern hellgrau, ein Hinweis darauf, dass der Regen bald nachlassen würde. Hoffentlich vor drei Uhr. Die Arbeitsniederlegung würde stattfinden, egal, ob mit oder ohne Schirm.

Nach dem Mittagessen wirkte Mr Wall hinter seiner Bürotür ziemlich aufgeregt. Er lief auf und ab, knurrte vor sich hin und war so zappelig, dass Bernadette fast erwartete, ihn durchdrehen zu sehen wie Norman Bates in dem Hitchcock-Film und mitzuerleben, wie er die Tür aufriss, um »Mutter« zu rufen.

Der Mann war reif für eine Sitzung beim Psychiater. Oder zumindest für eine Mediation. Doch sosehr sie ihn auch verachtete: Sie wollte nicht, dass er an einem Herzinfarkt starb.

Während sie ihn beobachtete, erstarrte Wall plötzlich und sank auf einen Stuhl. Bernadette fragte sich, ob sie ihn gerade durch Gedankenkraft in eine kardiovaskuläre Notsituation gebracht hatte. Als er blinzelte und sich sein Telefon schnappte, stieß sie einen erleichterten Seufzer aus.

Einmal auf der Farm, sie war etwa sieben Jahre alt, hatte sie ein Huhn hochgehoben, und das war auf ihrem Arm ganz schlaff geworden. Sie hatte gedacht, es sei tot, bis ihre Mutter ihr erklärte, dass Hühner so etwas taten, wenn sie sich fürchteten. Später hatte Bernadette einem Nachschlagewerk entnommen, dass es sich dabei um einen katatonischen Zustand handelte, in den das Huhn in Todesangst verfiel.

Fast hätte Bernadette geschmunzelt. Ihr Chef war zwar kein Huhn, aber ein Feigling und Angsthase.

Heute war sie Wall bisher so gut wie möglich aus dem Weg gegangen und hatte Greene, der gerade zu ihm wollte, gebeten, ein fertig bearbeitetes Manuskript von ihr zu ihm mitzunehmen. Natürlich hatte Greene auf ihre Bitte mit einem Blick reagiert, der sagte, sie könne ihn am Abend besuchen, aber davon war Bernadette nicht beeindruckt gewesen. Je weniger Zeit sie mit Wall allein verbringen musste, desto besser. Schließlich waren seine Avancen ihr gegenüber erst ein paar Tage her, und die Personalabteilung hatte ihr eine Abfuhr erteilt.

Da wurde es vor dem Lektorat unruhig. Bernadette hatte nicht mitbekommen, wer vorbeigegangen war, aber weil

Sarah in Richtung des Flurs nickte, als sollte sie schauen, machte Bernadettes Herz einen kleinen Satz.

Seit ihrer Beichte in dem Café verhielt sich Sarah Bernadette gegenüber bedeutend liebenswürdiger als früher, obwohl da nach wie vor scharfe Kanten und unterirdische Schichten waren, die noch geglättet oder freigelegt werden mussten. Bernadette traute ihr nicht hundertprozentig, nicht nach allem, was sie ihr angetan hatte, doch immerhin kam sie ihr nun schon ein wenig näher, und das machte ihr Hoffnung.

Ein Blick auf die Uhr verriet ihr, dass es bis zur Arbeitsniederlegung um drei noch zwei Stunden waren.

Die Antwort auf ihre Frage kam in Sicht, bevor sie den Flur erreichte – Mr Bass.

Er trug einen makellosen Nadelstreifenanzug, seine silbrig-grauen, perfekt frisierten Haare glänzten. Sie fand ihn heute genauso beeindruckend wie damals bei ihrer ersten Begegnung als Studentin. Er wirkte kein bisschen arrogant, sondern stets zugewandt, weil er aufmerksam zuhörte, wenn jemand etwas sagte.

Bernadette sah, wie er Sarah begrüßte. Ihrer beider Mienen wirkten freundlich. Leider konnte Bernadette nicht hören, was sie redeten. War er hier, weil Graham ihn informiert hatte und er die Arbeitsniederlegung befürwortete? Oder war er gekommen, um sie zu stoppen, bevor sie überhaupt begann?

Mr Bass gehörte der Verlagsleitung an und war nicht jeden Tag im Büro. Seiner Anwesenheit durften sie sich lediglich etwa einmal im Monat erfreuen, wenn eine Konferenz stattfand. Die letzte war erst zwei Wochen zuvor gewesen. Es konnte also kein Zufall sein, dass er jetzt hier auftauchte.

Oder doch? Konnte sein Besuch der Grund sein, warum Wall heute besonders durch den Wind war?

Bernadette war so nervös, dass sie meinte, Ameisen an ihren Haarwurzeln herumkrabbeln zu spüren. Absurd! Sie bewunderte Mr Bass; er war immer nett zu ihr gewesen und hatte ihre Arbeit für Lenox & Park stets unterstützt. Bernadette wischte die feuchten Hände an ihrem Rock ab und setzte sich in Bewegung, um ihn zu begrüßen, als Wall aus seinem Büro stürmte, sie mit einem wütenden Blick bedachte und auf Mr Bass zumarschierte.

Sie kehrte an ihren Schreibtisch zurück. Nun würde sie auf eine bessere Gelegenheit warten müssen, denn Wall zu stören und eine Demütigung zu riskieren war keine gute Idee.

Also beobachtete sie, wie Wall Mr Bass die Hand schüttelte und so tat, als wäre er ein aufrechter Bürger dieses Landes, kein Schürzenjäger und Frauenhasser.

Wall zwirbelte ein Ende seines Schnauzers. Vielleicht ein Hinweis darauf, dass ihn Mr Bass' Anwesenheit verunsicherte. Wie zur Bestätigung dieser Vermutung blickte Wall in Bernadettes Richtung, und das wässrige Blau seiner Augen gefror förmlich.

Bestimmt wusste er, dass sie in der Personalabteilung gewesen war. Obwohl der dortige Chef sich geweigert hatte, ihre Meldung aufzunehmen, hatte er Wall mit Sicherheit über ihre Beschwerde informiert. Aber vermutlich wusste er nicht, dass Graham Bass in Kenntnis setzen würde, was bedeutete, dass er innerlich höchstwahrscheinlich gerade ein Desaster erlebte.

Gut so.

Denn sie sollte nicht die Einzige sein, die hier unter Nervosität litt. Eigentlich sollte sie überhaupt nicht nervös sein. Verletzt, angewidert, bereit, ihm den Schnurrbart auszureißen – ja. Wall war ein Schmarotzer, und er verdiente es, verunsichert, entlarvt und mit dem Müll entsorgt zu werden.

Wenig später schob Mr Bass sich an Wall vorbei. Die Aktion wirkte, als versuchte Wall, sich ihm in den Weg zu stellen. Er verlor den Kampf. Am Ende betrat Mr Bass das Lektorat, wo er sein Jackett glattstrich, als wollte er Walls Dummheit abstreifen.

Bernadette tat so, als hätte sie das nicht bemerkt, verbarg jedoch ihr Schmunzeln nicht.

»Miss Swift.« Mr Bass begrüßte sie seinerseits mit einem aufrichtigen Lächeln, als er auf sie zukam, und sie stand hastig auf, um ihm die Hand zur Begrüßung hinzustrecken.

»Mr Bass. Sehr erfreut, Sie zu sehen.«

»Die Freude ist ganz meinerseits. Ich höre Gutes über Ihre Arbeit und finde es schön, dass sie zur Lektorin befördert wurden.«

Ihre Gedanken überschlugen sich. Erstens: Er hörte Gutes über ihre Arbeit. Und zweitens: Er hatte nichts von »probehalber« erwähnt. Hatte er das Wort vergessen?

»Lenox & Park kann sich glücklich schätzen, Sie an Bord zu haben«, fuhr er fort.

Sollte das »dauerhaft« heißen? Bernadette presste die Finger gegeneinander. Während ihr Gehirn unaufhörlich ratterte, nickte sie nach außen einfach nur freundlich, bedankte sich und erklärte, wie gern sie für den Verlag tätig sei.

»Wie ich weiß, hatten Sie wesentlichen Anteil an der Rettung der Promibiografie.«

Bernadette bekam einen trockenen Mund. Woher wusste er das? Offenbar stand die Frage ihr ins Gesicht geschrieben, denn er meinte: »Ich habe Ihre Anmerkungen am Rand erkannt. Eine Swift-geprüfte Korrektur.« Als Mr Bass ihr zuzwinkerte, wurde ihr ein wenig schwindelig.

Da tauchte Wall hinter Mr Bass auf, über dessen Schulter sie sah, wie Walls sonst eher gräuliche Wangen einen feurig roten Ton annahmen.

Sie bedankte sich. »Die Arbeit daran war ziemlich anspruchsvoll, aber ich habe die Herausforderung angenommen.«

Wall verzog das Gesicht, das fast lila anlief.

Als Bass den Kopf halb zu Wall wandte, war seinem Profil anzumerken, dass er sich nicht bemühte, seine Verachtung für den Mann zu verbergen. »Benötigen Sie etwas, Wall?«

»Nein, nichts, Sir«, stammelte Wall. »Freut mich, Sie zu sehen, Sir.« Er kehrte, abgewiesen von Mr Bass, schleppenden Schrittes in sein Büro zurück. Ohne das für ihn so typische Türenknallen. Nur ein leises Klicken war zu vernehmen, das lauter sprach als jedes Getöse an einem normalen Tag.

»Weiter so, Miss Swift. Hier gibt es abgesehen von Memoiren noch viele andere Herausforderungen, das ist mir klar. Sie sollen wissen, dass Sie und Ihre Arbeit geschätzt werden. Sie sind eine echte Führungskraft. Ich hoffe, noch lange genug in diesem Verlag zu sein, um Sie bei Lenox & Park aufsteigen zu sehen.«

Bis zu dem Augenblick war Bernadette nicht bewusst gewesen, wie sehr sie sich gewünscht hatte, diese Worte aus dem Mund eines der Verlagschefs zu hören. Zu erfahren, wie viel man am Arbeitsplatz wert war, bedeutete, den Status im Unternehmen zu kennen. Ihre Sorge, gefeuert zu werden und wieder von vorn anfangen zu müssen, schmolz dahin wie Butter in der Sonne. »Ich weiß Ihre Unterstützung zu würdigen, Mr Bass, und fühle mich geehrt, aus Ihrem Munde davon zu hören.« Sie fragte sich, was Greene, Marshall und Evans dachten, die fast von ihren Stühlen rutschten, um zu erhaschen, was Mr Bass mit ihr redete.

Fischer warfen ihre Netze aus, um die größten Fische zu fangen, bei Büroschleimern war es nicht anders. Vielleicht würden sie einige ihrer Vorurteile ablegen. War es zu gewagt zu hoffen, dass sie dieses Büro eines Tages betreten konnte, ohne mit Verachtung gestraft zu werden? Oder beäugt? Oder anderes?

Mr Bass nickte, beugte sich ein wenig vor und sagte so leise, dass niemand sonst es verstehen konnte: »Bis heute Nachmittag.« Dann zwinkerte er ihr zu und schlenderte durch den Raum, um sich kurz mit den anderen Lektoren zu unterhalten.

Bis heute Nachmittag, hatte er gesagt.

Wollte er bei der Arbeitsniederlegung mitmachen?

Das war … der Wahnsinn.

Mit ziemlicher Sicherheit saß Mr Bass nicht an einem Tisch mit männlichen Chefs, die Frauen gleiche Chancen einräumen wollten, auch wenn das Gesetz, das genau das vorsah, gerade verabschiedet worden war. Doch wenn er mit den Frauen im Unternehmen und mit Graham hinausginge, würde das klar und deutlich zeigen, auf wessen Seite er stand.

Bernadette nahm einen Stift in die Hand und blätterte in *Webster's Third*. Sich zu konzentrieren, fiel ihr schwer, aber sie gab sich große Mühe, damit keiner der Korrektoren, die nach ihr den Text durchgingen, sich fragte, was in sie gefahren war, weil sie so viele Fehler machte oder übersah. Sie überprüfte ihre Arbeit dreifach, indem sie nicht nur ihre eigenen Korrekturen, sondern sicherheitshalber auch den Text noch ein weiteres Mal durchlas.

Die Zeit verging unendlich langsam. Beim Arbeiten rutschte sie unruhig auf ihrem Stuhl hin und her, versuchte, die Minuten schneller vergehen zu lassen, sich abzulenken, ohne Erfolg. Das Blut kochte in ihren Adern, sie hatte Ohrensausen, ihre Haut prickelte vor Nervosität. Endlich war es Viertel vor drei. Bernadette stand von ihrem Schreibtisch auf; vor Aufregung zitterten ihr leicht die Knie. Sie ging zur Damentoilette, zum Teil weil sie sie tatsächlich brauchte, zum Teil jedoch auch, um in Ruhe tief durchatmen zu können.

Wall würde sich über die Arbeitsniederlegung nicht freuen – allerdings fragte sie sich, wie lange er benötigen würde, ihre und Sarahs Abwesenheit zu bemerken, da sie die einzigen Frauen in der Abteilung waren. Aber was konnte er schon dagegen unternehmen, wenn Mr Bass sich auf ihre Seite stellte?

Sarah betrat kurz nach ihr die Toilette. Statt ihrer üblichen beigefarbenen Bluse trug sie eine hellrosafarbene, die die goldenen Flecken in ihren braunen Augen gut zur Geltung brachte. »Ich bin schrecklich nervös.« Sie schüttelte die Hände, als könnte sie diese nervöse Energie mit dem Wasser herunterspülen.

»Wir werden von mindestens einer Person aus der Verlagsleitung unterstützt«, teilte Bernadette ihr mit vor Aufregung bebender Stimme mit.

Sarah machte große Augen. »Tatsächlich?«

»Ja.«

»Dann werde ich also heute Abend noch einen Job haben. Gut zu wissen.«

Bernadette lachte. »Darüber habe ich mir auch Sorgen gemacht.«

»Wall ist unberechenbar.«

»Wie ein Fuchs im Käfig, bereit, sich durch die Metallstäbe zu beißen.«

Sarah schmunzelte. »Ja, wie ein tollwütiger Fuchs.« Dann wurde sie ernst. »Es tut mir wirklich leid, dass ich dachte, Sie könnten … würden …«

Bernadette machte das einzig Richtige, das, was sie als Kind gelernt hatte. »Ich verzeihe Ihnen.«

Sarah traten Tränen in die Augen. Sie blinzelte sie weg und atmete deutlich hörbar aus. »Gott sei Dank.«

Sie verließen die Toilette gemeinsam, beide mit ihren Handtaschen. Draußen ernteten sie den ein oder anderen neugierigen Blick, aber niemand fragte, was sie vorhatten. Im Aufzug schlüpften sie aus ihren Pumps und in ihre Keds. Auf dem Weg nach unten gesellten sich weitere Kolleginnen zu ihnen.

Im Erdgeschoss strömten sie unter Kichern und aufgeregtem Geschnatter aus dem Lift. Die Energie der Frauen erzeugte in Bernadette ein Gefühl der Leichtigkeit, weswegen sie praktisch zu Melanies Schreibtisch schwebte, die ebenfalls ihre Turnschuhe anzog.

»Das ist unglaublich, Bernadette«, schwärmte Melanie. »Und war das Mr Bass, der da vorhin nach oben gefahren ist?«

»Ja. Ist er inzwischen wieder heruntergekommen?«

»Vor ein paar Minuten, mit Graham. Sie sind hinausgegangen. Zu einer Besprechung, dachte ich.«

Bernadette leckte nervös ihre Lippen. Hatten die beiden Männer es sich anders überlegt? Warum auch sollten sie Unruhe bei ihren männlichen Kollegen stiften, wenn sie sich bequem im Hintergrund halten konnten? Verdenken hätte sie es ihnen nicht können, obwohl es sie sehr enttäuscht hätte.

Doch in dem Moment, in dem sie hinaus in den grauen, aber immerhin nicht mehr regnerischen Nachmittag trat, verflüchtigten sich diese Bedenken. Graham und Mr Bass warteten mit einigen anderen Männern und Dutzenden von Frauen, von denen die meisten pink gekleidet waren.

»Sie haben's einrichten können«, presste Bernadette ziemlich nervös hervor.

Graham nickte und verzog einen Mundwinkel leicht nach oben, wobei sich sein Grübchen abzeichnete. »Das wollte ich mir keinesfalls entgehen lassen.«

»Miss Swift, Sie erinnern sich sicher an meine Frau

Jane.« Mr Bass blickte seine Gattin voller Bewunderung an, was Bernadette zutiefst beeindruckte.

»Was für eine Überraschung, Sie hier zu sehen«, begrüßte Bernadette sie erfreut.

»Ja, was für eine Überraschung«, pflichtete Jane ihr verschwörerisch bei.

Der New Yorker Verkehrslärm trat in den Hintergrund, verstummte fast. Als Bernadette erstaunt über die Stille den Blick hob, bemerkte sie, wie aus mehreren Gebäuden weitere Frauen strömten. Frauen, mit denen sie noch nie gesprochen hatte, die sie nicht kannte oder erkannte. Frauen, die irgendwie durch Mundpropaganda erfahren hatten, dass sie heute die Arbeit niederlegen, sich über ihre Probleme austauschen und ihre Kräfte bündeln würden.

»Wow«, murmelte Bernadette und presste die Handflächen aneinander. »Ich hoffe nur, dass das tatsächlich etwas bewirkt.«

»Das tut es bereits, im Leben jeder dieser Frauen.« Melanie stieß sie mit der Schulter an und deutete auf die Menge. »Ohne dich wäre keine von ihnen hier.«

»Hoffentlich funktioniert's.« Bernadettes Worte klangen wie ein Gebet an das Universum.

»Etwas wird sich ändern«, meinte Melanie.

Bildete Bernadette sich das nur ein, oder wurde der Verkehrslärm wieder lauter?

»Wollen wir?« Bernadette stellte sich auf die Zehenspitzen und klatschte begeistert in die Hände. »Caffe Shakespeare wird heute so viele Gäste begrüßen wie noch nie.«

Auf dem Weg die Fifth Avenue entlang erregten sie, heute mehr Menschen als tags zuvor, tatsächlich Aufsehen.

Aus einigen Taxis drangen Rufe, sie sollten zurück in ihre jeweiligen Gebäude gehen. Etliche Männer eilten heraus, um den Frauen zu drohen, dass sie entlassen werden würden. Doch was sollten die Kerle machen? Nur wenn die Frauen sich Gehör verschafften, würde sich etwas ändern.

Als sie ihren Kaffee bestellt hatten, trafen auch Penelope und die anderen Frauen vom Buchklub ein.

Jane Bass begrüßte Patty, umarmte sie und machte sich mit ihr auf die Suche nach einem Tisch.

Flankiert von Penelope und Melanie schaute Bernadette ihnen nach, erstaunt und sehr glücklich darüber, Patty hier zu sehen.

Graham plauderte mit Mr Bass an der Tür, den Blick die ganze Zeit auf Bernadette gerichtet. Sie lächelte ihm immer wieder zu, dachte dabei an ihr Pizzaessen und wie er sie nach Hause begleitet hatte. Wie sie vor ihrer Wohnung nicht gewusst hatte, ob sie ihn umarmen oder ihm die Hand schütteln sollte, und ihm am Ende zum Abschied ein wenig unbeholfen zugewinkt hatte.

Wie sie hineingegangen war, das Radio eingeschaltet und zu »He's So Fine« von den Chiffons getanzt hatte, während Frank sie begeistert umkreiste. Sogar jetzt noch meinte sie, den Rhythmus zu spüren.

»Dich hat's ganz schön erwischt«, flüsterte Melanie und nickte ihren Freundinnen zu. »Hab ich recht?«

»Wie meinst du das?«

»Wie du schaust«, antwortete Penelope. »So habe ich früher Victor angeschaut.«

Bernadette wäre am liebsten zum nächstgelegenen Spiegel geeilt, um sich anzusehen. Doch mittlerweile waren sie am vorderen Ende der Schlange angelangt, und sie sehnte sich nach einem Kaffee.

»Wie war die Pizza gestern Abend? Du hast noch gar nichts erzählt«, erklärte Melanie.

»Wir wollen alle pikanten Details hören.« Penelope wackelte vielsagend mit den Augenbrauen.

»Ja, die Pizza war tatsächlich pikant«, entgegnete Bernadette lachend. »Und er hat sich benommen wie ein perfekter Gentleman.«

»Wie langweilig.« Melanie verdrehte die Augen.

Bernadette grinste. »Er hat mich nach Hause gebracht.«

»Und?« Melanie beschrieb mit der Hand eine Kreisbewegung, um sie zum Weiterreden zu animieren.

»Ich war verlegen wie immer.«

Penelope lachte. »Nun sag bloß nicht, dass du wieder so gewunken hast wie damals bei dem süßen Colin, als er dich vor unserem Schlafsaal im College abgeliefert hat.«

Bernadette seufzte tief. »Genau das habe ich gemacht.«

Penelope presste die Hand aufstöhnend gegen die Brust, als würde sie gleich umkippen. »Armer Graham.«

»Ihn scheint's nicht sonderlich gestört zu haben.« Melanie blickte in Grahams Richtung. »Er schaut die ganze Zeit zu dir herüber.«

»Stimmt. Vielleicht hast du endlich deinen Winkpartner gefunden«, meinte Penelope.

»Er liebt Hunde. Und Frank liebt ihn.« Das machte ihn für Bernadette zum perfekten Partner.

»Eine himmlische Verbindung.« Penelope und Melanie steckten die Köpfe zusammen, als wollten sie kitschig-romantische Szenen aus Büchern Revue passieren lassen.

»Ich kann ihn gut leiden.« Als Bernadette merkte, wie sie rot wurde, wenn ihre und Grahams Blicke sich trafen, sah sie schnell weg. »Sogar sehr gut.«

»Dann geh rüber und rede mit ihm.« Penelope stieß Bernadette an, reichte ihr den Kaffee, den sie bestellt hatte, und eine zweite Tasse, die auf dem Tresen stand. »Jetzt ist die Gelegenheit, die Sache mit dem Winken auszubügeln. Bring ihm den Kaffee.«

Während Bernadette lächelnd an dem ihren nippte, sah sie Graham über den Rand ihrer Tasse hinweg an. Er beobachtete sie, und sie konnte den Blick ebenfalls nicht abwenden. Plötzlich setzten sich ihre Beine wie von selbst in Bewegung.

Als sie ihn erreichte, stellte sie fest, dass ihr Mund trocken und ihre Zunge zentnerschwer war.

»Gut gemacht, Miss Swift«, lobte Mr Bass sie.

»Danke, Sir.«

Er nickte und schaute zu seiner Frau hinüber. »Ah, meine wunderbare Gattin hat mir einen Tee organisiert.« Mit diesen Worten entfernte er sich.

Nur noch sie und Graham. Sie blickten einander an.

»Danke.« Bernadette gab ihm den Kaffee trotz der unvermittelten Gefühllosigkeit in ihren Fingern, ohne einen Tropfen zu verschütten.

»Gern geschehen – und danke Ihnen.« Er stieß mit ihr an. »Aber um das auch mal zu sagen: Sie müssen mir nicht danken. Ich wollte Ihnen helfen und unterstütze Ihre Mission.«

Bernadette fragte sich, ob er an mehr interessiert war als an ihrer Mission. Ob ihr Winken möglicherweise vollkommen angemessen gewesen war, weil er sowieso nicht auf eine Umarmung oder einen Kuss mit in ihre Wohnung gekommen wäre. Vielleicht hatte es sich ja gar nicht um eine Verabredung gehandelt.

Ihre Gedanken fuhren Karussell.

»Wie geht's Frank?«

»Der hat einen Kater von der Pizza.«

Graham schmunzelte. »Ich hoffe, wir können ihm bald mal wieder eine Pizza spendieren.«

Also hatte er doch Interesse? »Das würde ihm gefallen. Ich werde heute einen besonders langen Spaziergang im Park mit ihm machen.«

»Soll ich mitgehen?«

Die Antwort, die sie ihm jetzt gab, würde ihre Beziehung verändern. Sie konnte ihm einen Korb geben, dann würde er sie höchstwahrscheinlich nie wieder fragen. – Obwohl Graham beharrlich war. Sie konnte dem, was da gerade zwischen ihnen aufkeimte, einen Riegel vorschieben. Und deswegen leiden.

Oder Ja sagen. Und sie konnten dem Pflänzchen ihrer Zuneigung eine Chance geben.

Vielleicht mochte er ja einfach nur Hunde und war gern mit Frank zusammen.

»Frank würde sich freuen.«

Graham hob eine Augenbraue und verzog die Lippen zu einem kleinen Lächeln. »Und Sie?«

Also ging es ihm nicht nur um Frank. Sie presste die Finger so fest um die Tasse, dass sie sie nicht mehr spürte.

»Ich würde mich auch über Ihre Gesellschaft freuen.«

Grahams Lächeln wurde breiter, sein Grübchen trat deutlich hervor. »Was sind Sie nur für eine faszinierende Frau, Bernadette.«

Irgendwo im Hintergrund begann »Then He Kissed Me« von den Crystals zu spielen. Fast schien es ihr, als würden gerade sämtliche Musikstücke die Themen ihres Lebens kommentieren. Sie holte tief Luft, während sie die Tasse an die Lippen hob, und verschluckte sich. Bernadette musste so stark husten, dass der Kaffee sich über die Vorderseite von Grahams Hemd ergoss.

Er nahm ihr lachend die Tasse aus der Hand, bezeichnete sie als Waffe und klopfte Bernadette auf den Rücken. »Alles in Ordnung?«

Sie hustete noch ein wenig weiter, Tränen liefen ihr über die Wangen, dann begann auch sie zu lachen. »Gott, wie sehe ich bloß aus?«

»Hey, das könnte ich auch sagen.« Er deutete grinsend auf sein Hemd.

»Das lasse ich für Sie waschen. Ich kenne da eine wunderbare Reinigung.«

Graham schüttelte den Kopf so heftig, dass ihm die Haare in die Stirn fielen. »Hier schließt sich der Kreis. Keine Chance.«

»Sie sind eben ein echter Gentleman. Aber im Ernst: Ich habe Ihr Hemd ruiniert, also sollte ich für die Reinigung sorgen.«

»Ich denke, das war nicht Ihre Schuld.«

»Doch, natürlich. Ich habe Sie mit Kaffee vollgespuckt.«

»Und ich habe Sie dazu gebracht, sich zu verschlucken.«

Da fielen ihr seine Worte wieder ein: *Was sind Sie nur für eine faszinierende Frau, Bernadette.*

Das hatte ihr noch niemand gesagt. Angenehme Wärme breitete sich in ihrem Körper aus, als läge sie in einer Badewanne.

»Ich glaube, es war weniger ein Verschlucken. Sie haben mir den Atem geraubt.«

Nun war es an Graham, sich zu verschlucken.

22

Die Errungenschaften eines Moments halten nicht immer lange. Die Welt dreht sich, sodass auf der einen Seite die Sonne scheint und auf der anderen Dunkelheit herrscht. Etwa so fühlte sich die Verlagswelt an. Die gestrige Arbeitsniederlegung, der Marsch tags zuvor, die Unterstützung durch Mr Bass und Graham – das alles hatte Bernadette vor Freude Pirouetten drehen lassen.

Doch offenbar war sie zu schnell gewirbelt und auf der falschen Seite des Loop aufgewacht.

Sich morgens fertig zu machen, war leicht gewesen.

Die Busfahrt war leicht gewesen.

Sogar aus dem Bus auszusteigen und den Gehsteig voller Menschen zu betreten, war leicht gewesen.

Aber von der Haltestelle zum Gebäude von Lenox & Park zu gelangen, hatte sich als nahezu unmöglich erwiesen.

Davor marschierten ganz in Schwarz gekleidete Männer auf und ab, die aussahen, als kämen sie von einer Beerdigung. Sie hielten Plakate mit der Aufschrift *Equal Pay Act rückgängig machen* oder *Go Home* oder *Stoppt Ungerechtigkeit, rettet die Männer*. Das alles riefen sie auch, und Schlimmeres.

Bernadette blieb am äußeren Rand der Gruppe stehen und versuchte, sich darüber klar zu werden, was da geschah. Vielleicht schlief sie noch und befand sich in einem Albtraum. Doch die kalte morgendliche Herbstluft und die Rufe, die ihr entgegenschallten, waren real. Es handelte sich um einen Protest gegen die Frauenbewegung. Dass er vor dem Verlagsgebäude stattfand, in dem sie arbeitete, konnte nur eines bedeuten: Er war die Retourkutsche für ihre eigene Aktion.

Die feindselige Haltung der Männer stand in krassem Widerspruch zum Vorgehen ihrer Freunde und Freundinnen. Sie waren friedlich gewesen. Hatten Zusammenhalt demonstriert, gezeigt, dass nichts mehr weiterging, wenn sie das Büro verließen. Letztlich war die gesamte Branche an dem Tag zum Erliegen gekommen. Obwohl die Frauen in sämtlichen Positionen und Abteilungen benachteiligt wurden, waren sie das Rückgrat der Arbeit, der Kleber, der die Seiten mit den Buchrücken verband. Ohne sie fiel alles auseinander.

Die Aggressivität der Rufe erschreckte Bernadette. Sie suchte die Menge in der Hoffnung, irgendjemanden überzeugen zu können, dass sie mit diesem Unsinn aufhörten, nach einem vertrauten Gesicht ab. Doch leider kannte sie niemanden.

Bernadette hatte zwei Optionen: Entweder sie bahnte sich einen Weg durch die feindlichen Horden, um ins Gebäude zu gelangen, oder sie kehrte nach Hause zurück.

Umzukehren bedeutete aufzugeben, und das hatte sie noch nie getan. Obwohl die Protestierenden sie verunsicherten, würden sie es nicht schaffen, sie am Betreten des Verlags zu hindern. Nein, das konnte sie nicht mit sich machen lassen.

Mit ihrem besten harmlosen Lächeln versuchte sie, die Männer zu passieren. Sie nickte, murmelte freundlich »Guten Morgen«, ohne Erfolg. Denn genau das, was sie gerade tun wollte – ins Büro gehen –, widersprach ihrer Mission. Wie Wölfe, die Blut wittern, wandte das Rudel sich gegen sie.

Männer schubsten sie, fassten sie an, schoben sie weg. Sie hätte gern die Techniken eingesetzt, die ihr Bruder ihr beigebracht hatte: ihnen die Finger in die Augen drücken. Ihnen auf die Zehen oder in die Eier treten. Aber sie wollte nicht, dass das Ganze in Gewalt ausartete.

Ein Mann rief: »Verschwinde! Du gehörst nicht hierher!« Und zwar so nahe an ihrem Gesicht, dass sie seinen stinkenden Atem spürte und roch.

»Entschuldigung«, sagte sie anfangs noch leise, dann lauter und wütender, während sie sich durchzuquetschen versuchte. Ihr Rücken wurde feucht; der Schweiß darauf fühlte sich im Gegensatz zur Hitze ihrer Wut kalt an.

Doch die Männer kamen noch näher heran, bis sie sie von allen Seiten berührten. Bis sie am liebsten laut geschrien und sich übergeben hätte. Wie sehr sie sich wünschte, Ben an ihrer Seite zu haben, der sich leider selbst gerade in einem Kriegsgebiet aufhielt.

»Entschuldigung«, wiederholte sie noch lauter, wieder ohne Erfolg. Wenn sie schob, wurde sie mit der zehnfachen Kraft zurückgestoßen.

Sie wollten sie nicht in das Verlagsgebäude lassen, nicht einmal in die Nähe des Eingangs, möglicherweise hatten sie sogar Schlimmeres mit ihr vor. Bernadette drückte stärker, sie pressten zurück. Jemand kniff sie so fest in den Po, dass sie mit Sicherheit einen blauen Fleck bekommen würde. Sie stampfte kreischend mit dem Fuß auf, freute sich, einen Schmerzensschrei zu hören. Zum Teufel mit der Höflichkeit! Bei all den anzüglich grinsenden Gesichtern um sie herum war es schwierig festzustellen, wer ihren Po attackiert hatte.

»Wie können Sie es wagen!«, rief sie und drückte tretend und kickend weiter.

Das schien die animalische Wut der Männer nur anzustacheln.

»Lasst sie rein, bevor ich die Polizei rufe!«, erklang Melanies laute Stimme von irgendwoher nahe des Eingangs, von wo genau, konnte die eingekeilte Bernadette nicht erkennen. »Soll Gary hier euch eins mit dem Knüppel überbraten?«

»Lösen Sie die Versammlung auf.« Garys drohende Stimme übertönte die Menge. Zur Warnung schlug er mit seinem Knüppel gegen Metall.

Obwohl sie spöttisch das Gesicht verzogen, wichen sie zurück. Bernadette ertrug gern allen Spott der Welt, wenn sie sie nur ja nicht mehr anfassten. Sie stolzierte hoch erhobenen Hauptes zum Eingang, doch sobald sie über der Schwelle war, begannen ihre Knie zu zittern, und ihre Finger bebten so stark, dass sie Lunchbeutel und Handtasche fallen ließ und wohl selbst zu Boden gesunken wäre, wenn Melanie sie nicht gestützt hätte.

»Zeig ihnen nicht deine Schwäche«, flüsterte Melanie ihr zu, deren Worte, Nähe und Vertrautheit tröstend auf Bernadette wirkten. »Genau darauf sind sie doch aus.«

Bernadette sah den Wachmann Gary an, der mit strengem Blick durch die Glastüren hinausschaute. »Danke, Gary. Ich weiß nicht, wie ich …«

»Mach dir darüber keine Gedanken«, meinte Melanie. »Hier bist du in Sicherheit. Ich habe die Polizei informiert. Die Beamten werden die Versammlung auflösen oder zumindest dir und jedem, der sonst noch ins Gebäude rein oder aus ihm raus möchte, helfen.«

Bernadette nickte. Zur Mittagspause würde sie die sicheren Mauern von Lenox & Park nicht verlassen, das stand fest. Vielleicht konnte sie ja unter ihrem Schreibtisch schlafen. Und sie würde Mrs Morris bitten, Frank zu sich zu holen.

»Alles in Ordnung?«, Melanie strich Bernadette besorgt über die Haare.

»Ich berapple mich schon wieder.« Als Bernadette ihr Spiegelbild in den glänzenden Aufzugtüren sah, merkte sie, wie falsch ihre Worte klangen. »Gott, wie schau ich denn aus?«

Ihre Bluse hing aus dem verdrehten Rock, an ihrer Jacke fehlte ein Knopf, und am allerschlimmsten: Ihr pinkfarbenes Stirnband mit dem glitzernden »B« in der Mitte war weg. Als sie hinausblickte, entdeckte sie, dass ein Mann es trug, Grimassen in ihre Richtung schnitt und mit den Händen fuchtelte.

Weswegen sie dieses Stirnband keinesfalls mehr zurückwollte. Bestimmt würde sie sich jedes Mal, wenn sie es überstreifte, an diesen Moment erinnern.

»Soll ich dir die Haare richten?« Melanie trat an ihren Schreibtisch, zog eine Schublade heraus und hielt wie zur Schlacht vorbereitet eine Bürste und einen Kamm hoch.

Bernadette nickte, unfähig, etwas zu sagen. Sie fürchtete, dass ihre Benommenheit sich in einen unverständlichen Wortschwall verwandeln würde. Das da draußen hatte ihr eine Höllenangst eingejagt. Dies war die kampfähnlichste Situation, die sie je erlebt hatte, und wenn ihr Bruder sich tagtäglich im Angesicht von feindlichen, bewaffneten Soldaten mit so etwas konfrontiert sah ... Sie bekam eine Gänsehaut.

»Gary, übernimmst du mal kurz das Telefon?«, rief Melanie über die Schulter, während sie Bernadette in Richtung der Toilette steuerte.

»Kein Problem, mach ich gern, Melly.«

»Melly?«, fragte Bernadette schmunzelnd.

Melanie kicherte, wie sie es wohl als Kind getan hatte, wenn ein Junge auf einem Zettel, der in der Klasse herumging, das Kästchen »mag ich« für sie angekreuzt hatte. »Ich glaube, das könnte was werden mit uns beiden.«

»Das musst du mir genauer erzählen.«

»Im Caffe Shakespeare, kommendes Wochenende.«

»Ja, bitte.«

In der Toilette ordnete Bernadette ihre Kleidung und Melanie frisierte ihr die Haare so, dass sie ihr Gesicht umrahmten. Aber ohne ihr Markenzeichen, das Stirnband, fehlte etwas, und sie fühlte sich verletzlich. Sie erneuerte ihren Lippenstift, zog eine frische Strumpfhose an und warf die alte in den Müll. Obwohl diese wunderbarerweise bei dem Handgemenge keinen Schaden genommen hatte, kam sie sich so sauberer vor.

Im Eingangsbereich hatte Gary ihre Handtasche und ihren Lunchbeutel aufgehoben und auf Melanies Schreibtisch gelegt. Durch die Fenster sah Bernadette nach wie vor die Demonstranten draußen, allerdings auch Polizisten in Uniform. Einige Männer entfernten sich, andere ließen sich nicht vertreiben und riefen stolz weiter abfällige, sexistische Parolen.

»Kommst du zurecht?« Melanie verzog angewidert den Mund, während sie hinausblickte.

»Danke, mach dir keine Sorgen. Ich schaffe das schon, wirklich.« Bernadette hoffte, dass ihr Lächeln ihre Worte bestätigte, obwohl sie sich nach wie vor beschmutzt und unsicher fühlte.

»Gern geschehen. Ich geb dir Bescheid, wenn sie sich vom Acker machen. Vielleicht schon mittags.« Melanie zuckte mit den Achseln, aber der Blick, den sie mit Gary wechselte, verriet, dass sie das selbst nicht glaubte.

Bernadette umarmte ihre Freundin und fuhr hinauf in den elften Stock. Währenddessen massierte sie ihre Arme, obwohl es gar nicht so kühl war. Vielmehr verursachte ihr die Tatsache, dass ein Wildfremder sie so fest in den Po gekniffen hatte, nach wie vor eine Gänsehaut.

Sarahs Augen verengten sich, als Bernadette sich ihr näherte. Offenbar war ein Teil ihrer Feindseligkeit zurückgekehrt. Wandel dauerte eben. Möglicherweise verspürte

Sarah auch das Bedürfnis, im Büro weiter ihre Maske zu tragen. »Heute ohne Stirnband?«

»Wie haben Sie's unbeschadet hier reingeschafft?«

»Tja …« Sarahs Feindseligkeit verflüchtigte sich. »Als ich herkam, waren da draußen bloß ein paar, und ich bin zufällig aus derselben U-Bahn gestiegen wie etliche Kollegen. In der Gruppe kann man sich sicherer fühlen.«

»Ich war allein. Das Stirnband ist ein Kollateralschaden.« Bernadette drückte ihre Handtasche fester gegen den Körper, als könnte sie das trösten.

»Ich koche Ihnen einen Kaffee.« Sarahs Stimme klang sanft, fast schon sympathisch, und ihr Mitleid wirkte verwirrend ehrlich.

Bernadette machte den Mund auf, um zu widersprechen. Sie brauchte keine Gefälligkeiten von Sarah. Doch Sarah hob die Hand. »Das ist das Mindeste, was ich tun kann.«

»Danke«, presste Bernadette aus einer Kehle hervor, die sich so eng zugeschnürt anfühlte, als läge ihr Stirnband darum und unsichtbare Hände drückten immer fester zu.

»Gern geschehen.«

Bernadette begrüßte ihre Kollegen wie üblich mit einem »Guten Morgen«. Keiner reagierte mit mehr als einem Brummen. Das war nichts Ungewöhnliches, sie grüßten auch sonst nicht zurück, doch in ihrem Neandertalerstil der Kommunikation schien noch mehr Abneigung als sonst mitzuschwingen. Sie verstaute Handtasche und Lunchbeutel und betrachtete die Manuskriptstapel auf ihrem Schreibtisch. Immerhin konnte sie in ihre Arbeit abtauchen.

Als sie sich setzte, bekam sie aus den Augenwinkeln mit, wie Marshall aufstand. Sie schenkte ihm keine Beachtung. Er räusperte sich. Bernadette vermutete, dass er etwas brauchte. Vielleicht einen Stift, ein Farbband für die Schreibmaschine, um sie irgendwie zu beleidigen. Die

Hände in die Hüften gestemmt, sah er sie von oben herab an. Augenbrauen und Lippen waren gekräuselt wie bei einer Fächermappe.

Im Moment besaß Bernadette nun wirklich nicht die Geduld, sich mit ihm zu befassen.

»An den Demonstranten da draußen sind Sie schuld.« Seine Stimme triefte vor Ressentiment und Verachtung.

Bernadette wandte sich dem Manuskript zu, mit dem sie beginnen wollte, und erwiderte: »Wohl kaum.«

»Meinen Sie denn, die wären da, wenn Sie diese lächerliche Arbeitsniederlegung nicht inszeniert hätten? Wir haben hier Deadlines, wissen Sie?«

»Möglich.« Bernadette führte eine Korrektur aus.

»Miss Swift, hier geht es nicht darum, was möglich ist.« Marshalls Stimme wurde höher wie bei einem Kind kurz vor einem Tobsuchtsanfall.

Bernadette legte verärgert seufzend den Stift weg und wandte sich Marshall zu. »Ihre Plakate, Aktionen und Worte richten sich gegen die Frauenbewegung. Egal, ob ich etwas tue oder nicht: Allein die Tatsache, dass ich ins Büro komme, reicht für ihren Protest.«

Marshall atmete deutlich hörbar durch die Nase aus. »Sie haben Aufmerksamkeit erregt.«

Bernadette verschränkte die Arme vor der Brust. Was für ein Volltrottel! Sie war mit ihrer Geduld am Ende.

»Wer hat Ihnen denn ins Porridge gepinkelt?« Sarah stellte eine Tasse mit dampfendem Kaffee vor Bernadette hin. »Man gibt nicht dem Opfer die Schuld, das gehört sich nicht.«

Vor Wut kochend, saugte Marshall die Luft zwischen den Zähnen ein und konzentrierte sich auf Sarah. Seine Lippen zuckten, er schien einiges erwidern zu wollen, nichts davon bürogeeignet.

Doch bevor er etwas sagen konnte, überraschte Evans

sie alle, indem er sich zu Wort meldete: »Kommen Sie, Marshall. Die da draußen sind Arschlöcher. Wenn Sie anderer Meinung sind, können Sie ja zu denen rausgehen.«

»Genau«, meinte Greene und betonte das Wort, indem er den Wagen seiner Schreibmaschine betätigte. »Wir brauchen Miss Swift und Miss Yeager und alle anderen Frauen in diesem Haus.«

Darauf fiel Marshall nichts ein. Zum Glück, denn wenn er sich auch nur die kleinste Kleinigkeit gegen sie erlaubt hätte, wäre Bernadette in die Luft gegangen und hätte ihm den Kaffee ins Gesicht geschüttet.

Also klopfte Marshall nur ein wenig lauter als nötig mit den Knöcheln auf seinen Schreibtisch und setzte sich.

Bernadette, die glaubte, nun die Kaffeetasse ohne Gefahr für ihre Umwelt heben zu können, trank den ersten köstlichen Schluck und dankte Sarah dafür, dass sie ihn gekocht hatte. Dann sah sie hinüber zu Evans und Greene. Sie wusste nicht, was sie sagen oder tun sollte, denn sie hatte nicht erwartet, dass sie für sie und Sarah eintreten würden. Für die Rechte der Frauen.

In dem Moment erklang die widerliche Stimme Walls durch seine Glastür. Bernadette durchzuckte es wie ein elektrischer Schock. Er war wirklich der letzte Mensch, den sie jetzt sehen wollte.

Sie stellte die Tasse ab, spannte ein Blatt Papier in die Schreibmaschine und blätterte auf die nächste Seite im Manuskript, die sie korrigieren wollte, entschlossen, nicht auf ihren Vorgesetzten zu achten und völlig konzentriert auf ihre Arbeit zu erscheinen. Wenn schon Marshall den Mut hatte, sie für den Unsinn verantwortlich zu machen, der sich da draußen abspielte, war Wall bestimmt außer sich vor Zorn.

Sich innerlich gegen seine Verbalattacke rüstend, griff sie ein wenig zu heftig in die Tasten.

»Marshall, Evans, Greene, Swift«, brüllte Wall. »Besprechung im Konferenzzimmer.«

Bernadette nickte stumm, weil sie ihrer Stimme nicht traute. Sie nahm Stift und Block und ließ den noch heißen Kaffee lieber auf ihrem Schreibtisch für den Fall, dass sie sich nicht beherrschen konnte. Marshall setzte sich mit wütendem Blick ihr gegenüber hin, und Evans und Greene nahmen neben ihm Platz. Ein paar andere gesellten sich zu ihnen und füllten die Stühle um den Tisch.

Sie war starr vor Angst, weil sie erwartete, mit Anschuldigungen bombardiert zu werden, aber das Treffen verlief gesittet, und die Protestierenden draußen wurden mit keinem Wort erwähnt. Sie wusste nicht so recht, ob sie erleichtert sein oder sich noch mehr Sorgen machen sollte.

Nach der Besprechung blickte sie zum Fenster hinaus die elf Stockwerke hinunter, wo nach wie vor Demonstranten versammelt waren. Also verbrachte Bernadette die Mittagszeit mit Melanie im Pausenraum. Bei Büroschluss jedoch hatte sich die Gruppe praktisch zerstreut, und es waren auch keine Polizisten mehr zu sehen. An den wenigen Männern würde sie ohne Probleme vorbeikommen, auch wenn der Gedanke daran ihr ein flaues Gefühl im Magen verursachte.

Dass Graham, bevor er nach Hause ging, im verwaisten Lektorat vorbeischaute, trug dazu bei, Bernadettes Anspannung deutlich zu verringern.

»Soll ich Sie zur Bushaltestelle begleiten?« Dabei nickte er – eine nicht allzu subtile Aufforderung, sein Angebot anzunehmen.

»Ich komme schon zurecht.« Das hoffte sie zumindest, aber sie wollte ihm keine Umstände machen.

»Wahrscheinlich, aber ich würde das trotzdem gern tun.«

Als sie sich an den Morgen erinnerte, lief es ihr kalt den

Rücken hinunter. Begleitung war keine so schlechte Idee. Außerdem waren Graham und sie … ja, was? Jedenfalls mehr als Freunde. »Na schön.«

Unten war sie froh, Ja gesagt zu haben, denn die letzten Verbliebenen schienen die Aggressivsten zu sein. Sie knurrten sie an, überschritten jedoch die rote Linie nicht, als sie das Gebäude verließ. Sie wirkten wie hungrige Löwen mit gebleckten Zähnen und drohenden Pranken.

Ein strenges Wort von Graham brachte sie zum Schweigen, und sie wichen mit finsteren Blicken zurück. Bernadette ballte die Hände zu Fäusten, damit sie nicht zitterten.

»Könnte gut sein, dass ich morgen Frank mitnehmen muss.«

»Keine schlechte Idee.«

»Bestimmt kann ich ihn während der Arbeit bei Gary parken. Das hoffe ich zumindest.«

»Oder in meinem Büro – er kann an meiner Tür Wache halten gegen schlechte Prosa.«

Über das Bild musste sie lachen. »Wahrscheinlich würde ihm das gefallen. Aber bei Gary muss er zum Pinkeln keine elf Stockwerke runter. Und Sie muss er nicht von Ihrem Schreibtisch loseisen.«

»Stimmt.« Graham blickte zu den Demonstranten zurück und schüttelte den Kopf.

Bernadette zurrte den Gürtel ihrer Jacke enger. »Nicht zu fassen, dass das passiert ist. Das wollte ich nicht. Ich wollte lediglich auf die Rechte der Frauen aufmerksam machen, nicht diejenigen, die dagegen sind, auf den Plan rufen.«

»Lassen Sie sich nicht von ein paar wütenden und unzufriedenen Leuten von Ihrer Sache abbringen. Es geht weniger um Aufmerksamkeit von außen als vielmehr darum, was Sie von innen für die Frauen tun. Durch Ihre Aktivitäten fühlen sie sich stärker und sind bereit, es mit der ganzen Welt aufzunehmen. Bereit, das zu fordern, was sie wollen. Bereit, sich für ihre Sache zu erheben. Egal, was passiert: Sie haben irreversible Veränderungen herbeigeführt.«

»Das hoffe ich.«

»Ja, das haben Sie. Sie machen den Mund auf. Und je öfter sie das tun, desto mehr werden sie wahrgenommen.«

»Ich möchte nur nicht, dass jemand verletzt wird. Das heute Morgen war wirklich … furchteinflößend.«

Grahams Arme zuckten, als wollte er sie um sie legen. Bernadette hätte sie gern gespürt. Warum also hielt sie sich zurück?

Was sollte das? Hier konnte niemand sie sehen.

Sie trat näher an ihn heran, und Graham breitete die Arme aus, damit sie an seine Brust sinken konnte. All die Wochen, in denen sie peinlich darauf geachtet hatte, nicht beobachtet zu werden, wenn sie sich außerhalb des Verlags unterhielten, umsonst, weil sie sich nun öffentlich an ihn schmiegte. Und es kümmerte sie nicht.

Sein Geruch stieg ihr in die Nase – nach Pfefferminz, Papier und Tinte. Sie spürte seinen muskulösen Körper und seinen Herzschlag an ihrer Wange. In seinen Armen fühlte sie sich sicher und *wahrgenommen*.

»Danke«, murmelte sie.

»Für die Umarmung?«

»Ja. Und für alles andere. Keine Ahnung, womit ich das verdient habe.«

»Damit hat das nichts zu tun, Bernadette. Ich mache das, weil ich … Sie mag.«

Sie schnappte gespielt nach Luft und löste den Kopf von seiner Brust, um ihm in die Augen zu sehen. »Sie mögen mich?«

»Ja.« Das klang solide und zuverlässig wie die Einträge in einem Wörterbuch oder die Regeln in einer Grammatik.

»Ich mag Sie auch.«

Graham lächelte.

»Rugby fällt heute aus. Möchten Sie mit mir zu Abend essen?«

»Ich muss nach Hause zu Frank.« Natürlich wollte sie zu Frank, ihrem treuen Begleiter, doch die Vorstellung, einige Stunden Grahams ungeteilte Aufmerksamkeit zu genießen, erschien ihr wie ein Luxus, den sie sich bisher versagt hatte.

»Ich bringe was vom Chinesen.« So lässig, so normal. Als wäre es nicht das erste Mal.

»Wunderbar.«

»Was essen Sie gern?«, fragte Graham.

»Alles außer Ente.«

»Gut.«

Mrs Morris wollte die Wohnung gerade verlassen, als Bernadette, die wie auf Wolken schwebte, nach Hause kam. Die Demonstranten und ihre tätlichen Angriffe hatten angesichts ihrer Verabredung mit Graham ein wenig von ihrem Schrecken verloren.

»Wie geht's Harriet?«, erkundigte sich Bernadette, die von Ruth einige Namen von Anwältinnen in Kalifornien erfragt und sie Mrs Morris für ihre Tochter weitergegeben hatte.

»Sehr gut, meine Liebe. Ich weiß gar nicht, wie ich Ihnen für Ihre Hilfe in dieser Sache danken soll. Sie kommt mich übrigens nächste Woche mit den Kindern besuchen.«

»Wie schön.« Bernadette umarmte Mrs Morris, deren schmale Schultern sich warm und weich anfühlten. »Das habe ich gern gemacht. Wenn ich noch etwas anderes für Sie tun kann …«

»Sie haben uns schon so viel geholfen.«

»Dafür sind Freunde doch da.«

Mrs Morris lächelte. Frank, der Bernadettes Stimme gehört hatte, kratzte an der Tür.

»Ach, noch eins, bevor Sie gehen: Darf ich Ihnen die Reste von meinem Boeuf bourguignon überlassen?«

»À la Julia Child? Das kann ich nicht annehmen, meine Liebe.«

»Es zergeht auf der Zunge! Ich bestehe darauf, dass Sie es nehmen. Eigentlich wollte ich es heute Abend essen, aber … ich bin verabredet.«

»Ein Verehrer? Graham?« Mrs Morris verschränkte erfreut ihre von Adern durchzogenen Finger.

Bernadette hatte ihr erzählt, dass sie mit Graham beim Pizzaessen gewesen war, und Mrs Morris hatte ihn am folgenden Tag vor dem Spaziergang im Park mit Frank zu ihr kommen gesehen.

»Ja.«

»Wie schön. Ich wünsche Ihnen eine herrliche Zeit mit ihm.«

»Danke.«

Bernadette eilte in ihre Wohnung, wo Frank sie begeistert empfing und aufmerksam verfolgte, wie sie den Tisch deckte. Danach schlüpfte sie in ein legeres Kleid und zog es wieder aus, weil sie fürchtete, es könnte zu lässig sein. Am Ende entschied sie sich für Jeans, einen pinkfarbenen Pullover und ein pink-weißes Paisley-Tuch, das sie wie ein Stirnband um die Haare schlang.

Anschließend nahm sie zwei Weingläser aus dem Schrank und stellte sie mit einer Flasche Cabernet Sauvignon auf den Tisch. Als sie den Korken herauszog, damit der Wein atmen konnte, klopfte es auch schon.

Frank bellte und schaute sie erwartungsvoll an. Sie holte tief Luft, ging die zwei Meter zur Tür und öffnete sie. Davor stand Graham, der wie immer ausgesprochen attraktiv aussah.

Er hatte eine Tüte mit chinesischem Essen dabei, dessen Geruch ihr das Wasser im Mund zusammenlaufen ließ. Doch zum Schmelzen brachte sie, was er mit der anderen Hand hochhielt – eine kleine Pizza.

»Für Frank.«

Als Frank seinen Namen hörte, spitzte er die Ohren und legte den Kopf schief. Die lange rosafarbene Zunge hing ihm aus dem Maul.

»Das ist aber nett.« Bernadette trat einen Schritt beiseite, um Graham einzulassen.

Ihr Herz klopfte wie wild, als sie beobachtete, wie Graham Frank die Pizza wie ein Geschenk präsentierte.

Frank bellte und leckte ihm das Kinn.

»Er mag Sie«, stellte Bernadette fest.

Graham blickte sie über die Schulter an und zwinkerte ihr zu. »Freut mich, dass ich seinen Beifall finde.«

Er fand nicht nur Franks Beifall, da war Bernadette sich jetzt sicher. Es hatte sie ganz schön erwischt.

23
Frank

Jeden Tag sitze ich am Fenster und sehe ihr nach, wie sie die Straße entlanggeht, wie ihre Silhouette immer schmaler wird, bis sie mit der Menschenmenge und dem Dunst der Abgase verschmilzt, in den großen Bus steigt und im Lärm quietschender und zischender Bremsen verschwindet.

Stundenlang.

Ich habe mich immer gefragt, wohin der Bus sie bringt. Sogar eines Tages versucht ihm zu folgen, nachdem ich mich durchs Fenster rausgeschlichen hatte. Aber es war schwierig, mit dem Bus Schritt zu halten, und ich habe sie aus den Augen verloren. Heute endlich bekomme ich die Antwort auf meine Frage. Wir stehen vor einem hohen, glänzenden Gebäude, das sie »Büro« nennt. Bisher wusste ich nicht, was ein »Büro« ist. Das Ding ragt hinter einer Horde Männer mit Stöcken und Papier in den Händen empor.

Mir stellen sich die Nackenhaare auf. Ich mag diese Männer nicht, wie sie riechen. Die Luft um sie herum stinkt nach Boshaftigkeit.

Und sie reizen mich mit *Papier*. Fast beginne ich zu sabbern.

Sie fuchteln mit dem Papier herum, sodass die Ecken mich locken hineinzubeißen, es zu zerfetzen, zu vernichten.

Ich kann nicht widerstehen. Obwohl Bernadette mir keinen Befehl gegeben hat, stürme ich vor, reiße ihr die Leine aus den Händen und packe einen herrlichen Stock mit einem zerknitterten Blatt Papier. Dabei verfehle ich absichtlich nur knapp die Finger, die ihn hielten. Ich beutle das Ding, bis mir der Kopf brummt. Dabei schaue ich den Mann an, damit er weiß, dass ich es ernst meine. Als er etwas brüllt und in Bernadettes Richtung stürzt, wirkt sie verängstigt. In der Kakophonie der Horde spüre ich, wie panisch schnell ihr Herz klopft.

Meine Aufgabe ist es, mein Mädchen zu beschützen, und das tue ich.

Ich lasse den Stock fallen und fletsche die Zähne. Gleichzeitig mache ich mich sprungbereit, damit der Mann begreift, dass er zurückweichen muss, weil sonst ein Unglück geschieht.

»Braver Junge, Frank.« Bernadette tätschelt meinen Kopf mit bebenden Fingern. »Alles gut.« Ihre Stimme bebt, ihr Herz rast. »Lass uns reingehen. Aus. *Aus.*«

Rein. Das Wort kenne ich. Das sagt sie immer, wenn unser Spaziergang vorbei ist. Und *Aus.* Das sagt sie, wenn ich ein Eichhörnchen am Schwanz packen will.

Als sie meine Leine ergreift, spüre ich ihr Zittern durch das lange Lederding.

Hunde besitzen einen guten Instinkt, doch den brauche ich nicht einmal, um zu erkennen, dass sie Angst vor all diesen knurrenden Männern hat. Mir ist aber auch klar, dass ich nicht gleichzeitig kämpfen und sie beschützen kann. Außerdem sind sie in der Überzahl.

Ich ziehe die Lefzen hoch und belle laut. Die Männer geben den Weg frei. Ich belle noch einmal, damit sie Abstand halten, und zerre mein Mädchen zu den Türen des Büros. Mir gefällt ihr Zittern nicht, und diese Männer mag ich auch nicht. Vielleicht sollte ich unterwegs ein paar in den Knöchel beißen, weitere Stöcke packen und sie in Stücke reißen.

Diese Männer erinnern mich an die Füchse in der Nähe des Hühnerstalls auf der Farm. Sie hätten es verdient, ein wenig erschreckt zu werden.

Doch zuerst muss ich mich um mein Mädchen kümmern.

Ein Mann, den sie Gary nennt, eilt heraus und dirigiert uns hinein.

»Danke, Gary«, sagt sie. Ich belle zum Dank und möchte zurück zur Tür, um dort weiterzumachen, wo ich aufgehört habe, aber Bernadette zieht mich zurück.

»Das muss Frank sein. Gott, ist der riesig.«

Gary streichelt mich. Er riecht nach Bagel mit Knoblauch. Ich mag ihn. Wenn er lacht, zeigt er viele Zähne, und er hat freundliche Augen.

»Frank!« Als ich den Blick hebe, sehe ich Melanie auf Absätzen zu mir trippeln, die mehrere Zentimeter höher sind als alle, die Bernadette jemals getragen hat.

Sie mag ich auch. Sie riecht süß und schenkt mir immer Leckerli. Ich schnüffle in der Hoffnung an ihren Fingern, dass sie eins dabeihat, doch sie sind leer. Sicherheitshalber lecke ich ihre Handfläche; vielleicht kann ich es ja nur nicht sehen. Nein, da ist keins.

»Ach, das hätte ich fast vergessen.« Sie trippelt zu ihrem Schreibtisch zurück und bringt mir ein Stück von ihrem Bagel mit Frischkäse. *Köstlich.*

»Möchte Frank hier bei uns bleiben?«, erkundigt sich Gary.

Ja, gern. Ich nicke, hoffe, dass er mich versteht. Je näher ich am Feind dran bin, desto leichter kann ich ihn ausschalten.

»Mit dem Gedanken hatte ich auch gespielt. Oder ich könnte in der Poststelle fragen, ob sie Hilfe bei der Auslieferung brauchen.«

»Ach.« Gary lacht.

Ich lege den Kopf schief, weil ich das sehr gut kann: ausliefern. Wieso findet er das komisch?

»Ich rufe Mark an.« Melanie nimmt den Telefonhörer

in die Hand. »Sie hatten mal einen Posthund. Ich wette, Frank würden sie mit Handkuss nehmen.«

»Was hältst du von dem Vorschlag?« Bernadette sieht mich an. »Möchtest du helfen, Post auszuliefern?«

Post. Papier.

Ja. Ich lasse die Zunge aus dem Maul hängen und setze mich hin in der Hoffnung, dass sie das als Zustimmung interpretiert.

»Ich glaube, das ist ein Ja«, meint sie mit einem kleinen Lachen.

»Mark sagt, du sollst zu ihm runterkommen«, ruft Melanie von ihrem Schreibtisch aus.

Der Kasten, in den wir steigen, setzt sich holpernd in Bewegung. Ich bin mir nicht sicher, ob mir das gefällt. Stufen sind mir lieber.

Als der Kasten aufgeht, springe ich hinaus, schaue zurück und belle, damit Bernadette sich beeilt. Warum braucht sie so lange?

Sie steigt ebenfalls aus und begrüßt einen schlafenden Mann am anderen Ende des Flurs, der mich an den Mr Morris von Mrs Morris erinnert. Dann betreten wir einen Raum, der der Traum eines jeden Hundes ist. Oder jedenfalls meiner.

Papier in allen Formen und Größen. Blätter, Umschläge, Kartons, Packpapier … Eine wahre Schatzkammer.

»Vielleicht war das doch keine so gute Idee«, meint Bernadette, als sie meinen Blick sieht.

Mein Schwanz wedelt, mein Blut kocht. Pass auf, Welt, gleiche fange ich an zu … *wirbeln* …

Alle halten inne in dem, was sie tun, und schauen zu, wie ich losrenne. Manche lachen, andere springen auf Stühle. Ich stoße gegen jemanden, Papier fliegt in die Luft. Bernadette hastet mir nach und versucht, mich oder wenigstens die Leine zu erhaschen.

»Frank!«, ruft sie.

Hoppla. Das scheint nicht der richtige Ort zum Wirbeln zu sein. Aber was soll ein Hund schon machen, wenn er sich plötzlich in einem Traumland wiederfindet?

Ich bremse unmittelbar vor einem Mann, der, die Hände in die Hüften gestemmt, den Blick auf mich gerichtet hält.

»Frank, stimmt's?« Seine Stimme klingt streng, aber nicht nach Strafe.

Ich sehe ihn fasziniert an.

»Wenn du heute bei der Auslieferung helfen möchtest, darfst du hier kein Chaos veranstalten.«

Verstanden, belle ich.

»Vielleicht sollte ich ihn wieder rauf zu Gary bringen?« Bernadette runzelt die Stirn wie auf dem Markt, wenn sie sich zwischen zwei Zutaten zu entscheiden versucht.

»Wir nehmen ihn, Miss Swift.« Marks Stimme wird sanfter. »Wir wollten sowieso einen neuen Posthund. Frank kann einen Probetag machen.«

Als Friedensangebot stupse ich seine Hand mit der Schnauze an. Mark tätschelt meinen Kopf.

»Für die erste Runde hätten wir alles fertig. Bist du bereit, Junge?«

Ich belle. Mark lächelt.

»Sagen Sie mir Bescheid, wenn Sie etwas brauchen«, meint Bernadette. »In der Mittagspause komme ich herunter, um einen Spaziergang mit ihm zu machen. Und vielen herzlichen Dank.«

»Kein Problem«, erwidert Mark. »Ich kann's verstehen, dass Sie nicht allein durch die Menge da draußen wollten. Hoffentlich löst sie sich bald auf. Bis dahin passen wir gut auf Frank auf. Vielleicht kümmert er sich dafür gut um die Post.«

»Wahrscheinlich fühlt er sich wie im siebten Himmel. Aber egal, was Sie tun: Sagen Sie auf keinen Fall W-A-L-L.«

»Wa…«

Sie schneidet ihm das Wort ab, was mich zutiefst enttäuscht. Ich weiß, wie man es buchstabiert, aber mir ist auch klar, dass es nicht zählt, wenn sie das tut.

»Sonst zerfetzt er alles, was er kriegen kann. Es ist ein Befehl«, erklärt Bernadette.

»Interessante Wahl.«

Mein Mädchen wird verlegen. »Als ich es ihm beigebracht habe, ist es mir richtig erschienen.«

Mark lacht. »Verstehe.«

Als Bernadette die Arme um mich legt, drücke ich mich gegen sie, weil ich das so mag. »Sei ein guter Junge.«

Ich lecke ihr Kinn. *Versprochen.*

Sobald Bernadette weg ist, holt Mark etwas hervor, das aussieht wie eine Jacke, und schüttelt es aus.

»Das hat Rufus, unserem alten Posthund, gehört. Der hat sich mit allen gut verstanden. Meinst du, du schaffst das?«

Ich belle.

»Wunderbar.« Er legt mir die Jacke an und verstaut Päckchen und Briefe in den Taschen daran. »So geht das.« Er beginnt mir zu erklären, was ich machen soll, und schüttelt dann den Kopf. »Warum sage ich das? Ich kann's dir ja einfach zeigen.«

Wenn ich lachen könnte, würde ich es tun. Menschen sind manchmal komisch.

Wie sich herausstellt, ist das Ausliefern von Post nicht anders als das Ausliefern von Keksen. Ich mache die Runde durchs Haus und vergewissere mich, dass alles in Ordnung ist.

Unterwegs schließe ich zahlreiche Freundschaften. Auf jedem Stockwerk, das wir aufsuchen, sagt Mark mir, in welche Richtung ich gehen soll, während er in die andere verschwindet. Ich bleibe an jedem Schreibtisch stehen, damit die Leute ihre Post aus meiner Jacke ziehen können. Die ganze Zeit über warte ich darauf, zu meinem Mädchen zu kommen, und da ist sie endlich. Sie unterhält sich mit einer anderen Frau.

Sobald sie mich entdeckt, eile ich zu ihr. Mir erscheint es wie eine Ewigkeit, dass ich sie das letzte Mal gesehen habe. Ich hatte schon befürchtet, sie verloren zu haben.

»Frank, mein Hübscher«, begrüßt sie mich.

Sonderlich hübsch bin ich nicht, aber ich liebe es, wenn sie so mit mir redet.

»Der Junge hier könnte noch besser werden als Rufus«, meint Mark.

»Prima. Bist du bereit für einen Fulltime-Job?«, fragt sie mich.

Ist auf jeden Fall besser als zu Hause zu sitzen und zum Fenster hinauszustarren. Auch wenn Mrs Morris dann einsam ist. Und möglicherweise werde ich mich nachts rausschleichen müssen, um das Viertel zu kontrollieren.

Bernadette wirft einen Blick auf ihre Uhr. »Zeit fürs Mittagessen. Hast du Hunger, mein Junge?«

Immer.

»Dann zeige ich dir meine Lieblingsbank im Park.«

24

In einer Woche kann viel passieren.

Für Bernadette schien sich die Welt, in der sie lebte, drastisch verändert zu haben.

Zum Beispiel besaß sie nun ein neues Grammatikerin-Stirnband, das intensiver pinkfarben leuchtete als das vorige, und die Paillettenbuchstaben darauf waren noch größer.

Frank brachte ihr ein internes Schreiben, in dem stand, dass das »probehalber« vor der Bezeichnung »Lektor« aufgehoben sei und sie eine Gehaltserhöhung erhalte, mit deren Hilfe sich ihre laufenden Kosten leicht decken ließen. Um nicht vor Erleichterung in Tränen auszubrechen, musste sie kurz in der Toilette zu sich kommen.

Später am Nachmittag bezog Sarah einen neuen Schreibtisch – nicht länger als Sekretärin, sondern als Lektoratsassistentin. Auch Melanie war befördert worden und saß nun an Sarahs altem Platz. Sämtliche Frauen im Büro hatten es in gerade einmal sieben Tagen ein Stück weit nach oben geschafft.

Die männlichen Demonstranten gegen die Gleichstellung der Frauen am Arbeitsplatz waren größtenteils verschwunden. Ein paar wütende Nachzügler gab es noch, die entweder Frank vertrieb oder Gary. Mit Frank an ihrer Seite hatte Bernadette keine Angst mehr, zur Arbeit zu gehen.

Jeden Tag verbrachten sie die Mittagspause gemeinsam im Park, oft gesellte sich Graham zu ihnen.

Wenn sie nach Hause kamen, schaute Frank immer kurz

bei Mrs Morris vorbei. Diese befand sich mit ihren Enkeln und ihrer Tochter, die von Kalifornien eingeflogen war, um einige Zeit bei ihr zu verbringen, gerade im siebten Himmel. Doch die enge Beziehung zwischen Mrs Morris und Frank wollten sie nicht stören, denn auch sie mochten ihn.

»Kaffee?«, fragte Melanie Sarah, als sie zur Chemex-Maschine ging, um eine frische Kanne aufzubrühen.

»Hab schon einen gemacht.« Sarah hielt ihre Tasse hoch. Heute trug sie ein hellblaues Kostüm. Sie schien sich gleichzeitig von der beigefarbenen Kleidung und ihrer Boshaftigkeit verabschiedet zu haben.

»Sie sind zu gut zu mir.« Melanie legte die Hände auf die Brust.

»Den nächsten mache ich«, erbot sich Bernadette. Wenn alle zusammenhalfen, man nicht mehr ausgenutzt wurde, fühlte es sich gut an, etwas Nettes für andere zu tun.

»Darf ich?«

Alle drei Frauen drehten sich verwundert zu Evans um, dessen Angebot zwischen ihnen in der Luft hing wie Wäsche, die zum Trocknen im Wind flattert. Sollten sie sie abhängen und ins Haus holen oder weiter zum Trocknen draußen lassen und riskieren, dass sie fortgeweht wurde?

»Wie bitte?« Sarahs Augen verengten sich. Was zwischen den beiden möglicherweise vorgefallen war, hatte niemand je offen ausgesprochen.

Bernadette war sich nach wie vor nicht sicher, mit welchem Angehörigen des Herrenklubs Sarah etwas gehabt hatte, aber so, wie die beiden einander nun ansahen, glaubte sie fast, dass es mit Evans gewesen war.

Evans stand mit gestrafften Schultern und entschlossenem Blick von seinem Schreibtisch auf. »Ich habe gefragt: Darf ich?«

»Aber …« Sarah führte den Satz nicht zu Ende. Trotzdem dachten alle: *Er ist doch keine Frau. Warum also?*

»Auch ein Mann sollte Kaffee kochen können.« Er zuckte mit den Achseln, als wäre das ein alltägliches Gespräch bei Lenox & Park.

»Warum?«, presste Sarah hervor, und ihre Augen wurden ein wenig feucht.

»Weil ich zu Hause offen gestanden keinerlei Ahnung davon habe.« Er lachte verlegen, wie man es macht, wenn man seine Gefühle verbergen möchte, der Klang jedoch alles verrät.

»Was ist mit deiner … Frau?«, erkundigte sich Sarah.

Verdacht bestätigt. Also war Evans tatsächlich der Mann, mit dem Sarah eine Affäre gehabt hatte.

»Wie sich herausstellt, ist sie ein größerer Baseballfan, als ich dachte.«

Bernadette legte verwirrt den Kopf ein wenig schief. Von dieser Geschichte musste sie das Ende erfahren – sowie den Anfang und den Mittelteil.

Aber Sarah schien zu verstehen. »Ach, Evans.« Das klang wie ein mitfühlendes Seufzen. »Komm, ich zeig es dir.«

Bernadette blickte Melanie an, die genauso verwirrt wirkte wie sie selbst und am Ende eines Stifts kaute.

»Dazu müssen wir sie später befragen«, meinte Melanie.

Bernadette bemerkte, wie eng beisammen die beiden flüsternd in Richtung Pausenraum gingen.

»Kommst du heute Abend zum Buchklub?« Bernadette hoffte, dass in der Stille der Bibliothek sämtliche Geheimnisse offenbart würden.

»Das würde ich mir um nichts auf der Welt entgehen lassen, das weißt du doch.«

»Ich auch nicht. Da können wir sie dann fragen.«

Bernadette nickte. Kurz darauf wurde sie aufgeschreckt durch Walls lautes Klopfen an der Glastür seines Büros. Er deutete zuerst auf sie und dann auf ihren Schreibtisch. Fast hätte sie die Beherrschung verloren ob seiner Rüpelhaftigkeit. Ob seines autoritären Gehabes. Bei Evans, Marshall oder Greene hatte er sich so etwas noch nie herausgenommen. Auch nicht bei irgendjemand anders. Bernadette war nicht dafür bekannt, müßig plaudernd herumzustehen – wobei selbst das keine solch grobe Reaktion gerechtfertigt hätte.

Zufällig bemerkte sie Marshalls spöttisches Grinsen. Als er sah, dass sie ihn wütend anschaute, wurde dieses hämische Grinsen breiter.

»Geh mal lieber an die Arbeit, bevor Wall sich in die Hose macht«, murmelte Melanie.

Bernadette musste lachen. »Wie schön, dass du jetzt hier oben bist. Dein Humor ist Balsam für meine Seele.«

»Immer gern, meine Liebe.« Melanie zwinkerte ihr zu und schlenderte zu ihrem Schreibtisch, wo sie ihren lilafarbenen Tweedrock glattstrich, bevor sie Platz nahm.

In der vergangenen Woche hatte Wall abgesehen von gebrüllten Anweisungen wie gerade eben kaum mit Bernadette kommuniziert. Gott sei Dank, denn es bedeutete, dass sie sich keine weiteren unschicklichen Berührungen gefallen lassen musste. Deswegen verdrehte sie lediglich die Augen und machte sich ans Werk.

In lexikografische Recherchen über das Wort »irisierend« vertieft – das sich von dem griechischen Wort »iris«, also Regenbogen, herleitete –, schreckte sie hoch, als das Telefon klingelte.

Ihr Telefon klingelte nur selten, vielleicht zweimal im Jahr. Als Bernadette den Hörer in die Hand nahm, fürchtete sie, es könne sich um einen Notfall in der Familie handeln. Ben sollte in weniger als einer Woche zu Hause eintreffen. Seit sie davon wusste, wappnete sie sich gegen die Nachricht, dass er doch nicht käme. Vermutlich war das ihre pessimistische Seite, die sie kaum jemals zeigte. Niemand mochte es, wenn es ihm die Parade verhagelte. Aber es war besser, sich auf das Schlimmste gefasst zu machen und auf das Beste zu hoffen, als am Boden zerstört zu sein, wenn das Schlimmste dann tatsächlich eintrat. Allerdings war sie sich klar darüber, dass sie auf jeden Fall am Boden zerstört sein würde, wenn Ben in einer Woche nicht auftauchte.

»Hallo?«

»Hallo.« Als sie am anderen Ende Grahams Stimme hörte, schob sie die Sorge um ihren Bruder beiseite und wurde von nervös-aufgeregter Energie erfasst.

»Dir ist schon klar, dass du auf demselben Flur arbeitest wie ich?«, neckte sie ihn.

»Und dir ist klar, wie hart das für mich ist? Ich wünschte, ich könnte meinen Schreibtisch neben den deinen stellen.«

Bernadette lachte und verstummte sofort, um festzustellen, wer ihr Gespräch mitverfolgte – praktisch alle. Sogar Wall war an seine Glastür getreten und beobachtete sie. Vermutlich lachte sie im Büro so selten, dass sie dadurch alle aus ihrer Lethargie aufgeschreckt hatte, dachte Bernadette.

»Dann würden wir beide nie den Herstellungsplan erfüllen«, murmelte sie in den Hörer. Sie hoffte, dass ihre Wangen nicht so feuerrot waren wie ihre B-Stifte.

»Stimmt. Tja, ich wollte nur deine Stimme hören.«

»Kommst du mit mir und Frank zum Lunch in den Park?«

»Das lasse ich mir auf keinen Fall entgehen.«

Als Bernadette auflegte, konnte sie sich ein Lächeln nicht verkneifen, weswegen sie den Blick auf das Manuskript vor sich gesenkt hielt. Inzwischen hatten sie viel Zeit miteinander verbracht, allerdings auch versucht, ihre Beziehung vor den anderen geheim zu halten. Sie sollten sich nicht das Maul über sie zerreißen. Bernadette wollte sich nicht mit süffisanten Bemerkungen ihrer männlichen Kollegen auseinandersetzen müssen. Obwohl Graham nicht in ihrer Abteilung, sondern in der Programmleitung tätig war, würde die Gerüchteküche auf Hochtouren laufen und sie zermahlen.

Offenbar gab es doch noch ein paar persönliche Regeln, an die sie sich hielt.

Sie konnte die Mittagspause kaum erwarten. Als sie endlich kam, verließ sie ihre Abteilung und sah auf dem Flur, wie Graham an der Tür zu seinem Büro gerade in sein marineblaues Tweedsakko schlüpfte, zu dem er eine eng geschnittene, ebenfalls marineblaue Hose und ein weißes Hemd trug. Aus der Ferne wirkte auch seine gepunktete Krawatte marineblau. Erst vor dem Aufzug merkte Bernadette, dass die Punkte in Wirklichkeit winzige Hotdogs waren.

»Mr Reynolds«, begrüßte sie ihn, den Blick geradeaus gerichtet, wobei sie ihn in der bronzefarbenen Verkleidung der Lifttüren musterte. Es kribbelte sie in den Fingern, seine Hand zu ergreifen, und kostete sie Mühe, sie bei sich zu behalten. »Hotdogs?«

»Miss Swift.« Sein lässiges Blinzeln verursachte wieder einmal dieses Prickeln in ihren Zehen. Warum hatte sie so lange gezögert, ihn an sich heranzulassen? »Ich habe eine Schwäche für Hotdogs.«

Bernadette prustete los. Sobald sich die Türen des Aufzugs geschlossen hatten, ergriff Graham ihre Hand und zog sie näher zu sich heran. Sie schloss die Augen, stellte sich auf die Zehenspitzen, küsste ihn auf den Mund, genoss seinen Geruch, seine Nähe. Gab sich ganz diesem gestohlenen Moment des vollkommenen Glücks hin. Aber dann ertönte die Aufzugklingel und sie lösten sich abrupt voneinander, als die Türen sich im Kellergeschoss öffneten, wo Frank geduldig auf der anderen Seite wartete.

»Hallo, mein Junge«, begrüßte Bernadette ihn und

tippte an ihr Bein. Er trottete in den Lift, in dem er mit ihnen ein Stockwerk zum Erdgeschoss und der frischen Herbstluft hinauffuhr.

Die neue Dame am Empfang winkte ihnen zu und Gary hielt die Türen für sie auf, sodass sie in die herbstliche Sonne und die leichte Brise hinauskonnten, welche die vertrauten Gerüche der Stadt herantrug.

»Hotdog?«, fragte Graham.

Bernadette wollte gerade antworten, indem sie ihren Lunchbeutel hochhielt, als sie merkte, dass er Frank meinte, der zustimmend bellte.

»Ich hole ihm einen.«

»Und ich setze mich schon mal auf unsere Bank.« Kurz darauf wischte Bernadette ein paar bunte Blätter von der Sitzfläche und nahm Platz. Schon komisch, wie sie noch wenige Wochen zuvor gestorben wäre bei der Vorstellung, mit Graham auf ihrer Lieblingsbank zu sitzen. Inzwischen war es für sie zu einer Art Tradition geworden.

»Einer für dich und einer für mich.« Graham legte einen Hotdog vor Frank auf den Boden.

»Ich wünschte, du würdest mich was zu essen für dich mitbringen lassen.« Bernadette öffnete ihren Lunchbeutel und nahm ihre Tupperware-Schüssel mit der Quiche Lorraine à la Julia Child und dem Spinatsalat heraus.

Graham hielt im Kauen inne, um ihr Essen zu beäugen. »Und ich wünschte, ich könnte dir zustimmen, aber ich habe nicht nur großen Appetit auf diese meine Köstlichkeit, sondern fände es auch nicht richtig, mir von dir etwas mitbringen zu lassen.«

»Warum?«

»Ich kann nicht dagegen protestieren, dass du mir Kaffee kochst, und dann ein Mittagessen von dir erwarten. Ich bin ein erwachsener Mann und kann mich selbst um meinen Lunch kümmern.«

Bernadette musterte den Ketchup- und Senfberg auf seiner Wurst. »Einen Hotdog zu verzehren bedeutet nicht gerade, sich um seinen Lunch zu kümmern.«

»Wer sagt das?«, fragte er lachend und biss ein großes Stück ab.

»Komm doch zu mir und hilf mir, das Essen zuzubereiten. Dann müsstest du kein schlechtes Gewissen mehr haben.«

»Bietest du mir gerade einen Kochkurs an, Swift?«

»Natürlich nicht. Ich bin weder Köchin noch Lehrerin, denke mir nur gern Rezepte aus. Das ist ein Hobby von mir. Manche Leute malen, andere legen Puzzles. Möchtest du etwas probieren, damit du merkst, was dir entgeht?«

Als Graham nickte, hielt sie ihm eine Gabel voll hin. Das Stöhnen, das er ausstieß, nachdem er den Bissen verspeist hatte, verführte selbst sie dazu, sich die Lippen zu lecken. »Dein Hobby schmeckt ziemlich gut, B.«

Sie grinste. »Klar. Julia Child gelingt alles.«

Nun betrachtete Graham seinen Hotdog ein wenig enttäuscht. »Dir offenbar auch. Wie wär's dieses Wochenende mit einem Kochkurs – ich meine einer Kochstunde?«

»Wenn du früh kommst, zeige ich dir sogar, wie man auf dem Markt einkauft.« Sie zog die Augenbrauen hoch, als hätte sie ihm gerade ein verführerisches Angebot gemacht, das er keinesfalls ausschlagen konnte.

»Ich auf dem Markt?« Graham sperrte den Mund in gespieltem Entsetzen auf. »Werden mir da nicht die Hausfrauen mit ihren Salatköpfen aufs Haupt schlagen?«

Sie lachte. »Nein, nur mit ihren Gurken und Auberginen.«

Schmunzelnd betrachtete er den Rest seines Hotdogs. »Den letzten Bissen werde ich auskosten. Wer weiß, wann ich wieder einen kriege.«

»Es gibt durchaus richtige Gelegenheiten für Hotdogs.«

»Ach.« Graham wirkte überrascht. »Raus mit der Sprache: Wann?«

»Bei einem Baseballspiel oder einem Grillabend im Garten.«

»Gehst du denn zu so was?«

Bernadette lächelte wehmütig. »Ja. Mein Vater ist Baltimore-Orioles-Fan. Wir haben viele Spiele von der Tribüne aus gesehen. Dabei habe ich jede Menge Hotdogs gegessen. Für wen bist du?«

»Ich bin mit Leib und Seele Yankees-Fan.«

Sie grinste. »Dann sollten wir zu einem Spiel der Yankees gegen die Orioles gehen.«

»Abgemacht. Allerdings wird das eine Weile dauern. Sie haben gerade erst letzten Monat gespielt, und leider haben wir euch geschlagen.« Seine Miene wirkte alles andere als bedauernd.

Bernadette lachte und hielt einen Finger hoch. »Ganz knapp.«

»Hast du dir das Spiel angeschaut?«, fragte Graham erstaunt.

Sie schüttelte den Kopf. »Nein, aber mein Vater hat mich angerufen und sich über die schreckliche Ungerechtigkeit aufgeregt.«

»Dann müssen wir ihn zu dem Match mitnehmen.«

Bernadettes Mund wurde trocken. Gerade gewöhnte sie sich daran, jemanden zu küssen und ihm zu vertrauen, und schon redeten sie über den Besuch eines Baseballspiels mit ihrem Vater im folgenden Jahr. Sie wusste nicht so genau, ob sie dafür bereit war. Andererseits fand sie die Vorstellung, Seite an Seite in den Trikots der gegnerischen Mannschaften zu sitzen, irgendwie aufregend.

Frank, der seinen Hotdog verschlungen hatte, widmete sich nun seinem Mittagsgeschäft. Bernadette steckte ihre Tupperware-Schüssel ein und beseitigte den Haufen der

Dogge, während Graham Frank hinterherrannte, der im Park ein Eichhörnchen jagte.

Daran konnte sie sich gewöhnen.

Merkwürdig, wie Zeit und Erfahrung die Dinge veränderten. Vielleicht nur, wenn man der richtigen Person begegnete. Denn Bernadette hatte geglaubt, auf ewig Single zu bleiben. Nicht, weil sie sich nicht nach Liebe sehnte, sondern, weil es nicht in ihren Karriereplan zu passen schien.

Doch die Frauen, die sie kennengelernt hatte – Ruth, Julie –, und die Frauen, die sie ohnehin schon kannte – Penelope, Melanie –, bewiesen ihr, dass sich Liebe und Karriere durchaus vereinbaren ließen. Möglicherweise funktionierte es auch bei ihr.

* * *

Am Abend warteten Melanie und Sarah am Seiteneingang der Bibliothek auf Bernadette. Beide trugen eine lange Hose und eine Strickjacke, da es nun kühl wurde, sobald die Sonne unterging.

Am Buchklubabend kam Bernadette sich immer ein wenig wie in einem Agentenfilm vor, wenn sie im Dunkeln zur Bibliothek eilte und sich vergewisserte, dass sie nicht beobachtet wurde, wie sie in das Gebäude schlüpfte, damit niemand die Polizei rief, weil er meinte, sie breche dort ein.

»Was für eine Heimlichtuerei.« Sarah rieb sich fröstelnd die Arme. In wenigen Monaten würden die Gehsteige schneebedeckt sein.

»Macht Spaß, was?«, bemerkte Melanie.

Als sie das vereinbarte Klopfzeichen gaben, ließ der Hausmeister sie hinein und vergewisserte sich ebenfalls, dass niemand sie gesehen hatte. Der Raum im oberen Stockwerk füllte sich mit Frauen, darunter auch Patty. Dass Patty mit Mr Wall verheiratet war, schockierte Bernadette nach wie vor jedes Mal, wenn es ihr einfiel. Sie wollte ja nicht neugierig sein, fragte sich aber, ob Patty in Bezug auf ihren Scheidungswunsch bereits etwas unternommen hatte.

Bernadette musterte Patty, die wieder so streng gekleidet war wie bei dem ersten Treffen. Patty mochte sich innerlich verändert haben, aber äußerlich präsentierte sie nach wie vor dasselbe Bild von sich. Vielleicht ging sie so mit der Veränderung um oder schaffte es dadurch, nicht mit ihrem Mann darüber reden zu müssen. Bernadette fiel es schwer, Patty nicht anders zu sehen, seit sie wusste, mit wem sie verheiratet war. Wie verhielt Patty sich zu Hause bei diesem Grobian? Glaubte sie, in der Falle zu sitzen? Bernadette war klar, dass viele Frauen sich in einer ähnlichen Lage befanden. Wenn sie ihren Mann verließen, verloren sie die Familie. Eröffneten sich Patty nun, da ihre Kinder erwachsen waren, mehr Optionen?

Kaum vorzustellen, dass Mr Wall sich im Büro so aufführte und daheim ganz anders war. Oder hatte ihr Chef möglicherweise eine sanfte Seite, die er bei der Arbeit nie zeigte?

Allerdings glaubte Bernadette nicht sich zu täuschen, wenn sie Patty für unglücklich hielt. Was sie bei ihren Treffen und im Caffe Shakespeare gesagt hatte, bewies das. Ganz egoistisch hoffte Bernadette, dass Wall nichts über den geheimen Buchklub oder die Rolle, die sie darin spielte, erfuhr. Jedes Mal, wenn sie ihn im Büro sah, kam es ihr vor, als wäre Lenox & Park auf dem Vesuv erbaut und der Boden könnte sich jeden Augenblick in glühende Lava verwandeln.

»Patty«, begrüßte Bernadette sie, vielleicht ein wenig verständnisvoller als zuvor. Dann wandte sie sich Jane zu. »Mrs Bass. Schön, Sie wiederzusehen.«

»Die Freude ist ganz meinerseits, meine Liebe.«

Patty wurde rot und wandte kurz den Blick ab. »Ich war

mir nicht sicher, ob ich heute Abend kommen würde. Offen gestanden wollte ich den Text schon lange lesen, aber er ist eben ein bisschen skandalträchtig.«

Das Buch dieser Woche – *Das sexuelle Verhalten der Frau* von Alfred Kinsey und seinem Team – war tatsächlich skandalträchtig. Wenn die Bibliothekarin geahnt hätte, dass sie die folgende Stunde damit verbringen würden, über Sex zu reden, hätte sie ihnen bestimmt den Bibliotheksausweis entzogen, sie aus dem Gebäude verbannt und den Hausmeister gefeuert, weil er sie mit ihren schmutzigen Gedanken hereingelassen hatte. Dieses Werk ging noch ein Stück weiter als *Der Weiblichkeitswahn*, und Bernadette war sehr gespannt auf die Diskussion.

Melanies Bitte um die Kinsey-Reports war erfüllt worden. Penelope hatte die Bücher bestellt und den anwesenden Frauen diskret in pinkfarbenes Papier eingewickelt zukommen lassen. Heute Abend würden sie sich über all die delikaten Kapitel unterhalten.

Bernadette hatte das Papier weggerissen, sobald sie den Band in Händen hielt, ihn sofort aufgeklappt und verschlungen. Wenige Stunden später, genauer gesagt, um sechs Uhr, war sie dann mit dem Klingeln ihres Weckers konfrontiert gewesen. Den ganzen Tag über hatte sie daraufhin im Verlag die Leute betrachtet und sich über diesen Teil ihres Lebens Gedanken gemacht. Taten sie es oder taten sie es nicht? Trauten sie sich oder trauten sie sich nicht? Sie selbst hatte mit Graham noch nicht mehr als ein paar leidenschaftliche Küsse erlebt. So ziemlich alles in dem Buch ließ sie an ihn denken. Und zwar nackt.

Sie war im Hinblick auf die Diskussion ein wenig nervös. Aber wenn sie überhaupt mit irgendjemandem über Sex und Orgasmen reden wollte, war dies vermutlich die beste Gruppe dafür. Frauen, die sie bewunderte und achtete.

Penelope rief die Anwesenden zur Ordnung, worauf alle

sich setzten, die Ausgabe von *Das sexuelle Verhalten der Frau* auf dem Schoß – die von Bernadette fest auf die Knie gepresst. Sie saß nicht als Einzige so da. Züchtig, mit weißen Knöcheln um das Buch, in dem mehr über Sex und die Funktionsweise des weiblichen Körpers geschrieben stand als in sämtlichen Harlekin-Liebesromanen, die sie kannte. Da sie auf einer Farm aufgewachsen war, einen älteren Bruder hatte, der ihr ganz offen von seinen Eroberungen erzählte, und sich selbst schon einmal auf eine Affäre eingelassen hatte, war sie davon ausgegangen, Bescheid zu wissen. Aber nein. Durch die Lektüre hatte sie sehr viel gelernt.

»Wer hat das Buch gelesen?«, fragte Penelope, der es gelang, ruhig zu klingen. Bernadette war sich ziemlich sicher, dass ihr die Stimme gekippt wäre.

Alle Hände, auch die ihre, gingen, ohne zu zögern, nach oben.

»Komplett?«, erkundigte sich Penelope.

Wieder schossen sämtliche Hände hoch.

»Tja, eine Premiere«, meinte Penelope lachend. Bei den wenigen Treffen, an denen Bernadette teilgenommen hatte, waren die Bücher nie von allen ganz gelesen worden. Manche der Frauen hatten sie nicht einmal aufgeschlagen. Somit war dieser Abend entweder ein Wunder oder ein Beweis dafür, dass Frauen sich ernsthaft für ihre Sexualität interessierten und die Gesellschaft ihnen nichts darüber verriet. »Sollen wir Kapitel für Kapitel vorgehen oder möchte jemand ein spezielles Diskussionsthema vorschlagen?«

»Ich würde gern den Anfang auslassen und gleich zu den nächtlichen Sexträumen gehen«, meldete sich Jenny zu Wort. Alle wandten sich ihr zu. Sie hielt den Blick auf Penelope gerichtet. »Ich … das wird jetzt vielleicht … okay, ich sag's einfach. Hat irgendeine von euch schon mal einen gehabt?«

25

»Ich habe eine Idee«, verkündete Bernadette am nächsten Morgen im Büro.

Als Melanie merkte, dass sie auf dem Ende ihres Stifts herumkaute, legte sie ihn weg. Nach ihrer lebhaften Diskussion über orale Fixierung am Vorabend im Buchklub musste sie darüber lachen.

»Und die wäre?«, fragte Melanie.

»Wir könnten eine Gegendemonstration organisieren. Wenn diese Mistkerle weiter da draußen aufmarschieren und uns belästigen, sollten wir unsere eigenen Transparente hochhalten.«

»Klingt nach Spaß. Aber möglicherweise wäre das auch gefährlich.« Melanie blickte sich um, als erwartete sie, dass die Protestierenden jeden Augenblick durch die Lüftungsschächte hochkrochen. »Warum sind die wenigen Verbliebenen noch nicht nach Hause gegangen? Allmählich wird die Sache lächerlich. Sie sollten sich verziehen.«

»Du hast recht. Es ist gefährlich. Mir fällt da noch etwas anderes ein. Kennst du die Kaffeeautomatenwerbung?« Bernadette lehnte sich mit der Hüfte an Melanies Schreibtisch.

»Ja. Toll, dass man bloß auf ein paar Knöpfe drücken muss, und schon läuft Kaffee in den Becher. Gott, wäre das schön, wenn man eines Tages auch nur noch auf einen Knopf drücken müsste und die Wohnung wäre gesaugt.«

»Das wird nicht passieren.« Bernadette lachte. »Aber Instantkaffee ist was anderes. Ich werde fragen, ob wir so einen Automaten kriegen können. Dann muss niemand mehr Kaffee kochen.«

»Meinst du, die lassen sich darauf ein?«

»Keine Ahnung.« Bernadette sah zu Walls Büro hinüber. »Wahrscheinlich nicht.«

»Wir könnten ja jemand anders fragen.«

»Gute Idee.«

Als hätte Wall gehört, dass sie über ihn redeten, riss er seine Bürotür auf. »Swift!«, bellte er. »Ich bezahle Sie nicht fürs Plaudern. Zurück an die Arbeit.«

Bernadette stellten sich die Nackenhaare auf. Sie plauderte nur selten. Außerdem hatte sie keine fünf Minuten zuvor ein Manuskript abgeliefert. Dann war sie zur Toilette gegangen und hatte auf dem Rückweg zu ihrem Schreibtisch nur eine kurze Pause bei Melanie eingelegt.

Er zeigte mit dem Finger auf Bernadettes Arbeitsplatz, um seine Worte zu unterstreichen, eine Geste, die er sich vor Kurzem angewöhnt hatte. Interessanterweise wirkte seine Kleidung verknitterter als sonst. Konnte es sein, dass Patty einen Bügelstreik begonnen hatte?

»Geh lieber, bevor er einen Herzinfarkt kriegt.« Melanie verdrehte die Augen, bis nur noch das Weiße zu sehen war. »Oder vielleicht solltest du besser bleiben.«

Bernadette grinste. »Ich will nicht an seinem Tod schuld sein.«

»Kommen Sie in mein Büro«, zischte Wall, als sie ihren Schreibtisch fast erreicht hatte.

Bernadette lief es kalt über den Rücken. Seit dem Zwischenfall war sie nicht mehr in sein Büro gerufen worden und hatte gehofft, auch nie wieder allein dorthin zu müssen.

Sie blickte zu Melanie hinüber, die beim Telefonieren Grimassen schnitt. Immerhin würde ihre Freundin es mitbekommen, wenn sich etwas Unschickliches ereignete.

Bernadette näherte sich Walls Büro wie einem Spukhaus – vorsichtig, ein wenig ängstlich und mit dem Gedanken, dass sie gern ziemlich viel Knoblauch dabeigehabt hätte.

Sie blieb an der Tür stehen, weigerte sich, Platz zu nehmen. Wall schüttelte den Kopf, als fände er das lächerlich.

»Ich weiß, dass Sie hinter diesem Quatsch stecken.« Er deutete in Richtung Fenster, von wo aus man trotz der großen Höhe die Protestierenden sehen konnte, die wie wütende Minipuppen wirkten. »Und ich warne Sie: Noch mehr solche Sperenzchen, und Sie sind gefeuert.«

Gefeuert? Bernadette blickte Wall erstaunt darüber an, dass er die Sache mit den Demonstranten ihr anlastete. »Was für ein Quatsch, Sir?«

Er beschrieb mit den Fingern einen Kreis. »Gleiche Rechte für Frauen … Ihnen muss ich das nicht erklären. Sie sind ja nicht dumm.«

Das erste Kompliment, das sie je aus seinem Mund gehört hatte. Leider war es zweideutig und aus dem Kontext gerissen.

»Ich meine es ernst. Mir ist es egal, mit wem Sie befreundet sind. Ich feuere Sie und alle Ihre Freunde.«

Das war eine leere Drohung, denn er besaß nicht die Macht, alle ihre Freunde zu feuern.

»Sorgen Sie dafür, dass das da draußen aufhört, und zwar sofort«, knurrte er.

Bernadette nickte, wie sie es bei einer direkten Anweisung stets tat, obwohl sich jede Faser ihres Körpers gegen eine Zustimmung wehrte. Wieso sollte sie für *weniger* Frauenrechte sein? Das widersprach jeder Logik und ging ihr gegen den Strich.

Allerdings besaß Wall die Macht, sie vor die Tür zu setzen.

Unglücklicherweise hatte ihr taktloser Chef letztlich

sogar recht. Indem sie die Frauen anspornte, die Arbeit niederzulegen, hatte sie für Unruhe in den Büros gesorgt.

Bernadette befand sich zwischen Skylla und Charybdis, zwischen ihrem Wunsch nach Gleichstellung einerseits und dem Bedürfnis, ihren Job zu behalten, andererseits.

»Bass wird Ihnen nicht ewig den Hals aus der Schlinge retten können«, stichelte Wall weiter. Als wäre Mr Bass der einzige Grund, warum sie hier war, als zählte ihre eigene Leistung nicht.

Sie hätte gern zahllose Dinge erwidert, hatte jedoch noch nie zu den Leuten gehört, die den Leu absichtlich reizten, und würde auch jetzt nicht damit anfangen. Nicht bei ihm und schon gar nicht, solange er über ihren Status im Verlag und die Jobs ihrer Freundinnen entscheiden konnte.

Bernadette nickte stumm, verließ innerlich kochend sein Büro und kehrte zu ihrem Schreibtisch und den Korrekturfahnen zurück, die sie überprüfen musste.

Marshall grinste süffisant-schadenfroh zu ihr herüber. Am liebsten hätte sie ihm einen Tritt verpasst. Sie weigerte sich, seinen Blick zu erwidern und ihm damit zu zeigen, dass sie seinen scheinheiligen Gesichtsausdruck wahrgenommen hatte.

Eine Stunde später traf die Post ein, und Bernadette schlang die Arme um Frank, weil sie seine bedingungslose Liebe und seinen massigen, schlaksigen Körper spüren wollte.

Frank sah sie besorgt an. Seine dicken Augenbrauen zuckten.

»Manche Tage sind besser als andere«, meinte sie.

Frank drückte sich enger an sie, als wüsste er, dass sie seine Nähe brauchte.

Da öffnete Wall seine Bürotür, und von diesem Moment an schien sich alles in quälendem Zeitlupentempo zu ereignen.

Frank hob den Blick.

Marshall stand auf und sagte: »Mr Wall, ich hole Ihnen Ihre Post.«

Daraufhin stürzte sich Frank zähnefletschend auf ihren Chef. Wall streckte abwehrend die Arme aus, und seine Lippen formten das Wort »Stopp«, während er zurückwich.

Dann geschah plötzlich alles im Zeitraffer. Frank packte Walls Hosenbein in Knöchelhöhe, schüttelte es wie ein Tambourin, und Wall begann zu kreischen.

Bernadette rief: »Frank, aus!« Gleichzeitig stürmte Mark von der Poststelle mit entsetzter Miene herbei und brüllte ebenfalls »Aus!«

Sofort ließ Frank Mr Walls Hosenbein los.

Mr Wall wandte sich Bernadette zu und stach in der Luft mit dem Finger auf sie ein. »Führen Sie den verdammten Köter raus. Das bringt das Fass zum Überlaufen.«

Bernadette schluckte. Sie spürte, wie das Blut aus ihrem Gesicht wich und durch ihren Körper in die Füße sank. Standen sie und Frank kurz davor, ihren Job zu verlieren?

»Entschuldigung«, murmelte sie, ergriff das Halsband an Franks Postjacke und dirigierte ihn aus dem Lektorat. »Das war ein unglücklicher Zufall.«

»Ich weiß«, sagte Mark. »Eigentlich hat er das mit der Postauslieferung fantastisch gemacht.«

»Wäre es möglich, dass er nicht gefeuert wird?«

Mark schüttelte den Kopf. »Die Unternehmensregeln besagen, dass er beim geringsten Anzeichen von Aggression entlassen werden muss.«

»Könnten Sie ihn kurz halten? Ich hole nur meine Sachen, dann bringe ich ihn nach Hause.«

»Klar. Ich fahre mit ihm runter in den Eingangsbereich. Wir warten dort.«

»Danke.«

Den Tränen nahe und mit leicht zittrigen Fingern holte Bernadette ihre Handtasche und einen Stapel Manuskripte von ihrem Schreibtisch.

Mit einem flauen Gefühl im Magen klopfte sie an Walls Tür und öffnete sie, als er sie hereinwinkte. »Ich muss Frank nach Hause bringen. Wenn Ihnen das recht ist, nehme ich diese Manuskripte mit, damit ich dort weiterarbeiten kann.«

»Nein, das ist mir nicht recht.« Er fletschte die Zähne wie kurz zuvor Frank.

Mr Walls Verärgerung war verständlich, obwohl es sich tatsächlich um einen dummen Zufall handelte. Seine Hose und sein Ego hatten tiefe Risse davongetragen. »Was soll ich dann tun?«

»Sie hätten diesen Höllenhund niemals hierherbringen sollen.« Er schlug mit der flachen Hand auf den Schreibtisch. »Den Wert der Hose ziehe ich Ihnen vom Gehalt ab.«

Erstens besaß sie keine Zeitmaschine und zweitens hatte sie keine Ahnung, wie er den Wert der Hose von ihrem Gehalt abrechnen wollte, aber das sagte sie lieber nicht. Dass seine Hose kaputt war, ging eindeutig auf ihr Konto. Sie hätte Frank diesen Befehl nicht beibringen dürfen. Trotzdem hatte es sie zutiefst befriedigt, die Angst auf Walls Gesicht zu sehen, als ihr Hund sich auf seine Hosenbeine stürzte. Ausnahmsweise war Wall das Opfer gewesen, nicht sie.

»Mark hat mir bereits mitgeteilt, dass Frank die Post nicht mehr ausliefern darf. Aber ich kann ihn nicht einfach draußen lassen«, erklärte sie für den Fall, dass er nicht begriff, warum sie das Büro verlassen musste.

»Wenn Sie vor fünf Uhr auch nur einen Fuß vor das Verlagsgebäude setzen, sind Sie gefeuert.«

Warum machte er ihr das Leben zur Hölle?

Bernadette brachte Handtasche und Manuskripte zurück zu ihrem Schreibtisch und ging zu Grahams Büro, um ihn um einen Riesengefallen zu bitten. Sie hatte ein schlechtes Gewissen, ihn damit belästigen zu müssen.

Graham saß mit dem Rücken zur Tür, die Füße verschränkt auf dem Schreibtisch, sodass seine abgetragenen braunen Oxford-Schuhe einander an den Spitzen berührten. Er blätterte in einem Manuskript.

Als sie klopfte, drehte er sich um und sah sie draußen stehen. Sofort nahm er die Füße herunter und winkte sie lächelnd herein.

»Was für eine schöne Überraschung.« Er stand auf und trat ohne nachzudenken um seinen Schreibtisch herum, als wollte er sie umarmen, doch sie hob abwehrend die Hände. »Was ist los?«

»Frank hat Mr Walls Hosenbein zu einem Kauspielzeug umfunktioniert.«

Graham lachte, verstummte jedoch schnell wieder und blickte sie an. »Wie ist das passiert?«

»Er ist gefeuert – Frank, nicht Wall –, obwohl es mir anders herum natürlich besser gefallen würde.«

»Oh nein, er hat das so gut gemacht.«

»Stimmt. Er wird schrecklich enttäuscht sein, wenn er merkt, dass er mich nicht mehr zur Arbeit begleiten darf.« Tränen brannten in ihren Augen bei dem Gedanken daran, dass sie ihm nun »Bleib!« sagen musste, wenn sie morgens die Wohnung verließ.

»Eigentlich müsste ich Frank nach Hause bringen, doch Wall meint, wenn ich das Gebäude verlasse, bin ich gefeuert. Dummerweise ist die Sache mit Frank unmittelbar nach seiner ersten Drohung mir gegenüber wegen der Proteste unten passiert. Noch so etwas, und ich bin raus.«

Graham runzelte die Stirn. »Er kann dich nicht dafür feuern, dass du Frank nach Hause bringst, wenn er nicht mehr als Posthund arbeiten darf.«

Sie zuckte die Schultern, war nicht in der Lage, sich so aufrecht wie sonst zu halten. »Möglich, aber er hat ja andere Gründe. Bestimmt könnte er die anbringen, zum Beispiel dass ich Unruhe am Arbeitsplatz stifte und die mir zugewiesenen Aufgaben nicht ordentlich erledige. Dieses Risiko war mir bekannt, als ich die Arbeitsniederlegung organisiert habe. Letztlich warte ich seitdem auf so etwas.«

Graham fuhr sich mit der Hand durch die bereits zerzausten Haare. »Wie kann ich dir helfen?«

»Danke, dass du fragst. Ich bin so froh, dich zu haben.«

»Das gilt umgekehrt genauso. Wenn du mich ließest, würde ich dich auf der Stelle umarmen.«

»Ich weiß.« Genau das hätte sie sich gewünscht.

»Also sag: Wie kann ich dir helfen?«

»Mark ist mit Frank im Eingangsbereich. Am besten wäre es vermutlich, wenn Mrs Morris ihn nähme.« Sie biss sich auf die Lippe. »Könntest du Frank zu ihr bringen? Ich würde ihr telefonisch Bescheid sagen.«

Grahams Stirn legte sich in tiefere Falten. »Soll ich mit Wall reden? Er muss dich gehen lassen. Du hast ihm angeboten, deine Arbeit mit nach Hause zu nehmen, also drückst du dich nicht davor. Im schlimmsten Fall kann er dir einen freien Tag abziehen.«

»Ich weiß nicht … Es erscheint mir nicht richtig, meinen Freund zu bitten, dass er mit meinem Chef redet.«

»Meinen Freund?« Er hob die Augenbrauen.

Bernadette wurde tiefrot. »Offiziell ist das noch nicht, aber … ja?«

»Das höre ich gern. Und ich verspreche dir: Es wäre ein Gespräch unter Führungskräften. Ich würde nicht als dein Freund auftreten.« Er verschränkte die Arme zu einem »X« vor der Brust.

Sie rang die Hände, fühlte sich schrecklich unwohl in ihrer Haut. Heute ging wirklich alles schief.

»Wenn er nicht nachgibt, kümmere ich mich um Frank. Und wenn er einverstanden ist, begleite ich dich. Egal, wie es ausgeht: Ich leiste Frank Gesellschaft.«

»Keine Ahnung, wie ich dir danken soll.« Gleich würden alle Dämme brechen.

»Du musst mir nicht danken. Wall zur Vernunft zu bringen ist der richtige Weg. Außerdem liegt ihr mir am Herzen, du und Frank. Ich würde euch niemals im Stich lassen.«

Bernadette nickte stumm, weil sie Angst hatte, dass ihr die Stimme versagen würde.

Sie verließen sein Büro und gingen in den Lektoratsbereich. Melanie starrte ihnen mit offenem Mund nach. Offenbar ahnte sie, was gleich geschehen würde.

Auch Sarah hob interessiert den Kopf und machte sich auf den Weg zu Melanies Schreibtisch, als müsste sie etwas mit ihr besprechen.

Bernadette blieb an Grahams Seite, als dieser an der Glastür von Walls Büro klopfte.

Wall verdrehte die Augen, gab ihnen jedoch zu verstehen, dass sie hereinkommen sollten. »Was kann ich für Sie tun, Mr Reynolds?«

»Mir ist gerade die Sache mit dem Posthund zu Ohren gekommen.«

»Na, Sie sind also gleich zu Ihrem Freund gerannt, was?«, fragte Wall Bernadette höhnisch.

»Das war eine höchst unangemessene Bemerkung«, erwiderte Graham. Er hielt den Blick so intensiv auf Wall gerichtet, dass vor ihrem geistigen Auge eine Szene wie aus grauer Vorzeit auftauchte, in der die beiden sich in Felle gehüllt und mit Speeren in den Händen umkreisten. Obwohl die Rolle als Höhlenmensch nicht zu Graham passte.

»Was wollen Sie?« Wall gab sich keine Mühe mehr mit Höflichkeiten.

»Ich fände es vernünftig, wenn Miss Swift ihren Hund nach Hause bringt. Sie nicht?«

Wall, der eine Viertelstunde zuvor genau das Gegenteil verfügt hatte, hob die Augenbrauen.

»Wir können den Hund nicht einfach auf die Straße lassen. Das wäre fahrlässig gegenüber einem ausgezeichneten Verlagsangestellten.«

»Dass er mich gebissen hat, nennen Sie ›ausgezeichnet‹?«

»Sie sind auf ihn zugestürzt, das sollte man doch erwähnen«, meinte Bernadette. »Vielleicht hat er das als Angriff interpretiert.«

»Absurd. Ich habe Miss Swift gesagt, dass sie gefeuert ist, wenn sie dieses Gebäude vor fünf Uhr verlässt, und dabei bleibt es.«

»Ich denke, die Personalabteilung wäre der Meinung, dass sie ihren Hund nach Hause bringen soll.«

Darauf wusste Wall keine Antwort, denn die Personalabteilung würde sich in dieser Frage höchstwahrscheinlich tatsächlich auf Grahams und Bernadettes Seite stellen.

»Gut«, knurrte Wall. »Aber Sie bewegen sich auf dünnem Eis, Swift. Bis morgen müssen alle Manuskripte bearbeitet sein.«

Bernadette nickte. Sie wusste, dass das unmöglich war – vermutlich würde sie die Nacht durcharbeiten und trotzdem nicht fertig werden –, wollte sich jedoch nicht mit ihm streiten, weil sie ihm ja schon einen Sieg abgetrotzt hatten.

»Würden Sie uns einen Moment allein lassen, Miss Swift?«, fragte Graham.

Bernadette sah ihn mit großen Augen an, versuchte, ihm mit diesem Blick zu sagen, dass er das, was er vorhatte, nicht tun solle. Sie erwartete keine Sonderbehandlung und konnte ihre Angelegenheiten selbst regeln.

Doch weil sie vor Mr Wall, der ihre Beziehung ohnehin ahnte, keine Machtspielchen mit Graham wollte, verließ sie das Büro und ging zu ihrem Schreibtisch, um ihre Sachen einzusammeln, darunter einige ihrer Rotstifte. Zum Glück hatte sie zu Hause eine Schreibmaschine und konnte so weiter an den Korrekturlisten arbeiten.

Da gesellte sich Melanie, den Blick auf Walls Büro gerichtet, zu ihr. Was auch immer Graham sagte: Er tat es so leise, dass Bernadette und Melanie kein Wort verstanden. Bernadette konnte Grahams Gesicht nicht sehen, aber Walls ohnehin schon rote Wangen hatten einen fast lilafarbenen Ton angenommen.

»Was läuft da drinnen?«, fragte Melanie mit gesenkter Stimme und fügte dann lauter für die neugierigen Kollegen hinzu: »Brauchen Sie dafür einen Karton, Miss Swift?« Sie deutete auf den Papierstapel in ihrer Hand.

»Ja, bitte.«

»Auf meinem Schreibtisch steht einer.« Sie dirigierte Bernadette hinüber, wo sie von den anderen nicht belauscht werden konnten.

Während sie das Papier in dem Karton verstauten, erklärte Bernadette alles.

»Der geigt ihm die Meinung, da bin ich mir sicher«, sagte Melanie. »Wall muss man in die Schranken weisen.«

»Er hat mir heute dreimal gedroht, mich zu feuern. Einmal vor der Sache mit Frank, einmal wegen ihr und gerade eben wieder.« Bernadette betrachtete kopfschüttelnd den Karton, in dem sich nun ordentlich gestapelt ihre Arbeit befand. »Soll ich die Sachen überhaupt mit nach Hause nehmen? Wenn ich morgen früh herkomme, setzt er mich wahrscheinlich sowieso auf die Straße, weil ich die Arbeit nicht fertig gekriegt habe. Um die zu schaffen, müsste ich die Zeit anhalten und die nächsten drei Tage rund um die Uhr schuften.«

»Er wäre verrückt, wenn er das täte. Du bist eine wertvolle Kraft, und alle arbeiten gern mit dir zusammen.«

Bernadette nickte, obwohl sie sich im Moment kein bisschen wertvoll fühlte. Gerade noch waren die Dinge so gut gelaufen, und nun schien plötzlich alles den Bach runterzugehen.

Endlich kam Graham aus Walls Büro, unterhielt sich kurz mit Evans und machte sich auf den Weg zu seinem eigenen Büro.

»Ich hole nur schnell meine Jacke.« Er zwinkerte Bernadette zu, bevor er den Flur hinunterschlenderte.

»Ui, den hat's ganz schön erwischt«, meinte Melanie.

»Wie bitte?«

»Der hat sich in dich verguckt.«

Darüber musste Bernadette schmunzeln. »Ich hab mich auch in ihn verguckt.«

»Er begleitet dich nach Hause?«

»Ja.«

»Dann hat's ihn wirklich erwischt.« Melanie seufzte. »Ich liebe die Liebe.«

»Ach, hör auf.« Bernadette lachte.

»Was ist so komisch?«, erkundigte sich Graham fröhlich, als er sich zu ihnen gesellte.

»Ich habe Bernadette gerade von einer Komödie erzählt, die Gary und ich uns neulich Abend angeschaut haben.«

»Welche denn? Ich liebe gute Komödien.«

»*Was diese Frau so alles treibt* mit Doris Day.«

»Danke für die Empfehlung. Wollen wir?« Graham streckte Bernadette den Arm hin. Bernadette wusste, dass es keine gute Idee war, sich bei ihm unterzuhaken, weil dann alle im Lektorat sahen, dass sie ein Paar waren, aber wieso sollte sie sich darüber noch Gedanken machen?

Also ließ sie die Hand um seinen Ellbogen gleiten und schenkte ihm ein Lächeln. So warteten sie auf den Aufzug. Melanie grinste vielsagend. Vielleicht hatte sie recht.

»Du bist die stärkste Frau, die ich kenne«, bemerkte Graham.

»Komisch, dass du das gerade dann sagst, wenn ich mich wie ein Häuflein Elend fühle.«

»Auch starke Menschen fühlen sich manchmal wie ein Häuflein Elend.« Wenig später betraten sie den leeren Lift, und endlich zog Graham sie zu sich heran und schlang die Arme um sie. »Was meinst du? Sollen wir ein Eis essen und den Film anschauen? Uns eine Pause gönnen, bevor du dich an die Arbeit machst?«

Bernadette bekam Lust auf einen Kuss. »Hervorragende Idee.«

26

Es gab Momente, in denen Bernadette das Gefühl hatte, sie und die Menschen, mit denen sie zusammen war, seien allein auf der Welt. Blasen des Glücks, die ewig währen sollten. Lachen, Scherze, Kameradschaft, vom Schicksal geschenkt.

Graham auf ihrem Sofa, eine Packung Eiscreme zwischen ihnen, dazu Frank, der überall in der Wohnung Papier zerfetzte, während sie auf ihrem alten Fernseher Marx-Brothers-Filme und Wiederholungen von *I Love Lucy* anschauten – das war einer dieser Momente, die niemals enden sollten. Da das Kino ausverkauft gewesen war, hatten sie sich für einen Abend zu Hause entschieden.

Der mit einem leidenschaftlichen Kuss endete.

Einem Kuss, der sie elektrisierte.

Einem Kuss, der sie dazu brachte, Graham an der Hand zu nehmen und zu ihrem Bett zu ziehen.

Einem Kuss, nach dem sie sich entkleideten.

Einem Kuss, nach dem sich ihre Haut berührte und all jene Dinge geschahen, über die sie nachgedacht, nach denen sie sich gesehnt hatte. Glückseligkeit.

In dieser Nacht schlief Bernadette besser als seit Jahren, weil sie in Grahams Armen lag. Und war enttäuscht, als er vor dem Morgengrauen erwachte und in seine eigene Wohnung zurückkehrte, um sich für die Arbeit umzuziehen.

Sie trank Kaffee, während Frank sie fragend ansah. Er begriff nicht, warum jemand auf seiner Seite des Betts geschlafen hatte. Warum sein Mädchen in der Nacht so lange mit Graham gerungen hatte.

»Das wird nicht jede Nacht so sein. Noch nicht«, versprach Bernadette ihm, obwohl sie das Gegenteil hoffte.

Frank stieß ein leicht verstimmtes Seufzen aus, als durchschaute er ihre Lüge.

»Ich wünschte, du könntest mich ins Büro begleiten.«

Frank legte sich auf den Boden und betrachtete sie mit traurigen Welpenaugen, die sie fast dazu gebracht hätten, ihn doch mitzunehmen. Aber er würde zu viel Chaos anrichten. Das war die Sache einfach nicht wert.

»Heute Abend bringe ich dir Pizza mit. Na, wie ist das?«

Frank erhob sich und bellte, worauf Bernadette ihre Kaffeetasse abstellte und ihn ausführlich am Bauch kraulte, bevor sie sich für die Arbeit fertig machte.

Doch als sie im Verlag eintraf, mit dem Karton voller Manuskripte, die sie mit nach Hause genommen und die – zum Teil absichtlich, zum anderen Teil nicht, sie hatte ja schließlich zu tun gehabt – unbearbeitet geblieben waren, wünschte sie sich, ihre Wohnung niemals verlassen zu haben.

Wall wartete neben ihrem Schreibtisch, wie lange schon, wusste sie nicht. Seinem aggressiven Blick nach zu urteilen wohl länger, als ihm lieb war. Natürlich kam sie nicht zu spät, das passierte bei ihr nie. Aber irgendwie richtete er immer alles so ein, dass er enttäuscht sein konnte.

Im Büro hielt sich außer ihnen niemand auf. Evans, Marshall und Greene erschienen nie vor neun Uhr, die anderen würden jeden Moment eintrudeln.

»Guten Morgen, Mr Wall«, begrüßte Bernadette ihn. Sie versuchte, freundlich zu sein, klang jedoch glashart.

Er nickte in Richtung des Kartons in ihrer Hand. »Das sind die fertigen Manuskripte, nicht wahr?«

Schon rollt die Katastrophe heran.

»Das sind die Manuskripte, aber sie sind noch nicht ganz fertig.«

»Dann haben Sie die Deadline nicht eingehalten.«

»Eines ist heute Nachmittag fällig, die anderen haben noch bis später in dieser Woche Zeit.«

»Sie mussten bis heute Morgen fertig sein.« In seiner Stimme schwang Schadenfreude mit.

»Die Änderung des Abgabetermins habe ich nicht mitbekommen.« Sie hätte tags zuvor besser zuhören sollen. Seine Forderungen waren eine Drohung gewesen; der Herstellungsplan hatte sich nicht geändert. Wall ließ ihr gegenüber die Muskeln spielen.

»Lektoren, die ihre Termine nicht halten, können wir nicht dulden. Sie gefährden die gesamte Produktion eines Buches, sämtliche anderen Herstellungsstufen geraten ins Hintertreffen.«

»Ich setze mich sofort daran, dann haben Sie sie bis fünf Uhr.«

Wall nahm den Karton. »Nein, das tun Sie nicht.«

»Mr Wall?« Es war, als würde sie beobachten, wie unsichtbare Tinte nach und nach auf dem Papier erschien. Bernadette wusste bereits etwa fünf Sekunden, bevor sie vollständig zu erkennen war, was geschehen würde.

»Sie sind gefeuert.«

Bernadette bekam einen trockenen Mund. Gefeuert. Entlassen. Vor die Tür gesetzt.

Sie spürte die Wucht von Walls Schlag, als hätte er ihr eine Pistole direkt auf die Brust gesetzt.

»Fällt Ihnen dazu nichts ein?«, höhnte er.

Dazu wäre ihr sogar sehr vieles eingefallen, nichts davon schicklich.

»Wollen Sie nicht um Ihren Job betteln?«, provozierte er sie.

Kurz schwieg Bernadette, dann sagte sie, was sie dachte: »Sie möchten mich demütigen? Ich soll vor Ihnen auf die Knie gehen? Das würde Ihnen wohl gefallen.« Bernadette wusste nicht, woher diese Worte kamen. Nun lag das eigentliche Thema offen auf dem Tisch.

Sie war nicht bereit gewesen, mit ihm zu schlafen. Und nun rächte er sich.

Eine Katastrophe epischen Ausmaßes, an der sie nicht teilhaben wollte.

Wall lachte hämisch. »Ich muss Sie gar nicht demütigen, Miss Swift. Das machen Sie selbst sehr gut.« Dass sein Blick dabei zu ihren Beinen wanderte, sagte mehr als eine offene Erniedrigung.

Bernadette lächelte. »Sie können mich abkanzeln, so oft Sie wollen, Mr Wall. Doch ich kenne meinen Wert sowie den meiner Arbeit. Den der Ihren kenne ich auch, und schon bald werden alle um ihn wissen.«

Sie öffnete ihre Handtasche, verstaute den Krimskrams vom Schreibtisch darin, darunter all ihre Rotstifte. Er beobachtete sie schweigend. Während sein Blick sie glühend heiß durchbohrte, hielt sie sich aufrecht und verriet ihm mit keiner Faser ihres Körpers, wie nahe sie einem Nervenzusammenbruch war.

Als sie alles eingepackt hatte, ließ sich ihre Handtasche nicht schließen, weil der Bleistifthalter herausstand. Ohne darauf zu achten, marschierte sie in Richtung Tür.

»Versuchen Sie keine Tricks, Miss Swift«, rief Wall ihr hinterher. »Sie können nicht gewinnen.«

Das mochte sein. Aber sie wollte auch gar nicht gewinnen.

Sie wollte ihn nur niemals wiedersehen. Niemals mehr die gleiche Luft wie er atmen. Niemals mehr wahrnehmen, wie er sie mit Blicken auszog. Ihn niemals mehr brüllen, keine Verleumdung mehr aus seinem Mund hören.

Tom Wall und sämtliche Walls dieser Welt konnten zur Hölle fahren.

Vor dem Aufzug tippte Bernadette ungeduldig mit dem

Fuß auf den Boden, weil der Lift ewig bis in den elften Stock brauchte, vermutlich weil nun alle in die Büros strömten. Als die Türen aufgingen, traten Melanie und Sarah mit einigen anderen heraus. Ihr Blick fiel auf Bernadettes pralle Handtasche.

Bernadette nahm stumm ihren Platz im Aufzug ein. All ihre Kraft hatte sich auf die Konfrontation mit dem Büffel konzentriert. Für ihre Freundinnen war nichts mehr übrig.

»Wo wollen Sie hin?«, fragte Sarah, die Hand an der Lifttür, damit sie sich nicht schloss.

»Nach Hause.«

»Nach Hause?«, wiederholte Melanie, als hätte sie das Wort noch nie gehört.

Bernadette nickte. »Wall hat mich gefeuert.«

Vor Schreck zog Sarah die Hand aus der Tür, die zuging, bevor sie sie wieder dazwischenschieben konnte. Bernadette sank gegen die Wand des Aufzugs. Ein Aufzug, in dem sie Tausende Male gefahren war. Ein Aufzug, in dem sie geflirtet und Graham geküsst hatte. Ein Aufzug, der sie an den Ort gebracht hatte, an dem ihre Träume Realität hätten werden können. Und nun brachte er sie nach unten, wo Wall sie haben wollte.

Im Eingangsbereich marschierte sie zur Tür.

»Alles in Ordnung, Miss Swift?«, erkundigte sich Gary.

»Ja, Gary.« Sie schenkte ihm ein gekünsteltes Lächeln, das er bestimmt durchschaute. Zum Glück nickte er nur und stellte keine Fragen, als er ihr die Tür aufhielt.

Graham schloss gerade am Fahrradständer mit dem Rücken zu ihr sein Rad ab. Am liebsten wäre sie zu ihm gerannt und hätte ihm erzählt, was passiert war. Aber sie war sich nicht sicher, ob sie im Moment mit seinem Mitgefühl umgehen konnte. Ob er fordern würde, dass sie etwas unternahm. Graham würde die Sache nicht einfach so auf sich beruhen lassen. Deshalb hastete sie in der Hoffnung zur Bushaltestelle, dass er sich nicht umdrehen, einen pinkfarbenen Schatten sehen und ihr nacheilen würde.

Als sie den Schlüssel ins Schloss ihrer Wohnung schob, begann ihr Telefon zu klingeln. Sie ging nicht ran. Vermutlich Melanie oder Graham. Vielleicht sogar Penelope, weil Melanie ihr höchstwahrscheinlich von dem Eklat erzählt hatte.

Bernadette schenkte alledem keine Beachtung, machte es sich mit Frank auf dem Sofa bequem und aß das, was vom Eis noch übrig war, während sie Wiederholungen von Julia Childs Sendung anschaute.

Als es an der Tür klopfte, reagierte sie auch darauf nicht. Natürlich war es schwierig, so zu tun, als wäre sie nicht daheim, wenn Frank bellte und der Fernseher laut lief, doch momentan wollte sie einfach niemanden sehen.

»Bernadette?«, erklang von draußen die besorgte Stimme von Mrs Morris.

Was machte sie hier? Und woher wusste sie, dass Bernadette zu Hause war?

Da Bernadette sich nun um ihre Vermieterin Sorgen machte, stellte sie das Eis auf dem Beistelltischchen ab. Frank begann sofort, an der Verpackung zu lecken.

Bernadette öffnete die Tür. »Mrs Morris, was ist denn los?«

»Die Frage könnte ich Ihnen auch stellen, meine Liebe. Ihre Mutter hat schon mehrfach angerufen.« Bernadette schreckte aus ihrer Apathie auf.

»Meine Mutter?«

Mrs Morris nickte. »Sie hat versucht, Sie im Büro zu erreichen, aber dort wurde ihr gesagt, Sie seien zu Hause. Dann hat sie hier angerufen, doch Sie sind nicht rangegangen. Da hat sie sich mit mir in Verbindung gesetzt und mich gebeten, bei Ihnen nachzusehen und Ihnen zu sagen, dass Sie sie zurückrufen sollen. Es sei dringend.«

Es gab nur sehr wenige Gründe, warum ihre Mutter sie in der Arbeit anrief, keiner davon gut.

»Danke, Mrs Morris.« Ihre Kehle fühlte sich an, als hätte sie Sand geschluckt.

»Alles in Ordnung, meine Liebe?«, erkundigte sich Mrs Morris.

Bernadette seufzte. »Wird schon wieder.« Diese Annahme war ungefähr so realistisch wie die, dass Wall sie anrufen und ihr mitteilen würde, er habe einen Fehler gemacht.

Sie schloss die Tür, nachdem sie Mrs Morris versprochen hatte, später mit Frank vorbeizuschauen, und eilte zum Telefon, um sich bei ihrer Mutter zu melden. Was konnte passiert sein? War etwas mit ihrem Vater? Oder mit ihrem Bruder?

Ihre Mutter ging beim ersten Mal Klingeln ran. »Bernie, wo steckst du denn?« Sie klang panisch. Sofort bekam Bernadette ein schlechtes Gewissen, weil sie sich den ganzen Tag über in Selbstmitleid gesuhlt hatte, als ihre Mutter sie brauchte.

»Was ist passiert?«

»Wir sind zum Flughafen gefahren, um deinen Bruder abzuholen, aber er war nicht da.«

Bernadette umfasste den Telefonhörer fester. »Wart ihr zur richtigen Zeit dort?«

»Ja, ja. Wir haben bei seinem Stützpunkt in North Carolina angerufen. Die haben uns gesagt, dass er nicht von Vietnam zurückgekommen ist. Er wird … vermisst.«

Sämtliche Luft verabschiedete sich auf einmal aus Bernadettes Lunge. Sie sank zu Boden, kam mit dem Hinterteil auf dem Teppich auf, der ihren körperlichen Sturz abfederte, wenn auch nicht ihren emotionalen.

»Wo ist er?«, fragte sie, obwohl sie wusste, dass ihre Mutter ihr keine Antwort darauf geben konnte.

»Das ist nicht bekannt. Er und seine Einheit waren auf dem Weg zum Flugplatz, als sie sie aus den Augen verloren haben.«

Bernadettes Gehirn war wie leergefegt. So leer, als könnte sie die Gedanken nicht mehr bewältigen, die die Worte ihrer Mutter verursachten. Als bestünde ihr Gehirn plötzlich aus Schaumstoff wie die Füllung des Sofas.

»Soll ich nach Hause kommen?«, presste sie in der Erwartung hervor, dass ihre Mutter Ja sagen würde.

»Nein, noch nicht. Möglicherweise ist alles ein Irrtum.« Ihre Mutter klang verzweifelt.

Das hoffte auch Bernadette, aber warum sollten die Leute vom Militär behaupten, er sei vermisst, wenn dem nicht so war? Wenn er zum Beispiel einfach nur in einen anderen Flieger gestiegen war?

»Mom, ich denke, ich sollte …«

»Nein, Bernie«, fiel ihre Mutter ihr ins Wort. Nun wurde Bernadette klar, dass sie sie abblockte, weil die Sache real würde, wenn sie nach Hause käme.

Dann würde man sich echte Sorgen machen müssen, und im Augenblick konnte ihre Mutter solche Gedanken nicht zulassen.

Doch Bernadette wollte auch nicht allein sein, sie sehnte sich nach ihrer Familie.

»Geh wieder in die Arbeit, Bernie«, meinte ihre Mutter. »Warum bist du überhaupt zu Hause?«

Sie hatten ihrer Mutter also nicht mitgeteilt, dass Bernadette gefeuert war. Darüber sollte sie sich nicht auch noch Sorgen machen müssen.

»Mir war ein bisschen unwohl.« Was für eine jämmerliche Lüge!

»Oje. Vielleicht kann die nette Mrs Morris dir eine Suppe kochen.«

»Ja, Suppe wäre schön.« Sie log ihre Mutter nicht gern

an, doch die Wahrheit hätte sich schal angefühlt. »Ich bin bald wieder auf dem Damm, versprochen. Halt mich wegen Ben auf dem Laufenden, Mom.«

»Bestimmt taucht er auf.« Ihre Mutter klang unsicher, fast schon ein wenig hysterisch. Bernadette hätte sich gewünscht, in den nächsten Zug steigen und nach Hause fahren zu können. Aber sie fürchtete, dass ihre Mutter sie verscheuchen würde. Sie war abergläubisch und würde Bernadette vielleicht den Vorwurf machen, sie habe die Situation negativ beeinflusst, wenn ihr Bruder dann tatsächlich nicht auftauchte.

Daran wollte Bernadette nicht schuld sein. Und die vielleicht bittere Wahrheit wollte sie sich auch nicht eingestehen.

27
Frank

Irgendetwas stimmt nicht.

Heute schlägt das Herz von meinem Mädchen anders.

Ich hebe die Verpackung mit dem schmelzenden Eis vom Tisch und bringe sie ihr, schiebe sie ihr hin. Sie sitzt nach wie vor auf dem Boden, lächelt traurig.

»Braver Junge, Frank. Den Rest kannst du haben.«

Aber ich will den Rest nicht.

Ich will mein Mädchen zurück. Ich rolle mich neben ihr zusammen, lege den Kopf in ihren Schoß. Das mache ich in letzter Zeit ziemlich oft. Fürs Erste müssen meine Runden durchs Viertel ruhen, das ist mir klar, denn meine wichtigste Aufgabe ist immer, für das Wohlergehen von Bernadette zu sorgen.

Dann fällt mir etwas ein.

Ich springe auf und laufe zu ihrem Nachttisch. Dort packe ich mit den Zähnen den Knopf der Schublade und ziehe sie auf. Ich hole das in Leder gebundene Notizbuch heraus. Als meine Zunge das appetitliche Papier berührt, muss ich mich sehr beherrschen, nicht hineinzubeißen.

In dieses Notizbuch schreibt sie oft. Sie markiert Sachen und erzählt mir von Dingen, die sie gelesen hat und die ihr gefallen haben.

»Was machst du denn mit meinem Zitatenbuch?« Sie nimmt es, nachdem ich es in ihren Schoß habe fallen lassen.

Ich stupse ihre Hand an. *Schlag's auf. Lies darin. Lächle.*

Als sie darin blättert, kehrt tatsächlich ein kleines Lächeln auf ihre Lippen zurück. »Du weißt wirklich, wie du mir bessere Laune machen kannst, Frank. Wie findest du diese Zitate von Eleanor Roosevelt? ›Glück ist kein Ziel für sich, sondern ein Nebenprodukt eines gut gelebten Lebens.‹ Und: ›Anderen Menschen Freude zu bereiten, hält unser Interesse am Leben wach und sorgt dafür, dass wir uns auf morgen freuen.‹ Hunden sollte man auch Freude bereiten, würde ich hinzufügen.«

Ich stupse sie wieder an. Sie soll weiter in dem Notizbuch blättern, weiter darin lesen. Die Worte darin scheinen die dunklen Wolken in ihren Augen vertreiben zu können. Außerdem höre ich ihr gern zu, wenn sie mir die Bedeutung von allem erklärt.

»Hier ist eins, das Ralph Waldo Emerson zugeschrieben wird: ›Für jede Minute, die du wütend bist, verlierst du sechzig Sekunden Glück.‹ Ich weigere mich, W-A-L-L auch nur weitere sechzig Sekunden von meinem Leben zu schenken. Aber Bennie …«

Bennie. Unser Ben. Das also lastet ihr auf der Seele.

»Ich glaube, ich brauche ein bisschen frische Luft. Park?«

Ich belle. Schon bei dem Wörtchen »Luft« habe ich die Ohren gespitzt.

Kurz darauf legt sie mir Halsband und Leine an. Wir verlassen die Wohnung wie an jedem anderen Tag, an dem wir im Park spazieren gehen wollen. Die Blätter fallen von den Bäumen und es huschen so viele Eichhörnchen herum, dass ich gar nicht weiß, in welche Richtung ich mich zuerst wenden soll. Nach rechts. Nach links. Rauf. Runter. Ich drehe mich im Kreis, bis die Leine sich um Bernadettes Beine wickelt, sie ins Wanken gerät und lachend zu Boden geht.

»Frank!«, ruft sie aus.

Zur Entschuldigung lecke ich ihr Gesicht und bleibe so ruhig stehen, wie ich eben kann, obwohl das nicht sehr ruhig ist, weil die Felldinger ständig an mir vorbeisausen und ich nichts lieber tun würde, als ihnen nachzujagen.

Sie löst meine Leine vom Halsband. »Gönn dir den Spaß, aber lauf nicht zu weit weg.«

Ich renne einem Eichhörnchen hinterher, das einen großen Baum hinaufwill. *Nein, nicht raufklettern!*

Schon ist es oben, und ich möchte auch rauf. Ich springe hoch, versuche, mich am Stamm festzuhalten, aber ich bin einfach nicht so gelenkig wie das Eichhörnchen und rutsche ins Gras zurück.

Ich belle den Baum hinauf. *Komm runter. Lass uns das noch mal machen!*

Das Eichhörnchen schaut, eine Eichel in den Händen, zu mir herunter, zwinkert mir zu, flitzt zum äußersten Ende eines Astes, neckt mich. Dann springt es, sein Körper verharrt in der Luft, und ich denke *Ja, ich krieg dich*, doch schon landet es auf einem anderen Ast.

Meine Leine baumelt an Bernadettes Hand. Mein Mädchen ist so still. Ich trotte zu ihr. Sie betrachtet mich, ohne mich zu sehen.

Ich stupse sie am Knie an, an der Hüfte, schiebe den Kopf unter ihre Hand.

Was ist, Mädchen?

Als sie mich endlich anschaut, sind Tränen in ihren Augen. Sie fallen in großen Tropfen auf ihre Wangen.

Mein Mädchen. Sonst so voller Leben. Ich möchte ihr helfen, das Glück wiederzufinden, von dem sie mir aus ihrem Notizbuch vorgelesen hat. Sich selbst wiederzufinden.

28

Bernadettes Niedergeschlagenheit besserte sich nicht.

Am Telefon meinte Graham, sie habe wohl den Blues, worauf sie ihm erklärte, dieses Wort stamme aus dem neunzehnten Jahrhundert, als Menschen, die einen Alkoholentzug durchmachten, unter Halluzinationen litten, die sie als »blue devils«, also blaue Teufel, bezeichneten. Später verkürzte man den Ausdruck auf »Blues«, der einen Zustand der Depression oder Melancholie beschrieb. Ende des neunzehnten Jahrhunderts wurde er schließlich auf das bekannte afroamerikanische Musikgenre übertragen.

Als Bernadette Kaffee einschenken wollte, verfehlte sie die Tasse knapp, sodass sich die Flüssigkeit über die Arbeitsfläche ergoss. »Verdammt.«

»Ich komme zu dir.« Bevor sie etwas entgegnen konnte, hatte Graham schon aufgelegt.

Frank trottete vom Fenster in die Küche, legte die Pfoten auf die Arbeitsfläche und begann, die Pfütze aufzulecken.

Bernadette wusste nicht, ob sie lachen oder weinen sollte. Lachen, weil ihr geliebter Hund ihr Chaos beseitigte, obwohl es doch eigentlich umgekehrt gedacht war, oder weinen, weil Bernadette für gewöhnlich keine dummen Fehler machte, kein Chaos verursachte und niemals so neben der Spur war.

»Du bist wirklich ein guter Junge, Frank.«

Er leckte den letzten Rest Kaffee weg und wandte sich ihrer Hand zu.

Kurz nachdem sie die Arbeitsfläche vollends sauber gewischt hatte, klopfte Graham mit den Zutaten für Double-Fudge Chocolate Chip Cookies, einem handgeschriebenen Rezept seiner Mutter sowie einem schiefen Grinsen an der Tür.

»Ich weiß, das sind keine Haferkekse mit Rosinen, aber jedes Mal, wenn ich als Heranwachsender den Blues hatte, war meine Mom so lieb, die für mich zu backen.« Er stellte die Tüte mit den Sachen und dem Rezept auf ihrem Tisch ab. Sofort warf Bernadette sich in seine Arme.

»Danke«, flüsterte sie, die Wange an seinem Hemd, das angenehm kühl von der Herbstluft draußen war.

»Gern geschehen.« Er drückte ihr einen Kuss auf die Stirn. »Lass uns backen. Wenn du reden möchtest: Ich bin da.«

Bernadette löste sich von Graham, um ihn anzusehen. Dabei erinnerte sie sich, wie sie früher lediglich sein Spiegelbild in den Aufzugtüren betrachtet hatte. Wie sie sich geschworen hatte, nichts mit ihm anzufangen, und nun war er bei ihr zu Hause und sie in seinen Armen.

»Fangen wir an.« Sie maßen ab, mischten, formten und buken. Bernadette hatte keine Lust zu reden. Beim Backen ging es für sie eher ums Nachdenken, nicht ums laut Aussprechen. Während sie den Teig mit der Hand rollte und auf das Backpapier legte, schienen sich ihre Gedanken wie auf ordentlich geschriebenen Rolodex-Karteikarten zu sortieren.

Wenig später erfüllte der Duft geschmolzener Schokolade die Wohnung und sie saßen auf dem Sofa, sie mit dem Kopf an Grahams Schulter und Frank mit dem seinen auf ihren angezogenen Beinen. In ihrem Apartment hatte sie sich immer schon wohlgefühlt, doch die beiden bei sich zu haben, verstärkte dieses Gefühl noch.

»Heute Abend ist mein Buchklub«, sagte sie, eine Hand auf Franks Kopf.

»Geh hin.« Graham verschränkte seine Finger mit den ihren.

»Das Buch habe ich gelesen, ist allerdings schon länger her.« Es war Lektüre für einen ihrer Englischkurse am Barnard College gewesen. Die Ausgabe mit ihren Anmerkungen am Rand besaß sie nach wie vor.

»Was ist es denn für ein Roman?«

»*Die Fahrt zum Leuchtturm* von Virginia Woolf.«

»Ah, ein Klassiker.« Graham hob ihre Hand an seine Lippen, um sie zu küssen.

»Ja, das Werk beschäftigt sich mit der Rolle der Frauen in der Gesellschaft.«

»Geh auf jeden Fall hin. Nicht nur wegen des Themas, sondern auch wegen der anderen.«

Da klingelte der Wecker für die Kekse. Bernadette stand auf und tappte die kurze Strecke zur Küche, vorgeblich, um die Kekse aus dem Ofen zu holen, in Wahrheit jedoch, um nichts erwidern zu müssen. Sie nahm sie mit ihren Lieblingstopflappen in Schweinchenform heraus und stellte sie auf die Arbeitsfläche. Der Anblick der zerflossenen Schokolade ließ ihr das Wasser im Mund zusammenlaufen.

Als Frank sie mit einem Blick anbettelte, holte sie einen Haferkeks für ihn aus einem Glas, den er verschlang, noch ehe sie den Deckel wieder darauf hatte.

»Schokolade ist nicht gut für Hunde«, erinnerte sie ihn. Frank war das egal, solange er einen der anderen Kekse bekam.

»Die riechen köstlich.« Graham lehnte, die Hände in den Taschen, an dem kleinen Türbogen, der die winzige Küche vom Wohnbereich trennte, und betrachtete die Kekse. »Wie in der glücklichen Kindheit.«

Bernadette warf die Schweinchentopflappen lachend auf die Arbeitsfläche. »Wenn wir diesen Duft doch in Fläschchen abfüllen und so jederzeit daran riechen könnten.« Ihr

Lachen verebbte, als sie an Ben dachte. Es kribbelte ihr in den Fingern, zum Telefonhörer zu greifen und ihre Mutter, vielleicht sogar bei der Army anzurufen.

Doch ihre Mutter hatte gesagt, sie würde sich wieder melden, sobald sie etwas Neues wüsste, also musste Bernadette sich in Geduld üben. Normalerweise fiel ihr das leicht, aber heute kam sie sich vor wie eine hungrige Bärin, die am Ufer eines Flusses versuchte, Lachse aus der Luft zu fangen.

Grahams Hand auf ihrem Rücken riss sie aus ihren Gedanken. »Sie werden ihn finden.«

Er klang so sicher. Sie sah ihn blinzelnd an. »Das hoffe ich.« Ihre größte Sorge war, dass sie ihn nicht lebend finden würden. Flugzeuge verschwanden und wurden nie entdeckt. Amelia Earharts Flieger war verschollen geblieben, die Gerüchte über ihr Schicksal reichten von einem Absturz über dem Meer bis zu einem Abschuss und anschließender Hinrichtung. Bis zum heutigen Tag wusste niemand, was aus ihr geworden war.

Schließlich befand sich ihr Bruder nicht auf einer Vergnügungs- oder Ferienreise. Er hielt sich in Feindesgebiet auf, und Bernadette besaß eine lebhafte Fantasie.

Um sich abzulenken, ergriff sie einen Spatel und überprüfte, ob sich die Kekse bereits vom Backpapier lösen ließen. Beim ersten gelang dies problemlos. Doch dann begann sie so stark zu zittern, dass er auf den Boden fiel.

Frank lief herbei, um sich die Leckerei zu holen, die er eigentlich nicht haben durfte. Die schnellste Methode, ihn daran zu hindern, bestand darin, auf die heißen Krümel zu steigen und sie mit ihrem bestrumpften Fuß in den Küchenboden zu treten.

Gesagt, getan. Als sie die heiße geschmolzene Schokolade an ihrer Fußsohle spürte, schrie sie vor Schmerz auf.

Frank wich zurück und setzte sich auf die andere Seite

des Türbogens, von wo aus er sie verwirrt und besorgt ansah.

Sofort eilte Graham heran, hob sie hoch und setzte sie auf die Arbeitsfläche. Dann machte er sich daran, den Schmutz wegzuwischen, während sie die Beine baumeln ließ.

Tränen brannten ihr in den Augen, weniger von der heißen Schokolade, die sie kaum noch spürte, sondern eher wegen der Sorge um ihren Bruder. Sie fühlte sich so unsicher und unwohl in ihrer Haut. Als hätten sich alle ihre Emotionen ausgedehnt und würden aus ihren Poren dringen.

»Bist du okay?« Graham warf den zermatschten Keks in den Müll, wusch sich die Hände und nahm ihren Fuß, um die Sohle zu inspizieren. Er hob erstaunt die Augenbrauen. »Wow, die Schokolade hat glatt das Nylon schmelzen lassen.«

»Ach.« Bernadette winkelte das Bein ab und begutachtete ihren Fuß selbst. Tatsächlich, da war ein Loch in dem Material. Die Ränder waren aufgeworfen und die rosige Sohle ihres Fußes schaute schokoladenverschmiert darunter hervor. »Meine Strumpfhose hat buchstäblich den Keks aufgegessen, was?«

Graham ließ lachend einen Daumen über die erstarrende Schokolade an der Unterseite ihres Fußes gleiten. »Was für ein Schlamassel. So willst du vermutlich keinen Schuh anziehen.«

Sie schüttelte den Kopf. »Ich bin total im Eimer.«

»Kein Wunder. Heute war ein übler Tag.« Graham stützte die Hände zu beiden Seiten ihrer Hüfte auf die Arbeitsfläche, als wäre er ein Seil, das sie hielt, oder eine wackelige Brücke über einem Abgrund.

»Ja, ein echter Scheißtag. Der schlimmste Scheißtag, den ich je erlebt habe.« Bernadette ließ, durch seine Gelassenheit ein wenig beruhigt, die Finger über seinen Arm gleiten.

»Jetzt gibt's nur noch eine Richtung«, sagte Graham mit ernstem Blick, doch seine Augen blitzten.

»Zu meinem Schrank, um eine frische Strumpfhose herauszuholen?«, neckte sie ihn.

»Genau.« Sein Mund verzog sich zu einem Grinsen. »Und nach oben. Wenn man am Boden ist, kann's nicht mehr weiter runter gehen.«

»Da ist Frank anderer Meinung. Die Löcher, die er hier in dieser Stadt gebuddelt hat, zeugen davon.«

Als Frank seinen Namen hörte, bellte er und drehte sich um die eigene Achse.

»Mag sein. Aber du buddelst keine Löcher, oder?«

»Kommt drauf an, wie du das meinst.« Bernadette legte kokett den Kopf ein wenig schief und lächelte bei der Erinnerung an ihre Jugend. »Ben und ich mussten früher auf der ganzen Farm Löcher graben.«

»Gut, abgesehen mal von Farm- und Hundelöchern glaube ich, dass es von dem Punkt aus, an dem du, Bernadette Swift, dich gerade befindest, nur noch nach oben gehen kann. Du kriegst deinen Job wieder und man wird deinen Bruder finden.«

Sie biss sich auf die Lippe, weil sie ihn nicht in seinem Optimismus bremsen wollte. Graham bemühte sich sehr, sie aufzubauen, und das wusste sie zu würdigen. Er war ein Schatz. In seiner Anwesenheit hatten sich ihre Stimmung und ihr Blick auf die Zukunft deutlich verbessert. Ohne ihn hätte sie sich nach wie vor auf dem Boden sitzend in ihrem Leid gesuhlt.

Trotzdem wusste sie nicht, ob sie ihren Job bei Lenox & Park überhaupt zurückwollte. Die Vorstellung, wieder in den elften Stock hinaufzufahren, wo Wall sie anblaffte, erschien ihr gerade wie Folter.

Vielleicht hatten ihre Eltern von Anfang an recht gehabt, und sie sollte mit diesem Unsinn aufhören, die erste Leiterin eines Verlages werden zu wollen. Wenn sie es nicht einmal schaffte, ihre Stelle im Lektorat zu halten, wie sollte sie dann einen Verlag führen? Sie hatte sich gerade einmal mit Mühe den Respekt einiger ihrer männlichen Kollegen erkämpft. Graham und Mr Bass zählten nicht. Nach ihren Erfahrungen bisher befanden sie sich in der Minderheit.

»Ich sehe, wie es in deinem klugen Gehirn rattert«, bemerkte Graham. »Mach ruhig, aber zieh dich trotzdem um. Ich packe dir die Kekse für deine Freundinnen im Buchklub ein. Du brauchst Ablenkung.«

»Du bist eine wunderbare Ablenkung.«

»Immer gern, meine Liebe. Doch eine Frau braucht auch Freundinnen.«

Manchmal dachte sie, Graham sei eigens für sie gemacht worden. »In der Bibliothek ist essen verboten.«

Graham schmunzelte. »Eigentlich darf da auch kein geheimer Buchklub stattfinden.«

Bernadette drohte ihm spielerisch mit dem Finger. »Sie spielen ein gefährliches Spiel, Mr Reynolds.« Sie packte ihn vorn am Hemd, zog ihn zu sich heran und presste ihre Lippen auf die seinen. »Ich mag dich«, flüsterte sie.

»Ich mag dich auch.«

***

Melanie, Sarah und Penelope warteten im Schatten der Bibliothek auf Bernadette, drei Gestalten, dicht beieinander vor der Steinmauer. Wenn Bernadette nicht gewusst hätte, dass sie da waren, wäre sie auf wer weiß welche Gedanken gekommen.

»Wie geht es dir?« Melanie umarmte sie. Ihre Wange fühlte sich kühl an, und der Duft ihres Parfüms tröstete Bernadette.

»Ich habe gehört, was passiert ist.« Als Nächste schloss

Penelope die Arme um sie. Ihren Duft kannte Bernadette schon seit dem Barnard College.

»Ich werd's überleben. Das ist nicht die erste schwierige Zeit, die ich durchmache, und wird auch nicht die letzte sein. Ich habe mein Gleichgewicht schon fast wiedergefunden.« Ihre Stimme klang bedeutend kräftiger, als sie sich fühlte.

Penelope schmunzelte. Vermutlich dachten sie beide an ihren Skiurlaub damals am Bear Mountain. Sie waren mit einigen Freunden im Zug hingefahren. Bernadette, die das erste Mal auf Brettern stand, hatte die meiste Zeit auf ihrem Hinterteil verbracht. Trotzdem hatte sie immer wieder gesagt: *War bloß wieder so eine schwierige Stelle. Gleich hab ich's!*

»Ich rieche Schokolade. Sind das Kekse in Ihrer Handtasche?«, fragte Sarah.

Bernadette klopfte schmunzelnd auf die prall gefüllte Tasche. »Ja.«

»In der Bibliothek ist essen verboten«, wandte Sarah ein.

»Eigentlich dürfen wir uns dort auch nicht treffen«, wiederholte Bernadette die Worte Grahams. In dem Moment merkte sie, wie sehr sich die sämtliche Regeln befolgende Frau, die sie noch ein paar Monate zuvor gewesen war, verändert hatte.

»Du bist dabei, dich in eine richtige Rebellin zu verwandeln«, meinte Penelope.

»Wenn wir die Bücher in der Bibliothek anfassen würden, hätte ich auch was dagegen, Kekse einzuschmuggeln. Aber wir bringen ja immer unsere eigenen Bände.« Bernadette zuckte mit den Achseln. »Ein Schokoladenfleck auf meiner Ausgabe erinnert mich das nächste Mal, wenn ich sie zur Hand nehme, an unsere angenehme Zeit miteinander.«

Penelope hakte sich bei ihr unter, während sie darauf

warteten, dass der Hausmeister Dave ihnen die Tür aufmachte. »Ich habe von der Sache mit Ben gehört.« Penelope hatte, als sie noch zur Schule gingen, kurz für Ben geschwärmt, doch zwischen Ben und Bernadette existierte eine Abmachung, dass sie niemals mit den Freunden oder Freundinnen des jeweils anderen ausgehen würden, seit er auf unverschämte Weise mit einer der ihren geflirtet und sie es ihm mit gleicher Münze heimgezahlt hatte.

Bernadette saugte die Luft ein, wieder spürte sie diesen stechenden Schmerz in der Brust. »Ich kann nur hoffen, dass sie ihn finden.«

»Das hoffen wir alle.« Penelope legte den Arm um Bernadettes Schulter und drückte sie, während sie die Stufen hinaufstiegen.

In dem Raum, in dem sie sich immer trafen, hielten Patty und Jane, als sie sie sahen, in ihrem Gespräch inne und eilten auf sie zu. Bernadette war sich ziemlich sicher, das Wort »Scheidung« gehört zu haben. Oder spielte ihre Fantasie ihr da einen Streich?

»Das mit Tom tut mir wirklich leid«, sagte Patty zur gleichen Zeit, als Jane zu Bernadette meinte: »Bass sorgt dafür, dass Sie Ihren Job wiederbekommen.«

Bernadette umarmte die beiden. »Ich bin mir nicht sicher, ob ich zurück möchte.«

»Warum nicht?«, mischte sich Ruth ein. »Du reißt dir dort doch den Arsch auf, verzeih meine Ausdrucksweise.«

»Stimmt. Schau nur, wie sehr du uns alle motivierst«, fügte Melanie hinzu. »Du kannst jetzt nicht das Handtuch werfen.«

»Das lassen wir nicht zu. Sie müssen zurück an die Grammatik«, erklärte Sarah bestimmt. »Und in der Bibliothek werden keine Kekse gegessen.« Sie zwinkerte spöttisch.

Bernadette holte die Kekstütchen hervor, die Graham für sie gepackt hatte, und verteilte sie in der Gruppe. Melanie schaute sofort hinein und steckte, als Sarah gerade nicht hersah, ein Stück in den Mund. Sie verdrehte genüsslich die Augen und formte mit den Lippen: »Mmm, fantastisch.«

Bernadette lächelte. Mit ihren Freundinnen zusammen zu sein gab ihr das Gefühl, die Scherben ihres Lebens wieder zusammensetzen zu können. Penelope war immer schon da gewesen, aber verheiratet, weswegen sie nicht mehr so viel Zeit miteinander verbrachten, seit sie beide einen Vollzeitjob in der Stadt hatten. Abgesehen von ihren Freundschaften mit Mrs Morris und Melanie hatte Bernadette sich nicht die Zeit genommen, irgendwelche Beziehungen zu kultivieren. Bis vor Kurzem hatte sie gar nicht gemerkt, wie einsam sie war.

»Ich weiß unsere Freundschaft zu schätzen. Bis ich hier ankam, war mir nicht klar, wie sehr ich euch alle heute Abend sehen wollte«, meinte Bernadette gerührt.

Sie traten zu einer Gruppenumarmung zusammen und umhüllten sie mit Wärme und einer Parfümwolke. Bernadette focht innerlich einen Kampf gegen die Tränen, die drohten sich zu einem Tsunami auszuwachsen.

»Egal, was mit Lenox & Park und meiner Karriere passiert: Ich möchte euch sagen, dass es mir eine große Ehre ist, dieser Gruppe anzugehören und euch meine Freundinnen nennen zu dürfen. Was meinen Bruder anbelangt … Bitte betet für seine Sicherheit.«

»Liebes, das tun wir doch schon.« Patty rieb ihr den Rücken.

»Wir fühlen uns auch geehrt, dich zu kennen«, meinte Ruth. »Gute Freundinnen sind wichtig für uns Frauen. Sie rufen uns ins Gedächtnis, dass wir nicht allein sind, und erinnern uns an die schweren Entscheidungen, die wir manchmal treffen müssen. Wir sind für dich da, was immer du brauchst.«

»Danke. Ich hoffe inständig, euer Angebot nicht in Anspruch nehmen zu müssen. Bitte seid mir deswegen nicht böse. Ich möchte nur, dass Ben wohlbehalten gefunden wird. Und die Sache mit meinem Job: Ich denke, das Problem muss ich allein lösen. Aber zu wissen, dass ihr mir den Rücken stärkt, gibt mir Kraft.«

»Wir sind da, wenn du uns brauchst«, wiederholte Penelope. »Vielleicht solltest du einfach bei Doubleday einsteigen. Ich wünsche mir schon lange, dass du bei uns Bücher lektorierst. Meine Autoren wären hocherfreut, das weiß ich.«

Bernadette stieß Penelope mit der Schulter an und lachte. »Wir können nicht eines Tages in der Führung desselben Verlages sitzen. Ich werde dir deinen Traum nicht verderben.«

»So würde ich das nie interpretieren, aber ich verstehe, was du meinst. Falls du es dir doch irgendwann überlegen solltest, lege ich liebend gern ein gutes Wort für dich ein.«

»Danke.«

Penelope sah sie mit ernstem Blick an. »Und Ben ... lass es uns wissen, wenn du etwas erfährst.«

Bernadette zog es die Kehle zusammen. »Ja, das mache ich.«

»Bevor wir anfangen«, meinte Penelope, »wollte ich noch sagen, wie die Abstimmung über unser nächstes Buch ausgegangen ist. Wir lesen Zora N. Hurstons *Vor ihren Augen sahen sie Gott* über eine junge Farbige namens Janie Crawford, die nach Unabhängigkeit, Selbstverwirklichung und Liebe strebt und sich dabei mit Frauen- und Rassendiskriminierung auseinandersetzen muss. Soll toll sein.«

»Ich hab's schon«, verkündete Bernadette. »Sie hat an meiner Alma Mater, dem Barnard College, studiert.«

»Ist eins meiner Lieblingsbücher«, erklärte Ruth.

»Wunderbar. Aber lasst uns jetzt erst mal über *Die Fahrt zum Leuchtturm* reden.«

»Die Ablenkung kann ich gut gebrauchen.« Bernadette berührte ihr Stirnband, als könnte das Funkeln der Pailletten daran ihr zusätzliche Kraft verleihen.

Alle nahmen Platz, legten die Bücher auf ihren Schoß und tippten eifrig mit den Füßen wie früher in der Schule, wenn sie sich zum Geschichtenvorlesen auf dem Boden versammelten.

»Als Erstes möchte ich darauf hinweisen, dass Mrs Ramsey in dem Buch acht Kinder hat«, begann Melanie.

Patty schauderte. »Ich habe nur fünf. Noch drei? Nicht auszudenken!«

»Ist euch außerdem aufgefallen, dass sie immer nur ›Mrs Ramsey‹ genannt wird? Sie hat keinen eigenen Namen. Als würde sie ihrem Mann gehören. Ich könnte mir nicht vorstellen, nur Mrs Bass zu sein. Jane passt so viel besser zu mir.«

»Können wir überdies festhalten, dass Mr Ramsey ein Arschloch ist?«, meldete sich Sarah zu Wort. »Er stellt seine Frau voller Freude als dumm und unbedeutend hin.«

»Stimmt«, pflichtete Bernadette ihr bei. »Das ganze Buch scheint die Rolle der Frau zu beschreiben und wie sie nach der Vorstellung der Männer in der Gesellschaft funktionieren soll.«

»Aber Lily …«, meinte Penelope, »… ist meine Lieblingsfigur.«

»Eine Frau, die keinen Mann braucht, um ans Ziel zu gelangen. Sie will weder Ehefrau, Mutter noch Hausfrau sein, sondern tut stattdessen das Undenkbare und entscheidet sich für Freiheit und künstlerischen Ausdruck«, erklärte Bernadette.

»Virginia Woolf hat einmal gesagt, damit eine Künstlerin sich ausdrücken kann, muss sie zuerst ›den Engel im Haus‹ umbringen«, bemerkte Ruth. »Ich weiß nicht, ob ich dem beipflichte. Mein Engel – also ich – interessiert sich nach wie vor leidenschaftlich sowohl für die Juristerei als auch für die Mutterrolle. Ich mache einfach beides.«

»Aber …«, mischte sich Patty ein, »… Sie haben auch einen Mann, der Sie unterstützt. Mein Mann hat nie zugelassen, dass ich meiner Kunst den Vorrang vor dem Haushalt gebe. Wie der ›Engel‹ in dem Buch habe ich mich für die Familie geopfert.«

Ihr Mann ist Tom Wall, hätte Bernadette gern gesagt, fragte jedoch stattdessen: »Welche Art von Kunst machen Sie denn?«

Patty beugte sich ein wenig vor. Zum ersten Mal blitzte so etwas wie Begeisterung in ihren Augen auf. »Wie Lily male ich. In meinem Haus hängen mehrere Werke von mir. Auch einige, von denen Leute sagen, ich sollte sie einer Galerie anbieten, aber Tom würde das nie erlauben. Er weigert sich ja sogar, sie in seinem Büro aufzuhängen.«

»Was, wenn er gar nichts davon wüsste?«, schlug Melanie vor.

»Ich soll lügen?«, fragte Patty unsicher.

»Nein, ich glaube nicht, dass Sie lügen müssten. Verraten Sie es ihm einfach nicht.« Sarah hob vielsagend die Augenbrauen.

»Lügen durch Schweigen.« Patty wirkte nachdenklich.

»Teilen Sie es ihm denn jedes Mal mit, wenn Sie auf die Toilette gehen?«, fragte Bernadette gespielt ernsthaft.

»Natürlich nicht.«

»Das ist doch letztlich das Gleiche. Ehemänner müssen nicht über jede Minute unseres Tages Bescheid wissen. Packen Sie einfach ein paar Gemälde in Ihren Wagen, wenn Sie zum Markt wollen, und zufällig kommen Sie auf dem Weg zum Bäcker und Metzger an der Kunstgalerie vorbei, wo sie Ihre Werke genauso zufälligerweise sofort mögen und aufhängen möchten. Dann bekommen Sie Geld, die Leute sehen Ihre Gemälde, und das wird einfach Teil Ihrer montäglichen Besorgungsfahrten«, erläuterte Bernadette.

»Ihre Kinder sind erwachsen«, fügte Sarah hinzu. »Wie viel Arbeit macht so ein Zweipersonenhaushalt denn schon?«

Patty runzelte die Stirn. »Viel mehr, als wenn ich allein wäre. Manchmal denke ich, er produziert besonders viel Dreck, damit ich beschäftigt bin. Ich glaube, er hat Angst, dass ich ihn verlasse.«

»Wenn Sie für Ihre Kunst Geld erhielten, könnten Sie sich eine Haushälterin leisten und mehr Zeit für Ihre Leidenschaft haben, ohne schrubben zu müssen«, sagte Ruth.

»Sie malen mir alle ein sehr hübsches Bild«, meinte Patty wehmütig.

»Nicht so hübsch wie die, die Sie verkaufen werden«, entgegnete Bernadette augenzwinkernd.

»Ehrlich gesagt geht ihn das auch nichts an, oder wird ihn bald nichts mehr angehen.« Weiter äußerte sich Patty nicht zu dem Thema, obwohl alle nun damit rechneten, dass sie nicht mehr lange Mrs Wall sein würde.

»Meine Liebe, ich darf dich daran erinnern, dass du meine Kunstgalerie gut kennst und dort jederzeit willkommen bist«, bot Jane ihr an.

Patty blinzelte verblüfft. Dann nickte sie. »Ich mache es. Unter einer Bedingung.«

Alle warteten gespannt.

»Bernadette, Sie müssen Ihren Job zurückbekommen. Lenox & Park braucht Sie.«

Bernadette biss sich auf die Zungenspitze. »Ob ich einen Job habe oder nicht, sollte Sie nicht daran hindern, Ihren Traum zu verwirklichen, Patty. Frauen müssen einander unterstützen, sich nicht gegenseitig behindern.«

»Gut, Botschaft verstanden.« Patty lehnte sich weiter vor. »Dann machen wir doch einen Wettbewerb daraus.«

Bernadette hob eine Augenbraue, ein Lächeln breitete sich auf ihrem Gesicht aus. »Und wie?«

»Egal, welche von uns beiden zuerst Erfolg hat – ich beim Verkauf meiner Kunst, Sie beim Kampf um Ihren Job –, spendiert der anderen die nächsten sechs Bände für den Buchklub.«

Bernadette lachte. »Einverstanden.« Sie würde Patty die Bücher gern kaufen, weil sie wollte, dass sie gewann und unabhängig wurde. Vielleicht stärkte sie das in ihrer neu gewonnenen Freiheit.

29
Frank

Mr Crumbs, der wie üblich auf dem abgewetzten Sessel thront, mustert mich ein bisschen wie der knickrige Verkäufer im Lebensmittelladen letzte Woche, als ich neugierig an den Äpfeln geschnüffelt habe. Schofel würde Bernadette das nennen.

Kürzlich habe ich gelernt, dass *va al diavolo* auf Italienisch so viel wie »scher dich zum Teufel« heißt. Möglicherweise lag da jedoch ein Irrtum vor.

Ich muss gestehen, dass ich den Apfel tatsächlich gemopst hätte, wenn ich unbeobachtet gewesen wäre, denn diese Äpfel sind köstlich. Was soll ich sagen? Der kleine Lauser, den ich nach Hause gebracht habe, nachdem er seine Mutter nicht mehr gefunden hatte, war nun mal hungrig.

Ich mag ein Hund sein, aber auch ich verstehe, was es heißt, wenn einem der Magen knurrt.

Du schon wieder. Mr Crumbs streckt sich, die Krallen an seinen winzigen Pfoten kommen zum Vorschein. Normalerweise hätte ich keine Angst vor diesen kleinen Dingern. Schließlich sind meine eigenen Pfoten fast so groß wie sein Kopf. Doch ich habe mehr als einmal gespürt, wie weh es tut, wenn er mir mit diesen Minidolchen eins überzieht.

Mrs Morris hat mich eingeladen, weil sie Gesellschaft braucht. Das versuche ich ihm mit einem Blick zu vermitteln.

In der Wohnung nehme ich den Geruch von Mrs Morris' Tochter und Enkeln wahr. Er ist dem ihren ähnlich, hat aber noch etwas anderes. Momentan sind sie weg, doch sie kommen wieder, sagt sie.

Mr Crumbs niest, leckt sich die Pfote und wischt damit über sein Gesicht. *Gilt unsere Abmachung noch?*

Warum putzt du dich, wenn wir miteinander reden?

Er hält mitten in der Bewegung inne und starrt mich an, als würden zwei Mäuse auf meinem Kopf sitzen – Hunger und Tod. *Dass du da bist, ist Antwort genug.*

Bei diesem Spiel können auch zwei mitmachen. Wenn er mich so widerlich findet, dass er sich putzen muss, kann ich mich durch sein bloßes Katzenverhalten belästigt fühlen. Als ich ebenfalls meine Pfote lecke, faucht er.

Um ihn zu ärgern, gehe ich noch einen Schritt weiter und lecke meinen Hintern.

Du dreckiges Vieh! Mr Crumbs springt von seinem Thron herunter und schlägt nach mir.

Ich heule überrascht auf. Sofort eilt die winzige Mrs Morris mit knackenden Gelenken herbei.

»Ach, Mr Crumbs, warum kannst du dich nicht gesittet benehmen?« An mich gewandt: »Du armer Kerl.« Sie führt mich in ihre ziemlich rosafarbene Küche – der Kühlschrank, der Ofen, die Spüle, die Schränke, sogar die florale Tapete, alles in Pink. Ich schaue über die Schulter zu Mr Crumbs zurück.

Jetzt beobachtet er wieder alles vom Sessel aus. Hoffentlich erwartet er diesmal nicht, dass ich mit ihm teile. Das soll ihm eine Lehre sein.

In dieser winzigen pastellfarbenen Blase steigt mir ein intensiver Duft nach Schokoladenkeksen in die Nase. Als Mrs Morris die Kühlschranktür aufmacht, rieche ich noch etwas anderes, merkwürdig Appetitliches.

»Ich habe nur diesen Schinken«, sagt sie und nimmt eine Scheibe davon heraus. »Hoffentlich magst du Schinken, und hoffentlich vergibt deine Bernadette mir, dass ich dich damit füttere. Er stammt nicht von Amaranth, also müsste es ihr gelingen, nachsichtig zu sein.«

Keine Ahnung, ob ich Schinken mag, aber wenn er nur halb so gut schmeckt, wie er riecht, werde ich ihn lieben. Mir verzeiht Bernadette immer, wenn ich etwas falsch mache, also wird sie bestimmt auch Mrs Morris vergeben. Außerdem habe ich nicht vor, es ihr zu verraten. *Gib mir endlich den Schinken, Frau.*

»Sitz.«

Ich tue ihr den Gefallen, warte geduldig und nehme den Schinken vorsichtig aus ihren zerbrechlichen Fingern. Er schmeckt köstlich nach Fleisch und Fett und auch ein bisschen süßlich.

Mr Crumbs im anderen Zimmer faucht nicht mehr, sondern gibt ein hohes Jammern von sich, weil er nichts abbekommt. Selber schuld.

»Herrjemine! Komm her, du mürrisches Tier«, ruft Mrs Morris ihn. »Du kannst auch was haben.«

Wenn eine Katze süffisant grinsen könnte, wäre das wohl die Beschreibung für seinen gegenwärtigen Gesichtsausdruck. Er schleicht mit selbstgefälliger Miene in die Küche, sein Schwanz schlingt sich um mein Bein. Dann sitzt er ganz ruhig da und sieht Mrs Morris erwartungsvoll an.

»Braver Kater«, gurrt sie und gibt ihm ein Stückchen von dem Schinken.

Ein Verstoß gegen die Abmachung. Gerade hat Mr Crumbs gelernt, dass er mich mit seinen Krallen malträtieren kann und dann auch noch dafür belohnt wird.

Ich seufze.

»Noch ein bisschen, mein Lieber«, sagt Mrs Morris, wieder eine köstliche Scheibe Schinken in der Hand.

Na schön. Ich lasse mir gern einen weiteren Schlag mit der Kralle gefallen, wenn ich mehr Schinken kriege.

»Wie wär's mit einer Folge *Lassie*?«, fragt Mrs Morris.

Au ja. Ich liebe Lassie. Wie ich hilft sie Leuten in Not.

30

Nachdem Bernadette ein Zitat von Virginia Woolf in ihr Notizbuch geschrieben hatte, dachte sie an eines von Betty Friedan, die sagte, dass es oft bequemer ist, sich über andere zu definieren, als das eigene Leben in die Hand zu nehmen. Besonders für Frauen kann die Vorstellung, selbstbestimmt zu leben und Entscheidungen zu treffen, beängstigend sein. Und am Ende bleibt die Erkenntnis, dass die Antwort auf die Frage nach der eigenen Identität nur aus einem selbst kommen kann – aus der inneren Stimme.

Diese Sätze bewirkten, dass sich ein Gedanke in ihrem Gehirn herausformte.

Bernadette schlug die Decke zurück. Verblüfft über ihre unvermittelte Aktivität sprang Frank auf und blieb auf dem Bett stehen. Sie eilte zum Bücherregal, holte einen, zwei, insgesamt dreizehn Bände heraus, die sie alle bearbeitet hatte. Mehrere hatten es auf die Bestsellerlisten geschafft und waren in unterschiedliche Sprachen übersetzt worden. Bernadette nahm nicht für sich in Anspruch, der Grund für ihren Erfolg zu sein – es handelte sich durchweg um ausgezeichnete Autoren –, aber auch sie war daran beteiligt gewesen, indem sie Grammatik und Wortwahl korrigiert hatte.

Sie bewiesen, dass sie eine gute Lektorin war.

Dass sie nicht gefeuert hätte werden dürfen. Dass es an Walls Abneigung ihr gegenüber lag. Dass er einen persönlichen Rachefeldzug gegen sie führte.

Bernadette packte alle Bücher in eine Einkaufstüte und stellte sie neben die Wohnungstür. Morgen früh würde sie in den Verlag marschieren und ihren Job zurückfordern. Die Zusammenarbeit mit Mr Wall würde die Hölle sein, doch immer noch besser als die Alternative, sich von ihm in eine bedeutungslose Zukunft abschieben zu lassen.

Als sie es sich gerade wieder im Bett gemütlich machte und das gelbe Licht ihrer Lampe einen mondähnlichen Schein auf die Zimmerdecke warf, klingelte das Telefon. Bernadette sah auf die Uhr; der Stundenzeiger wanderte bereits Richtung zehn. Wer da wohl anrief?

Sie sprang noch einmal auf. Diesmal bellte Frank, als er sich aus ihrem Lakenberg wühlte.

In ihrer Eile, den Hörer abzunehmen, wäre Bernadette fast hingefallen. Gerade noch konnte sie sich mit der Hand an der Wand abstützen, bevor sie ein wenig atemlos »Hallo? Hallo?« sagte.

»Bernie, ich bin's, Mom.« Die leicht bebende, ein wenig unsichere Stimme ihrer Mutter.

Bernadettes Knie begannen zu zittern. Sie presste den Rücken flach gegen die Wand, ohne darauf zu achten, dass die pinkfarbene Telefonschnur sich um ihre Hüfte wickelte. Bernadette war nicht bereit für das, was ihre Mutter ihr mitteilen wollte. Überhaupt nicht bereit.

»Mom.« Mehr brachte sie nicht heraus. Es klang genauso wackelig, wie sie sich fühlte.

»Ich rufe wegen Ben an.«

Bernadette schnürte es die Kehle zu, Tränen traten ihr in die Augen, und sie packte den Hörer so fest, dass er zu zerbrechen drohte. Die Plastikscherben würden sich in ihre Handfläche vergraben wie die Neuigkeiten, die bestimmt gleich ihr Herz trafen.

»Sie haben ihn gefunden.«

Bilder zuckten durch ihr Gehirn. Dinge, die sie niemals gesehen hatte, sich jedoch leicht vorstellen konnte. Bilder von Ben mit blutendem, zerschmettertem Körper. Von Ben in einem Sarg, die Uniform frisch gebügelt, das Gesicht ausdruckslos. Bilder, die ihre Zunge betäubten und Galle in ihr hochsteigen ließen. »Und … ist er?«

»Er lebt. Ist verletzt, aber am Leben.«

Bernadette atmete deutlich hörbar aus. Die grässlichen Bilder lösten sich in Luft auf. »Am Leben?«

»Ja.« Ihrer Mutter brach die Stimme. »Das Flugzeug, in dem er war, wurde abgeschossen, zum Glück hatten sie noch keine große Höhe erreicht. Sie sind in Bäumen gelandet und wurden gerettet. Er ist dabei, sich zu erholen. Hat ein gebrochenes Bein und gebrochene Rippen. Sie werden ihn bald nach Hause schicken.«

Bernadette glaubte, ihren Ohren nicht zu trauen. Er hatte den Absturz überlebt! Hatte lediglich ein gebrochenes Bein und ein paar angeknackste Rippen. Knochen wuchsen wieder zusammen. Er war am Leben!

»Gott sei Dank! Ich hatte mir solche Sorgen gemacht. Hatte nicht gedacht, dass …« Den Satz führte sie lieber nicht zu Ende, denn wenn sie es täte, würde ihre Mutter niemals wieder mit ihr reden.

»Ich wünschte, wir könnten ihn sehen, aber sie lassen uns nicht hin.«

»Er ist noch in Vietnam?«

»Ja. Sie haben gesagt, sie schicken ihn heim, sobald er reisefähig ist. In höchstens einer oder zwei Wochen.«

»Ein Wunder.« Überhaupt einen Flugzeugabsturz zu überleben, grenzte an ein Wunder, doch auf feindlichem Gebiet und mitten im Krieg? Das wirkte fast, als hätte Gott die Hand im Spiel gehabt.

»So ist er, unser Bennie. Immer gut für Aufregung.« Das Lachen ihrer Mutter klang spröde, aber Bernadette war klar, wie erleichtert sie sein musste. Die letzten achtundvierzig Stunden, in denen sie herauszufinden versucht hatten, wo er war und ob sie ihn jemals wiedersehen würden, waren die Hölle gewesen. Dass ihre Mutter Distanz gehalten hatte wie damals, als er von einem Baum zum anderen gesprungen war, oder es mit dem Klettern versucht hatte und schon eine halbe Klippe ohne Schuhe oder irgendwelche Ausrüstung hochgeklettert war, hatte sich als gute Vorgehensweise erwiesen ... Benjamin war ein Draufgänger und kannte keine Angst.

»Er kann mir gern einen Schrecken einjagen, solange er weiter dazu in der Lage ist.«

»Bin ganz deiner Meinung.«

***

Bis vor Kurzem hatte Bernadette nicht zu den Menschen gehört, die etwas auf Omen gaben. Wenn Leute behaupteten, Omen hätten ihr Leben verändert, hatte sie das stets für Kokolores, kompletten Unsinn gehalten.

Doch an diesem Morgen war sie bei Sonnenschein und Vogelgezwitscher erwacht. Der Bus war nicht voll gewesen, sie hatte das Kreuzworträtsel lösen können, ohne anderen Fahrgästen den Ellbogen in die Seite zu rammen. Und nun funkelte das Licht der Sonne auf den Glasfenstern des Verlagsgebäudes, als würde es sie nach drinnen einladen. Wenn das kein Omen war!

Bernadette war noch etwa ein Dutzend Schritte von der Eingangstür entfernt, als Gary sie auch schon weit für sie öffnete.

»Wie schön, Sie wiederzusehen, Miss Swift«, begrüßte er sie breit grinsend. Sie konnte nur hoffen, dass ihr Empfang im elften Stock genauso freundlich ausfallen würde.

»Soll ich Sie anmelden, Miss Swift?« Die neue Dame am Empfang, eine junge Farbige in safrangelbem Minikleid mit weißem Kragen und Manschetten, hieß sie mit einem Lächeln willkommen.

»Nein danke, das ist nicht nötig. Melanie erwartet mich.«

Bernadette betätigte den Rufknopf für den Aufzug. Für diesen Anlass hatte sie ihr pinkfarbenes Lieblingskostüm sowie eine gepunktete schwarz-weiße Fliege gewählt. Sie betrachtete ihr Spiegelbild, in dem sie nachdenklich, jedoch auch entschlossen wirkte.

Es war neun Uhr dreißig. Sie hatte sich bewusst entschieden, erst nach Beginn des Arbeitstages in den Verlag zu kommen, um nicht auf Wall warten zu müssen. Denn dann hätten zu viele Leute ihr Fragen stellen können wie zum Beispiel: *Warum sind Sie hier?* oder *Was haben Sie da in der Tüte?*

Der Lift bewegte sich lauter stöhnend und ächzend hinauf, als es ihr bis dahin jemals aufgefallen war. Vermutlich lag das an ihrer Nervosität. Außerdem hätte sie schwören mögen, sie könne das Herz in ihrer Brust schlagen hören. Auch der Klingelton, der das Erreichen des Stockwerks anzeigte, erschien ihr so ohrenbetäubend, dass sie zusammenzuckte.

Als Bernadette den Aufzug im elften Stock verließ, klapperten ihre Absätze auf dem Marmorfußboden. Sie rückte ihr Grammatikerin-Stirnband zurecht wie eine Krone. Die vertrauten Geräusche arbeitender Menschen. Ein Telefon klingelte, Schreibmaschinen klackerten, Stimmengemurmel. Erst jetzt merkte sie, wie sehr ihr all das gefehlt hatte. Die Kakophonie umhüllte sie wie eine alte, vertraute Decke aus der Kindheit.

Melanie sprang auf, klatschte leise in die Hände und führte einen weniger leisen kleinen Stepptanz auf. Dabei formte sie so übertrieben Worte mit den Lippen, dass Bernadette sie nicht verstand.

Bernadette hatte niemanden über ihren Besuch informiert, weil sie fürchtete, Wall könnte es mitbekommen oder Melanie würde die ganze Zeit in Richtung Lift schauen und somit die Abteilung darauf aufmerksam machen, dass etwas im Busch war. Ihr Erzfeind sollte nicht auf ihr Eintreffen vorbereitet sein.

Ein unsicheres Lächeln breitete sich auf ihrem Gesicht aus, als sie mit einem verschwörerischen Blinzeln an Melanie vorbeiging. Wenn sie stehenbliebe, um mit ihr zu reden, würde sie vielleicht der Mut verlassen. Der Herrenklub im Lektorat hörte bei ihrem Anblick geschlossen mit offenem Mund zu arbeiten auf. Die Finger ihrer ehemaligen Kollegen verharrten über den Tasten der Schreibmaschinen. Marshall ließ seinen Rotstift fallen. Als wären sie alle erstarrt und könnten lediglich noch die Augen bewegen.

Bernadette marschierte zu Walls Büro. Durch die Glastür sah sie, dass er hinter seinem Schreibtisch nach vorn gebeugt in einer Schublade herumkramte und sie nicht bemerkte. Vermutlich wollte er gerade eine Flasche mit etwas Alkoholischem herausholen. Sie sparte sich das Klopfen, öffnete die Tür und trat ein.

»Sie schon?«, bellte er, ohne sie anzublicken. Wenn er sie wahrgenommen hätte, wäre seinem Mund bestimmt etwas anderes entströmt.

»Ich denke, ich komme genau richtig.«

Wall ließ fallen, was er in der Hand hatte, und hob abrupt den Kopf. Seine buschigen Augenbrauen zogen sich zusammen, er starrte sie verblüfft an. »Was zum Teufel machen Sie hier?«

Ihr wurde flau im Magen, sie bekam eine Gänsehaut. Sie hatte glatt vergessen, wie ätzend er sein konnte und dass jedes seiner Worte vor Hass und Häme triefte. Erstaunlicherweise bedauerte sie in diesem Moment nicht sich selbst, sondern seine Frau. Die arme Patty war die letzten Jahrzehnte tagtäglich mit ihm und seiner Wut konfrontiert gewesen. Hoffentlich hatte sie nicht mehr lange mit ihm zu tun.

»Ich will meinen Job zurück«, sagte Bernadette. Ihre Kopfhaut prickelte, ein Schauder überlief sie. Sie straffte die Schultern.

»Unmöglich.«

Bernadette würde sich nicht von ihm abweisen lassen. Heute nicht. Sie nahm die Bücher eines nach dem anderen aus der Einkaufstüte und begann, sie nebeneinander auf seinen Schreibtisch zu legen, die vordere Coverseite nach oben. Ihre literarischen Trophäen. Wall erstarrte. Als er die Hände flach auf dem Tisch platzierte, fürchtete sie, er würde die Bände einfach herunterwischen, bevor er Bernadette hinauswarf.

»Dies ist nur eine kleine Auswahl der von mir bearbeiteten Bücher, die es auf die Bestsellerlisten geschafft oder Auszeichnungen erhalten haben.« Ihre Stimme klang kräftig, obwohl sie das Gefühl hatte, dass ihre Zehen sich in den Schuhen gerade in Marshmallowcreme verwandelten.

»Meinen Sie, das beeindruckt mich?«, fragte er höhnisch. »Sie haben in der Abteilung Unruhe gestiftet.«

»Ich gebe zu, dass ich die Frauen zu einer Arbeitsniederlegung ermutigt habe. Aber wir sind nicht gewerkschaftlich organisiert, und Streiks sind nichts Ungewöhnliches für Beschäftigte, die gehört werden wollen. Abgesehen davon kann wohl niemand behaupten, ich sei in den letzten Jahren eine Unruhestifterin gewesen.«

»Da bin ich anderer Ansicht. Ihre bloße Anwesenheit stiftet Unruhe. Sie hatten kein Recht, einen Streik anzuzetteln.« Er streckte den Arm aus; sein Finger wirkte wie ein schlaffes Schwert, das in Richtung Fenster wies. »Ihrer Aktion wegen haben sich tagelang Männer vor dem Verlagsgebäude versammelt. Sind Sie ihnen gerade da draußen begegnet?«

Sie schüttelte den Kopf.

Mr Walls Lippen verzogen sich zu einem boshaften Lächeln, das sehr an einen finsteren Kriminellen erinnerte. Doch Bernadette hatte keine Angst vor ihm und diesem hässlichen Grinsen; ihr fiel vielmehr auf, dass sein Schnauzer seine Zähne berührte. »Wissen Sie warum? Weil sie nach Hause gegangen sind, als sie von Ihrer Kündigung erfahren haben.«

In Bernadette stieg Wut auf. Bestimmt hätte Mr Wall sich dem zornigen Mob angeschlossen, wenn ihm das möglich gewesen wäre.

»Wie ich sehe, sind Sie nach wie vor verärgert«, entgegnete sie auf der Suche nach einem Plan B. Sie hatte geglaubt, bei ihm aufzutauchen und ihm die Bücher zu präsentieren, an denen sie gearbeitet hatte, würde genügen. Selber schuld. Wall war nie zufrieden. Arme Patty!

»Verärgert?« Er lachte. »Es ist mir scheißegal. Das ist was anderes.«

Bernadette hatte es nur selten mit einem so verkommenen Menschen zu tun gehabt, weswegen sie in dieser Situation längst nicht so gut vorbereitet war, wie sie es gern gewesen wäre.

Da öffnete sich die Tür hinter ihr, und Mr Bass trat ein.

»Ach, Sie haben also schon Ihren Daddy gerufen«, höhnte Wall.

Bernadette machte sich nicht die Mühe, etwas zu erwidern. »Mr Bass, ich wollte gerade …« *Gehen.*

Der Stress der Auseinandersetzung mit Wall ließ das Blut wie wild durch ihre Adern pumpen, sie begann zu zittern. Um das zu kaschieren, nahm sie die Bücher, die sie auf seinen Schreibtisch gelegt hatte, und verstaute sie wieder in der Tüte.

»Schön, Sie wiederzusehen, Miss Swift«, begrüßte Mr Bass sie und wandte sich dann Wall zu. »Was machen Sie noch hier?« Bass' Stimme war so eisig wie die schneebedeckten Berggipfel der Schweiz.

Wall verstummte. Eine Premiere. Gerade eben hatte Bernadette vor weiteren Demütigungen fliehen wollen, doch nun plötzlich gehorchten ihre Füße ihrem Willen nicht mehr. Sie wartete bewegungslos. Was meinte Mr Bass, wenn er sich bei Wall erkundigte, was er noch hier mache?

Mr Bass beantwortete ihre Frage schnell. »Sie hätten bereits vor einer Stunde Ihre Sachen zusammenpacken und verschwinden sollen.«

Wall schien sich einen Urlaub gönnen zu wollen.

»Muss ich den Sicherheitsdienst rufen?«, drohte Mr Bass. »Aus Respekt vor Ihren Jahren bei Lenox & Park wollte ich das nicht tun, aber wie ich sehe, nützen Sie meine Großzügigkeit aus.«

Sicherheitsdienst? Also handelte es sich nicht um einen Urlaub. Was ging da vor sich?

Wall räusperte sich und sah Bernadette hasserfüllt an. Wären Revolverkugeln in seinem Gehirn gewesen, hätte er sie auf sie abgefeuert, da war sie sich sicher.

»Nur noch eine Minute«, presste Wall hervor.

»Sechzig Sekunden, sonst rufe ich den Sicherheitsdienst.«

Wall nickte. Mr Bass öffnete die Bürotür und bedeutete Bernadette, ihm zu folgen. Da sie nicht allein bei dem wütenden Wall bleiben wollte, begleitete sie Mr Bass benommen.

»Gut, dass Sie heute gekommen sind«, bemerkte Mr Bass. »Ich hätte Sie ohnehin angerufen und hergebeten.«

Die Herren an ihren Schreibtischen befanden sich weiter in Schockstarre. Nur ihre Augen verdrehten sich wie Murmeln, als Mr Bass Bernadette aus dem Lektorat in den Vorraum dirigierte.

Da sie nicht wusste, was sie sagen sollte, nickte sie nur stumm.

»Was hier geschehen ist, tut mir leid«, entschuldigte Mr

Bass sich. »Würden Sie bitte auf ein kurzes Gespräch ins Besprechungszimmer mitkommen?«

»Ja«, murmelte sie.

Wenig später nahm sie am Konferenztisch Platz. Mr Bass setzte sich ans Kopfende und legte die Fingerspitzen aneinander.

»Ich hatte keine Ahnung, dass Wall Sie feuern würde. Das wusste niemand.«

Wieder nickte sie nur.

»Als wir es erfahren haben, waren wir sehr erstaunt. Dann war da noch dieses Gerücht, dass er Ihnen ... Avancen gemacht hatte.«

Sie brachte noch immer kein Wort heraus.

»Sie wissen ja, welche Einstellung ich zu der Arbeitsniederlegung habe.«

Bernadette leckte nervös über ihre Lippen. »Ja, Sir. Sie haben mich sehr unterstützt, das weiß ich zu würdigen.«

»Ich möchte Sie einladen, erneut für Lenox & Park zu arbeiten. Wir suchen gerade einen Cheflektor.«

Bernadette faltete die Hände im Schoß. Sie hätte sich nicht träumen lassen, dass sie in den Verlag zurückkehren könnte und es dort keinen Mr Wall mehr gäbe. »Wenn ich meinen Job wiederhaben kann, arbeite ich gern für jeden, den Sie einstellen.«

Mr Bass tippte mit dem Finger auf den Tisch. »Wir würden gern Sie verpflichten.«

»Mich?« Hatte sie richtig gehört?

Mr Bass lächelte. »Ja, Sie. Sie haben sich nicht nur als besonders fähige Lektorin und Grammatikerin erwiesen, sondern auch als Führungskraft. Die Kollegen respektieren Sie.«

Hinter Mr Bass' Kopf tauchten geisterhaft Bilder von Evans, Marshall und Greene auf, die sie verspotteten.

»Ich bin mir nicht so sicher, ob einige meiner Kollegen

wirklich Respekt vor mir hätten, wenn ich diese Position bekleiden würde.«

»Ich denke, sie achten Sie mehr, als Sie meinen. Natürlich wird das im Hinblick auf gewisse Personen kein Kinderspiel, aber Sie sind wertvoll für diesen Verlag, und wir möchten Sie für die Zukunft an uns binden.«

Bernadette konnte keinen klaren Gedanken fassen.

Cheflektorin?

Diese Stelle zu erreichen, hätte sie erst in Jahren erwartet. Schließlich war sie kaum einen Monat Lektorin. Außerdem gab es drei andere, erfahrenere Lektoren. Und sie war ziemlich jung ... noch keine dreißig.

»Sir, mir fehlen die Worte. Sind Sie sich sicher?« Das war heraus, bevor sie dem Teil ihrer selbst zuhören konnte, der sagte, sie habe sich diese Beförderung verdient, indem sie doppelt so hart arbeitete wie Marshall, Evans und Greene zusammengenommen.

Mr Bass lachte und schlug mit der flachen Hand auf den Holztisch. »Sie sind stets ehrlich gewesen, Miss Swift. Das ist einer der Gründe, warum ich Sie bewundere. Sie reden nicht um den heißen Brei herum. Und Ihr Gespür für Sprache ist unübertroffen. Übrigens biete nicht nur ich Ihnen diesen Posten an. Die Unternehmensleitung steht geschlossen hinter mir. Uns ist bekannt, was Sie im Hinblick auf die Promibiografie und jedes andere von Ihnen bearbeitete Projekt geleistet haben. Wir sehen, wie Sie Probleme innerhalb Ihrer Abteilung angehen, und auch, wie Sie andere ermutigen, härter zu arbeiten und nach oben zu kommen. Sie sind die geborene Anführerin und haben sich die Beförderung verdient. Unserer Ansicht nach werden Sie als Cheflektorin sehr erfolgreich sein.«

»Ich würde gern Ja sagen.« Bernadette straffte die Schultern, während sie mit einem Stift spielte.

»Dann tun Sie es, Miss Swift. Was hindert Sie?«

Diese Frage öffnete die Büchse der Pandora mit all ihren Unsicherheiten. Sie musste sie nur schließen. Bernadette hörte auf, mit dem Stift zu spielen. »Ja.«

Mr Bass schlug noch einmal mit der flachen Hand auf den Tisch. »Wunderbar. Ich hatte schon befürchtet, dass Sie mir einen Korb geben.«

Sie umfasste den Stift fester. »Warum?«

Er zuckte die Schultern. »Weil uns das sehr wichtig ist. Und weil Sie hier durch die Mangel gedreht wurden. Wäre nicht überrascht gewesen, wenn Sie auf ein anderes Pferd gesetzt hätten.«

»Ich arbeite gern für Lenox & Park und wollte nie gehen.« Bernadettes Blick wanderte zu der Glaswand, die das Besprechungszimmer vom Flur abtrennte. Fast erwartete sie, dass der wütende Büffel mit dem Fuß aufstampfend herbeistürmte. »Und Mr Wall? Er verlässt den Verlag wirklich?«

Mr Bass nickte. Seine weißen buschigen Augenbrauen senkten sich, er wirkte ernst. »Ja, gegen ihn liegt eine Liste mit Beschwerden länger als die Fifth Avenue vor. Klagen über seine Arbeitsmoral und seinen Umgang mit den Beschäftigten. Sie waren nicht die Erste, die sich in der Personalabteilung über ihn beschwert hat. Und auch nicht die Letzte. Sie haben Frauen, die schlecht von ihm behandelt wurden, ermutigt, den Mund aufzumachen. Als wir herausfanden, dass er versucht hat, die Bearbeitung der Promibiografie für sich zu reklamieren, haben wir ein bisschen intensiver nachgebohrt.«

Bernadette seufzte. »Patty tut mir leid.«

»Mrs Wall?« Bass wirkte erstaunt. Wenn er sich fragte, woher sie Patty kannte, sprach er es nicht aus.

Bernadette nickte. »Sie muss sich schon so viele Jahre mit ihm herumschlagen, und nun kommt er nach Hause und quält sie den ganzen Tag.«

»Ich habe das Gefühl, Mrs Wall wird in Zukunft nicht mehr so viele Probleme haben.«

Bernadette hingegen konnte sich vorstellen, wie Wall im Haus herummarschierte, Pattys Gemälde von den Wänden riss und alles, was von mehr Erfolg zeugte als seine eigenen Leistungen, zerstörte. »Mit Verlaub: Wie können Sie sich da so sicher sein?«

»Heute Morgen habe ich beobachtet, wie sie einige Bilder in Janes Galerie gebracht hat. Heraus kam sie mit leeren Händen und einem breiten Lächeln. Jane hat mir erzählt, was in dem Buchklub geschehen ist. Eigentlich hasse ich Klatsch, weswegen Sie das auch nicht von mir wissen: Jane sagt, Patty habe ihren Mann verlassen.«

Nun lächelte Bernadette ebenfalls. Wie überrascht Patty wohl über ihren Erfolg gewesen war, nachdem ihr Mann ihr jahrelang eingebläut hatte, ihre Kunst tauge nicht genug für eine Galerie. Wie befreiend es für sie nach all der Zeit gewesen sein musste zu erkennen, dass sich durchaus jemand dafür interessierte. Dass sie sich nun nicht mehr tagtäglich gegen seinen Zorn wappnen musste. Dass sie in Ruhe die Verwirklichung ihrer Träume anstreben konnte. »Das sind gute Nachrichten. Meine Lippen sind versiegelt. Patty hat sich ein wenig Glück verdient und dass die Öffentlichkeit von ihrer Gabe erfährt.«

»Das finde ich auch. Das Gleiche gilt für die Ihre.« Mr Bass streckte ihr die Hand hin. »Willkommen zurück, Miss Swift – als Cheflektorin.«

Einen kurzen Augenblick fragte Bernadette sich, ob Jane Bass ihrem Mann von der Wette erzählt und ihn ermutigt hatte, Bernadette wieder einzustellen. Bestimmt hatte sie die Sache erwähnt, doch Bass war weiter gegangen, als sie nur erneut einzustellen. Er hatte ihr Leben sowie ihre berufliche Laufbahn beeinflusst, und zwar schon deutlich vor ihrer Mitgliedschaft im Buchklub.

»Vielen herzlichen Dank, Mr Bass.« Sie ergriff seine Hand und drückte sie fest. »Ich freue mich sehr, zurück zu sein. Und ich werde Sie nicht enttäuschen.«

»Das hätte ich ohnehin nicht erwartet. Noch eins, bevor Sie in Ihr neues Büro gehen: Wir hätten auch Frank gern wieder. Soweit uns bekannt ist, hat Mr Wall ihn gereizt. Abgesehen davon war er der beste Posthund, den wir je hatten.«

Unbändige Freude stieg in Bernadette auf. Vermutlich erlebte sie gerade die besten vierundzwanzig Stunden ihres Erdendaseins. Ihr Bruder war halbwegs wohlauf, man hatte ihr eine Beförderung angeboten, und Frank würde sie jeden Tag in die Arbeit begleiten. »Frank wird sich freuen.«

Bernadette verließ das Besprechungszimmer und schwebte fast zu Grahams Büro. Sie hatte ihm nicht verraten, dass sie heute in den Verlag kommen würde, aber in der Zwischenzeit war das höchstwahrscheinlich bis zu ihm durchgedrungen.

Er eilte heraus, noch bevor sie seine Tür erreichte, mit einem so breiten Grinsen, dass sich das Grübchen auf seiner Wange besonders tief abzeichnete.

»Du bist wieder da«, begrüßte er sie.

»Ja.« Wie gut es sich anfühlte, das sagen zu können.

»Mittagspause an unserem üblichen Platz?« Graham wirkte so begeistert, dass Bernadette ihn am liebsten vor versammelter Mannschaft geküsst hätte.

Es kostete sie große Mühe, es nicht zu tun. »Ich könnte mir keinen besseren Ort vorstellen. Obwohl es von Tag zu Tag kühler wird. Vielleicht sollten wir uns allmählich ein Winterplätzchen suchen.«

»Pizza?«

Bei der Aussicht auf zart schmelzenden Käse, knusprigen Teig und köstliche Marinara-Sauce begann ihr Magen zu knurren. »Ja, gern. Frank freut sich bestimmt auch.«

»Aha, dann darf er also auch wieder hier anfangen.«

Sie nickte und biss sich auf die Lippe, um nicht vor Freude laut zu jubeln. »Bis Mittag also?«

»Ja. Es sei denn, ich halte es nicht so lange aus und komme schon früher in dein Büro.«

»Öfter als einmal am Tag wirst du das nicht machen dürfen«, neckte sie ihn.

»Dass ich das schaffe, kann ich nicht garantieren.«

Bernadette entfernte sich rückwärts. Erst nach einer Weile drehte sie sich um, damit sie nicht mit jemandem zusammenstieß oder mit dem Absatz hängenblieb und hinfiel.

Als sie das Lektorat erreichte, wuselten Melanie und Sarah bereits in Walls ehemaligem Büro herum und räumten es leer. Keine Machobilder mehr an den Wänden, der Schreibtisch glänzte, und ein angenehm blumiger Duft stieg Bernadette in die Nase.

»Ist das Youth Dew?«, fragte sie.

Melanie lachte. »Davon habe ich immer ein Fläschchen in meiner Handtasche. Hier drin hat's grässlich nach Büffel gemüffelt. Ich dachte mir, du hättest bestimmt lieber einen femininen Duft in deinem Büro.«

Bernadette war überwältigt. »Ich weiß nicht, was ich sagen soll. Ich bin so glücklich.«

Ihre Freundinnen legten die Arme um sie. »Du hast es geschafft«, flüsterte Melanie.

»Wir sind sehr stolz auf Sie. Sie werden diese Abteilung auf Vordermann bringen«, meinte Sarah. »Ein Touch Weiblichkeit ist genau das, was ihr fehlte.«

Bernadette trat hinter den Schreibtisch und zu dem Stuhl, auf dem Wall immer gesessen hatte. Doch der war ausgetauscht. Nun stand ihrer dort. Sie schmunzelte. »Gott sei Dank muss ich nicht auf seinem Platz sitzen.«

»Nein. Wir wollten nicht, dass dein tolles pinkfarbenes

Kostüm durch noch verbliebene Flatulenzen Walls ruiniert wird.« Melanie steckte den Finger in den Mund und gab ein würgendes Geräusch von sich.

»In dieser Hinsicht hat er sich ja nie zurückgehalten«, fügte Sarah schaudernd hinzu.

Bernadette prustete los. »Ich liebe euch Damen.«

»Die Liebe ist ganz unsererseits.«

Da klopfte es an der Tür. Davor stand das Trio. Greenes Gesicht war ausdruckslos, Evans sah Bernadette voller Respekt an, und Marshall wirkte ein wenig wie ein kleiner Junge, dem man gesagt hat, dass es als Nachspeise kein Eis gibt.

Bernadette stand auf und winkte sie herein. Melanie und Sarah verließen das Büro. Die drei stellten sich vor dem Schreibtisch auf. Vermutlich fragten sie sich, warum keiner von ihnen die Cheflektorenstelle bekommen hatte. Immerhin schien auch keiner wütend zu sein. Was für ein Glück!

»Wir wollten gratulieren«, sagte Evans. Seine Stimme klang kein bisschen sarkastisch, doch so, wie Marshall den Mund verzog, war Bernadette klar, dass das »wir« ihn nicht einschloss.

Es wunderte sie, dass Evans sich überhaupt zu einer Gratulation durchgerungen hatte. Nach allem, was sie sich im Lauf der Jahre von ihnen hatte bieten lassen müssen, hätte sie eher mit Beleidigungen oder Kündigungen gerechnet.

»Das haben Sie sich verdient«, meinte Greene mit verkniffenem Lächeln. Erstaunlicherweise wirkte er aufrichtig. »Der Chef sollte ein echter Grammatiker sein.«

Marshall sagte als Einziger nichts, und er war der Schlimmste von allen.

Sie sah ihn eine Weile an, wartete, spielte mit dem Gedanken, ihn zu fragen, ob ihre großen fetten Eier ihm nun noch größer erschienen, kam dann aber zu dem Schluss, dass es das nicht wert war, obwohl sie sich hinterher bestimmt köstlich darüber amüsiert hätte.

»Ich weiß Ihre Gratulation zu schätzen«, erklärte sie stattdessen. »Und ich hoffe, dass Sie für mich weiter so hart arbeiten wie für meinen Vorgänger.« Seinen Namen würde sie nie wieder aussprechen. Was bedeutete, dass sie sich einen neuen Schredderbefehl für Frank einfallen lassen musste.

Wall war weg und mit ihm seine Gehässigkeit.

Zum Teufel mit ihm!

»Das werden wir.« Dass Marshall das versprach, überraschte sie. Ein wenig von dem Missmut war aus seiner Miene verschwunden, doch seine Stimme klang hart. Er nickte, als wollte er sich selbst überzeugen. Bernadette war nicht überzeugt. Marshall hatte sie noch nie leiden können. Es musste sich erst erweisen, ob er tatsächlich im Team oder eher für sich selbst arbeiten würde.

»Gut. In dieser Abteilung gibt es jede Menge fähige Leute, wir haben Anerkennung verdient. Würden Sie bitte den anderen mitteilen, dass wir uns in dreißig Minuten im Besprechungszimmer treffen? Ich freue mich schon darauf, die Weichen für die Zukunft zu stellen«, erklärte sie.

Nachdem die drei ihr Büro verlassen hatten, setzte sie sich, holte tief Luft und atmete langsam wieder aus. Auf diesen Moment hatte sie sich seit der Nachricht, dass das Barnard College sie aufnehmen würde, vorbereitet. Nun war der richtige Zeitpunkt, ihre Pläne zu realisieren.

Bernadette zückte einen Block und einen ihrer Glücksstifte und machte sich daran, eine Liste anzulegen.

31

Zum ersten Mal war Bernadette auf der Familienfarm bewusst geworden, dass sie die Gabe besaß, andere zu führen. Sie hatte mit dem Schwein Amaranth gespielt, das sich eher wie ein Hund benahm. Schon bald hatten sich seine Artgenossen in einer Reihe vor sie hingesetzt, um mitzumachen.

Ben hatte sie natürlich völlig gaga gefunden, worauf sie ihn einen Ignoranten nannte.

Als sie am oberen Ende des Konferenztischs stand und die Lektoren ihrer Abteilung, die ordentlich aufgereiht links und rechts von ihr saßen, sie erwartungsvoll ansahen, erinnerte sie sich an jene Szene damals auf der Farm, auch wenn es selbstverständlich unangemessen war, die Lektoren mit den Schweinen zu vergleichen.

Bernadette nahm Platz, weil sie sich nicht vor der Gruppe aufbauen wollte wie Wall. Sie würde diese Abteilung anders leiten als er, und zwar mit Teamwork. Das Wort hatte zwei Ursprünge, die beide für diese Situation passten: Einerseits bezeichnete es, dass man Tiere zur Feldarbeit ins Joch spannte, andererseits war es im Sport gebräuchlich.

Melanie saß am Rand und machte Notizen. Evans wirkte merkwürdig eifrig. Greenes Gesicht war ausdruckslos, und Marshall sah aus, als müsste er sich gleich übergeben.

»Guten Morgen.«

Die Lektoren erwiderten ihr »Guten Morgen«, ein Dutzend Augenpaare richtete sich auf sie. Sie nahm den Stift von ihren Notizen und hielt ihn fest, als könnte er sie erden.

»Inzwischen hat es sich vermutlich herumgesprochen, dass ich die neue Chefin unserer Abteilung bin, und ich wollte diese Zusammenkunft nutzen, um einen Schlachtplan zu entwickeln.«

Sie achtete nicht auf die wenigen, die sie dieses Ansinnens wegen mit einem seltsamen Blick bedachten. In der Berufswelt gibt es für gewöhnlich drei Arten von Menschen: diejenigen, die Wandel und Wachstum wollen, diejenigen, die meinen, alles sollte beim Alten bleiben, und die Dinosaurier, die sich die Dinge so wie früher wünschen.

Bernadette gehörte der ersten Gruppe an, und obwohl sie wusste, dass mindestens die Hälfte der Anwesenden anderer Meinung war als sie, hoffte sie auf Unterstützung. Melanie nickte ihr ermutigend zu.

»Meiner Ansicht nach funktioniert eine Abteilung dann am besten, wenn alle am gleichen Strang ziehen und motiviert sind.«

»Wollen Sie andeuten, dass wir in dieser Abteilung nicht motiviert sind?«, fragte Marshall. Er wirkte, als wollte er gleich aufspringen und den Stuhl durchs Fenster schleudern.

»Keineswegs.« Dies war der Moment der Wahrheit. Sie konnte ausblenden, wie die Abteilung unter Wall geführt worden war, oder offen darüber sprechen. Wenn sie es ausblendete, würde das beeinflussen, wie die Leute ihr zukünftiges Vorgehen beurteilten. Männer wie Marshall würden meinen, sie könnten sie dazu bringen, nicht das zu sagen, was ihrer Ansicht nach das Beste für die ihr anvertraute Abteilung war. Und damit würde sie sich nicht abfinden. »Ich will andeuten, dass es hier bisher möglicherweise Vorzugsbehandlung gegeben hat, dass bestimmte Verhaltensweisen ignoriert wurden, und dass manche ein wenig mehr arbeiteten als andere.«

Marshall sah sie finster an. Er presste die Knöchel seiner Finger so fest auf den Tisch, dass sie weiß hervortraten. Doch Bernadette würde sich nicht von ihm einschüchtern lassen. Evans und Greene neben ihm nickten. Das passierte in letzter Zeit öfter. Marshall war eindeutig derjenige, mit dem sie sich auseinandersetzen musste. Und wenn er sich nicht auf ihren Führungsstil einlassen wollte, würde sie ihm nahelegen, sich eine andere Stelle zu suchen. Nicht umsonst hieß es, ein schlechter Apfel im Korb verderbe alle anderen.

»Wollten Sie noch etwas hinzufügen, Marshall?«

Marshall sah aus, als würde er buchstäblich an seinen Gedanken kauen, denn seine Kiefer mahlten. Er rang ganz offensichtlich mit sich, ob er im Team mitspielen oder sich vom Acker machen sollte. »Nein, Chefin«, murmelte er schließlich. Bernadette seufzte erleichtert.

Von Marshall war mit Sicherheit weiterer Widerstand zu erwarten.

»Teilen Sie es mir mit, falls Sie es sich anders überlegen sollten«, sagte sie und wandte sich an die anderen. »Ich führe eine Zuteilungsliste ein. Jeder Lektor bekommt nach dem System darauf einen Text zugewiesen.«

Bob, der am anderen Ende des Tisches saß, richtete sich ein wenig auf. Neben Bernadette war er derjenige, der immer die meisten Manuskripte hatte bearbeiten müssen. Die wenigsten waren bei dem Trio gelandet. Wall hatte niemals ein System gehabt. Bernadette hatte sich sogar Notizen über seine Verteilungsstrategie gemacht, die einfach keinen Sinn ergab. Sie hatte weder ein Muster noch eine Ordnung erkennen können. Es war das reinste Chaos gewesen, das hauptsächlich auf Bevorzugung basierte.

»Sobald Sie ein Manuskript fertig haben, wird Ihnen ein neues zugeteilt. Alle haben die gleiche Menge Arbeit.«

»Was ist, wenn wir einen Tag freinehmen?«, meldete sich Marshall zu Wort. Seine Stimme klang so, dass seine Reaktion abhängig von ihrer Antwort unangenehm ausfallen würde. Angesichts der Tatsache, dass er bisher freinehmen hatte können, wann immer er wollte, erwartete sie nichts anderes von ihm.

Wieder musste sie ihre Vorstellungen klar formulieren. In einer ernsthaft arbeitenden und effizienten Abteilung war kein Platz für den Herrenklub. »Wenn es sich um einen Urlaubs- oder Krankheitstag handelt, gibt es kein Problem. Eine Abwesenheit, weil Sie am Abend zuvor zu lange im Writer's Block gewesen sind, wird allerdings nicht toleriert. Ich erwarte von Ihnen, dass Sie Ihre Manuskripte pünktlich einreichen.«

Marshall klopfte mit den Fingern auf den Tisch. »Wie viel Zeit ist jeweils?«

»Das hängt vom Manuskript ab. Zwei bis vier Wochen sind in unserer Branche Standard. Komplexere Texte dauern länger. Für ein Kinderbuch benötigt man möglicherweise nur einen oder zwei Tage. Bisher sind unsere Termine immer enger gesetzt worden. Ich vermute, das liegt an Unstimmigkeiten bei Verteilung und Zeitmanagement. Wir haben hier ausreichend Lektoren, um die Arbeit pünktlich und effizient zu bewältigen.«

Nur wenige am Tisch murrten. Die meisten Lektoren sahen sie mit eifrigem Blick an. Plötzlich begriff Bernadette, dass sie nicht die einzige völlig Überforderte gewesen war. Der Führungsstil wirkte sich also deutlich auf die Arbeitsmoral aus. Und Bernadette war entschlossen, diese Abteilung auf Vordermann zu bringen.

»Ich denke, indem wir unsere Prioritäten und die Zuteilung der Manuskripte neu organisieren, werden wir bessere Ergebnisse erzielen.« Sie sah Marshall an. »Das soll nicht heißen, dass irgendjemand hier nicht sein Bestes gegeben hätte. Angesichts der Umstände und des Umfelds, in dem wir arbeiteten, haben wir das alle getan.«

Marshall nickte. Eine kleine Last, als hätte sie Schulterpolster aus Metall mit sich herumgetragen, löste sich von Bernadette. Vielleicht würde es doch nicht so schwierig werden, Marshall für sich zu gewinnen.

»Ich habe mir die Freiheit genommen, eine Liste der aktuellen Projekte zusammenzustellen. Bitte sagen Sie es, falls ich eines vergessen haben sollte.« Bernadette ging die Liste laut durch und notierte hinter jedem Titel, welcher Lektor dafür zuständig war. »Wie Sie sehen, gibt es hinsichtlich der gleichmäßigen Aufteilung Diskrepanzen. Bob hat fünf Texte zu bearbeiten, Evans hingegen nur zwei.«

Bernadette spielte mit dem Gedanken, nicht zu erwähnen, dass sie selbst vor ihrer Kündigung mit acht Manuskripten bei Weitem die meisten gehabt hatte, entschied sich dann aber dagegen. Das mussten sie erfahren. »Bevor mein Vorgänger mich gefeuert hat, musste ich acht Texte gleichzeitig bearbeiten.«

Alle hielten verblüfft die Luft an.

»Ich sage das nicht, um Mitleid zu erregen, sondern will lediglich darauf hinweisen, dass es innerhalb der Abteilung und bei der Ausgewogenheit der Arbeitszuteilung viele Ungereimtheiten gab.«

Beim Durchgehen der Liste geschah etwas Erstaunliches. Lektoren erboten sich, anderen, die mehr Manuskripte zu redigieren hatten, Arbeit abzunehmen. Sogar Marshall fragte seinen Sitznachbarn, ob er eines abgeben wolle.

Bernadette empfand sowohl Erleichterung als auch Befriedigung. Sie presste die Hände auf die Knie, damit die Lektoren nicht sahen, dass ihre Finger leicht zitterten. Ein Teil von ihr hatte völliges Chaos erwartet, wenn sie eine Veränderung der Vorgehensweise ankündigte. Menschen mochten keine Veränderungen, keine Kompromisse, und niemand bekam gern mehr Arbeit aufgehalst, am allerwenigsten, wenn er bis dahin eine ruhige Kugel geschoben hatte.

Folglich war diese gegenseitige Hilfsbereitschaft eine angenehme Überraschung.

Da ging Graham mit einem ermutigenden Lächeln am

Besprechungszimmer vorbei und streckte kurz den Daumen in die Höhe. Sie konnte nur hoffen, dass niemand das bemerkt hatte. Am liebsten wäre sie hinausgerannt und hätte ihm erzählt, wie gut alles lief, aber ihr erster Tag im neuen Job war vermutlich kein guter Zeitpunkt, um zum Prahlen zu ihrem Freund zu eilen. Außerdem war da noch immer dieser kleine Teil von ihr, der sich fragte, ob die anderen meinten, sie sei nur wegen Graham befördert worden.

Bernadette wandte sich wieder den Kollegen am Tisch zu. »Bitte kommen Sie gern zu mir, wenn Sie Fragen zu dem neuen System oder der Zuteilungsliste haben. Und falls Sie einen freien Tag brauchen: Ich bin kein Unmensch. Meiner Ansicht nach benötigt man auch manchmal Abstand. Apropos …« Das sollte sie nicht gleich nach Jobantritt tun, doch sie glaubte an Transparenz. »Eigentlich ist das, was ich Ihnen jetzt mitteile, privat, aber ich sage es Ihnen, damit Sie es verstehen. Mein Bruder war in Vietnam stationiert. Sein Flugzeug ist abgestürzt, er erholt sich im Ausland von seinen Verletzungen.«

Einige schnappten entsetzt nach Luft. Ihr Mitgefühl tat ihr gut.

»Er wird sich vollständig erholen. Wenn er in die Staaten zurückkehrt, werde ich nach Maryland fahren, um ihn zu sehen. Ich wollte Ihnen damit nur erklären, dass ich mich nicht klammheimlich davonmache, sobald wir Segel setzen.«

»Natürlich nicht. Das ist nur verständlich.« Evans war deutlich kooperativer als erwartet.

»Danke.«

»Sie müssen sich schreckliche Sorgen gemacht haben«, meinte Bob.

»Ja, allerdings. Ich weiß Ihr Mitgefühl zu schätzen. Aber jetzt genug von mir. Zeigen wir der Verlagsleitung lieber, wie gut wir zusammenarbeiten.«

32

Im Verlauf der folgenden Woche erlebte Bernadette wie erwartet eine Reihe von Erfolgen und Rückschlägen, aber hauptsächlich Erfolge. Die dummen Scherze, auf die sie gefasst war, ereigneten sich Gott sei Dank nicht.

Melanie hatte ein Whiteboard aufgetrieben, das sie direkt vor ihrem Büro an der Wand anbrachte, an der Wall früher grässliche Kunstwerke aufgehängt hatte – keines von seiner Frau. Das neue Zuteilungssystem funktionierte trotz anfänglicher Skepsis sehr gut. Bislang hatte Marshall in dieser Woche noch keinen freien Tag benötigt.

Da Bernadette nun als Cheflektorin arbeitete, waren eine Lektoren- und eine Juniorlektorenstelle neu zu besetzen.

Bob erschien Bernadette wie der ideale Kandidat für die Lektorenstelle, weshalb sich dieses Problem leicht lösen ließ. Doch für die Juniorlektorenstelle wollte sie eine Frau, um Schritt für Schritt ein Gleichgewicht innerhalb der Abteilung zu schaffen. Marshall wäre wahrscheinlich dagegen, aber das war ihr egal. Im Hinblick auf ihn gab sie die Hoffnung nicht auf, weil er von Tag zu Tag weniger angespannt wirkte.

Bernadette beschloss, in Mr Bass' Fußstapfen zu treten, das Barnard College zu kontaktieren und sich nach den letzten Abschlussjahrgängen zu erkundigen.

Sie griff in ihrem Büro nach dem Telefonhörer, wählte die Nummer ihrer Alma Mater und wurde ins Anglistikinstitut durchgestellt, wo man ihr die Namen von drei ausgezeichneten Absolventinnen nannte. Leider schienen sie alle bereits Stellenangebote zu haben.

Doch Bernadette ließ sich nicht entmutigen und wählte die Nummern. Bei einer klingelte das Telefon so lange, dass sich irgendwann das Fräulein vom Amt meldete und fragte, ob sie noch an dem Gespräch interessiert sei. Bernadette verneinte und wandte sich der nächsten Nummer zu. Sie gehörte Eleanor Baker, einer jungen Farbigen, die ein Jahr nach Bernadette den Abschluss gemacht hatte.

»Baker.« Die Stimme am anderen Ende der Leitung klang müde. So müde, wie Bernadette sich nur gefühlt hatte, als Frank noch ein Welpe gewesen war.

»Hallo, ich würde gern mit Eleanor Baker sprechen.« Sollte sie es als gutes Omen deuten, dass Eleanor den gleichen Vornamen hatte wie eine Frau, die Bernadette sehr bewunderte?

Ein langer Seufzer. »Am Apparat.«

Bernadette würde sich von Eleanor Bakers fatalistischem Tonfall nicht entmutigen lassen. Jeder hatte mal Tage wie diese junge Frau sie vermutlich gerade erlebte. »Wunderbar. Mein Name ist Bernadette Swift, ich bin Cheflektorin bei Lenox & Park. Ihre Nummer habe ich vom anglistischen Institut am Barnard College.«

»Oh.« Sofort klang die Stimme interessiert und deutlich lebhafter als zuvor. »Sehr erfreut, Mrs Swift. Ich habe schon viel Gutes über Lenox & Park gehört. Was kann ich für Sie tun?«

Bernadette gefiel die direkte Art Eleanors und wie geschmeidig sie von resigniert zu optimistisch wechseln konnte. Jemand, der sich schnell von Rückschlägen erholte, war genau das, was sie für ihre Abteilung brauchte. Für sie selbst war es schwierig genug gewesen, und wer auch immer in ihre Fußstapfen trat, würde in der Lage sein müssen, sich in der männlich dominierten Branche zu behaupten. Immerhin musste Miss Baker, falls sie eingestellt wurde, sich keine Gedanken darüber machen, dass Bernadette sie belästigte.

»Miss, nicht Mrs«, korrigierte Bernadette sie. »Ich rufe an, um Sie zu fragen, ob Sie Interesse an einem Bewerbungsgespräch für eine offene Stelle im Lektorat hätten.«

»Oh ...« Schweigen am anderen Ende der Leitung. »Ja«, hauchte Eleanor schließlich ähnlich wie Bernadette, wenn ein von ihr gekochtes Gericht besonders gut gelang oder ein Kandidat in einer Quizshow gewann. »Wann?«

»Halten Sie sich in der Gegend von New York auf?«

»Das lässt sich einrichten.«

»Ich hatte gehofft, Sie bereits heute Nachmittag sehen zu können.«

Wieder Schweigen. So lange, dass Bernadette schon glaubte, die Verbindung sei unterbrochen worden.

»Miss Baker?«

»Ja«, anwortete diese leise. Die Erregung, die noch einen Augenblick zuvor in ihrer Stimme zu hören gewesen war, hatte sich verflüchtigt. »Für das Angebot bin ich sehr dankbar, aber ich befinde mich gerade in Philadelphia. Ich muss erst den Zugfahrplan für heute Nachmittag überprüfen und bin nicht sicher, ob ich rechtzeitig da sein kann.«

»Wie wäre es dann mit morgen Vormittag?« Bernadette konnte ihren Terminplan leicht ändern, und wenn Eleanors Angst, sie könnte es nicht pünktlich zu dem Vorstellungsgespräch schaffen, ihre einzige Sorge war, wollte sie ihr nicht weiter Ungemach bereiten.

»Das schaffe ich.«

»Wunderbar. Haben Sie seit Ihrem Collegeabschluss eine Stelle?«

»Ja, aber keine, die Sie bei mir vermutlich erwarten würden.« Wieder dieser niedergeschlagene Tonfall.

»Wie das?«

»Man hatte mir eine beim *Villager* angeboten, doch die musste ich ausschlagen, weil meine Eltern wollten, dass ich bei ihnen bleibe. Nun bin ich Kindermädchen beim Arbeitgeber meiner Mutter.«

Eleanors Geschichte war kein Einzelfall und ähnelte in vielen Aspekten Bernadettes eigener. Wie leicht sie selbst zu Hause hätte kleben bleiben können, statt in der Welt der Literatur zu arbeiten, wie sie es sich immer erträumt hatte!

»Verstehe. Eine Frage.«

»Ja?« Ein wenig Mut war das Einzige, was Eleanor brauchte, um es zu schaffen.

»Wären Sie, wenn man Ihnen die Stelle anböte, bereit, nach New York zu ziehen? Soweit ich das verstehe, glaubten Sie zuvor, keine Wahl zu haben. Hat sich das geändert? Sind Sie bereit, Ihre Träume zu realisieren?«

Diesmal zögerte Eleanor keine Sekunde. »Absolut.«

»Gut. Dann sehen wir uns morgen. Sagen wir mittags? Wir können das Gespräch beim Lunch führen.«

»Vielen herzlichen Dank. Ich hätte nicht geglaubt, dass …« Eleanor Baker verstummte, und Bernadette zog es das Herz zusammen. Es war leicht zu erkennen, dass Eleanor es bedauerte, schon einmal verzichtet zu haben. Diese zweite Chance würde sie sich nicht entgehen lassen.

»Ich freue mich darauf, Sie kennenzulernen, Miss Baker, und zu sehen, was eine andere Absolventin des Barnard College mit dem Rotstift leisten kann.«

»Danke, Miss Swift. Ich werde Sie nicht enttäuschen.«

Bernadette legte auf und wählte die dritte Nummer auf ihrer Liste. Kurz darauf erfuhr sie, dass diese Barnard-Absolventin eine Stelle bei der *Washington Post* angenommen hatte.

Bernadette freute sich für sie. Eleanor Baker würde also offenbar die einzige Kandidatin vom Barnard College bleiben, und Bernadette hoffte inständig, dass sie die Richtige wäre.

Sie stand auf und trat ans Fenster, um auf die Stadt, den

Verkehr und die Herbstfärbung der Bäume im Park hinunterzublicken. Wie oft hatte sie schon aus diesem Fenster geschaut und sich gewünscht, nicht in diesem Büro zu sein? Und nun wäre das auf absehbare Zukunft ihr Ausblick. Lächelnd beobachtete sie die Fußgänger auf den Gehsteigen und die Hotdog- und Kaffeestände und dachte darüber nach, wie eine einfache Berufsbezeichnung so vieles, darunter auch ihren Blick auf die Stadt, verändert hatte.

Als es leise klopfte, drehte sie sich um. Graham stand lässig im Türrahmen. Jedes Mal wenn sie ihn sah, bekam sie Schmetterlinge im Bauch.

»Ich wollte bereits den ganzen Vormittag vorbeischauen, dachte mir aber, es ist besser, bis zum Lunch professionell zu bleiben.« Wieder einmal trat dieses attraktive Grübchen auf seine Wange.

»Ach, ist es schon so spät?« Ein Blick auf die Uhr verriet ihr, dass es nur noch wenige Minuten bis Mittag waren.

Sie sah die Jalousien an den Glasfenstern zum Lektorat an. Hätte sie nur den Mut besessen, sie herunterzulassen, die Tür zu verschließen und Graham zu küssen!

»Na, wie läuft's?«, erkundigte er sich.

»Toll. Die Besprechung war super.« Bernadette hielt die Stimme gesenkt, weil ihr bewusst war, dass fast alle in ihrer Abteilung lauschten, und sie die Tür nicht einfach schließen konnte, weil sie nicht wusste, was sie dann untereinander flüstern würden. »Alle außer Marshall scheinen mitzuspielen, aber ich glaube, am Ende wird auch er dabei sein. Ich habe Bob befördert, und morgen führe ich ein Vorstellungsgespräch mit einer jungen Frau, die den Abschluss am Barnard College gemacht hat.«

»Klingt, als hättest du deine Entlein alle in einer Reihe.«

Bernadette musste lachen. »Komisch, dass du das sagst. Erst heute Morgen habe ich mir gedacht, wie sehr sie mich an die Schweine zu Hause erinnern.«

»Amaranth?«

»Schön, dass du das noch weißt. Sonst würde ich ja wie ein kompletter Esel dastehen.«

»Ich kann mir die junge Bernadette Swift gut vorstellen, wie sie die Schweinchen auf ihrer Farm herumkommandiert.«

»Sie schienen meine Führung zu schätzen.«

»Hatten sie denn alle identische Haarschleifen?«

»Nur die wenigen weiblichen Tiere, die es mit sich machen ließen. Den Herren habe ich schicke blaue Fliegen verpasst.«

Graham schmunzelte. »Wollen wir in die Mittagspause gehen, bevor ich dich vor den Augen aller küsse?«

»Kommt drauf an.« Sie schob eine Schulter nach vorn und stützte eine Hand in die Hüfte. »Küsst du mich im Aufzug?«

»Das hatte ich vor, vorausgesetzt, er ist leer.« Als Grahams Blick über ihr Gesicht und ihren Mund wanderte, kehrten die Schmetterlinge im Bauch zurück.

»Abgemacht.«

Sie verließen das Lektorat, das sich zur Mittagspause leerte. Nicht einmal Melanie saß mehr an ihrem Schreibtisch. Dafür war der Lift sehr voll. Graham stand wenige Zentimeter von Bernadette entfernt, nur sein kleiner Finger berührte den ihren so, dass niemand es sehen konnte.

»Pizza?«, fragte sie, weil sie heute nichts für die Pause dabeihatte.

»Ich finde, wir sollten feiern. Da Frank erst morgen wieder im Verlag ist, hatte ich mir gedacht, wir heben uns die Pizza für ihn auf.«

»Ach, und was hast du dir vorgestellt?«

»Das zeige ich dir gleich.«

Draußen winkte er ein Taxi herbei und nannte dem Fahrer eine Adresse. Wenig später hielten sie vor dem Ritz am

Central Park. Bernadette war nie zuvor im Ritz gewesen, obwohl sie es natürlich von zahlreichen Filmen kannte und auch mit eigenen Augen gesehen hatte. In der Lobby roch es nach Frangipani und Reichtum.

»Wie elegant!«, flüsterte sie.

»Ich finde, der heutige Tag schreit förmlich nach Eleganz.« Er dirigierte sie zum Restaurant, wo er reserviert hatte und nun seinen Namen nannte.

Bernadette war froh, ihr pinkfarbenes Lieblingskostüm und die Bluse mit den Tupfen angezogen zu haben. Sie wurden an einen Tisch geleitet. In dem Restaurant hielten sich Persönlichkeiten des öffentlichen Lebens, berühmte Schauspieler, Sänger und Geschäftsleute auf. In diesem feudalen Ambiente fühlte Bernadette sich wie etwas ganz Besonderes.

Nachdem der Maitre d'hôtel den Stuhl für sie herausgezogen, ihr die Speisekarte gereicht und eine Serviette auf ihren Schoß gelegt hatte, streckte sie die Hand nach der von Graham aus. »Danke, Graham. So etwas würde ich mir selbst nie gönnen.«

»Ich weiß. Aber das hast du dir verdient. Gratuliere.«

»Danke.«

Sie bestellten einen Shrimpscocktail, Salat und Steak, und am Ende war sie so satt, dass sie Angst hatte, der Bund ihres Rocks könnte platzen.

»Vielleicht sollten wir zu Fuß zurückgehen«, schlug sie vor. »Es ist ja nicht so weit.«

»Gute Idee.« Während sie die Fifth Avenue entlangschlenderten, unterhielten sie sich übers Verlagswesen, ihre Beförderung und ihre Pläne für die Abteilung.

»Mich wundert's, dass du nicht schon früher befördert worden bist«, bemerkte Graham. »Du bist die geborene Führungskraft.«

»Die Wall-Mauer hat mich blockiert.«

»Gott sei Dank ist diese Mauer eingerissen«, meinte er. »Heute ist noch alles neu und wunderbar, und meine Leute sind höchst motiviert. Aber ich mache mir Gedanken, wie die kommenden Tage aussehen werden. Marshall, Evans und Greene sind es nicht gewöhnt, die Muskeln spielen zu lassen. Nun, da Bob auf einer Stufe mit ihnen steht, wird er ihnen vermutlich ihre Spielchen nicht mehr durchgehen lassen, und ich habe auch keine Lust dazu.«

»Diese literarische Brücke kannst du überqueren, wenn es so weit ist. Vielleicht überraschen sie dich ja.«

»Ich hoffe nur, dass das bald geschieht und wir uns der Zukunft zuwenden können.«

»Ich gebe dem Ganzen eine Woche.«

»Meinst du?«

»Das wird die härteste Woche, die sie seit Jahren erlebt haben – und das heißt etwas, wenn man weiß, wie viel Arbeit er dir aufgehalst hat.«

Bernadette verschränkte die Finger mit seinen und genoss die Wärme seiner Hand in der kühlen Luft. »Danke für deinen Beistand, Graham. Ohne dich hätte ich das alles nicht geschafft.«

Graham blieb stehen. Einige Leute schoben sich murrend an ihnen vorbei. »Das stimmt nicht.«

Sie legte den Kopf schief. »Wieso nicht?«

»Das hast du allein geschafft.«

»Aber du und Mr Bass …«

Graham schüttelte den Kopf. »Wir haben dich unterstützt, jedoch nicht deinen Job gemacht. Das warst du ganz allein. Mit deiner Arbeitsmoral, deiner Gabe, deiner Persönlichkeit. Queen B hat sich die Beförderung redlich verdient. Schmälere deine Leistung nicht, indem du denkst, dein Erfolg liege an etwas oder jemand anderem.«

»Danke.« Sie schmiegte sich enger an ihn und küsste ihn. Das Gejohle der Passanten war ihr egal.

»Gern geschehen«, murmelte er an ihren Lippen. »Steh dazu, Frau.«

Sie legte lachend den Kopf an seine Schulter. »Nimmst du es wenigstens an, wenn ich dir sage, dass man wunderbar mit dir reden kann?«

»Ja, aber das ist nicht meine einzige Fähigkeit.« Er zwinkerte.

»Ah, verstehe ... Wir sind auf ein Kompliment aus«, neckte sie ihn. »Kommst du heute Abend vorbei und beweist es?«

»Liebend gern.«

»Dito.«

***

Am folgenden Morgen schlenderte Bernadette mit Frank an ihrer Seite in das Gebäude von Lenox & Park. Sie gingen geradewegs in die Poststelle, wo Mark und der Rest seiner Mannschaft bereits mit Franks Jacke warteten.

»Willkommen zurück, Frank.« Mark strahlte, die anderen klatschten und jubelten. Wir haben dich vermisst, Kumpel.«

Frank bellte, ging auf die Hinterbeine, legte Mark die dicken Pfoten auf die Schultern und leckte seine Wange.

»Sie haben ihm auch gefehlt«, meinte Bernadette lachend.

Mark schloss die Arme um Frank, kraulte seinen Rücken und sagte ihm, er solle sich setzen, damit er ihm die Postjacke überziehen könne.

Bernadette küsste Frank auf den Kopf und kraulte ihn hinter den Ohren. »Ich bringe ihm gerade einen neuen Schredderbefehl bei.« Sie richtete sich auf und flüsterte ihn Mark ins Ohr. »Jabberwock.«

»Nie gehört.«

Sie grinste. »Das sagt niemand einfach nur so, und genau das erschien mir wichtig.«

»Da pflichte ich Ihnen bei. Was bedeutet es?«

»Das ist ein Ungeheuer aus einem Gedicht in Lewis Carrolls *Alice hinter den Spiegeln.*« Das Wort passte auch für sie, denn als kleines Mädchen hatte sie geglaubt, unter ihrem Bett verberge sich ein Jabberwock, der sich auf sie stürzen wolle.

»Das ergibt Sinn, perfekt. Was dagegen, wenn wir's gleich ausprobieren?«, fragte Mark.

»Nur zu.«

Mark nahm ein Blatt Papier aus dem Abfalleimer und legte es vor Frank auf den Boden.

»Jabberwock.«

Frank packte es und zerfetzte es mit so viel Gusto, dass die Konfetti gerade so durch die Luft flogen.

»Wunderbar«, meinte Mark breit grinsend. »Das Wort wird ihn wohl kaum in Schwierigkeiten bringen.«

»Versuchen Sie's jetzt mal mit dem anderen.«

Mark wirkte skeptisch.

»Machen Sie ruhig«, ermutigte sie ihn.

»Wall.«

Frank setzte sich hin und sah ihn erwartungsvoll an.

»Er möchte ein Leckerli«, erklärte sie.

»So haben Sie ihm das also beigebracht.«

Bernadette tätschelte stolz Franks Kopf. »Frank ist hoch motiviert.«

»Das stimmt.« Mark nahm einen Hundekeks aus seiner Tasche und warf ihn Frank zu, der ihn gekonnt in der Luft fing.

Bernadette nickte. »Ich lasse euch jetzt an die Arbeit gehen. Danke, dass Sie ihn zurücknehmen. Zum Glück haben Sie die Einschätzung von Franks Persönlichkeit nicht von meinem Vorgänger übernommen.«

»Danke, dass Sie ihn wieder hergebracht haben, Miss Swift. Wir waren sehr enttäuscht, als wir ihn ziehen lassen mussten.«

»Er ist wirklich ein guter Junge.«

»Jeder macht mal einen Fehler.«

»Und die meisten von uns bekommen eine zweite Chance.« Dabei dachte Bernadette nicht nur an sich selbst, sondern auch an Marshall.

»Wie wahr. Sehen wir uns am Mittag?«

»Heute geht Graham mit ihm in der Mittagspause Gassi. Ich bin mit einem Vorstellungsgespräch beschäftigt.«

»Gut, dann sehen wir Graham.«

»Bis dann.« Bernadette winkte dem Team zum Abschied zu und streichelte Frank ein letztes Mal den Kopf. »Sei artig, mein Junge.«

Frank bellte. Fast schien sein Blick zu sagen: *Sei du auch artig.*

33
Frank

Das letzte Mal, als es zur Farm ging, hat uns Bernadettes Vater mit seinem roten Truck in der großen Stadt abgeholt. Ich aalte mich auf der Ladefläche in der Sonne. Die ganze Fahrt über hing mir die Zunge aus dem Maul. Es war herrlich.

Bernadette und ihr Vater sangen zur Musik im Radio, und sie deutete lachend auf mich und trällerte: »You ain't nothing but a hound dog.«

Diesmal nehmen wir nicht den Pick-up. Und nicht ihr Vater sitzt am Steuer, sondern Graham. Er hat den Wagen, den er Chevy nennt, von einem Freund aus seiner Rugby-Mannschaft geborgt. Das Blau vom Lack passt gut zum Kleid von meinem Mädchen. Sie singen einen Song, in dem es darum geht, dass jemand namens Jack auf der Straße unterwegs ist.

Ich strecke vom Rücksitz aus den Kopf zum Fenster hinaus, und wieder hängt mir die Zunge aus dem Maul. Was soll ich sagen? Die Luft schmeckt so einfach unheimlich gut.

Die beiden sitzen nahe beieinander. Bernadettes Kopf ruht auf Grahams Schulter. Sieht kuschelig aus, wie bei Rudeltieren. Ich quetsche mich dazwischen, weil ich auch ein bisschen Aufmerksamkeit will. Bernadette krault lachend meinen Kopf, und ich belle, um ihr zu zeigen, wie glücklich ich bin.

Alles fühlt sich richtig an.

Mein Mädchen ist glücklich.

Und Graham ist mein neuer bester Freund.

Morgens gehe ich mit den beiden in die Arbeit, wo ich

Post ausliefere, und am Abend überlässt Mark mir einen Stapel Papier zum Zerfetzen. Eine Win-win-Situation. Ich habe viele Jobs. Allererstens muss ich Bernadettes bester Freund sein, und ich glaube, das gelingt mir sehr gut. Außerdem muss ich mich um Mrs Morris kümmern und dafür sorgen, dass Mr Crumbs Leckerbissen bekommt, obwohl ich mir geschworen hatte, ihm nie wieder zu helfen. Aber ich bin nun mal nicht nachtragend.

Dann muss ich das Viertel beschützen – bei uns gibt es schon monatelang keinen Überfall und keine vermissten Kinder mehr. Und jetzt bin ich Posthund. Das gefällt mir sehr. Als Eichhörnchenjäger muss ich noch üben, als Präriebuddler habe ich das Gefühl, Löcher ins Nirgendwo zu graben. Auf der Farm könnte ich mehr Erfolg haben, denke ich.

Doch heute geht es nicht um diese Jobs, heute ist ein Tag zum Feiern. Ein Tag, den ich mit meinem Mädchen und ihrem Jungen verbringe – eigentlich sind wir ja beide ihre Jungs. Ich und Graham. Ich lecke ihm die Wange und kichere in mich hinein, als er unauffällig meinen Sabber wegwischt. Ich mache das absichtlich besonders schlabberig. Das ist ein Spiel zwischen uns. Ich lecke, er wischt weg.

Wie gesagt, wir fahren zur Farm, und zwar aus zwei guten Gründen.

Erstens: Graham möchte die Familie von meinem Mädchen kennenlernen.

Zweitens – und das ist der noch bessere: Ben ist wieder da. Ich kann's kaum erwarten, ihm zu zeigen, wie gut ich meine Arbeit erledige.

Ich habe seine Stimme bei dem Anruf selber gehört. Die Tränen, die Bernadette dabei vergossen hat, waren keine Tränen der Trauer, sondern der Freude. Sie haben mich zu einer FRAP, einer frenetischen Aktivitätsphase, motiviert. *Ben, Ben, Ben, Ben, Ben …*

Es hat ihr nicht mal was ausgemacht, dass ich gegen den Tisch gekracht bin und das Coq au Vin oder »Hühnchenessen«, wie wir Hunde sagen, auf dem Boden gelandet ist. Das war köstlich.

Wir brausen den Highway entlang. Etwa nach der halben Strecke halten wir, damit wir uns alle einen geeigneten Fleck für unser Geschäft suchen können. Es verwirrt mich ein bisschen, dass Graham nicht das Bein hebt. Vielleicht muss ich ihm das noch beibringen.

Dann klettern wir wieder in den Wagen und fahren weiter. Bernadette und Graham singen zu einem Song aus dem Radio, »You're the Devil in Disguise«, von jemandem, der Elvis heißt, und ich heule mit.

Endlich kann ich es riechen. Gras und Mais und Weizen und Farmtiere. Frischere Luft als in der Stadt. Ich heule zum Fenster hinaus, lasse den Ort wissen, dass ich zurück bin.

»Sag's ihnen, mein Junge«, ermuntert mich Bernadette, und ich heule noch einmal.

Als wir in eine lange, gewundene Auffahrt einbiegen, bittet Bernadette Graham anzuhalten.

»Den Rest des Weges läuft er gern«, erklärt sie ihm. Ich freue mich, dass sie sich daran erinnert, denn wenn nicht, wäre ich einfach aus dem Fenster gesprungen.

Graham bremst, mein Mädchen macht mir die Tür auf. »Bis gleich, mein Junge.«

Ich jage Kaninchen und Vögeln und Feldmäusen und allem nach, das sich irgendwie bewegt, während ich durch das Feld auf das riesige Farmhaus zurenne.

Bin schneller als sie an der Holztreppe mit den vertrauten Stellen, an denen die Farbe abblättert und die Stufen knarren. Da geht die Tür auf, und zuerst tritt Bernadettes Mom heraus, gefolgt von ihrem Dad. Schließlich wackelt Ben auf langen Holzstecken hinterher. Ich belle, heule, wedle mit dem Schwanz und lecke, lecke, lecke, bis sie von oben bis unten nass von mir sind.

»Du bist ganz schön groß geworden«, stellt Ben fest und drückt mich. Ich stütze ihn, biete ihm meinen Körper als Krücke an.

Auftrag erledigt, Sarge. Mit Bernadette ist alles bestens.

»Guter Junge, Frank.« Ben grinst mich so stolz an, dass ich gar nicht anders kann als mit einem Heulen zu antworten.

Kurz darauf trifft der Wagen ein. Graham und Bernadette steigen aus, es folgen etliche »Ahhs« und »Ohhs«, während sie die Autotüren schließen.

Ben lächelt ein wenig angespannt, als er Graham mustert. Ob er ihn abschnüffeln wird, wie ich es bei anderen Hunden im Park mache?

»Was hältst du von ihm?« Ben hebt die Augenbrauen und sieht mich ernst an. Da ich seine Sorge spüre, will ich ihn beruhigen.

Ich belle und wedle mit dem Schwanz, renne zuerst zu Bernadette, dann zu Graham und wieder zurück zur Veranda, damit alle sehen, dass ich Bernadettes Wahl gutheiße. Sie ist mein Mädchen und er mein Junge.

Es gibt nichts Schöneres als mit seinen Leuten zusammen zu sein, einen vollen Bauch zu haben und obendrein jede Menge Streicheleinheiten zu kriegen.

34

Nach so langer Zeit wieder nach Hause zu kommen, ließ Bernadette innerlich seufzen. Die Vertrautheit der Bäume, die Delle im Geländer von einem wilden verbotenen Fangenspiel im Haus, der Geruch aus Moms Küche oder der des Öls, mit dem die Holzböden eingelassen waren.

Bernadette atmete und saugte all das ein. Doch am allerbesten war es, ihren Bruder lebendig von Angesicht zu Angesicht zu sehen. Er humpelte ihr in einer abgetragenen Jeans und einem ausgewaschenen Orioles-T-Shirt auf Krücken entgegen und ließ die eine fallen, um sie in den Arm zu nehmen und an sich zu drücken.

Als er gefunden worden war, als sie übers Telefon mit ihm hatten reden können, hatte sich das surreal angefühlt, doch ihn nun zu berühren, tatsächlich die Arme um ihn zu schlingen ... Erst jetzt glaubte Bernadette wirklich, dass er da war. Und so fest, wie er sie an sich presste, hatte sie das Gefühl, dass auch er es kaum fassen konnte, endlich wieder daheim zu sein.

»Hallo, Ignorant«, flüsterte sie ihm wie in ihrer Teenagerzeit ins Ohr.

»Inzwischen eher Kombattant«, flüsterte er zurück.

Bernadette musste lachen. Elegant, wie er diesen alten Scherz ummünzte.

Ben löste sich von ihr, ließ sie jedoch noch nicht ganz los. Einen kurzen Moment lag in seiner Miene brüderliche Liebe, dann verwandelte er sich in einen Macho. »Stell mich deinem Freund vor. Vielleicht muss ich ihn ja zu einem Ringkampf herausfordern.«

»Den würdest du gewinnen. Also sei nett zu ihm.« Sie verdrehte die Augen.

»Da wäre ich mir nicht so sicher.« Ben taxierte Graham, der sich gerade mit ihrem Vater unterhielt. »Soweit ich das beurteilen kann, ist er einer von der ruhigen, starken Sorte.«

»Jedenfalls ist er großartig.«

Den Arm ihres Bruders über die Schulter geschlungen, wandte sie sich Graham zu, der sie mit seinem so typischen lässigen Grinsen, bei dem sein Grübchen zum Vorschein kam, anblickte. Wie im Büro, wenn er gerade mit jemandem redete und sie zufällig vorbeikam.

»Graham, das ist Ben. Ben, das ist Graham.«

Graham streckte die Hand aus und schüttelte die von Ben ziemlich fest. Die beiden musterten einander. Dabei gelang es Ben, gleichzeitig den Arm um ihre Schulter gelegt zu lassen. Bernadette wusste nicht, ob er Graham damit zeigen wollte, dass er sie festhielt, oder ob er nur eine Stütze brauchte.

Kurz stockte ihr der Atem, weil sie keine Ahnung hatte, in welche Richtung sich diese Begegnung entwickeln würde. In der Highschool hatte Ben immer, wenn sie einen Jungen mit nach Hause brachte, einen Wettkampf vorgeschlagen, bei dem der andere verlor. Daraufhin hatte er sich über ihn lustig gemacht, der Junge war abgedampft, und sie hatte sich in ihr Zimmer verzogen und geschmollt.

Diesmal jedoch war alles anders.

»Freut mich, dich kennenzulernen«, sagte Ben, der zu begreifen schien, wie wichtig dieser Moment war.

»Ich habe schon viel von dir gehört«, erwiderte Graham. »Schön, dass du wohlbehalten wieder da bist.«

Eigentlich erwartete Bernadette nun eine spitze Bemerkung von Ben, aber er entgegnete lediglich: »Dito, Kumpel. Sobald mein Bein wieder in Ordnung ist, komme ich vielleicht zu eurem Rugby-Training. Magst du ein Bier?«

»Ja, Bier klingt gut. Du kannst jederzeit bei uns mitmachen.«

Ben hob den Arm von Bernadettes Schulter und legte ihn um die von Graham. Ihr fiel auf, dass er ihn dabei ein bisschen grob anstieß, worüber der gutmütige Graham nur lachte. Dann humpelte ihr Bruder mit ihm in die Küche, und ihr Dad folgte ihnen, sodass Bernadette mit ihrer Mom und Frank zurückblieb.

Sie hob eine Augenbraue und sah ihre Mutter an, die ähnlich erstaunt dreinschaute wie sie selbst. »Wow, das ist ja mal was Neues.«

An ihrer Lippe kauend, spähte Bernadette durch die Tür, als könnte es drinnen jeden Moment zu einer Prügelei kommen.

»Müssen wir Angst haben?«

Frank, der sich an sie drückte, wie sie es so gern hatte, bellte. Bernadette legte die Hand auf seine Rippen und streichelte ihn.

»Frank scheint keine Befürchtungen zu haben«, meinte sie.

Frank wedelte mit dem Schwanz und blickte sehnsuchtsvoll in Richtung der Felder.

»Geh ruhig, mein Junge«, sagte sie lachend und fügte an ihre Mom gewandt hinzu: »In der Stadt hat er nicht so viel Auslauf, aber wir liefern uns öfter mal ein gutes Rennen im Central Park.«

Frank sprang, ohne auf die vier Stufen zu achten, von der Veranda und rannte los, als wollte er die Wolken am Himmel mit den Zähnen erhaschen.

Bernadettes Mom hakte sich bei ihr unter. »Ich finde deinen Graham sympathisch.«

»Ja, ich mag ihn sehr. Möglicherweise liebe ich ihn sogar«, gestand Bernadette seufzend.

Ihre Mutter strahlte wie die gestickte Sonne auf ihrer

Schürze. »Seit der Highschool hast du keinen Freund mehr nach Hause gebracht.«

Bernadette zuckte mit den Achseln, um diesem Besuch bei den Eltern ein wenig Ernsthaftigkeit zu nehmen. »Seitdem schien mir keiner mehr würdig zu sein.«

»Freut mich, dass Graham den Test bestanden hat. Alle Tests.« Sie gingen hinein.

Im Haus roch es nach gebratenem Hühnchen und frisch gebackenen Brötchen, sogar ein wenig nach Apfelkuchen. Sofort begann Bernadette der Magen zu knurren, und das Wasser lief ihr im Mund zusammen. Es gab nichts Besseres als Moms Kochkünste, abgesehen vielleicht von denen Julia Childs.

»Ich möchte dir etwas zeigen, Bernadette.«

»Gern.« Bernadette war dankbar für die Ablenkung.

Ihre Mutter ließ ihren Arm los und eilte ins Wohnzimmer, wo ein kleines Kaminfeuer brannte. Es war Mitte Oktober, die Blätter hatten sich bereits verfärbt, und schon bald würde kühle Luft die Farm einhüllen, bevor der Schnee kam. Der Winter hier war aus vielerlei Gründen anders als der in der Stadt. Zum Beispiel hatte Bernadette keinen Kamin, und das Fortkommen auf den matschigen, vereisten Gehsteigen New Yorks war bedeutend gefährlicher als auf schneebedeckten Feldern.

Ihre Mutter trat an den Sekretär aus Walnussholz, drehte den Schlüssel darin und zog den oberen Teil herunter, sodass ein Fach im Innern zum Vorschein kam. Dann nahm sie ein Magazin heraus, schlug es an einer markierten Stelle auf und ließ die Hand zärtlich über die Seite gleiten, bevor sie die Zeitschrift Bernadette wie etwas sehr Kostbares hinhielt.

»Schau.«

Bernadette nahm die Illustrierte und las die Überschrift des Artikels laut vor: »Mode für Farmfrauen.«

Daneben befand sich ein Bild ihrer geheimnisvoll lächelnden Mutter.

»Mom, du hast es geschafft!«, rief Bernadette begeistert aus.

Ihre Mutter klatschte lachend in die Hände. »Danke, dass du mich ermutigt hast, Bernie. Ohne dich hätte ich mich wahrscheinlich nicht getraut.«

»Ich bin so froh, dass du es gemacht hast. Das ist unglaublich.« Damit hatte sie nun wirklich nicht gerechnet. Ihre Mutter hatte kein Wort davon erwähnt, dass sie den Artikel schreiben, geschweige denn einreichen würde, und schon gar nicht, dass er veröffentlicht werden sollte.

»Ich wollte dich überraschen. Er ist gerade erst letzte Woche erschienen.«

»Du musst mir alles ganz genau erzählen.« Bernadette setzte sich neben ihrer Mutter aufs Sofa und las den Artikel, in dem Methoden vorgestellt wurden, wie sich Schürzen aufpeppen und spezielle Stickereien anfertigen ließen. Sogar Fotos von den Entwürfen ihrer Mutter waren abgebildet.

Auch wenn unsere Hände schon bei Sonnenaufgang dreckverschmiert sind, bedeutet das noch lange nicht, dass wir beim Kühemelken und Eiereinsammeln nicht schick aussehen können.

»Der Satz gefällt mir«, meinte Bernadette lachend.

»Der Redakteur hat mir erklärt, der Artikel sei so gut angekommen, dass sie weitere möchten. An dem Tag, als er erschien, sind offenbar die Telefone heißgelaufen, weil die Leute wissen wollten, ob eine regelmäßige Kolumne draus wird.«

»Gratuliere. Was sagt Dad?«

»Er ist stolz auf mich. Hat sämtliche Ausgaben im Laden

aufgekauft und an alle unsere Freunde und seine Farmkontakte im ganzen Land verschickt.«

»Es freut mich, dass er dich unterstützt.«

»Wie gesagt: Er ist sehr stolz auf mich.« Ihre Mutter blickte in Richtung Küche, aus der die lauten Stimmen der Männer drangen. »Mir war nicht klar, wie stolz er sein würde. Jetzt macht er sogar den Abwasch, ist das zu fassen?«

»Ein Wunder. Schreibst du schon an deinem nächsten Text?«

»Ja.« Ihre Mutter rieb sich aufgeregt die Hände. »Der muss kommende Woche fertig sein und wird im Monat drauf veröffentlicht. Da der Winter vor der Tür steht, dachte ich mir, ich konzentriere mich auf Kaltwetterklamotten. Du weißt ja, wie sehr ich meine Mützen und Handschuhe liebe.«

»Ja, allerdings.« Bernadette drückte ihre Mom. »Es ist einfach nur toll. Hast du ein zweites Heft, das ich mitnehmen kann?«

»Klar.« Ihre Mutter stand auf und holte eine weitere Ausgabe aus dem Sekretär, die sie Bernadette gab. Dann setzte sie sich wieder neben sie auf die Couch und sah ihr in die Augen. »Ich bin auch auf dich stolz, Liebes. Obwohl ich dir immerzu gesagt habe, dass du nach Hause kommen sollst, weiß ich, dass du in New York deinen Weg machst. Cheflektorin? Unglaublich.«

»Danke, Mom. So einfach war das nicht, aber auch wieder nicht schrecklich schwierig.« Sie erzählte ihrer Mutter von Marshall, wie sich ihr Verhältnis tagtäglich besserte und er ihr sogar während einer Besprechung einen Kaffee gebracht hatte. Obwohl sie den aus Angst davor, dass er Salz hineingegeben haben könnte, erst getrunken hatte, als er kalt war. Zum Glück war kein Salz darin gewesen.

»Offenbar ist es dir in der Stadt doch gelungen, einen Mann kennenzulernen.« Ihre Mom zwinkerte ihr zu.

Bernadette war erfreut darüber, dass ihre Mutter ihr nicht wieder in den Ohren lag, nach Hause zu kommen. Endlich schien sie ihren Segen zu haben. »Schon erstaunlich, dass es dort welche gibt, was?«

»Und …«, ihre Mom drohte ihr spielerisch mit dem Finger, »… deiner ist bemerkenswert … normal.«

Diese Worte aus dem Mund ihrer Mutter überraschten Bernadette. »Was dachtest du denn, wie die Männer in New York sind?«

»Alles Schauspieler und Verbrecher.« Sie zuckte die Schultern. »Kerle, die meine Tochter ausnutzen wollen.«

»Ich schwöre dir: Bei Graham bin ich in guten Händen.«

»Ich vertraue dir und deinem Urteilsvermögen, Liebes.« Die Miene ihrer Mutter erinnerte Bernadette daran, wie es gewesen war, von ihr nach einem Sturz vom Rad in den Arm genommen zu werden. »Und deine neue Stelle. Der Wahnsinn.«

»Ich muss mich selber noch kneifen.«

»Du bist auf dem Weg nach oben. Nächster Halt Geschäftsführerin.«

Bernadette grinste. »Jedenfalls hoffe ich das.« Wieder knurrte ihr der Magen. »Meinst du, das Hühnchen ist fertig? Ich habe einen Bärenhunger.«

»Bald. Komm, hilf mir den Salat herrichten.«

Als sie die Küche betraten, sahen sie, dass Graham und Ben das Gemüse schnippelten, das ihr Vater putzte. Bernadette blickte ihre Mutter erstaunt an.

Die lehnte sich mit selbstzufriedener Miene gegen den Türrahmen. »Ich habe auch diesen Rat von dir befolgt«, erklärte sie. »Und es hat sich herausgestellt, dass er nicht nur das Geschirr spülen, sondern sogar ganz manierlich kochen kann.«

Bernadette hatte ihren Vater noch niemals Gemüse putzen sehen, da war sie sich ziemlich sicher. Und jetzt erklärte er zwei anderen Männern, wie sie den Salat machen sollten.

Nun kniff sie sich tatsächlich in den Arm.

»Warum tust du das?«, erkundigte sich ihre Mom und schob spielerisch ihre Finger weg.

»Ich will mich nur vergewissern, dass das kein Traum ist.«

Ihre Mutter lachte so laut, dass die Männer sich zu ihnen umdrehten.

»Mach dich nicht über uns lustig, Ma. Wir wollen dir nur helfen«, sagte Ben.

Ihr Vater grinste. »Schau nicht so schockiert drein, Bernie. Ein Mann kann seiner Frau durchaus helfen. Das sollte er sogar.«

»Ich bin nicht schockiert ... nur glücklich«, entgegnete Bernadette.

Der Tisch im Esszimmer war bereits gedeckt. Während ihre Mutter das Hühnchen auf den Tisch stellte, damit ihr Vater es tranchieren konnte, bereitete Graham eine Vinaigrette für den Salat à la Julia Child zu, und ihr Bruder zerstampfte die Kartoffeln. Bernadette trat hinaus auf die Veranda.

Als sie einen weiß-schwarzen Blitz durchs Feld huschen sah, verspürte sie plötzlich das Bedürfnis, mit Frank zu rennen, um ihre überschüssige Glücksenergie abzureagieren. Fühlten sich Hunde bei FRAPs so? Platzten sie schier vor Kraft, die ein Ventil suchte?

»Frank«, rief sie und sprang die Stufen hinunter. »Essen!«

Frank raste mit heraushängender Zunge und weit ausholenden langen Beinen aufs Haus zu. Sie erwartete ihn sitzend auf der untersten Stufe, denn aus Erfahrung wusste sie, dass er sie ummähen würde, wenn sie stehenblieb. Der blaue Fleck von einem Sturz würde die Rückfahrt nach New York äußerst schmerzhaft machen.

Er warf sich gegen sie, und sie fing ihn auf und ließ sich von ihm ablecken. Sein Fell war kühl vom Herumrennen an der frischen Luft, sein Atem hingegen heiß.

»Was hast du entdeckt?«

Er schaute zum Feld zurück und bellte, als wollte er es ihr erzählen.

»Zeig's mir später. Mom hat Hühnchen gemacht.«

Er spitzte die Ohren.

»Mit Kartoffeln.«

Frank kletterte über sie hinweg auf die Veranda und verschwand im Haus. Bernadette folgte ihm, erstaunt darüber, wie viel er zu verstehen schien.

Ihre Mutter hatte eine Schale für ihn in die Ecke des Esszimmers gestellt. So weit ging die Liebe dann doch nicht, dass sie ihm einen Platz bei Tisch zugestanden, wogegen Bernadette nichts einzuwenden gehabt hätte. Immerhin musste er sein Hühnchen nicht allein in einem anderen Raum verspeisen.

Bernadette nahm neben Graham Platz, Ben saß ihnen gegenüber, und ihre Eltern hatten die Stühle an den Enden des Tisches. Sie hielten sich an den Händen und sprachen ein Dankgebet dafür, dass Ben wohlbehalten zu Hause war. Ihre Mutter bekam feuchte Augen.

Irgendwann im Lauf des Essens schlich Frank sich unter den Tisch, legte sich zu Bernadettes Füßen hin und ließ den Kopf in der Hoffnung auf ihrem Schienbein ruhen, einen Krümel zu erhaschen.

Bernadette enttäuschte ihn nicht und gab ihm etwas Karotte und ein Stück Fleisch.

»Sie sind also Lektor?«, fragte Bernadettes Vater Graham. Bernadette hatte gehofft, dass dieser Teil des Gesprächs bereits erledigt worden war, als sie zusammen den Salat zubereiteten. Doch offenbar hatte die Befragung noch nicht stattgefunden.

Lieber Gott, mach, dass er nichts von wegen Absichten auf seine Tochter erwähnt …

Graham wischte sich den Mund ab und legte Messer und Gabel weg. »Ja, und zwar im selben Verlag wie Bernadette.«

»Ist meine Tochter als Cheflektorin Ihre Vorgesetzte?« Ihr Vater rieb sich die Hände.

Graham grinste. »Nur indirekt.«

»Wie gefällt Ihnen Ihr Job?«

»Ich liebe ihn. Mache ihn seit dem Collegeabschluss. Habe mich nach oben gearbeitet.«

»Klingt, als hättet ihr beide viel gemeinsam.«

»Ja, das stimmt«, sagte Bernadette, die unter dem Tisch Grahams Hand hielt.

»Und nicht nur im Hinblick auf Bücher«, meinte Graham. »Bernadette hat mir die Augen geöffnet für Essen, das nicht von irgendwelchen Ständen kommt.«

»Ständen?«, wiederholte Bernadettes Mutter.

»Hauptsächlich Hotdogs«, erklärte Graham schmunzelnd.

Ben grinste. »Ich liebe gute Hotdogs.«

»Ich auch, obwohl meine Frau mir die nicht oft gönnt.« Bernadettes Vater klopfte auf seinen ziemlich flachen Bauch. »Nur bei Baseballspielen.«

»Bernadette hat mir erzählt, dass Sie Baseball-Fan sind. Ich mag Baseball auch«, verkündete Graham.

»Bestimmt sind Sie für die verdammten Yankees.«

»Ja«, antwortete Graham kein bisschen verlegen.

»Ich mache mich ja ungern unbeliebt, aber ich bin ein Fan vom West-Point-Team«, meldete sich Ben zu Wort.

»Noch ein Verräter! Was ist mit dir, Bernie?«, fragte ihr Vater.

Sie würde sich auf keinen Fall in den Streit darüber einmischen, welche Baseball-Mannschaft besser war. »Ich habe beschlossen, mich auf Fußball zu verlegen.«

Ihr Vater stöhnte übertrieben laut auf, sein Kopf sank in den Nacken, und er presste die Hand auf die Brust.

»Ich habe dem Sport abgeschworen«, gestand ihre Mutter. »Wisst ihr, was mir Spaß machen würde? Ein Backwettbewerb. Leute kommen zusammen und backen den ganzen Tag um die Wette.«

»Darf ich in dein Team?«, fragte Bernadette.

»Klar.«

»Schlag das doch mal in deinem nächsten Artikel vor«, meinte Bernadette. »Mode für Farmfrauen, die große Backedition.«

»Das könnte mir gefallen.«

Das weitere Essen wurde von freundlichen Neckereien begleitet. Bernadette freute sich darüber, wie problemlos Graham sich in ihre Familie einfügte, genauso leicht, wie er sich auch in ihr Leben eingefügt hatte, sobald sie bereit gewesen war, ihn hineinzulassen.

Nach dem Essen, als ihr Vater darauf bestand, das Geschirr zu spülen, und Ben ihm dabei half, bat Bernadette Graham, mit ihr und Frank einen Spaziergang zu machen.

»Hast du schon jemals so einen Himmel gesehen?«, fragte sie ihn mit einem Blick auf das funkelnde Sternenzelt.

»Nur auf dem Meer – als ich nicht gerade kotzen musste.«

Sie lachte. »Hier draußen sind die Sterne am Himmel, in der Stadt sind sie überall um uns herum. Kennst du das Sternbild da drüben?« Sie zeigte hinauf. »Das ist der Große Wagen. Und da unten ist der Kleine Wagen.«

»In New York gibt es so viele Lichter, dass es schwierig ist, die Sterne am Himmel auszumachen. Schon komisch, wie unterschiedlich die Welt an Orten sein kann, die gar nicht so weit voneinander entfernt sind.« Graham legte den Arm um ihre Schultern, und sie schmiegte den Kopf an ihn, während sie hinaufblickten.

»Ich bin jedes Mal wieder fasziniert«, murmelte sie.

»Weißt du, was mich fasziniert?«

»Das Hühnchen meiner Mutter?«, neckte sie ihn.

Er lachte. »Du, Bernadette Swift.« Er hob ihr Kinn leicht an und küsste sie, bis Frank sich zwischen sie drängte. »Da scheint mir jemand eifersüchtig zu sein.«

»Nur ein klein wenig.« Sie tätschelte Franks Kopf. »Bring mir einen Stock, Frank.«

Frank bellte und suchte im raschelnden Gras nach einem Stock, den sie für ihn werfen konnte.

»Er ist ein verdammt guter Hund«, bemerkte Graham wie ein kleiner Junge, der etwas Tolles entdeckt hat.

»Stimmt. Und mein bester Freund.« Als ihre Eltern ihn damals zu ihr in die Stadt brachten, hatte er seine langen schlaksigen Beine um ihre Taille geschlungen, damit er sie besser beschnuppern konnte.

»Was bin ich?«, erkundigte sich Graham leise.

»Der beste Mann in meinem Leben.«

Graham schmunzelte. »Und du bist die beste Frau in meinem Leben.«

Da kehrte Frank mit einem Stock zurück, der ungefähr so groß war wie Bernadette. Er musste den Kopf schräg halten, um das Ding zu balancieren. »Schätze, damit kann ich Speerwerfen trainieren«, meinte Bernadette lachend, nahm den Stock und beförderte ihn gerade einmal eineinhalb Meter weit. »Oje, das funktioniert überhaupt nicht.«

Frank brachte ihn ihr sofort wieder.

»Schau mal, ob du ihn weiter werfen kannst.«

Graham ergriff den Stock und schleuderte ihn etwa sechs Meter weit. »Wie haben unsere Vorfahren nur überlebt? Wenn ich einen Büffel erlegen sollte, müsste er unmittelbar vor mir stehen und schon halb tot sein.«

Bernadette und Graham wechselten sich ab, bis Frank langweilig wurde und er irgendeinem Nager durchs Feld nachjagte.

»Hoffentlich ist das kein Stinktier«, stöhnte Bernadette. »Als ich ein Teenager war, hat einer unserer Hunde sich mal mit einem angelegt und ist dann ins Haus gekommen. Hat wochenlang fürchterlich gestunken. Egal, wie sehr meine Mom schrubbte, der Geruch war überall.«

»Einer der Vorteile des Stadtlebens: keine Stinktiere.«

»Dafür haben wir Ratten, die Pizzareste fressen. Allerdings gibt's die auf Farmen auch.«

»Was ist dir lieber?«, erkundigte sich Graham.

»Ratten oder Stinktiere?«

»Stadt oder Farm?«

»Stadt«, antwortete sie, ohne zu zögern. »Hin und wieder ist es auf der Farm ganz schön, aber mir war schon in meiner Jugend klar, dass ich nicht für das hier gemacht bin. Ich brauche die hellen Lichter, die Unterhaltungsmöglichkeiten, die zahllosen Lokale. Ich mag's ein bisschen schneller als auf dem Land und schaue gern von meiner Feuerleiter hinunter auf die Stadt. Der Verkehr stört mich nicht. Das alles gibt mir eher Kraft. Und mein Traum, das Verlagswesen?« Sie schüttelte den Kopf. »Den könnte ich hier nicht leben.« Bernadette schlang die Arme um Grahams Hals. »Und Sie, Mr Reynolds, könnte ich hier auch nicht haben.«

»Da bin ich mir nicht so sicher, Miss Swift. Mich hat's echt erwischt. Ich glaube, ich würde Ihnen bis ans Ende der Welt folgen.«

Sie stellte sich auf die Zehenspitzen und küsste ihn. »Wirklich bis ans Ende?«, flüsterte sie.

»Wo auch immer das sein mag.«

»Du wärst jedenfalls die beste denkbare Gesellschaft.«

Da heulte Frank von irgendwoher im Feld, und sie lösten sich kurz voneinander, um zu sehen, wo er war, ob er sich verletzt hatte. Wenig später sauste Frank heran, als wollte er sie erinnern, dass auch er eine ausgezeichnete Gesellschaft war.

»Nun ja, die zweitbeste.«

Graham schmunzelte. »Ich würde mich niemals zwischen dich und Frank drängen.«

»Das würde er sowieso nicht zulassen. Wie du selbst sehen kannst.«

»Das bewundere ich.« Graham bückte sich und schleuderte wieder den riesigen Stock, diesmal weiter als sechs Meter. »Allmählich hab ich den Dreh raus.«

»Danke, dass du mit mir hier herausgekommen bist.«

»Es ist so eine schöne Nacht.«

»Ich meine nach Maryland, auf die Farm. Um meine Familie kennenzulernen.«

»Das hätte ich mir nicht entgehen lassen.« Erneut fanden sich ihre Lippen.

»Ich muss dir etwas gestehen«, sagte Bernadette. »Ich glaube, ich liebe dich.«

Graham grinste so breit, dass seine Zähne im Mondlicht glänzten. »Ich glaube, ich liebe dich auch.«

Da ertönte von der Veranda des Farmhauses ein schriller Pfiff. »Hey, Reynolds, nimm die Finger von meiner Schwester. Jetzt gibt's Kuchen!«

Bernadette stöhnte auf, Graham lachte. »So kann nur ein Bruder reden.«

»Früher habe ich mir immer gewünscht, dass er mich in Ruhe lässt, aber nachdem ich wochenlang nichts von ihm gehört und das Schlimmste befürchtet habe, nehme ich jetzt gern seine nervenden Neckereien in Kauf, wenn ich nur weiß, dass er am Leben ist.«

»Es kommt einem Wunder gleich.« Graham rief Frank, verschränkte die Finger mit denen von Bernadette und ging mit ihr zurück zum Haus.

»Ich hatte immer geglaubt, Ben habe neun Leben wie eine Katze. Er ist von Bäumen gefallen, vom Verandadach gesprungen, auf einen fahrenden Traktor geklettert und in den Krieg gezogen. Der Mann ist verrückt. Und trotzdem am Leben.«

»Das habe ich gehört«, rief Ben. »Übrigens bin ich keine Hauskatze. Eher ein Panther. Das klingt cooler.«

Bernadette lachte.

Frank, der sich Moms köstlichen Apfelkuchen nicht entgehen lassen wollte, stürmte herbei. Er erreichte die Veranda vor Bernadette, sauste die Stufen hinauf und wartete alles andere als geduldig auf sie und Graham, weil er sich vergewissern wollte, dass sie sicher ins Haus gelangte.

»Bist ein guter Junge, Frank«, lobte sie ihn, tätschelte seinen Kopf und schob ihn hinein.

Sie schaute ein letztes Mal zum Nachthimmel empor und verglich ihn mit dem in der Stadt. Ja, sie hatte die richtige Entscheidung getroffen.

Bernadette Swift war für die Stadt geschaffen und als geborene Führungskraft bereit, es durch ein Buch nach dem anderen, eine niedergerissene Wand nach der anderen mit der Welt aufzunehmen.

Epilog

Vogue

Juli 1998
Kraftzentren des Verlagswesens
Von Leigh Reynolds

Vier einflussreiche Frauen betreten das Restaurant. Anna Wintour. Eleanor Gould Packard. Penelope E. Grynd. Bernadette Swift.

Ich sehe, wie die Kellner innehalten. Gäste sich zu den Frauen umwenden. Die Empfangsdame führt sie zu mir. Meine Hände zittern ein wenig, sodass mein Stift winzige schwarze Striche auf dem Notizblock hinterlässt, auf den ich Fragen für dieses Interview geschrieben habe.

Das sind nicht erst heute die Namen der einflussreichsten Frauen in der Verlagswelt, sondern seit Jahrzehnten. Pionierinnen. Frauen, die unermüdlich arbeiteten, um einen Platz in der Branche und der Geschichte zu erringen.

Sie sind meine Idole, Legenden im Zeitschriften- und Buchwesen. Die Heldinnen fast aller Anglistikstudentinnen, die im Bereich Medien oder Verlagswesen arbeiten wollen. Es gibt keinen Lektor, Redakteur oder Schriftsteller, der ihre Namen nicht kennt. Sie sind der Grund, warum ich diesen Artikel verfasse.

Anna Wintour wurde 1988 zur Chefredakteurin der *Vogue* ernannt. Ihre Karriere begann in Großbritannien bei dem alternativen Magazin *Oz* und setzte sich bei *Harper's & Queen* fort. 1975 ging sie als Nachwuchsmoderedakteurin für *Harper's Bazaar* nach New York City. Dort arbeitete sie für mehrere Publikationen und absolvierte sogar ein Bewerbungsgespräch bei der *Vogue*. Allerdings erklärte sie der damaligen Chefredakteurin Grace Mirabella, die das Gespräch mit ihr führte, dass sie ihren Job wolle, und wurde daraufhin nicht eingestellt. Einige Jahre später jedoch ersetzte sie Grace Mirabella tatsächlich.

Penelope E. Grynd wurde 1987 erste weibliche CEO bei Putnam. Nach ihrem Abschluss am Barnard College hatte sie sich als Lektoratsassistentin bei Doubleday beworben und war stattdessen als Sekretärin eingestellt worden. Kurze Zeit später wechselte sie als Lektorin zu William Morrow und anschließend zu Simon & Schuster. 1976 wurde sie Cheflektorin bei Putnam und hat sich seitdem immer weiter hochgearbeitet.

Eleanor Gould Packard ist die legendäre Grammatikerin des *New Yorker*, die Generationen von Frauen und Männern inspirierte. Nachdem sie einem Redakteur des *New Yorker* einen Brief geschrieben hatte, in dem sie fragte, ob eine Stelle frei sei, und darin auf den falschen Gebrauch zweier Wörter in der Zeitschrift hinwies, wurde sie eingestellt. Mittlerweile arbeitet sie seit über fünfzig Jahren für die Zeitschrift. Abgesehen davon, dass sie Tausende von Artikeln und Geschichten für den *New Yorker* redigiert hat, war sie auch an der Überarbeitung von E.B. Whites *The Elements of Style* beteiligt.

Bernadette Swift wurde 1990 die zweite weibliche CEO der Verlagsbranche bei Lenox & Park. Als sie erkannte, dass ihr Vorgesetzter sie kleinhalten würde, bis sie entweder von selbst ginge oder gefeuert würde, beschloss sie, die Verlagswelt auf den Kopf zu stellen, indem sie zeigte, dass Frauen einen Arbeitsplatz in dieser Branche verdienten und durchaus fähig waren, sämtliche Herausforderungen zu meistern, mit denen sie konfrontiert wurden.

Als aufstrebende Kolumnistin mit dem Ehrgeiz, eines Tages so wie Anna Wintour zu werden, besaß ich das Privileg, Bernadette Swift als Mutter zu haben und sowohl Penelope E. Grynd als auch Eleanor Gould Packard, meinen Mentorinnen, häufig bei uns zu Hause zu begegnen. Obwohl ich in dieser magischen Welt der Literatur aufwuchs, musste ich nicht weniger hart arbeiten als sie, um heute diese Worte in die Maschine tippen zu können.

Frauen arbeiten schon sehr lange daran, sich einen Platz in der Verlagswelt zu erkämpfen. Manchmal mussten sie sogar ein männliches Pseudonym verwenden, um anerkannt zu werden. Wenn ich an Kraftzentren der Literatur denke, fallen mir Schriftstellerinnen wie Mary Wollstonecraft, Jane Austen, Maya Angelou oder Harper Lee ein. Dazu kommen einflussreiche Kräfte im Verlagswesen wie Elizabeth Timothy, Mary Katherine Goddard, Josephine St. Pierre Ruffin, Louise Seaman Bechtel oder Phyllis E. Grann.

Ich hatte Gelegenheit, Anna Wintour, Penelope E. Grynd, Eleanor Gould Packard und Bernadette Swift an einem Dienstagnachmittag in einem Restaurant zu interviewen, in dem nicht so viele Leute waren, dass ich mein eigenes Wort nicht verstanden hätte. Allerdings war es so gut besucht, dass die Anwesenden die Macht dieser Frauen durchaus spürten. Die Luft in einem Raum voll einflussreicher Frauen vibriert, sie glänzt, ist elektrisch aufgeladen. Diese Frauen kennen sich seit Jahren, unterstützen sich gegenseitig und sind nicht nur Freundinnen geworden, sondern haben auch beruflich Hochachtung voreinander.

Wenn diese vier Frauen einen Raum betreten, verstummen die Anwesenden.

Das liegt an ihrer Haltung, an ihrem nüchternen Gesichtsausdruck, ihrem selbstbewussten Gang. An ihrer Beherrschung der Sprache. Sie sind intelligent, freundlich und scharfsinnig. Geduldig, freimütig und bescheiden.

Penelope E. Grynd wird Ihnen sagen, dass Sie nie mit dem Lesen aufhören, Ihren Kindern vorlesen, mit Freunden und Familienmitgliedern über Bücher reden sollen. Anna Wintour glaubt fest daran, dass man aus Fehlern lernt und sich seinem Publikum zuwenden soll. Eleanor Gould Packard besteht auf Perfektionismus und scheut sich nicht, das laut auszusprechen. Bernadette Swift wird Ihnen empfehlen, sich das zu holen, was Sie wollen, und Ihnen erklären, dass es niemals verkehrt ist, die Frage *Warum nicht ich?* zu stellen.

Diese Frauen waren traurig über die mangelhafte Umsetzung des Equal Pay Act aus den Sechzigerjahren, die Tatsache, dass es keinen Mutterschaftsurlaub gab, dass Frauen bei Beförderungen übergangen wurden und noch schlimmer: dass ihnen von ihren männlichen Kollegen mitgeteilt wurde, sie hätten hier nichts verloren. Bei jedem einzelnen der zahlreichen Hindernisse, die sich ihnen in den Weg stellten, hätten sie ihre Rotstifte einpacken und ihre Schreibmaschinen aus dem Fenster werfen können. Doch das taten sie nicht. Stattdessen machten sie sich an die Arbeit. Sie kämpften, erhoben Forderungen und bewiesen der Welt, dass auch Frauen in diese Branche gehören. Dass Gleichstellung in der Verlagswelt nötig ist, dass diese sich sogar zu einer von Frauen dominierten wandeln könnte.

Wenn man sie fragt, welchen Rat sie Frauen geben würden, die ihr Glück in der Verlagsbranche versuchen möchten, ist immer wieder folgender Satz zu hören: *Reißen Sie Mauern ein.*

Machen Sie nicht an der gläsernen Decke halt, hören Sie nicht eher auf, als Sie von allen Seiten Luft spüren.

Sie sind der lebende Beweis dafür, dass ihr Rat Leben verändern kann, so, wie sie die Geschichte verändern. Ich selbst bin der beste Beweis, dass dieser Rat funktioniert, weil ich in meinem Ehrgeiz, Schriftstellerin zu werden, ihre Pionierarbeit nutzen konnte. Gute Mentoren machen einen niemals nieder. Sie halten einem die Hand hin und ziehen einen ins Land der Träume.

Für jedes Mal, das diese Frauen ein Nein hören mussten, hoffe ich für Tausende von Frauen meiner Generation, dass sie nun ein Ja hören.

Fragen für Lesezirkel

1. Haben Sie als Kind jemals in einem Wörterbuch geschmökert oder Wörter einfach so zum Spaß nachgeschlagen? Hatten Sie ein Lieblingswort?
2. Waren Sie in der Arbeit je mit einer Situation konfrontiert, in der Sie sich gewünscht hätten, etwas anderes sagen oder für sich selbst oder jemand anders eintreten zu können? Was hat Sie zurückgehalten?
3. Wen würden Sie mitnehmen, wenn Sie zu einer »Anzeige von Büropossen und Ungehörigkeiten männlicher Kollegen« eingeladen würden, und was würden Sie selbst dort gern erzählen?
4. Wenn Bernadette gestresst ist, findet sie Trost bei den Zitaten in ihrem Notizbuch und in Rezepten von Julia Child. Was tun Sie zur Entspannung, wenn Ihnen alles zu viel wird?
5. Eine Welle des Feminismus schwappte in den 1960ern über die Vereinigten Staaten hinweg, als eine Pille zur Empfängnisverhütung entwickelt wurde (die allerdings nicht für alle leicht erhältlich war), der Equal Pay Act sowie Title VII des Civil Rights Act verabschiedet und die National Organization for Women gegründet wurden. Bei alledem handelte es sich nur um weitere Schichten über den Aktionen mehrerer Generationen von Aktivistinnen für Frauenrechte. Sie halfen uns in die Siebziger, in denen mehr Autonomie für Frauen möglich wurde. Erstaunlich, wenn man bedenkt, dass das erst sechzig Jahre her ist. Was hat sich Ihrer Ansicht nach verändert und was ist gleich geblieben?

6. Haben Sie einen Lieblingsroman, den Sie in verschiedenen Ausgaben besitzen?
7. Waren Sie in der Arbeit jemals mit einer Situation konfrontiert, in der ein neidischer Kollege oder eine neidische Kollegin Sie sabotierte? Wie haben Sie reagiert? Welchen Rat würden Sie Ihrem jüngeren Ich geben, wenn Sie könnten?
8. Frank ist Bernadettes Krafttier. Haben Sie auch eines, und wenn ja: Welches ist es?

Dank

Vor einigen Jahren lernte ich in einer Bar Frank kennen. DEN Frank, eine Deutsche Dogge, die regelmäßig zu Gast war in dieser Kneipe in Columbus, Ohio. Frank ging von Gast zu Gast, von Tisch zu Tisch und begrüßte alle, als gehörte das Lokal ihm. Es ist kein Geheimnis, dass ich Hunde liebe, und Frank war keine Ausnahme. In dem Moment, als ich ihn sah, erklärte ich meinem Mann und meiner ältesten Tochter: »Dieser Hund muss in ein Buch.« Damals war ich mir nur noch nicht sicher, in welches.

Die Idee zu diesem Roman kam mir etwa einen Monat später, als ich im Auto während einer Lesereise durchs Land Taylor Swifts Song »The Man« hörte. Danach entwickelte sich die Geschichte, und Bernadette verwurzelte sich mit ihrem Frank in meinem Gehirn. Später suchte ich in New York City die Bibliothek auf, was mir mit der Story weiterhalf. Irgendwo in der Nähe von Maine rief ich meine wunderbare Agentin Kevan Lyon an, um meine Idee zu besprechen, und sie reagierte begeistert.

Vielen herzlichen Dank an meinen Mann, meine Töchter und meine Eltern dafür, dass sie mir geduldig zugehört haben, wie ich pausenlos über das Buch redete, ihnen immer wieder Szenen vorlas oder sie bat, frühe Entwürfe zu lesen. Ich liebe euch alle sehr!

Dank auch an meine lieben Freundinnen und Kritikpartnerinnen Madeline Martin, Sophie Perinot und Heather Webb. Und an meine Sprintpartnerin Vik Francis, die zur gleichen Zeit wie ich für eine neue Story in die Tasten haute.

Ich bin meiner Lektorin Shana Drehs sehr dankbar und auch den fleißigen Leuten von Sourcebooks, die dazu beigetragen haben, diesen Roman zu Ihnen, meinen geneigten Leserinnen und Lesern, zu bringen.

Und danke an meine genialen Lyonesses für ihren schwesterlichen Beistand und den Tall Poppies für ihre begeisterte Unterstützung bei diesem Buch.